VON NEDARRA
Dreyland
SOVO-
ZEBARA
PERRICCI BERGE
Robif-Sund
INSEL TAROK
Dalkinholm
INSEL RHOMBOO
SAGURIA
Outpost
Chrisherna Meer
FLUSS TELARNO
INSEL URSINA
(Cora di Schola)
VELT
Sümpfe von Therian
NULLWALD
Grandia Meer
Mirabienen-Hügel
Höhle
Haifischzahn-Klippen
Piraten!

dtv

Reihe Hanser

ISBN 978-3-423-64062-6
ca. € 15,95 [D], € 16,40 [A], 21,50 SFr

Katherine Applegate

Endling

Die Suche beginnt

Aus dem Englischen von
Ulli und Herbert Günther

dtv

Ausführliche Informationen über
unsere Autoren und Bücher
www.dtv.de

MIX
Papier aus verantwortungsvollen Quellen
FSC® C014496
www.fsc.org

2020 dtv Verlagsgesellschaft mbH & Co. KG, München

Titel der Originalausgabe: ›Endling #1: The Last‹
Originally published by HarperCollins
Published by arrangement with Pippin Properties, Inc.
through Rights People, London

Umschlag: Bente Schlick, inspiriert durch den Originalumschlag von Max Kostenko
Copyright Karte: © Virginia Allyn represented by MB Artists
Gesetzt aus der Centaur MT Pro 12,75/15,75
Satz: Fotosatz Amann, Memmingen
Druck und Bindung: GGP Media GmbH, Pößneck
Gedruckt auf säurefreiem, chlorfrei gebleichtem Papier
Printed in Germany · ISBN 978-3-423-64062-6

Für Michael

In der Natur existiert nichts für sich allein.
Rachel Carson, *Der stumme Frühling*, 1963

Endling

Substantiv – end.ling – /'en(d)-ling/

Das letzte lebende Individuum einer Art,
bisweilen auch einer Unterart.

1. Die offizielle Zeremonie, bei der eine Art für ausgestorben erklärt wird; eine Eumonie.
2. (Inoffiziell) für jemanden, der eine zum Scheitern verurteilte oder sinnlose Suche unternimmt.

Kaiserlich-Amtliches Lexikon für Nedarra, 3. Auflage

Inhalt

TEIL EINS: DER ANFANG VOM ENDE

1 Endling 13
2 Besuch der Butrillos 16
3 Das Boot 25
4 Ein Hilferuf 28
5 Seenotrettung 33
6 Und du bist ein ... ? 37
7 Die Wilderer kommen zurück 43
8 Drei Schwänze, drei Lebensrettungen 47
9 Angst 53
10 Das Undenkbare 56

TEIL ZWEI: GEFANGEN

11 Der Junge 61
12 Geflüster 68
13 Die Höhle 72
14 Ein unerwarteter Besucher 79
15 Angriff der Schlangen 86
16 Das Frühstück ist serviert 92
17 Kharas Plan 99
18 Eine alte Karte 108

19 Dalkin trifft Hund 114
20 Fragen 122
21 In der Zivilisation 128
22 Auf der Fähre 141

TEIL DREI: MEINE EIGENE TRAUERFEIER

23 Cora di Schola 149
24 Ein einsamer Dalkin 156
25 Die Säule der Wahrheit 161
26 Ferrucci 168
27 Im Kerker 174
28 Der Felijaga 181
29 Luca kehrt zurück 186
30 Die Eumonie beginnt 194
31 Araktik 199
32 In der Falle 205
33 Verfolgt 209
34 So einfach ist die Wahrheit nicht 215
35 Die Entscheidung 222

TEIL VIER: FREUNDE UND FEINDE

36 Schwertübungen 231
37 Im Land der Raptidons 240
38 Rorid Kopfknacker 248
39 Der Feuerritter 255
40 Wilde Flucht 260
41 Xial renarriss 265

42 Saguria 272
43 Die Weiße Wache 277
44 Der Überfall 284
45 Vorsicht, wütender Wobbyk ! 289
46 Der Murdano 293
47 Wieder im Gefängnis 299
48 Araktik kommt 305
49 Die Wahrheit 309
50 Eine neue Fertigkeit 314

TEIL FÜNF: DAS ENDE VOM ANFANG

51 Etwas liegt in der Luft 323
52 Das lebende Feuer 327
53 Mein verzweifelter Plan 333
54 Das verlassene Dorf 341
55 Nach Norden 349
56 Zebara 357
57 Im Wald 363
58 Die letzte Schlacht 368
59 Das Ehrenwort des Diebes 372
60 Eine gewisse Zeremonie 378

Teil Eins

Der Anfang vom Ende

1

Endling

Lange bevor ich dieses Wort gehört hatte, war ich daran gewöhnt, immer die Letzte zu sein.

Ich war der Kümmerling, die jüngste und mit Abstand kleinste unter meinen sieben Geschwistern, was bedeutete, dass ich als Letzte trinken und als Letzte fressen durfte, und auch, dass ich als Letzte Schutz fand.

Als rangniedrigstes Mitglied unseres immer kleiner werdenden Rudels begnügte ich mich ohne Groll mit meinem Platz – na ja, ohne allzu viel Groll.

Es war ja vielleicht gerecht so. Meine Schwächen und Fehler waren zahlreich, jedenfalls bekam ich das oft zu hören.

Ich war zu jung, um besonders klug zu sein, und zu klein, um viel helfen zu können.

Meine Füße waren groß und tollpatschig. Sie waren sich beim Laufen oft gegenseitig im Weg.

Mein Fell sah immer strubbelig aus, und meine Umgangsformen waren miserabel. Einmal habe ich ein ganzes Antilopenbein verschlungen, bevor ich überhaupt an der Reihe war.

Und neugierig war ich. Ich trieb mich zu weit herum, und ich grübelte zu viel.

Kurz gesagt, ich war enttäuschend in der Erfüllung der einzigen Aufgabe meines Daseins, welche darin bestand, sich wie alle anderen Dalkins die größte Mühe zu geben, still und heimlich am Leben zu bleiben.

In jenen Tagen hätte man wohl eher ein Einhorn streicheln können, als einen Dalkin zu Gesicht zu bekommen.

Unser Rudelführer Dalyntor, gebrechlich und schon weiß um die Schnauze, erzählte gern von einer Zeit, als unsere Vorfahren in großen Rudeln über die Ebenen von Nedarra zogen, Hunderte Dalkins auf einmal. Nachts taten sie sich in Familiengruppen zusammen, sammelten Wildgräser und Beeren oder brieten mal einen Dachs oder ein anderes Tier.

Doch das war lange her. Inzwischen gab es in unserem Teil der Welt nur noch wenige unserer Art, genau genommen ein einziges Rudel von vier Familien, die still und zaghaft wie die Mäuschen beisammenhockten.

Verborgen vor den Menschen, diesen unberechenbarsten aller Raubtiere.

Verborgen selbst vor der Sonne.

Manche sagten, irgendwo weit weg gebe es noch Dalkins, die in Gebirgshöhlen oder auf fernen Inseln lebten. Andere hielten solche Ansichten nur für das Ergebnis alberner Hoffnungen. Dalkins werden oft mit Hunden verwechselt, und tatsächlich haben wir körperlich viele Ähnlichkeiten.

Hunden allerdings mangelt es an einem zum Greifen ausgebildeten Daumen. Sie können auch nicht aufrecht gehen wie wir. Sie können nicht von Baum zu Baum gleiten, und sie können nicht mit Menschen sprechen.

Außerdem sind Hunde – man möge mir verzeihen – bei der Jagd nicht gerade die Hellsten, wenn ihr versteht, was ich meine.

Doch ob es nun noch andere Dalkins gab oder nicht, Dalyntor hatte die große Befürchtung, wir würden bald alle tot sein, hingeschlachtet wegen unseres warmen, seidigen Fells.

Wie die Carlisle-Robbe, die die Menschen so lange gejagt hatten, bis sie ausgestorben war.

Oder der rote Marlot, der an einer Krankheit zugrunde gegangen war.

Oder der Blauschopf-Ziguin – ausgelöscht im Zehnjährigen Krieg, durch den sein Lebensraum zerstört worden war.

Es schien viele Möglichkeiten zu geben, für immer aus der Welt gedrängt zu werden.

Wir wollten nicht glauben, dass unsere Tage gezählt waren. Wir wussten nur: Früher hatte es viele von uns gegeben, und jetzt waren wir nur noch wenige.

Meine Eltern befürchteten, ich würde als Erste umkommen, sobald wir in Schwierigkeiten gerieten, und Schwierigkeiten würden nicht lange auf sich warten lassen, das ahnten sie.

Ich war klein. Und manchmal eine Enttäuschung.

Aber ich wusste, dass ich auch mutig sein konnte. Ich hatte keine Angst davor, als Erste zu sterben.

Ich wollte nur nicht die Letzte sein, die überlebte.

Ich wollte nicht der Endling sein.

2

Besuch der Butrillos

Der Anfang vom Ende ist noch nicht lange her, es war an dem Tag, an dem ein paar Butrillos zu Besuch kamen.

Am frühen Nachmittag hörte ich sie zuerst. Ich schlich mich an meiner schlafenden Familie vorbei, die zusammengekuschelt dalag wie ein einziges großes Tier.

Von Natur aus sind wir Dalkins keine nachtaktiven Wesen, trotzdem wagten wir uns immer erst lange nach Sonnenuntergang ins Freie. Zwar fürchteten wir die Riesenkatzen, die Felijagas, die bei Nacht jagten. Noch mehr aber fürchteten wir Wilderer und natürlich die Soldaten des Murdano – er war der Herrscher von Nedarra.

Aber ich war hibbelig. Und ich war sicher, dass ich draußen direkt vor dem Eingang etwas gehört hatte: ein Schwirren in der Luft, ein leichter Flügelschlag, leise nur, aber doch kräftig.

Meine Schwester Lirya gähnte und blinzelte mit einem Auge. »Ich hab solchen Hunger, ich könnte dich glatt fressen, Byx«, murmelte sie.

»Sie ist zu dürr zum Fressen«, sagte Avar, mein ältester Bruder.

Ich war es gewohnt, meine Geschwister zu ignorieren, und hörte nicht auf ihre Hänseleien.

Es kostete einige Anstrengung, mich durch den Eingang unseres derzeitigen Heims zu zwängen, einem verlassenen Mirabienen-

Hügel. Er erinnerte an ein riesiges Wespennest, das auf die Erde gefallen war. Von außen hatte er die Struktur einer Honigwabe mit Löchern, groß wie Steinbrocken, und obwohl sich der Hügel steinhart anfühlte, funkelte er im Licht wie unverarbeiteter Honig. Mein Vater hatte erklärt, er bestehe aus Vulkanasche, Schwefel und Sand, vermischt mit dem Saft des Bullabaums.

Früher hatten die Dalkins in ebenem Gelände Rundcamps angelegt oder, wenn sie durch Wälder zogen, Baumnester gebaut. Das machten wir schon lange nicht mehr.

Es gab vieles, was wir nicht mehr machten. Das erklärte uns Dalyntor, unser Lehrer, der Bewahrer unserer Geschichte. Er machte immer allerhand Andeutungen, aber manches in der Geschichte der Dalkins hielt er wohl für zu brutal für unsere jungen Ohren.

Baumnester waren zu leicht zu entdecken, zu schutzlos Pfeilen ausgeliefert. Stattdessen zogen wir nun von Ort zu Ort, suchten Zuflucht in Höhlen, tiefen Schluchten oder in einem Dorngestrüpp mitten im Wald. So hinterließen wir keine Spuren unserer Anwesenheit, keinen Hinweis auf Nester oder Lagerplätze. Wir schliefen am Fuß von Klippen, an entlegenen Küsten, in verlassenen Bauten anderer Lebewesen.

Einmal hatte unser kleines Rudel die Nacht in einer geräumigen, nicht mehr genutzten Jagdhütte verbracht. Nie zuvor war ich so nah an Menschen herangekommen, die zu den sechs großen überlegenen Arten gehörten. Diese sechs Arten – Menschen, Dalkins, Felijagas, Natintjes, Terra-Olme und Raptidons – hatten einst als die mächtigsten in unserem Land gegolten. Inzwischen aber wurden alle, auch die Menschen, von dem tyrannischen Murdano beherrscht.

Von den anderen großen Arten war ich nur mit zweien in Berührung gekommen. Einmal hatte ich Felijagas gewittert, riesengroße anmutige Katzen, die lautlos durch die finsterste Nacht schleichen konnten. Keiner hört sie. Und auch Raptidons hatte ich gesehen, die Herrscher der Lüfte, die Bögen durch die Wolken schneiden.

Nie hatte ich einen Natintje zu Gesicht bekommen.

Nie ein Gewimmel von Terra-Olmen – glücklicherweise nie.

Und nie einen Menschen.

Trotzdem wusste ich einiges über Menschen. Dalyntor hatte uns jungen Dalkins von ihnen erzählt und dabei Strichmännchen auf ein getrocknetes Playablatt gemalt. Von ihm hatte ich gelernt, dass Menschen zwei Augen haben, eine Nase und einen Mund voll stumpfer Zähne. Ich erfuhr auch, dass sie bei aufrechter Haltung größer sind als wir Dalkins, wenn auch nicht sehr viel. Außerdem lernte ich eine Menge über ihre Gewohnheiten, ihre Kleidung, ihre Dörfer und Städte, ihre Kultur, ihre Waffen, ihre Sprachen und die Art, wie sie Zeit und Entfernung messen.

Und am wichtigsten: Ich lernte, dass den Menschen nie zu trauen ist und man sie immer fürchten muss.

Ich trat aus dem Mirabienen-Hügel hinaus ins Licht der schräg stehenden Sonne.

Hier hörte ich das Geräusch lauter – und dann sah ich sie über dem Bau.

Butrillos!

Vier waren es, jedes mindestens drei Schwanz breit und ebenso lang. Durch die Bewegungen ihrer schimmernden Flügel zauberten sie Regenbögen aus dem Licht, das durch die Bäume fiel. Sie hatten wohl gedacht, dass hier noch Mirabienen lebten, denn

Butrillos waren große Honigliebhaber – und ebenso große Diebe dazu.

Trotz des heftigen Windes bereitete es ihnen keine Mühe, sich ruhig in der Luft zu halten wie riesige Kolibris.

»Byx.« Die sanfte Stimme hinter mir klang halb besorgt, halb tadelnd. Ich drehte mich um und sah, dass meine Mutter mir gefolgt war. Sie wirkte erschöpft, ihr dunkelgoldenes Fell war zerzaust, ihr Schwanz schlaff.

»Butrillos, Maia!«, flüsterte ich.

Sie folgte meinem Blick. »Wie schön! Ich vermute, sie sind auf dem Weg nach Norden. Für sie beginnt jetzt die Zeit der Wanderung.«

»Könnte ich doch auch weg von hier!«

»Ich weiß, Byx, dieses Leben ist manchmal schwer.« Sie strich mir über den Rücken. »Besonders für euch Kleine.«

»Ich bin nicht klein!«

Meine Mutter stupste mich mit der Nase an. »So klein nicht mehr, das stimmt.«

Ich seufzte und lehnte mich an sie. Bei ihr war es warm und sicher.

»Mir ist so langweilig, Maia. Ich will Spaß haben. Rumtollen. Meinem Schwanz nachjagen. Neues kennenlernen. Abenteuer erleben und mutig und tapfer sein.«

»Es ist nicht nötig, sich nach mutigen Taten zu drängen«, sagte sie leise. »Ganz und gar nicht nötig.«

»Die Großen nennen mich immer Zwerg. Und Welpe«, beschwerte ich mich. »Immer sagen sie, ich frage zu viel.« Ich genoss es fast, mich ein bisschen zu bedauern. »Ich kann mich überhaupt nicht leiden!«

»Byx«, sagte meine Mutter, »so was darfst du nie sagen. Dich gibt es nur ein einziges Mal auf der ganzen weiten Welt. Und mir gefällt es, dass du so viele Fragen hast. Nur so kann man etwas lernen.« Sie schwieg eine Weile. »Ich will dir was sagen. Etwas, das noch keins deiner Geschwister weiß.«

Ich spitzte die Ohren, hellwach.

»Letzte Nacht hat es eine Versammlung der Erwachsenen gegeben. Wir werden diesen Ort heute bei Sonnenuntergang verlassen. Richtung Norden wie die Butrillos. Myxo wird uns führen. Sie meint, hier im Süden haben wir nun lange genug gesucht.«

Myxo war unsere Pfadfinderin. Sie hatte von allen in unserem Rudel die feinste Nase, die am besten ausgeprägten Instinkte und war auf der Suche nach anderen Dalkin-Rudeln schon weit herumgekommen. Gerüchteweise hatten wir immer wieder gehört, es seien Dalkins gesichtet worden, doch das hatte sich nie bestätigt. Unser Rudel war inzwischen auf neunundzwanzig Mitglieder geschrumpft.

»Das wird ein großer Auszug«, sagte meine Mutter. »Die Abwanderung unserer ganzen Art sozusagen. Wir wollen uns auf die Suche nach den Dalkins der Ersten Kolonie machen.«

»Aber Dalyntor hat doch gesagt, dass es die schon lange nicht mehr gibt.« Ich dachte an die Schulstunden über die Erste Kolonie, diese allererste Gruppe Dalkins, die vor langer Zeit nach Nedarra eingewandert war. Wir mussten damals ein Gedicht auswendig lernen – ein ungewöhnlich langes Gedicht.

Ich lerne wirklich gern, lieber als die anderen in meiner Familie. Doch selbst ich muss zugeben, dass dieses Gedicht wohl das langweiligste war, das es gab:

Sing, o Dichter
von den Ahnen, den tapferen Dalkins,
die tückische, wilde Berge bezwangen,
über eiskalte Meere des Nordens sich wagten
nach Dalkinholm, der lebenden Insel,
dem schwimmenden Juwel.

An mehr kann ich mich nicht erinnern. Hätte Dalyntor uns nicht Landkarten zeichnen lassen, während er das Gedicht vortrug, wäre ich glatt eingeschlafen. Den meisten anderen war das nämlich passiert.

»Maia?«, sagte ich. »Glaubst du wirklich, es könnte noch eine Kolonie im Norden geben?«

Meine Mutter blickte über die Wiese auf den dunklen, windgebeugten Wald und schwieg lange. »Unmöglich ist es nicht«, sagte sie schließlich.

Dalkins lügen nie. Es wäre auch zwecklos, da wir jede Unwahrheit sofort erkennen – nicht nur bei Dalkins, sondern bei allen Lebewesen.

Keine der anderen Arten besitzt diese Fähigkeit. Dalyntor nannte sie oft »unsere beschwerliche Gabe« – wenn ich auch nicht verstand, was er damit meinte.

Wenn wir Dalkins auch nicht lügen, ist es doch so, dass wir uns manchmal etwas sehr wünschen.

»Aber du glaubst es nicht?«, bohrte ich nach, obwohl ich ihre Antwort schon kannte.

»Nein, meine Liebe.« Es war fast ein Flüstern. »Aber wer weiß, vielleicht irre ich mich.«

»Ganz bestimmt irrst du dich. Ich wette, wir finden Hunderte

Dalkins. Tausende sogar!« Ich unterbrach mich. »Es ist doch nicht falsch zu hoffen, oder?«

»Hoffen, Byx, ist nie falsch«, versicherte meine Mutter. »Es sei denn, die Wahrheit sagt etwas anderes.« Sie gab mir noch einen Nasenstüber. »Aber jetzt versuch wieder zu schlafen. Vor uns liegt ein langer Nachtmarsch.«

Die Butrillos kreisten noch immer über uns, senkten und drehten sich in der Luft. »Nur noch ein paar Minuten, Maia«, bettelte ich. »Sie sind so hübsch.«

»Aber nicht zu lange«, sagte sie. »Und keine Ausflüge, hörst du?« Sie drehte sich um, zögerte. »Ich hab dich lieb, meine Kleine«, sagte sie. »Vergiss das nie.«

»Ich hab dich auch lieb, Maia.«

Es verging eine Weile, bevor die Butrillos davonflogen. Vielleicht wunderten sie sich, dass sie hier auf Dalkins gestoßen waren. Vielleicht freuten sie sich aber auch einfach an der warmen Luft, die von dem sonnenbeschienenen Bau aufstieg.

Als ich mich wieder dem Eingang zuwandte, erregte etwas meine Aufmerksamkeit, etwas Ungewöhnliches, das ich nicht recht einordnen konnte.

Kein Geräusch eigentlich, auch kein Geruch.

Mehr eine Ahnung.

Ich machte ein paar Schritte auf die kleine Wiese zu, die mich von der dunklen Baumreihe trennte. Dahinter lag das Meer.

Ich prüfte die Gerüche, die der Wind herantrug. Die Luft war schwer von Geschichten.

War das Treefox, das mir in die Nase stieg? Brindalet? In dem schnell die Richtung wechselnden Wind ließen sich Gerüche nicht gut bestimmen.

Der Wald rief nach mir, zwang mich lautlos und doch drängend, näher zu kommen. Goldene Lichtsäulen standen zwischen den Bäumen. Noch nie war ich bei Tageslicht hier gewesen, immer nur in tiefster Nacht.

Nein, sagte ich mir. Es war verboten, uns vom Rudel zu entfernen, tagsüber besonders. Ich hatte auch keine Sondererlaubnis.

Aber eigentlich entfernte ich mich ja nicht – nicht sehr weit jedenfalls.

Einmal hatte ich mich bis zu einem kleinen Fluss gewagt, in dem grüne Blasen sprudelten. Ein andermal hatte ich ein freundliches Zebrahörnchen und seine Babys getroffen. Und gestern war ich bei einer Stelle mit Sternblumen gewesen, wo es nach Salbei und Meer duftete. Eine wunderbare Stelle zum Schwanzjagen.

Ich ging nie große Risiken ein. Entfernte mich nie weit vom Bau. Aber wie konnte ich denn die Welt kennenlernen, wenn ich sie nie zu Gesicht bekam?

Ich wusste, dass ich nicht weitergehen sollte. Doch bevor wir weiterzogen, bevor wir uns zum nächsten düsteren Ort aufmachten – wäre es da nicht wunderbar, das Meer wenigstens einmal bei Tageslicht zu sehen? Ich hatte es immer nur bei Sternenlicht erlebt.

Meine Mutter war inzwischen wieder im Bau. Ich prüfte den auffrischenden Wind: keine Gefahr.

Das Überqueren der Wiese würde nur ein paar Minuten dauern, wenn ich mich beim Laufen auf alle viere niederließ. Ein paar

Minuten mehr, und ich würde die bedrohliche und doch so verlockende Wand aus Bäumen hinter mich gebracht haben.

Einen Moment nur, sagte ich mir. Nur kurz zuschauen, wie die Sonne auf dem Wasser tanzt.

Einen Moment nur oder zwei, dann wollte ich umkehren – und niemand würde mich vermisst haben.

3

Das Boot

Aus dem hoch aufragenden Wald kam ich auf einen gewundenen Pfad. Die Bäume hielten Abstand zum Klippenrand, als hätten sie Höhenangst.

Das Gras war warm und trocken, fast spröde. Es fühlte sich ganz anders an als Nachtgras, das kühl und taufeucht war.

Ich stieß auf die Reste eines uralten Gebäudes, plump und halb zerfallen. Ein Wachturm vermutlich. Dalyntor hatte uns ein wenig über menschliche Ansiedlungen beigebracht. Manche seien beeindruckend, hatte er gesagt. Andere beeindruckend hässlich.

Ich kletterte über die großen, roh behauenen Steine, die eine primitive Treppe bildeten. Oben angekommen stand ich in einer efeuüberwucherten Nische, die wahrscheinlich einmal von Bogenschützen genutzt worden war.

Und da lag es vor mir: das Meer.

Ganz anders, als ich es mir vorgestellt hatte.

Das hier war kein friedlich gekräuselter See. Kein geschäftiger, melodisch dahinplätschernder Bach. Das Meer dehnte sich in unendliche Weiten, war Ehrfurcht gebietend und grenzenlos wie der Himmel. Ein Heer von Wellen rückte gegen die Küste vor und fiel in weißen Gischtschwaden krachend in sich zusammen. Schwarze, silbrig gemaserte Felsen – man nannte sie »Haifischzähne«, wie ich gehört hatte – durchbohrten das Ufer wie funkelnde Schwerter.

Das Rauschen und Rollen der Brandung war ohrenbetäubend. Mir war, als würde ich in den vielen rätselhaften Gerüchen ertrinken.

Der Wind wurde stürmisch. Meine Ohren lagen flach am Kopf, und meine Augen brannten. Ich sah zum Himmel und bemerkte eine heranziehende Wand stahlgrauer Wolken. Ein Sturm zog auf.

Rechts von mir schwang sich eine Klippe in großem Bogen ins Meer hinaus, nichts als schroffer Stein, fortwährend bedrängt von den unerbittlichen Wellen. Links von mir endete der Bogen in einem vorspringenden Felsenfinger. Am äußersten Ende dieser schräg abfallenden Halbinsel stand ein knorriger, blattloser Baum.

Erst jetzt entdeckte ich das Ruderboot und seinen einsamen Insassen.

Viel ließ sich nicht erkennen, denn das kleine Boot hüpfte mehr wie ein Spielzeug auf den graugrünen Wogen umher. Mit jedem Wellenschlag geriet es näher an die Klippen heran. Es würde zu Kleinholz zersplittern, sobald es dagegenprallte.

Ich musste blinzeln, um sicherzugehen, dass tatsächlich ein Lebewesen in dem Boot war. Ich wünschte, ich könnte das Tier riechen, da doch der Geruchssinn sehr viel genauer als das Sehvermögen ist, jedenfalls bei uns Dalkins. Doch obwohl ich mir die größte Mühe gab, die Gerüche der Luft zu entziffern – ich roch nichts als das vertrackte Meer.

Aber irgendetwas war in diesem Ruderboot. Etwas Kleines, Braunes, das sinnloserweise versuchte zu paddeln. Konnte es vielleicht …? Fast war ich mir sicher: Es musste ein Wobbyk sein!

»Was macht ein Wobbyk in einem Ruderboot?«, überlegte ich laut.

Das Dröhnen und Tosen der Meeresbrandung war ohrenbetäubend, trotzdem meinte ich, einen schwachen, verzweifelten Hilferuf gehört zu haben.

Verzweiflung in einer solchen Lage, das konnte ich mir lebhaft vorstellen. Wenn ich auch den Insassen des winzigen Bootes nicht deutlich erkennen konnte, eins war klar: Ob Wobbyk oder irgendein anderes Lebewesen, wer immer in diesem Boot saß, war zum Tod verurteilt.

4

Ein Hilferuf

Das winzige Boot mit seinem noch winzigeren Insassen wurde wie von einer gewaltigen Wasserschaufel emporgehoben und immer weiter gegen die drohend aufragenden Klippen geschleudert.

Ich hielt die Luft an. Ich wollte nicht hinsehen. Ich wollte es nicht wissen. Der Tod war nur Sekunden entfernt.

Doch zu meiner Überraschung zeigte dasselbe Meer, das das Boot vorwärtsgetrieben hatte, vorübergehend Erbarmen und zog es nun plötzlich zurück, ein Stück weg von den Klippen.

Aber nicht weit genug. Es würde nur ein kleiner Aufschub sein. Noch eine Welle, vielleicht zwei, höchstens drei, und der Wobbyk – ich war jetzt sicher, dass es sich um einen handelte – wäre tot.

Einmal, ich war damals noch sehr klein, hatte uns unsere Mutter eine Mahlzeit aus Wobbykfleisch zubereitet. Wir hatten viel zu lange von Gras und Larven gelebt, und so war es seit Ewigkeiten das erste Fleisch. Wären wir damals nicht so hungrig gewesen, hätte es uns bestimmt nicht geschmeckt, und doch ließ mir die Erinnerung daran auch jetzt noch das Wasser im Mund zusammenlaufen.

Trotzdem, auch wenn Wobbykfleisch eine zwar unbefriedigende, doch gesunde Zukost zu einer faden Diät sein kann, dachte ich nicht daran, ihn zu fressen. Ich wollte seinen Tod nicht. (Ehrlich gesagt war ich ein miserabler und viel zu weichherziger Jäger. Bis auf ein paar Käfer hatte ich eigentlich noch nie etwas getötet.) Statt also den Wobbyk als Beute zu betrachten, stellte ich verwundert fest, dass ich längst fieberhaft über einen Rettungsplan nachdachte, dass ich Winkel prüfte, den Grad des Gefälles und das vermutliche Gewicht der kleinen Gestalt abschätzte.

Währenddessen schaute der Wobbyk verzweifelt zu mir herauf, sein Mund klappte ständig auf und zu.

Ich hörte ein schwaches »Hilfe!«. Vielleicht bildete ich mir das auch nur ein, aber im Grunde genommen war keine Einbildungskraft nötig, um die Angst zu sehen, die kleinen, fieberhaft gestikulierenden Pfoten.

»Ich kann doch nicht!«, rief ich hinunter, und meine Worte kamen zurückgeflogen wie Blätter im Wind.

»Vielleicht ginge es ja mit meinen Gleitflügeln«, überlegte ich, mit diesen dünnen Hautfalten im Fell, die wir Dalkins für kurze Flüge nutzen können. Wer weiß, mit einem perfekten Timing könnte ich den Wobbyk womöglich zu fassen kriegen.

Aber es müsste glatt ein Wunder geschehen, damit ich ihn dann auch noch tragen könnte.

Und weit ginge es sowieso nicht. Ein paar Meter höchstens. Vielleicht würde es reichen, um …

Das Meer zog sich wieder zurück und hinterließ in einer Felsspalte einen schmalen Streifen Sand.

Nein, der perfekte Moment war unmöglich abzupassen.

Der Wobbyk sah mich an, rief Worte, die ich nicht hören konnte. Er flehte um sein Leben.

Von meinem Vater stammte die Redensart: *Nicht immer kommt ans Ziel, wer rennt.* Das sagte er oft zu mir, und er meinte damit: Denk erst nach, bevor du etwas tust.

Also dachte ich nach.

Einerseits würde ich möglicherweise ums Leben kommen.

Andererseits – was für eine großartige Geschichte könnte ich am Feuer erzählen. Wie beeindruckt würden meine Geschwister sein!

Und drittens dann ... doch hier hielt ich abrupt inne.

Ich war so in Anspruch genommen vom Schicksal des Wobbyks, dass ich einen Moment brauchte, um den süßlichen Geruch gezähmter Hunde zu registrieren und gleich darauf die unverkennbare, strenge Ausdünstung von Pferden.

Der dritte Geruch jedoch traf mich wie ein Schlag – er war neu, fremd.

Fremd, aber doch einzuordnen.

Es gab nur eine der großen Arten, die in Gesellschaft von Hunden und Pferden unterwegs war.

In meinen Fußballen spürte ich das Vibrieren von Hufgetrappel. Ich wandte mich nach den Bäumen um und sah erschreckte Vögel aufflattern.

Wie konnten mir derart eindeutige Gerüche entgangen sein? Lag es an der feuchten Luft im Wald? Am Sturm? An dem ertrinkenden Wobbyk, der mich abgelenkt hatte?

Plötzlich hörte ich unseren Warnruf: den hohen durchdringenden Schrei, mit dem wir uns gegenseitig vor drohender Gefahr warnten.

Aber merkwürdig, er war nicht von einem Dalkin gekommen. Die Tonlage stimmte nicht ganz. War es ein menschlicher Schrei gewesen?

Zwischen den dicht stehenden Bäumen hinter mir entstand eine Lücke. Pferde brachen hindurch. Und auf diesen Pferden saßen ... ich konnte es nicht mit Sicherheit sagen, aber es mussten wohl Menschen sein.

Die Männer waren gigantisch, ihre Arme und Beine stärker, als ich es erwartet hatte, ihre Schreie bedrohlicher.

Konnten sie zu den Soldaten des Murdano gehören?

Blitzartig stieg mir ein Reim in den Kopf, den uns Dalyntor eingeschärft hatte: »Erblickst du Silber und Rot – Dalkin lauf, sonst bist du tot!«

Die Kleidung dieser Menschen dort am Waldrand bestand aus einem Durcheinander von Braun und Grau. Ihre Waffen waren nicht einheitlich, und zwei ihrer Pferde waren mit zusammengebündelten Fellen und Tierhäuten bepackt.

Wilderer.

Da schrie dieselbe Stimme, die vorher Gefahr signalisiert hatte: »Nein! Nein! Nicht töten!«

Der Anführer der Wilderer, einen großen Jagdbogen in der Linken, ritt ein gewaltiges schwarz-weiß geschecktes Pferd. Sowohl Mann wie Tier starrten zu mir herüber – in tödlicher Absicht.

Mit der rechten Hand pflückte der Mann einen Pfeil aus seinem Köcher, und blitzschnell hatte er angelegt und die Sehne gespannt.

»Nein!«, schrie ich.

Mein Herz klopfte wild und unregelmäßig.

Starr vor Schreck sah ich, wie sich die Muskeln des Mannes langsam spannten und die Bogensehne nach hinten zogen.

Seine Augen sahen nur mich.

Ich sah nichts als die blitzende Pfeilspitze. Die sich lösenden Finger. Die zurückschnellende Bogensehne.

Und da sprang ich.

5

Seenotrettung

Dalkins können nicht fliegen.

Gegen die Anziehungskraft der Erde kommen wir nicht an, aber wir können ein Stück durch die Luft gleiten. So lassen sich harte Stürze abschwächen und in sanfte bogenförmige Gleitflüge verwandeln.

Ich spreizte die Vorderbeine, sodass sich meine Hautfalten zum Gleiten aufspannten. Meine tödlichen, zehn Zentimeter langen Krallen an den Hinterläufen stemmte ich fest in das bröckelige Gestein, stieß mich ab und schwang mich der brodelnd aufziehenden Wolkenwand entgegen.

Um mich herum zerschnitten Pfeile die Luft wie todbringender Regen.

Ich nutzte den Wind.

Die Spitze einer der Haifischzahn-Klippen streifte knapp meinen Schwanz, aber schon hatte mich der stürmische Wind ergriffen und in die Höhe getrieben.

Am Rand der Klippen tänzelten schnaubende, sich aufbäumende Pferde. Wütende Menschengesichter starrten zu mir herüber. Eiskalt abschätzende Augen suchten nach geeigneten Flugbahnen für ihre Bogengeschosse.

Ein Pfeil sauste schneller als ein Raptidon im Sturzflug vorüber. Er kam mir so nahe, dass ich die Farbe der Federn erkennen konnte, das Muster auf dem Schaft, die dreigezackte Spitze. Sogar die feine Schnur konnte ich sehen, mit der sie mich im Fall eines Treffers zu sich heranschleifen würden.

Es war der Pfeil eines Wilderers.

Durch eine leichte Drehung meiner Gleitflügel steigerte ich das Tempo und riskierte einen Sturzflug.

Weit unter mir und ebenso weit voraus balancierte der Wobbyk in seinem Boot, heftig winkend, Mund und Augen aufgerissen.

Das Boot wurde jetzt von der bisher größten Welle emporgerissen. Da drehte ich etwas nach links und visierte mein schwankendes Ziel an.

Gerade als ich spürte, dass mein Gleitflug nicht mehr lange anhalten würde, krachte das Boot gegen eine der schwarzen Felsensäulen, dass das Holz zersplitterte.

Der Wobbyk schrie auf. Diesmal hatte ich kein Problem, ihn zu hören.

Er war mit einem Satz hochgesprungen. Nicht *sehr* hoch – Wobbyks sind kleine, pummelige Wesen –, aber hoch genug.

Vielleicht.

Ich glitt schneller dahin als je zuvor. Zwischen uns schwirrte ein Pfeil vorüber. Im selben Augenblick, als der Wobbyk ins Trudeln geriet, duckte ich mich unter der Fangschnur des Pfeils hindurch.

Ich zog meine Gleitflügel etwas ein und ließ mich sinken.

Verzweifelt reckte sich der Wobbyk mir entgegen.

»Hier!«, schrie er.

Ich griff nach einer Pfote.

Das zusätzliche Gewicht fühlte sich an wie der Stoß gegen eine

Mauer. Dalkins können im Gleitflug nichts Schweres tragen. Ich überschlug mich in der Luft, ich taumelte und stürzte. Doch der Schwung trug uns weiter, gerade wich auch das Meer zurück, und endlich, endlich konnte ich die schmale, V-förmige Stelle Sand unter uns sehen.

In einem Knäuel rollten wir durch hoch aufspritzende Brandungswellen, die an uns zerrten und uns in die Tiefe reißen wollten.

Mit dem einen Fuß fand ich irgendwie Halt im nassen Sand. Dann mit dem zweiten Fuß, und erst jetzt merkte ich verwundert, dass ich noch immer den Wobbyk an der Pfote hielt und er mich.

Als ich das Gleichgewicht verlor, fielen wir beide in die Brandung. Ich bekam Salzwasser in die Lungen und hustete.

Ich überlegte, ob ich sterben würde.

Ich überlegte, ob meine Eltern dann böse auf mich wären.

Das Wasser kam schnell wieder näher, es würde uns mit geballter Kraft gegen die Klippenwand schmettern. Die ersten dicken Regentropfen fielen.

»Rauf da!«, keuchte ich. »Kletter!«

Schwarzes Felsgestein türmte sich über uns, es würde jeden Moment unter Wasser stehen. Hektisch suchten wir mit unseren Krallen nach Halt, scharrten, tasteten, rutschten ab, kletterten, schürften uns Ellbogen und Knie auf.

Ich schob den Wobbyk vor mir her.

Die nächste Welle brach herein, überrollte mich, riss mich mit sich. Ich kam gegen ihre Gewalt nicht an, mein Paddeln war vergeblich, meine Orientierung verloren.

Das war's also.

So würde mein Leben enden.

Ich war von schäumender Gischt eingehüllt, hatte den Mund voll Salzwasser und musste schlucken, schlucken, schlucken.

Aber dann spürte ich es.

Etwas packte mich am Nackenfell.

Eine kleine Pfote, ein schwacher Griff, doch er reichte, um mir noch einen Augenblick Leben zu verschaffen.

In diesem geschenkten Sekundenbruchteil fand ich Halt, erst mit den Händen, dann mit den Füßen. Ich ruderte panisch mit Armen und Beinen, gleichgültig gegen Stöße und Verletzungen – und endlich tauchte mein Kopf aus dem Wasser.

Luft. Ja. Luft.

Ich kletterte weiter. Über mir kletterte der Wobbyk.

»Vorsicht!«, schrie er. Ein Pfeil prallte gegen den Felsen, so dicht neben mir, dass er das Fell an meinem Ohr zerfetzte.

Sekunden später ließen wir uns auf der anderen Seite des Felsvorsprungs hinabfallen, wo uns kein Pfeil mehr treffen konnte.

Hier würden uns die Wilderer nicht erreichen, es sei denn, sie trieben ihre Pferde hinunter zur Grasfläche und dann durch die tiefe Schlucht zwischen den Klippen.

Ein Blitz erhellte den Himmel. Die schwarzen Wolken rissen auf und überschütteten uns mit eisigem Regen.

Ich sah den Wobbyk an. Der Wobbyk sah mich an.

Wir atmeten auf.

6

Und du bist ein …?

Sei gegrüßt«, sagte der Wobbyk. »Es war ausgesprochen freundlich von dir, mich zu retten.« Wobbyks sind bekannt für ihre besondere Höflichkeit.

Mir war nicht nach höflichem Gespräch zumute.

Ich war klitschnass, ich fror, ich bibberte vor Kälte. Und fühlte mich alles andere als sicher.

Ich schüttelte den Kopf, versuchte, mich zu konzentrieren.

Die Klippe. Die Wilderer. Die Pfeile.

Noch einmal spulte mein aufgewühltes Hirn die Einzelheiten meines verzweifelten Sprungs ab. Ich hatte das Gefühl, dass ich diese Szene noch viele Male in Träumen erleben würde – in Albträumen, aus denen man keuchend und schweißgebadet aufschreckt.

Der Wolkenbruch durchnässte uns bis auf die Knochen. Blitze zuckten durch die Wolken, Donnerschläge übertönten das Tosen der See.

Ich blinzelte den Regen aus den Augen und musterte den Wobbyk. Er war klein, nicht einmal halb so groß wie ich, und sah irgendwie komisch aus, erst recht in seinem tropfnassen Zustand. Sein silberblaues Fell war wie aus dem Wasser gezogen, ebenso seine drei Schwänze. Große weiße, ovale Ohren ragten wie Riesenflügel aus seinem Kopf.

Alles andere an ihm war rundlich: runder Kopf; runder vorgewölbter Bauch; runde Augen, groß und glänzend wie Flusskiesel. Selbst seine Pfoten, ebenso weiß wie Ohren und Schnauze, waren rund wie Seerosenblätter. Seine untere Gesichtshälfte erinnerte mich an einen Fuchs, die schwarze Nase, die langen Tasthaare und der etwas aufwärtsgerichtete Mund – wie ein Fuchs, der andauernd amüsiert aussah. Er hatte einen tief sitzenden Ledergürtel um seinen dicken Bauch. Daran befestigt war ein kleiner Beutel, der sich mit einer Kordel zusammenziehen ließ.

»Wir müssen uns verstecken«, sagte der Wobbyk. »Womöglich sind sie immer noch hinter uns her.«

Mein Körper war vor Angst ganz schwerfällig geworden, doch mit einem Seufzer zwang ich mich, aufrecht zu stehen. Der Wobbyk hatte recht. Wir mussten weiter.

Wir suchten uns einen Weg über die Felsen abwärts zu einem Streifen Sandstrand.

»Halte dich in der Brandung«, sagte ich. »Dort hinterlassen wir keine Spuren.« Wir Dalkins sind Meister im Spurenverwischen.

»Ob ich wohl … dürfte ich mich wohl erkundigen, ob du einen Plan hast?«

»Pfeilen aus dem Weg gehen, das ist mein Plan!«, fuhr ich ihn an.

Der Wobbyk schwieg und ließ den Kopf hängen. Er tat mir ein bisschen leid, deshalb fügte ich hinzu: »Lass uns da vorn den Schieferfelsen anpeilen. Dort sind unsere Spuren hoffentlich nicht so deutlich zu sehen wie hier im Sand. Wir klettern an der Seite rauf, wo er abgebrochen ist, und gehen dann durch den Wald. Ich muss wieder zu meiner Familie.«

»Im Moment sehe ich keinen, der uns verfolgt.«

»Und ich rieche keinen«, erwiderte ich keuchend. »Aber der starke Regen dämpft Geräusche wie Gerüche. Wir müssen so schnell wie möglich hier weg.«

»Ich heiße Tobble«, sagte der Wobbyk. »Ich bin dir äußerst dankbar und möchte dir keinesfalls zur Last fallen.«

»Zu spät«, sagte ich halb im Scherz.

Ich durfte nicht vergessen, dass es ja nicht der Wobbyk war, der die Wilderer hergeführt hatte.

Allerdings hatte er sich die größte Mühe gegeben, mit seinem Boot geradewegs gegen eine Klippe zu rudern.

»Wie, um aller Ahnen willen, kommst du in ein Ruderboot?«, fragte ich.

»Ich war Gefangener auf einem Piratenschiff.«

Ich blinzelte. »Hast du grade gesagt ...«

»Piratenschiff, ja«, versicherte der Wobbyk.

»Und wie kommt ein Wobbyk mit Piraten in Kontakt?«

»Auf dem üblichen Weg.«

»Dem üblichen Weg?«, fragte ich. »Wie kann es denn üblich sein, von Piraten gefangen genommen zu werden?«

»Na, wenn du Sticklerfische angelst und das Boot voll hast, kannst du sicher sein, dass Piraten dir deine Ladung abnehmen wollen«, sagte Tobble. Er zog die Schultern hoch. »Sogar Piraten mögen gebratenen Stickler.«

»Wirklich?«

»Ja, sicher! Meine Brüder konnten noch vom Boot springen, aber ich hab mich im Netz verheddert, und da haben sie mich zurückgelassen.« Anscheinend war dieser Wobbyk nicht einmal empört darüber, aber als er mein kritisches Stirnrunzeln sah, ergänzte er: »Ich bin der Jüngste. Meine Brüder übersehen mich eben oft.«

Da hatten wir etwas gemeinsam.

Tobble musterte mich von Kopf bis Fuß. Dabei hielt er den Kopf so schief, dass er fast seine Schulter berührte.

»Wäre es wohl unhöflich zu fragen, was für eine Art Tier du bist? Du siehst aus wie ein Hund, aber du gehst aufrecht und kannst sprechen …«

»Hund?«, wiederholte ich. »Machst du Witze?«

»Also was bist du dann?«

»Hungrig vor allen Dingen. Außerdem steif vor Kälte. Und pitschnass.«

»Ich bin auch hungrig. Und ich bin ein Wobbyk.«

»Und ich ein Dalkin. Das ist doch wohl klar.« Ich sagte es mit dem ganzen Stolz, den ich aufbringen konnte.

Tobble brach in Gelächter aus, ein hohes, fast trillerndes Gelächter. Wobbyks sind auch beim Lachen komisch. »Ja, und ich bin ein vierköpfiger Waldkobold.« Er kniff die Augen zusammen. »Familie der Wölfe? Schon eher. Aber dein Fell ist golden und viel feiner als das von Wölfen. Hmm. Du kannst durch die Luft fliegen wie ein Gleithörnchen. Du hast einen Beutel wie ein Beuteltier. Deine Hände haben Daumen, aber deine Füße sehen aus wie Hundepfoten. Du kannst aufrecht gehen, und du bist weiblich.«

»Danke, dass du aufzählst, was jeder sehen kann.«

»Du hast beinahe etwas Menschliches an dir.« Tobble umkreiste mich, während wir weitergingen. »Andererseits habe ich gerade miterlebt, wie Menschen dich töten wollten.« Wieder kippte sein Kopf zur Seite. »Aber Menschen sind ja bekannt dafür, dass sie sich gegenseitig umbringen.«

»Ich bin ein Dalkin«, wiederholte ich entschieden. »Und du bist ein Wobbyk. Und um das mal festzuhalten: Dalkins fressen Wobbyks.«

Tobble schnaubte verächtlich. »Dalkins gibt es nicht mehr«, sagte er mit der gleichen Überzeugung, mit der er festgestellt hätte, dass Wasser nass ist. Was natürlich richtig war.

»Und doch stehe ich hier vor dir, nass, frierend und hungrig. Zugegeben, wir sind nicht mehr so viele wie früher. Aber ich kann dir versichern, dass ich genau weiß, was ich bin.«

Wir mühten uns an der abgebrochenen Klippenseite hinauf und tauchten schließlich im Schatten der Bäume unter. Es regnete immer noch, aber das Dach der Äste und Zweige schützte uns.

»Das verstehe ich nicht«, fuhr Tobble fort. »Dalkins … Dalkins gibt es doch gar nicht mehr.« Er sprach so leise, als würde er mir eine Grusel-Gutenachtgeschichte erzählen. »Das hat mein Vater immer gesagt. Mein Großvater. Mein Urgroßvater. Du bist – entschuldige den Ausdruck, ich weiß, es klingt bitter – du bist ausgestorben.«

Ich blieb stehen und richtete mich so hoch auf wie möglich. Bei voller Größe überragte ich diesen kleinen Wobbyk um ein ganzes Stück. »So! Jetzt bin ich mir sicher, dass ich dich fressen werde.«

»Du hast mir das Leben gerettet. Du kannst mich nicht fressen.«

»Warum denn nicht? Wenn ich gar nicht existiere, kann ich auch nicht an irgendwelche Regeln gebunden sein, oder?« Mein Flüstern war zu laut geworden, ich musste mich in Acht nehmen.

»Das macht man einfach nicht. Es ist unhöflich.« Tobble drehte den Kopf, nahm einen seiner Schwänze und leckte ihn ab. »Was waren das für welche, die dich töten wollten?«

»Wilderer«, sagte ich. »Aber du lenkst vom Thema ab.«

»Danke, dass du jetzt auch feststellst, was offensichtlich ist.« Tobble lächelte. »Wilderer kümmern sich kaum um Wobbyks.«

»Wahrscheinlich weil ihr wie Schildkröte schmeckt.«

»Ich weiß nicht, ob ich mich nun gekränkt oder erleichtert fühlen soll.«

»Uns töten sie wegen unseres Fells«, erklärte ich.

»Darf ich mal?«, fragte Tobble und deutete auf meinen Arm. Als ich mit den Schultern zuckte, strich er schüchtern über mein Fell. »Sogar feucht fühlt es sich ungewöhnlich weich an«, staunte er.

»Mein Vater sagt, heutzutage versucht alle Welt, Dalkins zu töten.«

Ein Zweig knackte, und Tobble griff nach meinem Arm.

Wir rührten uns nicht vom Fleck.

Ich sog die Luft ein, prüfte die Witterung. Tobbles linkes Ohr drehte sich wie der Kopf einer aufgeschreckten Eule.

»Da!« Er streckte den Arm aus. »Sie warten auf uns!«

7

Die Wilderer kommen zurück

Ich machte dem Wobbyk ein Zeichen, sich zu ducken – unnötig, wenn man bedenkt, dass ein Wobbyk auf Zehenspitzen immer noch kleiner ist als ein Dalkin auf allen vieren. Ich achtete darauf, keinen Laut zu verursachen, und schlich voran, Schritt für Schritt und Baumstamm um Baumstamm.

Der Geruch nach Mensch, Pferd und Hund wurde stärker. Ich spitzte die Ohren, hörte aber nichts als mein eigenes Herzklopfen.

Es waren die Hunde, die ich vor allem fürchtete. Eine Hundenase ist fast so gut entwickelt wie die Nase eines Dalkins. Doch zum Glück stand mir der Wind bei – er trug ihren Geruch heran und verriet den unseren nicht. Einer der Menschen war ganz in der Nähe, da war ich sicher. Die anderen waren mit ihren Pferden weiter weg.

Vorsichtig und sehr langsam – kein Raubtier, kein Mensch oder sonst wer hätte meine Bewegung wohl wahrnehmen können – schob ich die Ranken eines Beerengestrüpps ein wenig zur Seite.

Und da sah ich ihn.

Er stand allein neben einem umgestürzten Baumstamm auf einer kleinen Lichtung, angespannte Konzentration im Gesicht. Seine große schlanke Gestalt steckte in einfacher bäuerlicher Kleidung: verblichenes Hemd unter einem Lederwams, das von einem

Gürtel zusammengehalten wurde, wollene Hosen und hohe sandfarbene Lederstiefel.

Über menschliche Gefühle weiß ich so gut wie nichts, und doch spürte ich irgendwie, dass dieser Mensch hier unruhig und besorgt war.

Nein, noch mehr: Er war wütend.

»Hast'n noch mal gesehen, Junge?« Der Ruf kam nicht von dem schlanken Jungen her, sondern von einer Stimme tiefer aus dem Wald.

»Nein, Herr«, rief der Junge zurück. »Ist wahrscheinlich im Meer ertrunken.«

Ich vernahm das entfernte Geräusch von Pferden, die ungeduldig mit den Hufen stampften. Nicht weit davon hörte ich Schritte von zwei Paar Füßen – es mussten Menschenfüße sein –, die sich durch das Unterholz kämpften.

Zwei bärtige Männer tauchten zu beiden Seiten des Jungen auf. Der eine war klein und stämmig. Der andere, groß und hager, musste der Anführer der Wilderer sein. Über ihren Lederwämsen trugen sie Teile von abgenutzten Rüstungen, und jeder hatte ein Schwert, einen Bogen und zwei Messer bei sich.

»Was war das für'n Tier, was meinst'n?«, fragte der Anführer den anderen Mann.

»Hab's erst für'n Wolf gehalten, oder vielleicht 'nen Hund«, sagte der. »Aber wie der dann oben von der Klippe gesegelt is? Also, ich denk jetzt wirklich, es muss'n Dalkin gewesen sein.«

»Hab noch nie im Leben einen Dalkin gesehen. Kenn auch niemand, der schon mal einen gesehen hat.« Der Anführer lehnte sich mit über der Brust gekreuzten Armen gegen einen dicken Kiefernstamm. »Was meinst'n du, Junge, was es war?«

»Bin nicht sicher«, antwortete der. »Wir werden's wohl nie erfahren.«

»Es heißt, Dalkinfell is das weichste und wärmste auf der ganzen Welt. Von eim einzigen Fell könntn wir alle'n Jahr lang leben … Und erst recht von mehreren«, sagte der kleine Dicke.

»Schon richtig«, sagte der Junge. »Aber ich könnt mir auch denken, dass ein lebender Dalkin noch viel mehr einbringt, so selten wie die sind.«

»Verfluchte Biester.« Der Kleine spuckte aus. »Mein Großvater hat mal zwei gesehn, als er'n Junge war. Hat behauptet, ihre Nasen sind verhext. Können 'nen Furz meilenweit riechen.«

Der Anführer ließ ein knurriges Lachen hören. »Jedenfalls gibt's die Hoffnung, dass da, wo ein Dalkin is, noch mehr sind.«

»Falls wir tatsächlich einen zu Gesicht kriegen«, sagte der Junge, »dann tötet ihn bitte nicht.« Er verstummte, denn der Anführer warf ihm einen finsteren Blick zu. »Ich wollt nur sagen, wir würden mehr in die Taschen kriegen, wenn wir'n fangen könnten.«

»Die bringen auch tot mehr als genug«, grummelte der Anführer. »Und noch dazu in der Hälfte der Zeit. Und wo wir grad davon redn: Wenn ich noch mal hör, dass du mitten bei der Jagd schreist ›Nicht töten‹, dann kann's leicht passiern, dass wir *dein* Fell zum Markt bringen!«

Der Junge sah zu Boden. »Ja, Herr.«

»Also, dann sag uns, in welche Richtung wir jetzt gehn solln«, sagte der Anführer. »Wenn du doch so schlau bist.«

Der Junge drehte sich um, spähte zwischen die Bäume – und erstarrte plötzlich. Er sah direkt in unsere Richtung. Ich spürte, dass er uns trotz des dichten Beerengestrüpps gesehen hatte.

Die Männer schwiegen jetzt.

Der Junge hatte die Augen geschlossen.

»Gleich hat er wieder die Formel für den richtigen Weg«, sagte der erste Mann.

»Dann halt's Maul und lass ihn machn.«

Der Junge öffnete die Augen. Trotz der Entfernung zwischen uns konnte ich erkennen, dass sie dunkelbraun waren, von dichten Wimpern beschattet und dass ein nachdenklicher Blick darin stand.

»Reitet nordwärts«, rief er den Männern zu. »Ich hol mein Pferd, dann komm ich nach.«

Die älteren Männer gingen davon. Der Junge wartete noch einen Augenblick und betrachtete schweigend die Lichtung. Dann ging auch er.

Bevor er jedoch endgültig zwischen den Bäumen verschwand, blieb er kurz stehen, und als er noch einmal zurück in unsere Richtung schaute, bildete ich mir ein, dass ein Lächeln auf seinem Gesicht stand.

8

Drei Schwänze, drei Lebensrettungen

Kaum war die Gefahr vorüber, fing mein Magen laut zu stöhnen an, als hätte er damit nur gewartet, bis die Luft rein war.

Tobble fuhr zusammen. »Was war das?«

»Mein Magen. Ich hab Hunger.«

»Mein Magen knurrt, wenn ich Hunger habe.«

»Unsere Mägen stöhnen.« Ich richtete mich vorsichtig auf, prüfte die Luft nach möglichen Zeichen dafür, dass die Wilderer vielleicht doch noch in der Nähe wären. »Der Junge, dieser Pfadfinder«, sagte ich. »Ich bin sicher, dass der uns gesehen hat.«

»Aber warum hat er dann den anderen nichts gesagt?«

»Keine Ahnung.« Ich schüttelte den Kopf. »Es ergibt keinen Sinn.«

Erst jetzt merkte ich, wie erschöpft ich war. Der wahnwitzige Sprung von der Klippe, der unmögliche Gleitflug, das Salzwasser, der Regen danach, die Kälte, die Angst: Ich wollte nur noch nach Hause, mich einkuscheln in die Sicherheit meiner schlafenden Familie.

Für einen Tag war ich neugierig genug gewesen.

Ich linste zu Tobble hinüber und fragte mich, was ich mit ihm anstellen sollte. Von der Jagd verstehe ich nicht viel, aber dass man sich mit seinem Beutetier besser nicht auf Unterhaltungen einließ, spürte ich sehr wohl.

Tobble schien meine Gedanken zu erraten. »Du begreifst also, dass du mich nicht fressen kannst, bevor ich deine Gefälligkeit erwidert und dir ebenfalls das Leben gerettet habe?«

Trotz allem musste ich lächeln. »Du willst mir das Leben retten?«

»Was mir an Größe fehlt, mache ich mit meinem Geist wett.« Tobble putzte sich feuchte Erde vom Hinterteil. »Außerdem ist das nun mal Wobbyk-Code. Du hast mir das Leben gerettet, jetzt muss ich dreimal dein Leben retten.«

»Warum dreimal?«

»So ist eben die Vorschrift.«

»Aber warum ist das Vorschrift?«

»Weil ich drei Schwänze habe.«

Ich runzelte die Stirn. »Das ergibt doch überhaupt keinen Sinn.«

»Ich mache die Vorschriften nicht. Aber ich befolge sie.«

In der Ferne krachte es wieder wie von Donnerschlägen. Wir zuckten beide zusammen, weil wir befürchteten, der Lärm könnte diesmal eher die Rückkehr von Hufen ankündigen als den Zorn des Himmels bezeugen.

»Du brauchst dich nicht zu revanchieren«, sagte ich und dachte im Stillen: Weil ich mir nämlich unter anderen Bedingungen dein Fleisch zum Abendessen sehr wohl hätte schmecken lassen.

»Nun, wir werden ja sehen. Wohin jetzt?«, fragte Tobble.

»Du kannst nicht mitkommen. Unser Rudel lebt schon seit Wochen nur von Würmern und Baumrinde. Die fressen dich im Handumdrehen auf.«

»Das ist ein Risiko, das ich eben eingehen muss.«

»Du darfst nicht mit«, sagte ich entschieden und wunderte

mich über meinen Ton, der genauso klang, wie ihn meine Eltern so oft mir gegenüber anschlugen.

»Und ich geh doch mit!«

Ich beschloss, es mit logischen Argumenten zu versuchen. »Du hältst mich nur auf. Und du machst zu viel Lärm.«

»Wenn du findest, dass ich am Boden zu viel Lärm mache, dann nimm mich auf den Rücken. Für deinen Beutel bin ich zu groß.« Tobble reckte sein stoppeliges Kinn. »Dreimal«, sagte er. »Wobbyk-Vorschrift. Du kannst mich nicht loswerden, auch nicht, wenn du's versuchst.«

»Ich könnte schon, wenn ich dich fresse«, brummte ich und gab mir Mühe, einschüchternd zu klingen.

Ehe ich noch ein Wort sagen konnte, kletterte der Wobbyk auf meinen Rücken. »Ich hoffe sehr, dass es dir nichts ausmacht«, sagte er.

»Dass eine flauschige Mahlzeit auf meinem Rücken sitzt?«, fragte ich. »Zufällig macht mir das sehr wohl was aus!«

»Mir scheint, ich habe versäumt, dich nach deinem Namen zu fragen«, sagte Tobble, indem er meine Antwort ignorierte.

Ich seufzte. Laut und ungeduldig sagte ich: »Ich heiße Byx.«

»Byx«, wiederholte er. »Ein vornehmer Name für einen vornehmen Dalkin.« Er beugte sich dicht an mein Ohr und flüsterte: »Falls du tatsächlich einer bist.«

Ich drehte den Kopf und schoss ihm einen wütenden Blick zu. »War nur Spaß«, sagte er. »Kümmere dich nicht um mich.«

»Das dürfte schwierig sein.«

Einen Bogen zu schlagen würde einen längeren Heimweg bedeuten, aber auf keinen Fall durfte ich die Wilderer ungewollt zum Mirabienen-Hügel führen.

Der Himmel war wolkenverhangen, bald würde die Sonne untergehen. Ich wandte mich nach Osten, dann nach Norden und bog schließlich auf geradem Weg zu meinem vorübergehenden Zuhause und meiner vertrauten Familie ein.

Tobble wog nicht viel, schwerer dagegen wog die Frage, was ich, im Bau angekommen, mit ihm machen sollte. Immerhin würde sein Erscheinen ablenken von der viel größeren Frage, warum ich mich so weit entfernt hatte.

Doch wie dem auch sei, selbst hungrige Dalkins sind anständig und wohlerzogen. Wenn ich Tobble als Freund vorstellte, würde gewiss keiner aus dem Rudel versuchen, ihn zu fressen. Allerdings würden sie freilich wissen wollen, warum ich mich mit einem möglichen Beutetier angefreundet hatte.

Ich machte einen letzten Versuch. »Du solltest jetzt wirklich abspringen und deiner Wege gehen«, sagte ich zu Tobble.

»Ich verstehe ja deine Bedenken, aber ...« Er zog den Kopf ein, als ich im Laufschritt durch ein dorniges Gestrüpp brach. »Aber ich kann mich ganz gut zur Wehr setzen.«

»Womit denn?« Halbwegs hoffte ich, er könnte womöglich verborgene Kräfte besitzen.

»Mit meinem Wagemut«, erklärte Tobble selbstbewusst. »Ich sag nur eins: Wütend möchtest du mich lieber nicht erleben. Den Anblick vergisst du nie.«

»Ich werd dran denken«, sagte ich und unterdrückte ein Lächeln.

»Wohin gehen wir also? Zu dir nach Hause?«

»Ja. Nein. Wir haben eigentlich kein Zuhause«, sagte ich. »Wir ziehen von einem Ort zum nächsten. Bleiben nie lange an einem Fleck.«

»Ich dachte, ihr baut Baumnester. Das hab ich immer gehört.«

»Früher. Jetzt nicht mehr. Aber meine Eltern haben uns noch beigebracht, wie man welche baut. Man braucht viel Übung dazu. Wir nehmen dazu Seidenfäden aus Orb-Netzen, flechten sie mit Schilfgras und Weidenzweigen zusammen und dichten alles mit Moos und Distelwolle ab.«

»Ich bin beeindruckt. Für solche Arbeiten ist es sicher hilfreich, dass ihr Dalkins Daumen habt.«

»Die sind ganz nützlich, ja.« Ich reckte meine Daumen in die Luft und wackelte damit.

»Angeber!«, sagte Tobble. »Wetten, dass du das hier nicht kannst?«

Ich drehte mich nach ihm um und sah seine riesigen Ohren rotieren wie Mini-Wirbelstürme, mal in die eine, mal in die andere Richtung.

»Toll!«, sagte ich. »Und was hat es für einen Nutzen?«

»Gar keinen«, sagte Tobble grinsend.

Nach ein paar Minuten blieb ich stehen und prüfte die Luft nach unbekannten Gerüchen. Ich hatte das merkwürdige Gefühl, dass etwas nicht in Ordnung war, obwohl mir der Wind keine brauchbaren Hinweise lieferte. Ich roch Piniensaft und Schimmel. Weidengras und Ingwerblüten. Ich hörte eine Purpureule, die ein Mordsspektakel um ihr Nest in der Astgabel einer Fichte machte.

»Hörst du was Verdächtiges?«

»Nein«, sagte Tobble. »Und ich höre mit meinen Ohren alles!«

Ich konzentrierte mich wieder. Nichts. Jedenfalls nichts, was ich benennen konnte. Sicher, dieses Gefühl überkam mich oft, wenn ich eine unkluge Entscheidung getroffen hatte. Dann zeigte sich häufig erst hinterher, wie gefährlich meine Unternehmung gewesen war.

Ich war bei meinen Entdeckungszügen meistens vorsichtig gewesen. Übervorsichtig, ängstlich sogar. Doch heute war ich zu weit gegangen. Ich freute mich nicht darauf, mich vor meinen Eltern rechtfertigen zu müssen. Trotzdem wollte ich so schnell wie möglich nach Hause. Ich hatte einen großen Fehler gemacht, einen sehr großen. Und ich wollte nicht noch mehr falsch machen.

»Wir leben unter der Erde«, erzählte Tobble bereitwillig – vielleicht um mich von meinen Sorgen abzulenken. »In unwahrscheinlich langen Tunneln. Die ziehen sich meilenweit hin. Ich habe meinen eigenen Raum. Riesig, sag ich dir. Luxuriös.«

»Schön«, sagte ich und lief weiter, schneller noch als zuvor.

»Ich teile ihn mit meinen Brüdern Blaxton, Roopwart und Piddlecombe.«

»Hmm.«

»Und mit McGuppers, Jellyhorn und Bribbles.« Tobble unterbrach sich. »Es ist also nicht direkt mein eigenes Zimmer.«

Wieder blieb ich stehen. Etwas stimmte nicht. Etwas in der Luft.

Mein Fell sträubte sich. Meine Nase bebte.

Ich fröstelte, obwohl mir längst nicht mehr kalt war.

Ich hatte getrödelt, hatte meiner Erschöpfung nachgegeben.

»Halt dich fest!«, rief ich Tobble zu.

Ich ließ mich auf alle viere nieder und galoppierte los.

9

Angst

Ich stürmte zwischen den Bäumen durch, dann über eine offene, von winzigen roten Blumen gesprenkelte Felsfläche. Zweimal stolperte ich, aber Tobble hatte seine kleinen Arme fest um meinen Hals geschlungen.

»Halt die Augen gut offen!«, keuchte ich.

»Mach ich, Byx«, sagte Tobble mit beunruhigender Ernsthaftigkeit, und wir verfielen beide in Schweigen.

Die vom Wind landeinwärts getriebenen Wolken waren aufgerissen und enthüllten stellenweise den Himmel, der inzwischen einen düsteren Schein angenommen hatte. Der Tag ging allmählich in die Nacht über.

Ich näherte mich dem Mirabienen-Hügel aus einer anderen Richtung als sonst, aber das spielte keine Rolle. Ich brauchte keine Wegweiser. Ich verließ mich auf meinen Instinkt, immer der Nase nach, heim, heim, nur heim.

Ich sprang über einen kleinen Bach und hielt abrupt inne.

»Was ist?«, fragte Tobble.

Ich rührte mich nicht, blieb stocksteif stehen, wie meine Eltern es mir beigebracht hatten, und nahm alle Gerüche in mich auf. *Nicht immer kommt ans Ziel, wer rennt.*

Vor mir roch ich Menschen. Der Junge vielleicht? Die Pferde, die Hunde, die Übrigen waren weiter weg.

Noch zwei Minuten im Eiltempo weiter, dann würde ich zu Hause sein.

»Irgendwas stimmt da nicht«, sagte ich und schüttelte den Kopf wie im Streit mit mir selber.

»Was könnte ... ?«

»Pst!« Ich lauschte, und auch Tobble spitzte die Ohren.

Aber noch war nichts zu hören von den Geräuschen, die ich erwartet hatte. War ich denn nicht nah genug, um die Aktivitäten meiner Rudelgenossen zu hören? Sie müssten doch beim Packen sein. Sie müssten nach mir suchen. Oder standen die Bäume so dicht, dass alle Geräusche gedämpft wurden?

Schließlich waren wir im Begriff, zu einer großen Reise aufzubrechen. Da sollten doch Vorbereitungen im Gange sein. Nahrung musste in Poonan-Blätter gewickelt werden, Werkzeuge waren zu verstauen, die wenigen Erinnerungsstücke, die wir immer bei uns hatten, mussten in Beuteln untergebracht werden.

Aber da war kein Geräusch. Da war nur das Fehlen von Geräuschen. Eine Leere.

Ich strengte mich an, um wenigstens eine flüchtige Witterung zu erhaschen. Nichts. Absolute Stille. Der Wind kam mir nicht zu Hilfe, doch in den verborgensten Winkeln meines Verstandes meldete sich eine uralte Empfindung.

Angst.

Ich stellte mich auf die Hinterbeine, und Tobble rutschte von meinem Rücken.

»Ich muss los«, sagte ich und war unterwegs, noch bevor Tobble zu einer Antwort ansetzen konnte.

Ich rannte, stolperte über abgebrochene Äste, rutschte auf Blättern aus.

Ich kämpfte mich weiter. Durchpflügte das Dickicht, achtlos, mit halb geschlossenen Augen, um den zurückschnellenden Zweigen zu entgehen.

Wieder blieb ich stehen.

Verirrt. Ich hatte mich verirrt.

Angestrengt schnappte ich nach Luft, hasste meine kurzen Beine und schwachen Lungen, die mir nie, nie die Freude gönnten, mal die Erste oder die Schnellste zu sein.

Der tückische Wind änderte die Richtung – und jetzt erreichte er mich.

Ein Geruch, so stark und entsetzlich, dass er wie Lava durch meine Kehle kroch.

Ich ahnte es, bevor ich es wusste.

»Nein«, flüsterte ich.

Die Welt stand still – bis auf Tobble, der sich tapfer und weit hinter mir abmühte, mich einzuholen.

Dann erkannte ich den Hügel mit der riesigen, einzelnen Kiefer, die auf der Kuppe stand. Direkt hinter dem Hügel war unser Lager.

Keuchend und nach Luft schnappend kletterte ich hinauf, und hier oben auf dem Kamm, wo nichts mehr die Geräusche dämpfte, war die Stille plötzlich verflogen.

Ich hörte es.

Heulen und Schreien.

Todesqualen.

Unbeschreibliche Schmerzen.

Angst und Verzweiflung.

Ich rannte los.

10

Das Undenkbare

Es dauerte ewig. Und doch kam der Moment zu schnell, in dem ich alles begriff.

Weiter zwischen den Bäumen hindurchtorkelnd, sah ich sie: Männer in Silber und Rot mit Pfeilen und Breitschwertern, mit geifernden Hunden und schnaubenden Pferden.

Sie brachten Chaos. Sie brachten Blut. Sie brachten Finsternis.

Keine Wilderer. Diese hier waren andere Männer. Sie trugen keine zusammengewürfelten Kleidungsstücke, schwangen keine beliebigen Waffen. Sie trugen einheitliche rot-silberne Waffenröcke, und ihre Arme steckten in Kettenhemden. Ihre Köpfe schützten kegelförmige Helme aus Stahl, die mit einem schmalen Schlitz für die Augen versehen waren. An ihren Stiefeln glänzten Sporen. Manche Männer hatten Schwerter, andere Speere.

Nein, diese Männer waren keine Wilderer. Es waren die Soldaten des Murdano.

Der Mirabienen-Hügel, zehn Meter hoch und doppelt so breit, war nach dem Regen glänzend und glitschig. Im Innern wütete Feuer. Rauchschwaden quollen aus jeder Öffnung.

Einer der Soldaten sprang vom Pferd und stieß seinen Speer in einen Fellhaufen.

Das war Dalyntor gewesen, unser Rudelältester. Weiß um die Schnauze, aber klug wie ein Mensch.

Er war nicht klug genug gewesen.

Und dann entdeckte ich sie.

Alle.

Meinen Vater.

Meine Mutter.

Meine Geschwister.

Sie lagen auf der Erde wie weggeworfene Pelze, zerfetzt und durchbohrt. Hell schimmernd strömte ihr Blut und durchtränkte das Laub, glasig starrten ihre Augen in die Luft, ihre Mäuler waren weit aufgerissen.

Kreuz und quer lagen sie übereinander, als hätten sie keine Zeit mehr gehabt, in verschiedene Richtungen davonzulaufen, meine Eltern zuoberst. Sie hatten ihre Kinder beschützt, so wie sie es immer getan hatten. Ich rannte los.

Ich rannte, um zu vernichten, zu töten, zu rächen, und dabei kam ein Fauchen und Knurren aus einem barbarischen Winkel meines Herzens, von dessen Existenz ich nichts gewusst hatte.

Beinahe hatte ich wieder offenes Gelände erreicht, als mich etwas hart an der rechten Seite traf. Es riss mich auf den Rücken und umschlang meine Beine.

Ungläubig starrte ich auf die dreigezackte Pfeilspitze, die in meiner rechten Seite steckte. Die daran befestigte Fangschnur, die kaum zu sehen war und doch einen davonstürmenden Hirsch in Schranken halten konnte, war straff gespannt.

Ich versuchte, den Pfeil herauszuziehen, aber die Spitzen waren mit Widerhaken versehen. Es war kein Pfeil zum Töten. Es war ein Pfeil, um jemanden gefangen zu nehmen.

Ich packte die Schnur und versuchte, sie mit den Zähnen vom Pfeil zu trennen. Wütend schlug ich um mich.

Hinter einem Baum hervor hörte ich eine Stimme. »Halt still, du Dummkopf!«

Ich wollte nicht stillhalten. Ich wollte mich nicht aufhalten lassen. Ich wollte zu meiner Mutter, meinem Vater. Ich wollte zu meinen Brüdern und Schwestern, zu meinem Rudel, meinem …

Da näherten sich eilige Schritte, ich rollte mich zu spät weg – und spürte einen Schlag im Nacken.

Aber ich spürte ihn nur kurz, denn ich versank in einem Strudel von Finsternis.

Teil Zwei

Gefangen

11

Der Junge

In Gedanken bewegte ich mich, doch ich konnte mich nicht bewegen.

Ich konnte sehen.

Ich konnte riechen.

Ich konnte hören.

Aber bewegen konnte ich mich nicht.

Bäuchlings hing ich über einem sattellosen Pferd und schaukelte hin und her, während das Tier sich über einen steinigen Pfad mühte. Aus irgendeinem Grund rutschte ich nicht ab. War ich an das Pferd gebunden, so wie ich an Händen und Füßen gebunden war?

Bei jedem Schritt schlug mein Gesicht gegen die Flanke des Pferdes. Sein Gestank nach Schweiß und Kot und Erschöpfung nahm mir den Atem.

Ich war wie ein Kadaver, wie eine tote Maus in den Fängen einer Waldkatze.

Was passierte mit mir? Meine Gedanken waren zäh und schwer.

Bei jedem besonders ruckartigen Schritt des Pferdes rollte mein Kopf von der einen auf die andere Seite. Als ich ihn mühsam anhob, konnte ich Äste von Kiefern und Bullabäumen sehen, die bis auf den Boden reichten und mit ihren spitzen Nadeln die Beine des Pferdes zerkratzten.

Mit Entsetzen stellte ich fest, dass wir bei hellem Sonnenlicht unterwegs waren. Abend und Nacht waren gekommen und vergangen! War ich so lange ohne Bewusstsein gewesen?

Ich sah harte, trockene Erde und scharfkantiges Gestein.

Ich sah golden und schwarz geschecktes Pferdefell wellig über Rippen gleiten.

Ich sah ein Paar stoffbedeckte Beine und lederumwickelte Füße fest und sicher voranschreiten. Ein Junge. Er kam mir irgendwie bekannt vor, so dachte ich jedenfalls.

Der Junge. Der Pfadfinder, der den Wilderern den Weg gewiesen hatte.

Erinnerungen stürmten auf mich ein. Wilderer und Pfeile. Wasser, Angst, Entsetzen. Ein komischer kleiner Wobbyk.

Und noch etwas anderes … etwas Schreckliches. So schrecklich, dass sich mein Verstand weigerte, es zu denken.

Der Junge murmelte etwas, und das Pferd blieb stehen.

Er legte mir die Hand auf die Schulter und sprach beruhigend auf mich ein. Dann hob er mich ein wenig an, sodass er in mein Gesicht sehen konnte.

Weit über mir stach grelles Licht durch das dichte Blattwerk. Ich spürte es auf meinem Rücken, ich sah die kurzen Mittagsschatten, die es warf.

Als ich meinen pochenden Schädel drehte, bemerkte ich das Seil, mit dem ich aufs Pferd gebunden war, auch den dicken Knoten. Ich drehte den Kopf in die andere Richtung und sah die zuckenden Ohren des Pferdes. Seine Mähne war ein Gewirr aus Gold und Schwarz.

Der Junge setzte mir einen Wasserschlauch an den Mund. Es war eine Möglichkeit, um meine Lippen zu befeuchten, doch schlucken konnte ich in dieser Stellung kaum. Behutsam wischte der Junge die Tropfen ab, die mir über die Wangen liefen. Dann schüttete er Wasser in die hohle Hand, und ich schlabberte wie ein Hund. Ich war unglaublich durstig.

»Wenn du wieder richtig wach bist, müssen wir die Pfeilspitze aus deiner Flanke entfernen«, sagte er.

Er sprach den unter Händlern und Kaufleuten verbreiteten Dialekt, ein Mischmasch aus Wörtern und Redewendungen, der sich aus Dutzenden verschiedener Sprachen zusammensetzt. Dalyntor hatte uns junge Dalkins gelehrt, ihn fließend zu sprechen, auch wenn wir im Rudel nur die Dalkinsprache benutzten.

»Die Wirkung des Gifts hat inzwischen nachgelassen und wahrscheinlich auch die Benommenheit.«

Er hatte recht. Ich spürte die Spitzen der Widerhaken jetzt schneidend kalt, auch einen dumpfen Schmerz. Der Pfeil war tief in meinen Muskel eingedrungen.

Der Junge wandte den Kopf nach rechts, nach links, lauschte angespannt und reckte schnuppernd seine schwache Menschennase in den Wind.

Dann hob er mich, ächzend unter meinem Gewicht, vom Pferd und setzte mich vor einer Bodenwelle ins Moos unter eine üppigen Schatten spendende Ulme. Ich wagte einen Blick auf meine rechte Seite. Der Pfeilschaft war bis auf wenige Zentimeter abgeschnitten worden. Das vorher hell schimmernde Blut war jetzt braun verkrustet.

Ich sah zu dem Jungen hin und versuchte in seinen Augen zu lesen. Ich wühlte in meiner verschwommenen Erinnerung nach allem, was ich über Menschen wusste, was ich in Gedichten gehört hatte, im Unterricht und von meinen …

von meinen …

Da fiel es mir ein, traf mich wie ein herabstürzender Felsblock, und ich konnte der Erinnerung nicht mehr ausweichen.

Meine Mutter. Mein Vater. Meine Brüder und Schwestern.

Ich erinnerte mich an jede Einzelheit.

Der brennende Mirabienen-Hügel.

Die Soldaten und ihre Speere.

Ich erinnerte mich an alles.

Ich schloss die Augen und hörte die Schreie. Ich roch salziges Blut, Stahl und Eisen, Schwerter und Rüstungen.

Ich sah einen Speer auf die toten Körper niederfahren, auf die armen leblosen Fellbündel.

Helle Wut stieg in mir hoch.

Ich wollte jemandem wehtun. Ich wollte diesem Jungen wehtun.

Ich wollte sein Fleisch zwischen meinen Zähnen zerfetzen. Ich wollte ihn bluten sehen, wie meine Familie geblutet hatte.

»Ich will dir nichts vormachen«, sagte er. »Das wird jetzt wehtun.«

Gut. Soll es wehtun, dachte ich. Soll er mich spüren lassen, was echte körperliche Schmerzen sind.

Der Junge sammelte trockene Zweige und eine Handvoll vertrocknetes Gras, dann kramte er seine Zunderbüchse hervor und schlug einen Feuerstein gegen Stahl. Die Funken fielen ins Gras, und Rauchkringel stiegen auf.

»Nachts konnte ich kein Feuer machen«, erklärte er.

Seine Stimme klang merkwürdig. Sie bestand eigentlich aus zwei Stimmen. Die eine war ein ruppiger Bariton, doch darunter schwang – als sollte sie verheimlicht werden – eine zweite, weichere Stimme mit. »Viel Rauch dürfen wir nicht machen, aber mögliche Verfolger werden ohnehin von der tief stehenden Sonne geblendet.«

Er zog ein Messer.

Ich holte tief Luft.

Aber er stach nicht zu. Er hielt die Messerklinge über die glimmenden Funken. »Manche Frauen sagen, es heilt besser, wenn man ein erhitztes Messer benutzt«, sagte er.

Mir war das egal. Ich wollte gar nicht, dass es heilte. Ich wollte töten oder sterben, und diese beiden Dinge waren eins in meinem Hirn.

Alle tot. Das ganze Rudel.

Alle.

»Ich muss drei kleine Schnitte machen«, erklärte der Junge.

Ich hörte seine Worte, aber sie waren mir nur leeres Geräusch.

Meine Familie. Mein Rudel. Alle tot.

Die Messerklinge brannte, als sie in meine Haut fuhr, und ich zuckte unwillkürlich zusammen. Zum Glück arbeitete der Junge rasch und sicher.

Der Schmerz ging mir durch und durch, aber ich schrie nicht auf.

Nie würde ich Schwäche zeigen vor diesem Menschen.

Der zweite Schnitt war schlimmer. Ich musste die Zähne zusammenbeißen, bis ich fürchtete, sie könnten brechen.

Der dritte Schnitt war leichter zu ertragen. Ich hatte mich an den Schmerz gewöhnt.

Er war nichts im Vergleich zu dem Schmerz in meinem Herzen.

»Ich muss jetzt den Pfeil ein bisschen bewegen«, sagte der Junge, »damit ich ihn rauskriege.«

Er tat es, und der Schmerz stieg wieder in mir auf, aber es gelang ihm, den Pfeil rasch zu entfernen. Er schnitt den Pfeilkopf von dem Schaftstummel, wischte mein Blut ab und warf die scharfe, dreigezackte Spitze in einen Beutel, der neben seinem Köcher hing.

Ich versuchte, mir seine Waffen zu merken.

Den Bogen und die Pfeile.

Das rostige Schwert, das zu groß für ihn war und hinderlich, wenn er auf dem Boden kniete.

Das Messer im Stiefelschaft.

Der Junge öffnete einen kleinen Beutel an seinem Gürtel, nahm ein zerdrücktes grünes Blatt heraus und legte es auf meine Wunde.

»Es hält nicht gut auf Fell, aber es hilft bei der Heilung«, sagte er. Damit band er das Blatt mit einem langen Stoffstreifen um meine Brust. »Ich habe auf dein Bein gezielt, aber du hast dich im letzten Moment bewegt«, fügte er wie zur Entschuldigung hinzu.

»Ich wünschte, du hättest mich ins Herz getroffen«, murmelte ich, überrascht, dass ich überhaupt zum Sprechen fähig war. »Dann wäre ich wenigstens bei den anderen, dort, wo ich hingehöre.«

Der Junge sah mich lange an. Es waren die ersten Worte, die ich zu ihm gesagt hatte, und er schien zu überlegen, wie er antworten sollte.

»Ich bin froh, dass du überlebt hast«, sagte er schließlich.

Ich wandte mich ab. »Ich nicht.«

Seufzend trat der Junge das Feuer aus und kratzte mit dem Stiefel Dreck über die Stelle. »Wir müssen weiter«, sagte er.

Zwar befreite er meine Hände nicht, die unangenehm straff hinter meinem Rücken zusammengebunden waren, doch löste er das Seil um meine Hinterbeine. Dann hob er mich wieder hoch und hievte mich mit ganzer Kraft rittlings auf den Pferderücken. Jetzt saß ich aufrecht, war kein Gepäckstück mehr.

Geschickt und mühelos sprang er hinter mir auf, fasste um mich herum nach den Zügeln, und in flottem Trab ging es weiter.

Wir tauchten aus dem Schatten ins Licht. Die Gegend war mir fremd. Hier war weder Wald noch Wiese noch Meer. Wir befanden uns in trockenem Buschland mit niedrigem Gestrüpp und nackten Felsen.

Der Junge lenkte sein Pferd so dicht wie möglich an den Felsen entlang, damit die Hufspuren nicht so leicht zu verfolgen waren.

Ich befahl mir, auf alles zu achten, auf jede Einzelheit, die mir für die Flucht nützlich sein konnte.

Ich versuchte, mir den Weg zu merken.

Doch vergeblich.

Wo ich auch hinsah, ich sah nichts als die aufgehäuften Körper und blicklosen Augen all derer, die ich geliebt hatte.

12

Geflüster

Wir zogen weiter. Allmählich veränderte sich die Umgebung. Das Gelände wurde felsiger und tückischer. Die Kieferngruppe, die uns auf der rechten Seite begleitet hatte, wurde lichter und verschwand schließlich ganz. Sowohl für das Pferd wie für den Jungen schien jeder Schritt mühsam zu sein.

Der Junge wirkte müde. Trotzdem drängte er weiter, trieb das Pferd um glitzernde Felsvorsprünge, die so weit überhingen, dass der Junge und ich uns ducken mussten.

Ich forschte im Wind nach etwas Vertrautem, das mir vielleicht bekannt vorkäme, aber ich fand nichts. Er wisperte und klagte, sagte mir aber nichts darüber, wo ich mich befand oder wohin ich unterwegs war.

Die Wunde an meiner Seite schmerzte und brannte. Der behelfsmäßige Verband um meine Brust ließ mich nicht richtig durchatmen.

Wir überquerten einen gluckernden Bach, und ich merkte, wie durstig ich immer noch war.

Ich hörte den Wind raunen, den Bach gurgeln, und – war das möglich? – ich hörte noch etwas anderes.

Meinen Namen im Wind.

»Byx!«

Ich wartete, da kam es wieder.

»Byx!«

Ich spitzte die Ohren, hörte aber nichts mehr. War es irgendwie … ein Echo der Stimme meiner Mutter gewesen? Rief sie noch aus dem Land der Toten nach mir? Doch außer dem Klappern der Pferdehufe auf felsigem Boden und dem Atmen des Jungen war nichts zu hören.

Du kannst nicht mehr klar denken, sagte ich mir. Hörst Stimmen, die gar nicht da sind.

Und doch, da war es wieder.

»Byx!«

Vielleicht hörte ich, was ich gern hören wollte: jemanden, der irgendwo nach mir suchte. Jemanden, der wusste, dass ich noch lebte.

Der Wind säuselte seine unheimliche Musik, und ungebeten kam mir wieder eine Erinnerung. Vor ein paar Tagen hatten meine Eltern leise miteinander gesprochen. Im hintersten Winkel unserer behelfsmäßigen Unterkunft im Mirabienen-Hügel hatten sie gesessen und sich flüsternd über uns unterhalten. Über meine Geschwister und mich.

Sie hatten gedacht, wir würden schlafen.

Wir schliefen nicht.

Eltern, die fest davon ausgehen, dass ihre Kleinen schlafen, haben die sonderbare Fähigkeit, sich selbst etwas vorzumachen.

»*Falls* es zu Problemen kommt«, sagte meine Mutter mit unterdrückter Stimme.

»Nicht falls. Es wird mit Sicherheit dazu kommen«, korrigierte mein Vater.

»Wenn es also zu Problemen kommt«, fuhr Maia fort, »mache ich mir Sorgen um alle. Besonders aber fürchte ich um Byx.«

Ich war erschrocken, als ich meinen Namen hörte. Trotzdem hatte ich die Augen geschlossen gehalten und langsam und gleichmäßig weitergeatmet. Niemand kann Schlaf besser vortäuschen als ich.

»Warum Byx, Liebes?«, fragte mein Vater.

»Sie ist noch so jung. So klein.« Die Stimme meiner Mutter zitterte. »Ich hatte einen Traum, einen schlimmen Traum. Sie haben uns geholt. Und ich habe geträumt, Byx war die Erste, die umgekommen ist.«

»Die Erste, die umgekommen ist.« Mein Vater schwieg lange.

Ich weiß noch, dass ich reglos und still dalag, kaum zu atmen wagte und gespannt wartete, was noch kommen würde.

»Ich hatte auch einen Traum«, sagte mein Vater schließlich und seufzte. »In gewisser Weise noch schlimmer. Ich habe geträumt« … er stockte … »ich habe geträumt, dass sie die Letzte ist, die überlebt hat.«

»Nein«, sagte meine Mutter, und ich konnte hören, dass sie leise schluchzte. »So etwas darfst du nicht einmal denken.«

»Es heißt, die Menschen haben ein Wort dafür. Endling.«

Meine Mutter lachte bitter. »Sie haben für alles ein passendes Wort, das weißt du doch.«

Mein Bruder Reaphis, der fast zuunterst in unserem verschlungenen Knäuel schlief, stupste mich mit dem Fuß an. »Keine Angst, Byx«, sagte er. »Für einen Kümmerling wie dich werden sie keinen Pfeil verschwenden. Lohnt gar nicht, dich zu fressen.«

»Sie töten uns doch nicht, um uns zu essen«, fuhr meine älteste Schwester ihn an. Sie war die Schlaueste von uns, vielleicht deshalb, weil sie die Beste im Lauschen war. »Sie töten uns wegen unseres Fells. Sagt Dalyntor.«

Dieses Gerücht hatten wir schon viele Male gehört. Was es natürlich nicht weniger schmerzlich machte.

»Schlaft ihr etwa noch nicht?«, rief meine Mutter in unsere Ecke herüber.

Wir hüteten uns zu antworten. Meine Eltern verfielen in Schweigen.

»Byx?«, flüsterte Stunden später mein Bruder Jax. Offenbar konnte auch er nicht schlafen.

»Ja?«, gab ich leise zurück.

»Hab keine Angst. Egal, was passiert, ich werde dich beschützen.«

Jax war ein Jahr älter als ich. Er war lieb und ein bisschen dumm, und er hatte ein violettes und ein grünes Auge. Von allen meinen Geschwistern mochte ich ihn am liebsten, so wie ich seine Lieblingsschwester war.

»Ich werde dich auch beschützen«, flüsterte ich.

Hätte ich das zu einem meiner anderen Geschwister gesagt, hätten sie mich nur ausgelacht. Aber Jax lachte nicht.

Er griff nach meiner Hand.

Als ich Stunden später aufwachte, hielt er sie noch immer fest.

13

Die Höhle

Wir hielten an. Der Junge sagte etwas zu dem Pferd, ein kurzes Wort in einer Sprache, die ich nicht verstand, und das Pferd verlagerte sein Gewicht.

Ein moosiger Geruch nach feuchtem Gestein hing in der Luft, und der Wind ächzte wie ein altes Tier, das Mühe beim Atmen hat.

In dem Dialekt, den auch ich verstand, sagte der Junge dann: »Warte hier, Vallino.«

Vallino gehorchte, blieb stehen und senkte seinen graziösen Pferdekopf, um an den spärlichen Grashalmen zu schnuppern, die zwischen den Felsen wuchsen.

Währenddessen zerrte ich an den Knoten, die meine Hände zusammenhielten, aber vergebens. Mein Entführer verstand sich darauf, Fesseln anzulegen.

Kurz darauf kehrte der Junge zurück und hievte mich mit einiger Anstrengung von Vallino herunter. Mit einem dumpfen Laut kamen meine Füße auf dem Boden auf. Der Junge dirigierte mich behutsam weiter um den Felsvorsprung herum. Ich roch feuchte Luft, die aus dem Eingang einer Höhle wehte.

Auch mein Versuch, mich mit einem plötzlichen Ruck zu befreien, war nutzlos. Ich stolperte in die Höhle, und als wir die erste Biegung hinter uns hatten, war das Licht vom Eingang her fast erloschen. In dieser Dunkelheit konnte ich weder Formen noch Umrisse erkennen, sosehr ich mich auch anstrengte.

»Jetzt sind wir weit genug weg«, sagte der Junge.

Er legte mich auf den Rücken – keine bequeme Haltung für einen Dalkin. »Warte hier«, sagte er, als hätte ich eine Wahl. »Ich hole Vallino.«

Kurz darauf hallte das Klipp-Klapp von Hufen zwischen den Wänden. Das Pferd war nervös und ängstlich in dem scheinbar geschlossenen Raum. Ich konnte es ihm nachfühlen. Hier war es so duster, dass man sich fast vorkam, als wäre man blind. Die Gestalt des Jungen konnte ich erst ausmachen, als er direkt neben mir war.

Vorsichtig wickelte er meinen Verband ab und entfernte das heilende Blatt. »Sieht gut aus«, sagte er. »Die Blutung hat aufgehört.«

Diese Stimme. Als ich noch sehr klein war, hörte ich einmal aus der Ferne Männerstimmen. Wir waren damals zu dicht an ein Dorf herangekommen, so dicht, dass ich das Geschrei und Gebrüll hören konnte, als die Männer uns verfolgten.

Und gestern hatte ich solche Stimmen wieder gehört: kehlige Laute, die dröhnend und tief aus der Brust kamen.

Die Stimme dieses Jungen aber war anders. Eine geheime Musik lag darin, wie der Ruf einer Lerche von einem entfernten Baum.

Er holte wieder seinen Wasserschlauch hervor, dann nahm er dem Pferd die Decke vom Rücken. »Vallino hat nichts dagegen«, sagte er, aber das ärgerliche Schnauben des Pferdes klang nicht sehr überzeugend.

Als ich flüchtig das Aufblitzen weißer Zähne erhaschte, fragte ich mich, ob der Junge etwa gelächelt hatte, aber sicher war ich nicht.

Er legte mir die Decke über und wickelte sie fest um meine Schultern und Füße. »Höhlen sind kalt«, sagte er. Dann hob er den Schlauch an und richtete einen kühlen Strahl Wasser direkt in meinen gierig geöffneten Mund.

Ich hätte die Decke gern beiseitegeworfen, auch wenn mir der Geruch nach Pferd inzwischen vertraut war. Aber ich brauchte die Wärme, ich schlotterte wie ein in die Enge getriebenes Streifenhörnchen.

Als draußen die Nacht hereinbrach, wurde das Innere der Höhle vom matten Schimmern der Mondschnecken erfüllt. Sie saßen zu Hunderten an der Decke und den Wänden und bewegten sich fast unmerklich. Langsam pulsierte Licht in ihren durchscheinenden Schneckenhäusern und wechselte dabei von hellem Rosa bis zu tiefem Orange: winzige Sonnenuntergänge auf Wanderschaft.

Der Junge trat wieder zu Vallino und kramte in einem Ledersack herum. Er zog einen leinenen Futterbeutel mit Schlaufen heraus und band ihn Vallino unter die Nase. Dann bürstete er sein Fell. Nachdem er Dornen und Ranken aus der goldgesträhnten Mähne entfernt hatte, hob er einen Huf nach dem andern an und stocherte mit seinem Messer Steine und getrocknete Lehmbröckchen heraus.

Erst als Vallino versorgt war, setzte sich der Junge mir gegenüber auf den Boden. Er hatte eine kleine Scheibe getrocknetes Fleisch dabei und riss ein Stück für mich ab. Ich hätte es gern abgelehnt, wollte es auch, doch für den Fall, dass sich eine Gelegenheit zur Flucht ergäbe, musste ich bei Kräften bleiben. Er riss das harte braune Fleisch in kleinere Stücke und fütterte mich wie einen Welpen.

»Ich würde gern ein Feuer machen«, sagte er fast entschuldigend. »Aber wenn in dieser Gegend Rauch aus einem Höhlenausgang dringt, könnte es den Männern des Murdano leicht auffallen.«

Der Junge sah mich forschend an, und ich erwiderte seinen prüfenden Blick.

Er hatte offenbar noch nie einen Dalkin gesehen. Ich wünschte, ich hätte noch nie einen Menschen gesehen.

Seine unbehaarte Haut hatte einen leichten Braunton. Die einzigen Haare von Bedeutung wuchsen auf seinem Kopf, sie waren schwarz gewellt und hinten mit einer Lederschnur zu einem kurzen dichten Schwanz zusammengebunden. Seine dunklen Augen waren meinen nicht unähnlich, aber so genau ließ sich das in dem schwachen Licht nicht erkennen. Er hatte keine Schnauze, nur ein komisches flaches Maul. Abwechselnd bedeckten und entblößten seine vollen Lippen die unbrauchbaren Zähne, mit denen er niemals Beute erlegen könnte.

»So«, sagte er. »Du bist also ein Dalkin.«

»Und du ein Menschenjunge«, platzte ich heraus.

Da zog sich ein breites Lächeln über sein Gesicht. »Freut mich, dass ich sogar dich täuschen kann.«

»Mich täuschen?«

»Und ob!« Plötzlich war das Schroffe, das in meinen Ohren immer falsch geklungen hatte, verschwunden. Seine Stimme war jetzt höher, ernst, aber nicht grimmig.

Schlagartig wurde mir alles klar.

»Du bist ein Mädchen!«

»Genau«, sagte der Junge, der keiner war, mit derselben heiter-ernsten Stimme. »Ich dachte, der legendäre Geruchssinn der Dalkins hätte mich längst entlarvt. Aber vielleicht bin ich nach dem wochenlangen Jagen in der Wildnis dreckig genug, um wie der schmuddeligste Mann zu riechen.«

»Tut mir leid.« Das rutschte mir wie von selbst heraus. Ich war dazu erzogen worden, anderen gegenüber respektvoll zu sein und nie ein Lebewesen falsch anzusprechen. »Ich habe wenig Erfahrung mit Menschen.« Dann, indem ich meine Wut wiederfand: »Und ich wünschte, ich hätte noch weniger!«

»Ich habe bisher auch keine Erfahrung mit Dalkins«, sagte das Mädchen. »Du bist der Erste, den ich aus der Nähe erlebe.«

»Warst du es denn nicht, der oben an der Klippe den Dalkin-Warnruf abgegeben hat?«

»Du hast ihn also gehört?« Sie schien zufrieden. »Ja, doch, das war ich. Ich habe im Lauf der Jahre so viel wie möglich über eure Art gelernt. Den Ruf hat mir einer der Wilderer beigebracht.« Sie legte den Kopf schräg. »Und? Wie hab ich ihn getroffen?«

»Die Tonlage war falsch.«

»Vielleicht zeigst du mir dieser Tage mal, wie es richtig geht.«

»Damit ihr noch mehr Dalkins fangen könnt?« Die Kehle wurde mir eng. »Wenn es überhaupt noch welche von uns gibt.«

Er – nein, sie – sah zu Boden. »Es tut mir leid, das mit deiner … das mit den andern.«

Ich spürte Wörter in mir aufsteigen wie bittere Galle, aber ich sagte nichts. Ich konnte das Wort »Familie« nicht über die Lippen bringen. Ich konnte nicht »Bruder« oder »Schwester« sagen. Nicht »Vater«, nicht »Mutter«.

Der Schmerz hätte mich überwältigt.

Stattdessen konzentrierte ich mich auf die Sinneseindrücke, an die ich mich erinnern konnte. Ich rief mir den Geruch der Wilderer und den der Soldaten ins Gedächtnis und verglich beide mit dem Geruch dieses Mädchens. Ich sortierte die Unterschiede heraus und prägte sie mir ein. Nie wieder würde ich männliche und weibliche Menschen verwechseln.

»Hast du einen Namen?«, fragte das Mädchen.

»Und du?«

»Ich heiße Kharassande, aber jeder nennt mich Khara – ein Name für Jungen wie für Mädchen. Die Wilderer haben mich nur ›Junge‹ genannt. Oder ›Pfadfinder‹. Oder ›Du da‹.«

»Sind Menschen so dumm, dass sie nicht wissen, dass du ein Mädchen bist?«

»Menschen sehen das, was sie erwarten. Ich kleide mich wie ein Junge, spreche wie ein Junge, also sehen sie einen Jungen.«

»Aber warum?«, fragte ich, und für einen Moment gewann meine angeborene Neugier die Oberhand.

»Warum ich mich als Junge ausgebe?« Khara riss noch ein Stück Fleisch für mich ab und steckte es mir in den Mund. »Mädchen dürfen nicht auf die Jagd gehen. Mädchen dürfen viele Dinge nicht tun. Die meisten.«

Eine merkwürdige Vorstellung war das, aber ich wusste ja nur wenig über Menschen. Sicher war, dass das Mädchen die Wahrheit gesagt hatte.

Einen Dalkin zu belügen ist zwecklos. Wir erkennen Falsches oder Unrichtiges immer. Auch wenn wir Dalkins vielleicht mal übertreiben oder haarsträubende Geschichten erzählen, Witze machen oder einander necken, lügen werden wir nie – im Gegensatz zu anderen Arten.

Manchmal ist das gut, manchmal nicht.

»Und du?«, fragte Khara beiläufig.

»Ich bin weiblich«, sagte ich. »Und ich habe keinen Grund, das zu verheimlichen.«

Sie nickte. »Dann hast du Glück.«

»Davon merke ich nichts.«

»Vermutlich nicht, nein.«

Khara sah mich eindringlich an. So vieles in ihrem Menschengesicht war mir fremd, und doch schien ihr Blick mindestens ebenso klug und forschend wie der eines Dalkins.

»Sollten wir der verkehrten Sorte von Leuten über den Weg laufen«, sagte Khara nachdenklich, »könnte es mir schaden, ein Mädchen zu sein.« Sie stockte. »Es könnte mich sogar das Leben kosten.«

Ich begriff sofort, was sie mir sagen wollte: Sie vertraute mir eine gefährliche Information an.

Ich traute ihr nicht. Ich würde ihr nie vertrauen.

Aber Angst hatte ich nicht mehr vor ihr.

Ich sah ihr in die Augen. »Ich heiße Byx«, sagte ich.

14

Ein unerwarteter Besucher

Mitten in der Nacht riss ich die Augen auf. Dass es mitten in der Nacht war, konnte ich nur vermuten, im Innern einer Höhle ließ sich das schwer beurteilen.

Zwei seltsame Geräusche hatten meine Aufmerksamkeit erregt.

Das erste war ein sonderbares Atmen und kam von Khara. Sie ließ mit jedem Einatmen ein gedehntes Schnauben hören, was sich anhörte wie von einer Sumpfkröte.

Vielleicht machen das alle Menschen beim Schlafen.

Das zweite Geräusch schien von einer Ratte zu kommen, die über den Steinboden der Höhle huschte. Doch schnell korrigierte meine Nase diesen ersten Eindruck. Das war weder Ratte noch Maus.

Das war der Wobbyk.

Mein Herz machte einen Hüpfer.

Ich spitzte die Ohren. Husch, husch, stopp. Husch, stopp.

Und da war er.

Tobble.

Er grinste mich an. Seine schwarzen Augen schimmerten im schwachen Licht der Mondschnecken. Ehe er etwas sagen konnte, schüttelte ich den Kopf und bedeutete ihm zu schweigen. Wir durften nicht riskieren, Khara zu wecken.

Ich rollte mich auf die Seite, um Tobble meine gefesselten

Handgelenke zu zeigen. Und augenblicklich machten sich seine flinken kleinen Pfoten zusammen mit seinen Zähnen an die Arbeit. Meine Hände kribbelten in der neu gefundenen Freiheit.

Zum Dank kraulte ich Tobble, und das schien ihm zu gefallen. Er ließ ein leises Schnurren hören, was weicher und angenehmer klang als Kharas schwerer Atem.

Zentimeter um Zentimeter krochen wir in Richtung Ausgang, Tobble voran. Vallino hörte uns natürlich. Er war ein kluges Tier und hatte wie alle Herdentiere gut entwickelte Sinnesorgane. Mit einem einzigen Wiehern oder Schnauben hätte er uns verraten können, doch er verhielt sich ruhig.

Ich dachte mir, dass es Vallino sicher nicht gefallen hatte, zusätzlich zu Kharas Gewicht auch noch meins tragen zu müssen. Wahrscheinlich war er ganz froh, mich davonschleichen zu sehen.

Bald standen wir unter einem sternenübersäten Himmel und entfernten uns schnell von der Höhle, immer noch schweigend.

»Danke«, flüsterte ich. »Du warst das also, der unterwegs meinen Namen gerufen hat?«

»Ja. Ich wollte dir Hoffnung machen.«

»Und ich dachte schon, ich hätte es mir eingebildet.«

»Deine Wunde«, sagte Tobble und zeigte auf meine rechte Seite. »Kannst du wieder laufen?«

»Alles gut.«

Tobble reckte das Kinn in Richtung Höhle. »Hatte das Menschenmädchen vor, dich zu töten?«

»Du hast gewusst, dass es ein Mädchen ist?«

»Natürlich«, sagte Tobble. »Du etwa nicht?«

»Nein«, gab ich zu. Manchmal kann die Ehrlichkeit der Dalkins von Nachteil sein.

»Und? Meinst du, dass sie dich töten wollte?«

»Warum fragst du?«

»Weil ich wissen muss, ob ich dir das Leben gerettet habe oder nicht.«

»Ach so! Na, du hast mich jedenfalls befreit«, erklärte ich. »Und dafür bin ich dir sehr dankbar. Aber ob sie mich töten wollte, kann ich nicht sagen. Ich weiß nicht, was sie mit mir vorhatte.«

Der Wobbyk ließ ein ärgerliches Grunzen hören. »In diesem Fall kann ich es wohl nicht als echte Lebensrettung verbuchen.«

»Natürlich kannst du das!«

Tobble schüttelte den Kopf. »So ist die Vorschrift, Byx. Über den Wobbyk-Code lässt sich nicht streiten.«

Ich hatte das Gefühl, dass es besser war, die Angelegenheit nicht weiter zu vertiefen. »Nun«, sagte ich und wechselte das Thema, »wo, meinst du, sind wir hier?«

»Also, soviel ich weiß, sind wir am Ausläufer eines Höhenrückens zwischen dem Nullwald und den Sümpfen von Therian.«

»Der Nullwald?« Jeder kleine Dalkin hat schon vom Nullwald gehört. Er spielt in vielen Gutenachtgeschichten eine Rolle. Nicht in der fröhlichen Sorte von Gutenachtgeschichten, sondern in solchen, in denen gruselige Tiere, Ungeheuer und fleischfressende Pflanzen vorkommen.

Tobble nickte ernst. Sogar ein ernst blickender Wobbyk sieht ein bisschen albern aus.

»Ich war noch nie in den Sümpfen«, sagte ich.

»Ich auch nicht«, sagte Tobble.

Ich versuchte mich an den Geografie-Unterricht zu erinnern. »Und was, meinst du, liegt dahinter?«

Tobble tippte sich ans Kinn. »Flachland. Die Hauptstadt.

Flüsse. Berge. Dann noch irgendwas. Und dann ein fremdes Land, Dreyland.«

»So ungefähr wird es wohl sein«, sagte ich. »Geografie war nie mein bestes Fach.«

»Wie auch immer. Eins aber kann ich dir sagen: Der Grenze sollten wir auf keinen Fall zu nahe kommen.«

»Als könnten wir die je erreichen!«, erwiderte ich. »Warum sagst du das?«

»Weil das Gerücht umgeht, dass der Murdano demnächst in Dreyland einmarschieren will.«

»Woher weißt du das?«, fragte ich.

»Wir Wobbyks sind ein Volk von Seefahrern.« Tobble grinste stolz. »Wir wissen vieles über so mancherlei und so mancherlei über vieles.«

»Dann könntest du mir vielleicht helfen zu entscheiden, wohin wir uns jetzt am besten wenden.«

»Das«, sagte Tobble, »überlasse ich ganz dir.«

Wie sollte ich eine Entscheidung treffen? Wenn doch meine Eltern da wären, dachte ich verzweifelt. Myxo, Dalyntor, meine sämtlichen Geschwister, sie alle hatten besser ausgeprägte Instinkte gehabt als ich. Was wusste ich schon? Ich war der Kümmerling. Das unbedeutendste Mitglied im Rudel.

Gar nichts wusste ich.

Nein, das stimmte nicht ganz. Immerhin wusste ich, dass es im Moment vor allem darauf ankam, uns so weit wie möglich von Khara zu entfernen.

Ich schaute in Tobbles zuversichtliches, erwartungsvolles Gesicht. »Dann zu den Sümpfen«, sagte ich und versuchte, entschlossen zu klingen.

Tobble zeigte nach Norden. Wir brachen auf, und ich passte mein Tempo seinen kurzen Beinen an. Schuldbewusst wurde mir plötzlich klar, dass Tobble den ganzen Tag und einen großen Teil der Nacht gerannt sein musste, um mit Vallino Schritt zu halten.

Um mich zu befreien.

»Du musst erschöpft sein. Soll ich dich tragen?«

»Davon will ich nichts hören! Du bist noch verletzt«, sagte Tobble. »Und außerdem haben Wobbyks eine Kondition, das glaubst du nicht. Ich bin einmal sechs Tage hintereinander gerannt! Ohne Schlaf und ohne Nahrung.«

Mein Dalkin-Instinkt sagte mir, dass ich da gerade mehr als eine kleine Übertreibung gehört hatte. Aber ich schwieg. Auf keinen Fall würde ich einfach davonrennen und ihn im Stich lassen. Er hatte einiges gewagt für mich, das durfte ich nie vergessen.

Der modrig feuchte Geruch des Sumpflands wehte uns entgegen, schon bevor wir den ersten grauen Hügel mit schlaffem Gras erreicht hatten. Es roch nach Fäulnis und Verfall, leicht süßlich nach langsam sterbendem Leben.

Während wir weiterstapften und ich immer wieder die Füße aus dem zähen Morast zog, musste ich leise lächeln: Khara mochte diesem Weg folgen, Vallino aber nicht.

»Wir sollten noch ein Weilchen so weitergehen und uns dann nach Südwesten wenden«, sagte ich.

»Zurück nach … nach dort, von wo wir aufgebrochen sind?«

Die Frage ließ mich stutzen. War tatsächlich der verbrannte und blutbespritzte Mirabienen-Hügel mein Ziel? Warum? Um zu den Toten zurückzukehren? Was würde ich dort tun?

Ich zögerte. »Ich könnte … der Toten gedenken«, sagte ich schließlich.

Tobble akzeptierte meine Antwort, doch das befriedigte mich nicht.

Hatte ich denn wirklich kein Ziel?

Diese Erkenntnis stürzte mich in Verzweiflung. Da befand ich mich mitten in einem stinkenden Moor und wusste nicht, wohin.

Ich hatte keine Familie. Ich hatte kein Zuhause. Der einzige Grund zurückzugehen war der, dass ich kein besseres Ziel hatte.

Ich gehörte nirgendwohin. Zu niemandem.

Solange ich denken konnte, war ich immer Teil einer Gruppe gewesen.

Teil einer Familie.

Teil eines Rudels.

Teil einer Art.

Und jetzt?

Du bist immer noch ein Dalkin, sagte ich mir. Du bist jetzt allein. Das heißt aber nicht, dass du für immer allein sein wirst.

Myxo hatte vorgehabt, unser Rudel nach Norden zu führen. Sie muss daran geglaubt haben, dass dort noch andere Dalkins leben könnten.

Wenn Myxo hoffen konnte, dann konnte ich das auch.

Mit einem schmerzlichen Stich fiel mir plötzlich ein, was meine Mutter bei unserem letzten Zusammensein gesagt hatte: Es ist nie falsch zu hoffen, Byx.

Natürlich, sie hatte hinzugefügt: Es sei denn, die Wahrheit sagt etwas anderes.

»Byx?«, fragte Tobble. »Ist alles in Ordnung mit dir?«

Ich nickte schwach. Möglicherweise war ich der einzige Dalkin in allen südlichen Ländern. Der einzige in ganz Nedarra. Vielleicht der einzige auf der ganzen Welt.

Ich kannte die Wahrheit nicht, ich konnte nicht ahnen, was vor uns lag. Noch nicht.

Aber vielleicht war ich ja doch nicht ganz allein. Nicht mit diesem kleinen Wobbyk an meiner Seite.

Wir wanderten weiter. Das Fortkommen wurde schwieriger. Die düstere Landschaft war durchsetzt von breiten flachen Pfützen und vollgesogenen Erdhügeln. Nach jedem Schritt musste man seinen Fuß aus dem zähen Morast ziehen, der uns so hartnäckig festhielt, als wäre er lebendig.

Der Mond hing tief am Himmel wie eine gelbe Pranke. Vor uns schimmerten Baumgerippe im Mondlicht. Blattlos standen sie da, und ihre frei liegenden Wurzeln gruben sich in riesigen, unförmigen Knoten in den Morast wie tausend knorrige Finger.

»Das sind Sumpf-Dämonenbäume«, sagte Tobble. »Vielleicht könnten wir hier Rast machen?«

»Wie stimmungsvoll«, sagte ich. »Vielleicht können wir morgen auf einem Friedhof rasten?«

Wir ließen uns auf einer fast trockenen Stelle oberhalb eines dichten Wurzelgeflechts nieder. Ich machte mich daran, mir mit einem Stock Moorerde von meinen Füßen zu kratzen. Tobble putzte sich nur flüchtig, murmelte etwas Unverständliches und schlief augenblicklich ein.

Das war wahrscheinlich das Beste. Ich konnte Wache halten.

Ich gähnte, schüttelte mich, gähnte noch einmal.

Wach bleiben, ermahnte ich mich. Schlafen kannst du später. Bleib wach.

Wieder ein Gähnen.

Bleib …

15

Angriff der Schlangen

In der Dämmerung erwachte ich, weil etwas Glattes, Kaltes auf mir herumkroch.

»Ahhh!«, schrie ich auf, wurde aber sofort niedergedrückt von dem Gewicht, das sich auf mir bewegte.

Etwas Schweres, Lebendiges, das sich kriechend bewegte …

»Schlangen!«, schrie ich, und von Tobble kam das gellende Echo: »Schlangen!«

Vor mir schnellte der Kopf einer schwarzen Schlange herab. Sie schien mit ihrer gespaltenen Zunge die Nachtluft zu prüfen und … meinen Geruch.

Ich zappelte und strampelte, aber mit jeder meiner Bewegungen wand sich die Schlange nur fester um mich herum. Ihre schwarze, grün und gelb gestreifte Haut schimmerte im blassen Licht des Mondes.

»Lass mich los!«, schrie ich dem Schlangenkopf entgegen, der größer als mein eigener war.

Die Schlange beeindruckte das nicht.

Ich trat um mich, schlug aber nur in die Luft. Ich versuchte, wenigstens meine Arme zu befreien, aber die Kraft der riesigen Schlange war unendlich stärker als alles, was ich entgegenzusetzen hatte. Sie war zäh, unerbittlich, geschmeidig, und sie schnürte mich mit der Länge ihres Körpers immer enger zusammen.

Ich war hilflos. Nicht durchdrehen, ermahnte ich mich. Nicht den Kopf verlieren. Bloß nicht den Kopf verlieren.

Doch je mehr ich mich zu ruhiger Überlegung zwingen wollte, desto mehr schüttelte mich das Entsetzen.

Plötzlich sah ich, dass sich über mir mehrere Äste bewegten. Dort oben ringelten sich noch mehr Schlangen!

Dutzende. Wenn nicht Hunderte.

»Warte, ich helfe dir, Byx!«, schrie Tobble.

Er kam angesprungen und grub seine Zähne in die Schlange, die mich in ihrer Gewalt hatte. Plötzlich aber wurde der kleine Wobbyk weggerissen, als hätte ihn jemand an einer Fangschnur zurückgezogen. Eine der Schlangen über uns hatte ihren Körper herabgelassen und sich fest um Tobbles Brust geschlungen.

»Hilfe!«, schrie ich, obwohl ich wusste, dass es niemand hören würde.

Die Haut der Schlange war kalt wie ein Leichnam.

»Du liebe Zeit!«, rief Tobble. »Was für eine unerfreuliche Situation.«

»Hilfe!«, schrie ich noch einmal. »Jemand muss uns helfen! Bitte!«

»Ach ja? Bist du sicher, dass du Hilfe willst?«

Diese Stimme kannte ich, diesen sanften, leicht spöttischen Ton.

Ich kannte sie. Und in meiner Verzweiflung freute ich mich aus ganzem Herzen über sie.

Eine Schlangenwindung, dick wie ein Baumstamm, lag inzwischen quer über meinem Gesicht und verdeckte mir ein Auge und den halben Mund.

»Ja!«, brachte ich hervor. Die Schlange drückte fester zu, und ich spürte, wie mir langsam die Luft aus den Lungen gepresst wurde.

»Schwörst du bei allem, was dir heilig ist, dass du nicht noch mal vor mir wegläufst?«

Meine Lage war nicht so, dass ich Verhandlungen führen konnte. »Ja! Ja! Hilf uns!«

»Schön«, sagte Khara ruhig. »Wenn du also darauf bestehst.«

Der metallene Klang eines gezogenen Schwertes drang an mein Ohr. Was für ein süßes Geräusch!

Als Khara ihr Schwert hob, riss ich mein freies Auge auf – und staunte.

Ihr Schwert war rostig und uralt gewesen, mit einem gebogenen Handschutz und einem einfachen lederumwickelten Griff. Aber jetzt – das war doch nicht möglich – jetzt war der Griff mit Juwelen besetzt, und das ganze Schwert schimmerte wie frisch geschmiedetes Eisen.

Mit voller Kraft hieb Khara auf den Schwanz der Schlange ein.

Ich hörte den dumpfen Laut, der entsteht, wenn Metall auf Fleisch trifft.

Die Schlange zischte wütend und richtete ihre gelben Perlaugen auf Khara. Trotzdem gab sie mich nicht frei.

In meinem Kopf staute sich das Blut. Meine Glieder wurden taub. Die Welt vibrierte, und ich konnte kaum mehr sehen.

»Ich liege nicht im Streit mit dem Volk der Schlangen«, warnte Khara, »aber der nächste Schlag trifft deinen Kopf!«

Oberhalb von Khara bewegte sich etwas. Ich hätte sie gern mit einem Ruf gewarnt, doch dazu reichte meine Luft nicht aus. Nur ein Stöhnen brachte ich zustande.

Eine enorm große Schlange ließ sich von einem Ast herunter.

Khara zertrennte sie in der Luft in zwei Teile, und beide Hälften fielen zu Boden. Eine Weile krümmten sie sich noch, dann blieben sie reglos liegen.

Nun machten die Schlangen Ernst.

Von allen Seiten kamen sie heran, ununterscheidbar vom Gewirr der frei liegenden Baumwurzeln.

Zu Hunderten ringelten sie sich von den Ästen herunter, kamen aus dem Moorwasser gekrochen.

Khara brauchte nur den Bruchteil einer Sekunde, um die Lage zu überblicken. Dann machte sie sich an die Arbeit.

Sie wirbelte durch die Luft. Sie sprang hierhin und dorthin. Sie drehte sich um sich selber und zog mit ihrem schimmernden Schwert goldene Lichtbahnen wie von einer Sternschnuppe.

Immer wieder spritzte das Blut der Schlangen wie Regenschauer auf mich. Doch die Monsterschlange, die mich in ihrer Gewalt hatte, die größte von allen, ließ nicht nach. Sie bog ihren Kopf weit zurück, riss ihr scheußliches Maul auf und entblößte zwei tödliche schwarze Giftzähne.

Bitte, dachte ich, wenn ich schon sterben muss, dann rasch.

Blitzschnell stieß die Schlange auf mich herab. Der obere Teil meines Kopfes verkeilte sich in ihrem stinkenden Maul, die Giftzähne streiften meine Ohren. Zum Verschlucken war mein Schädel zu groß, aber wahrscheinlich wollte die Schlange es Khara unmöglich machen, sie zu töten, ohne dabei auch mich zu töten.

Der Schleim, der faulige Atem, die mit Gifttröpfchen besetzten Zähne: Ich fühlte mich, als wäre mein Kopf in einem grässlichen, widerlich stinkenden Helm gefangen.

Ich würgte. Der Gestank nach Verwesung war mehr, als ich ertragen konnte. Und doch hatte ich keine Wahl. Ich war unfähig, mich zu rühren, auch nicht um eine Haaresbreite.

Da erhaschte ich einen Blick auf Kharas Schwert, das gerade zum Hieb ausholte.

Direkt auf meinen Kopf!

Die Klinge traf auf Fleisch.

Zum Glück nicht auf meines.

Die Schlange erschlaffte.

Khara hatte ihr den Kopf abgetrennt. Einen Finger breit vor meinem Kopf war die Klinge zum Stillstand gekommen, sonst hätte sie auch mir das Gesicht gespalten.

Die anderen Schlangen zischten, als wollten sie schnell eine wortlose Debatte beenden.

Tobble, endlich frei, ließ sich von oben herabfallen und landete mit einem saugenden Schmatzgeräusch im Morast neben Kharas Stiefeln. Langsam schlängelnd zogen sich die Schlangen zurück.

Ich konnte mich Stück um Stück von dem Schlangenkadaver befreien, nur mein Kopf steckte noch immer teilweise in dem schrecklichen Maul fest. Soviel ich auch zog und schob und ruckelte, ich hatte nicht mehr genug Kraft.

»Ich brauche Hilfe!«, rief ich, doch schien sich Khara im Moment mehr für Tobble zu interessieren.

»Wer bist du denn?«, wollte sie wissen und ging neben dem angstschlotternden Wobbyk in die Knie.

»Ich?«, quiekte Tobble. »Ich will Byx befreien.«

»Du bist ein bisschen spät dran«, sagte Khara. »Hast du einen Namen?«

»Ich bin … gar niemand«, erklärte Tobble mit piepsiger Stimme.

Khara erhob sich. »Schön, wir werden dich ›Frühstück‹ nennen.«

»Nein! Er ist ein … ein Freund«, rief ich mit dumpfer Stimme.

»Hmm«, machte Khara. »Dann halten wir uns wohl doch lieber an Schlangenfleisch.«

16

Das Frühstück ist serviert

Verdreckt, nass und resigniert machten wir uns auf den Rückweg zur Höhle. Keiner sprach.

Khara machte sich nicht die Mühe, uns zu fesseln. Sie schien zu wissen, dass wir so schnell keinen zweiten Fluchtversuch unternehmen würden.

Vallino schnaubte entrüstet, als wir ankamen. Gut, dass Khara das Pferd zurückgelassen hatte und uns zu Fuß gefolgt war. Vallino wäre im Nu im Morast stecken geblieben.

Khara riskierte ein kleines Feuer und briet Schlangenstücke am Stock. Es war ziemlich merkwürdig, etwas zu essen, das noch vor Kurzem *mich* hatte fressen wollen. Trotzdem konnte das nichts daran ändern, dass mir schon bei dem Duft nach Braten das Wasser im Maul zusammenlief.

Wir aßen schweigend, bis Khara fragte, warum Tobble seinen Anteil noch nicht angerührt hatte.

»Wobbyks essen kein Fleisch«, erklärte er, obwohl mir auffiel, dass er die etwas angekohlten Reste des gebratenen Schlangenfleischs mit einer gewissen Faszination beäugte.

»Was isst du denn gern?«, fragte Khara. »Vielleicht kann ich ja was für dich auftreiben.«

»Ich bin satt, vielen Dank.« Selbst unter diesen Umständen konnte Tobble seine Wobbyk-Höflichkeit nicht abschütteln.

»Wir haben einen langen Weg vor uns.« Khara stocherte mit einem Stock im Feuer. »Bist du sicher, dass du nichts essen magst?«

»Absolut sicher«, beteuerte Tobble, während im selben Moment sein Magen knurrte, so laut und grimmig, dass ein Felijaga stolz darauf gewesen wäre.

»Dein Magen sagt etwas anderes.« Khara leckte sich die Finger ab und lächelte. »Ihr seid also Pflanzenfresser?«

»Pflanzen und Käfer. Baumrinde zur Not.«

»Ich will sehen, was ich finden kann.« Khara sprang auf.

»Bitte mach dir keine Mühe.« Tobble verschränkte die Arme über der Brust. »Ich kann von dir keine Nahrung annehmen. Du bist unser Entführer.«

»Tobble«, drängte ich mit schwacher Stimme, »friss, solange du Gelegenheit dazu hast. Wir werden unsere Kräfte brauchen, um …«

»Jedenfalls nicht, um noch mal wegzulaufen!« Khara drohte uns mit dem Finger. »Ich bin unmittelbar vor dem Höhleneingang, kommt also nicht auf dumme Gedanken.«

Wir sahen ihr nach. »Was sollen wir machen?«, sagte Tobble. »Mir fällt nichts ein. Dir, Byx?«

Ich rieb über eine schmerzende Stelle an meiner Nase, wo mich ein Giftzahn der Schlange gestreift hatte. »Nein«, gab ich zu, müde und abgekämpft. »Jedenfalls nichts Brauchbares.«

Als Khara nach ein paar Minuten zurückkam, war ihr Lederbeutel mit Gras und Blättern gefüllt. Sie öffnete ihre rechte Hand, da sahen wir ein Gewimmel von orangefarbenen Tausendfüßlern.

Käfer und Insekten hatte ich schon eine Menge gefressen, aber das hier erinnerte mich viel zu sehr an kleine Schlangen. Tobbles Augen dagegen leuchteten auf.

»Du musst fressen, Tobble«, sagte ich und nickte ihm ermutigend zu.

Mit einem verdrießlichen Seufzer hielt er Khara die Pfote hin, und sie ließ das glitschige Tausendfüßler-Knäuel hineinfallen. Tobble schob sich das ganze Gewimmel ins Maul und fing geräuschvoll an zu kauen.

Khara lachte. Ich hörte dieses Geräusch zum ersten Mal, es klang für mich wie ein kurzes Lied ohne Worte. Es überraschte mich, dass ich es trotz unserer Lage so wohltuend und angenehm fand.

»Eher würde ich Dachskot fressen als Tausendfüßler«, sagte sie.

»Hast du schon mal einen probiert?«, fragte Tobble mit vollem Maul und schien seine guten Manieren vorübergehend vergessen zu haben.

Khara nickte. »Scheußlich. Schmecken einfach nur fad.«

»Nicht so fad wie Wobbyk-Fleisch«, fügte ich hinzu. Doch als ich Tobbles Gesichtsausdruck sah, bereute ich meine Worte.

»Ich kann die köstliche Mahlzeit ja wohl kaum genießen«, sagte er, »wenn meine Gefährten darüber diskutieren, wie mein Fleisch schmeckt.«

Khara schüttete das Gras und die Blätter, die sie gesammelt hatte, auf dem Höhlenboden neben Tobble aus. »Also bin ich vom Entführer zum Gefährten aufgerückt?«

Tobble antwortete nicht. Er hatte das Maul inzwischen voll Dorya-Blättern.

Khara saß mit gekreuzten Beinen neben dem Feuer. Sie sah

Tobble und mich an, als würde sie gerade über einem Rätsel brüten. »Ihr seid wirklich ein komisches Paar, ihr zwei. Was hat euch zusammengeführt?«

Ich antwortete nicht. Khara hatte kein Recht, irgendetwas über uns zu erfahren. Andererseits hatte ich selbst allerhand Fragen. Wenn ich also ihre beantwortete, würde sie vielleicht auch uns entgegenkommen. Und was ich auf diese Weise herausbekäme, könnte mir in den kommenden Tagen von Vorteil sein.

»Ich habe Tobble von einem sinkenden Boot gerettet«, sagte ich schließlich. »Und jetzt scheint er der Ansicht, dass er das wiedergutmachen muss, und zwar drei Mal.«

»Wobbyk-Vorschrift«, erklärte Tobble, während ihm grüner Blättersaft übers Kinn rann.

»Ahh«, machte Khara. »Und wie alt bist du, Tobble?«

»Zweiundvierzig.« Tobble wischte sich mit dem Handrücken übers Maul. »Ich bin das Baby in der Familie.«

»Mit zweiundvierzig?«, staunte Khara. Sie kniff die Augen zusammen. »Moment, wie lange leben Wobbyks?«

»Sehr lange. Nach Menschenjahren gerechnet, wäre ich« – Tobble unterbrach sich, um sich ein neues Blatt in den Mund zu stopfen – »wäre ich vielleicht acht.«

»Und du, Byx?«, fragte Khara.

»Ich bin elf.«

»Und soviel ich weiß, leben Dalkins etwa so lange wie Menschen.«

»Ja, das könnten sie«, sagte ich düster, »wenn die Menschen nicht wären.«

Khara nickte. »Das ist leider wahr.«

»Wie alt bist du?«, wollte Tobble wissen.

»Vierzehn. Alt genug, um zu heiraten und so weiter.« Khara machte ein mürrisches Gesicht. »Das finden sie jedenfalls.«

»Ich habe deine Fragen beantwortet«, sagte ich. »Jetzt musst du meine beantworten.«

Halb lächelte Khara, halb nickte sie. »Schön.«

»Warum bist du bei den Wilderern? Warum tötest du für Geld?«

»Ein Mädchen muss zusehen, wie es überlebt. Oder ein Junge. Oder, in meinem Fall, ein bisschen von beidem. Und wie es aussieht, habe ich im Moment nicht viele Möglichkeiten.« Khara sah an mir vorbei. »Früher gab es welche«, ergänzte sie schulterzuckend. »Aber eine Begabung zum Spurensuchen hatte ich schon immer.«

Tobble leckte sich die Pfoten ab. »Es ist nicht richtig, etwas Lebendes zu töten.«

»Erzähl das mal den Tausendfüßlern in deinem Bauch«, sagte Khara und rollte die Augen.

»Die sind nicht …« Tobble zögerte. »Bei Käfern und Insekten ist das was anderes.«

»Ich vermute mal, die Tausendfüßler wären anderer Ansicht.«

Tobble klappte schon das Maul zu einer Antwort auf, schob dann aber doch lieber ein Grasbüschel hinein.

»Wie lange hast du für sie gearbeitet?«, fragte ich. »Für diese Wilderer.«

»Ein paar Monate, meistens als Pfadfinder. Vorher habe ich für eine andere Gruppe gearbeitet. Und davor für noch eine andere. Ich nehme Arbeit an, wo ich kann und wann ich kann. Essen will ich ja schließlich auch.«

»Werden sie nicht wütend sein, weil du weggelaufen bist?«, fragte Tobble.

»O doch, am Anfang bestimmt. Deshalb verhalte ich mich unauffällig und nehme abgelegene Pfade.« Khara winkte ab. »Aber ehrlich gesagt, ohne mich als Pfadfinder werden mich diese Einfaltspinsel nie finden.«

»Noch zwei Fragen«, sagte ich.

Khara trat gegen ein glühendes Stück Holz. Lustlos stoben ein paar Funken auf. »Nur zu.«

»Dein Schwert. Es hat sich verwandelt, als du gegen die Schlangen gekämpft hast.«

»Ja«, sagte Khara mit einem schlauen Grinsen. »Aber das ist eine Geschichte für ein andermal.«

»Dann beantworte mir wenigstens noch eins«, sagte ich. »Wohin bringst du uns?«

Khara presste die Lippen zusammen. Sie schien unschlüssig, ob sie mir antworten sollte oder nicht. »Ich denke«, sagte sie schließlich, »du hast ein Recht, es zu erfahren. Und ich werde dir die Wahrheit erzählen, ob es dir gefällt oder nicht.«

»Und ich werde sofort erkennen, ob du lügst«, sagte ich. »Ob es dir gefällt oder nicht«, sagte ich.

»Ah ja, davon habe ich gehört. Stimmt es, was man so redet? Dass Dalkins nicht lügen?«, fragte Khara und verschränkte die Arme vor der Brust.

»Es stimmt, wir lügen nicht. Das liegt nicht in unserer Natur.«

»Heißt das, du kannst erkennen, wenn ich lüge?«, fragte Tobble etwas nervös.

Ich musste lächeln.

Tobble schluckte. »Ach du liebe Zeit! Wie kannst du denn das mit Sicherheit erkennen?«

Ich musste einen Augenblick überlegen. »Ich hab darin noch

nicht viel Übung. Erwachsene Dalkins lügen einander nicht an. Und wenn junge es ab und zu versuchen, merken sie bald, dass es zwecklos ist. Mein Bruder Jax hat mal …«

Mitten im Satz brach ich ab. Schon dass ich den Namen aussprach, machte mich schwindlig. Ich wollte nicht über meine Familie sprechen.

Ich wollte mich nicht in die Nähe dieses eiskalten, quälend schwarzen Abgrunds wagen.

»Aber wie fühlt sich das an, wenn du eine Lüge hörst?«, hakte Tobble nach, der offenbar zu sehr mit Fressen beschäftigt war, um mein Unbehagen zu bemerken.

Khara beobachtete mich sichtlich interessiert.

Ich atmete tief durch und zwang mich zu einer Antwort. »Es fühlt sich an wie … habt ihr schon mal gehört, wie eine Spottdrossel einen Seeadler nachmacht? Oder einen Dawson-Habicht? Es ist eine fast perfekte Imitation, aber eben nur fast. Etwas fehlt, man hört das Falsche daran. Man kann es im Bauch spüren.« Ich wandte mich an Khara. »Zum Beispiel der nicht ganz richtige Ton, als du versucht hast, den Dalkin-Warnruf nachzumachen. So ähnlich ist das, wenn ich eine Lüge höre.«

»Meine Güte«, sagte Tobble mit aufgerissenen Augen. »Ich weiß nicht, ob ich mich über diese Fähigkeit freuen würde.«

»Auf jeden Fall, Byx, ist das, was ich dir jetzt sagen werde, die Wahrheit«, sagte Khara.

Gespannt beugte ich mich vor. »Das werde ich ja sehen«, sagte ich.

17

Kharas Plan

Wir gehen nach Cora di Schola.«

Ich wechselte einen Blick mit Tobble. Nein, auch er hatte keine Ahnung, was das sein sollte.

»Und das ist … ?«, fragte ich.

»Eine Inselstadt. Eigentlich heißt die Insel Ursina. Aber alle nennen sie ›Cora di Schola‹. Das bedeutet ›Herz der Gelehrten‹.«

»Warum wird die Stadt so genannt?«, wollte Tobble wissen.

»Weil ihr Umriss ungefähr dem eines menschlichen Herzens gleicht. Und weil Gelehrte und Studenten dort wohnen. Es gibt da die Kaiserliche Akademie für Alchemie, Astronomie, Theurgie und Naturwissenschaften.«

Ich musste jedes Wort einzeln überdenken.

Alchemie, so hatte ich von Dalyntor gelernt, war die Kunst, Substanzen zu mischen, um neue Substanzen daraus zu gewinnen, zum Beispiel Arzneien. *Astronomie* hatte meines Wissens irgendwie mit Sternen zu tun, und *Theurgie* war die Lehre, die sich mit Magie und Beschwörung beschäftigte. Aber *Naturwissenschaften*? Ich wusste nicht genau, was das war, aber es klang beeindruckend.

Auch *Kaiserlich* klang beeindruckend, bis mir einfiel …

»Kaiserlich?«, rief ich. »Wie im Titel des Murdano?«

»Seine Kaiserliche Hoheit, der Murdano von Nedarra, Verteidiger der Wahrheit, Beschützer der Gerechten, Friedensstifter des Volkes und so weiter und so fort«, sagte Khara mit einer wegwerfenden Handbewegung.

»Aber … aber die Soldaten des Murdano waren es doch, die …«

»Du wirst auf der Insel nur wenigen Soldaten begegnen«, sagte Khara. »Soldaten sind dort nicht gern gesehen. Es ist ein Ort des Lernens.«

»Aber trotzdem nennt sich die Akademie die *Kaiserliche* …«

»Er ist der Murdano. Ihm gehört vermutlich alles. Den Kalender hat er neu geregelt. Das Wörterbuch neu geschrieben. Er hat Macht über alles in Nedarra, auch über die großen überlegenen Arten.« Leise setzte sie hinzu: »Zumindest denkt er das.«

»Aber warum willst du uns dort hinbringen?«, bohrte ich. Ich dachte an mein Versprechen, keinen zweiten Fluchtversuch zu unternehmen. Noch mehr dachte ich an das, was nach meiner Flucht passiert war. Aber in den Tod wollte ich auch nicht marschieren, falls es das war, was Khara plante.

»Wir müssen dorthin«, sagte Khara. »Eine andere Möglichkeit gibt es nicht.«

»Gefällt mir nicht«, sagte ich. »Ich war noch nie in einer Menschenstadt. Es hört sich zu gefährlich an.«

»Mir gefällt es auch nicht«, meldete sich Tobble.

Khara hob die Hände. »Ihr habt keine Wahl.«

»Also, ich geh da nicht hin«, erklärte ich.

»Denk dran, dass ich es leicht hätte zulassen können, dass die Wilderer dich töten, so wie es die Soldaten des Murdano getan …« Khara verstummte und wich meinem Blick aus.

Ich hatte das Gefühl, als bohrten sich Dolche in mein Herz. Bilder stiegen in mir auf, Bilder, die meine Trauer in glühenden Zorn verwandelten.

»Das hätte ich jetzt nicht sagen sollen«, sagte Khara, und ich spürte, dass sie es ehrlich meinte. Sie fuhr sich über die Augen. »Ich bin müde, ich habe nicht genügend auf meine Worte geachtet. Verzeih mir.«

Ich nickte schwach. Zu sagen gab es nichts.

Minuten verstrichen. Das einzige Geräusch war Tobbles begeistertes Kauen.

Ich wollte nicht sprechen, aber mir schwirrten zu viele Fragen durch den Kopf. Ich musste Antworten haben.

»Dein Plan sieht also vor«, sagte ich endlich mit bemüht ruhiger Stimme, »mich dem Murdano zu übergeben.«

»Ha!« Khara stieß ein dunkles Lachen aus. »Ich stehe nicht gerade auf gutem Fuß mit dem Murdano oder seinen Männern. Nein, ich will dich zu einem Mann, einem berühmten Gelehrten, bringen. Ich kenne ihn. Ein weiser Mann. Ferrucci di Gharri.«

»Was bedeutet Gharri?«, fragte Tobble.

»Das ist ein Ehrentitel. Nur die größten Gelehrten bekommen ihn. Männer, die alles wissen, was man über die Sterne, über den Zustand der Welt, über Tiere oder Geschichte nur wissen kann. Ferrucci ist ein guter und aufrichtiger Mann.« Khara zog die Schultern hoch. »Ich habe ihm schon früher ungewöhnliche Fundstücke gebracht.«

»Fundstücke?«, wiederholte ich.

»Seltene Tiere oder Pflanzen. Ferrucci forscht nach Möglichkeiten, wie man sie schützen kann. Mein Plan ist es, dich zu ihm zu bringen und ihn um Rat zu bitten. Er wird wissen, was man für einen Dalkin tun kann.«

»Und warum willst du dir die Mühe machen?«, fragte Tobble. »Was kriegst du dafür?«

»Ich versuche, Byx zu helfen«, sagte Khara langsam. »Aber wenn es Ferrucci richtig findet, mich für meine Mühe zu belohnen, werde ich nichts dagegen einwenden.«

»Das also ist dein Plan, Khara? Verkaufen willst du Byx?« Tobble sprang auf, seine Tasthaare bebten. »Byx ist meine Freundin, und ich kann nur hoffen, dir ist klar, dass ich niemals Unheil über sie kommen lassen werde!«

»Ich habe euch gesagt, es ist das Beste, was ich tun kann«, erwiderte Khara.

»Und ich sollte dich lieber warnen«, sagte Tobble. »Einen wütenden Wobbyk möchtest du ganz gewiss nicht erleben! Das ist ein schauriger Anblick, sag ich dir. Namentlich ich bin für mein hitziges Temperament bekannt.«

»Danke, Tobble«, sagte ich. »Aber …«

»Zu Hause haben sie mich *Tobble der Schreckliche* genannt!«

Khara blickte zu Boden. Vielleicht lächelte sie, vielleicht auch nicht.

»Verkaufen also?«, sagte ich. »An den, der am meisten bietet?«

»Ihr denkt, ich hätte eine Wahl.« Kharas Stimme war zum Flüstern geworden. »Habe ich aber nicht. Für mich gibt es keinen anderen Weg, um Byx zu helfen. Und wenn meine Hilfe außer Byx auch mir selber hilft – warum nicht? Ich brauche das Geld für meine Familie.«

Ich musterte sie eindringlich. Zum ersten Mal hatte Khara ihre Familie erwähnt.

»Warum verkaufst du nicht dein Schwert?«, fragte Tobble.

Khara zog das Schwert ein paar Zentimeter aus der Scheide. »Dieses rostige Ding?«

»Es war nicht rostig, als du die Schlangen zerteilt hast!« Tobble gab nicht nach.

Mit entschlossenem Blick beugte sich Khara vor. »Dieses Schwert«, sagte sie langsam, »befindet sich seit Generationen in unserer Familie, und ich bin die erste Frau, der man es je anvertraut hat.« Sie schob es wieder in die abgewetzte Lederscheide. »Es ist in Sicherheit, solange es in meiner Obhut ist – selbst wenn das meinen Tod bedeutet.«

Tobble reckte seine Pfoten. »Na schön, wenn du den Wert einer rostigen Klinge über das Leben meiner Freundin Byx stellst …«

»So einfach ist es nicht, Tobble«, sagte Khara. »Ist es nie. Dalkins sind selten in diesem Teil der Welt, und dafür gibt es einen Grund. Man hat sie fast bis zur vollständigen Ausrottung gejagt wegen ihres Fells …«

»Es ist unglaublich weich …«, warf Tobble ein.

»Aber da muss noch etwas anderes am Werk sein, etwas, das ich nicht verstehe.« Gedankenverloren kaute Khara auf einem Fingernagel herum. »Was die Soldaten am Mirabienen-Hügel getan haben« – sie sah mich an und wandte sich schnell wieder ab –, »ergibt überhaupt keinen Sinn. Sie haben getötet um des Tötens willen. Und das kann ich mir nicht erklären. Was ich aber genau weiß, ist, dass Ferrucci Byx als Lebewesen wertschätzen wird. Er ist Wissenschaftler, kein Totschläger. Und das ist für Byx die größte Chance, am Leben zu bleiben. Ihr müsst mir vertrauen!«

»Vom Vertrauen zum Grauen«, murmelte ich.

Khara legte den Kopf schief. »Was sagst du?«

»Ein Sprichwort der Dalkins. Es bedeutet, wenn man einem Menschen zu sehr vertraut, kann es leicht im Grauen enden.«

»Und trotzdem bleibt dir keine Wahl.«

Ein kaltes, unbehagliches Schweigen breitete sich aus. Als schließlich Khara als Erste wieder sprach, war ihre Stimme sanft.

»Byx«, sagte sie, »und auch du, Tobble« – sie holte tief Luft –, »ihr liebt doch eure Familien?«

»Ich *habe* sie geliebt«, murmelte ich, »so wäre es wohl passender formuliert.«

Khara nickte knapp. »Nun, ich liebe meine Familie auch. Und es ist meine Pflicht, ihnen durch eine schwere Zeit zu helfen. Um jeden Preis.«

Sie bohrte ihren Blick in meinen. Ich sah eine dunkle und tiefgründige Traurigkeit in ihren Augen. Vielleicht war es aber auch mein eigener Blick, der sich in ihrem spiegelte.

»Meine Familie befindet sich in einer verhängnisvollen Notlage«, sagte Khara. Ihre Stimme brach. Etwas Verletzliches lag in diesem Laut, den ich bis jetzt noch nie von ihr gehört hatte. Er klang wie brechendes Eis auf einem winterlichen Teich, den man zu früh betreten hatte.

»Meine Angehörigen müssen oft Hunger leiden«, erzählte sie weiter. »Sie sind krank. Verzweifelt. Immer wenn ich kann, schicke ich ihnen das wenige, was ich von meiner Arbeit als Pfadfinder beiseitelegen kann. Dass ich Byx gefunden habe, bedeutet für mich, dass ich ihnen zum ersten Mal in meinem Leben vielleicht wirklich helfen kann. Und zugleich bedeutet es, dass ich Byx helfen kann.« Sie zog die Schultern hoch. »Jedenfalls ist das meine Hoffnung.«

»Deine Hoffnung?«, fragte Tobble streng.

»Ferrucci ist ein guter Mann, Tobble. Ja, er wird mich wahrscheinlich dafür bezahlen, dass ich ihm einen der letzten Dalkins bringe. Aber er wird Byx auch beschützen.« Khara fuhr sich über die Augen. »Wenn es einen sicheren Zufluchtsort für sie gibt, dann ist Ferrucci der Mann, der diesen Ort finden wird.«

Khara streckte den Arm und berührte Tobbles Schulter, eine Geste der Entschuldigung, wie mir schien. »Mehr kann ich nicht für Byx tun, Tobble«, flüsterte sie. »Und du kannst es auch nicht.«

»Ich kann es versuchen!«, sagte Tobble. »Und das ist mehr als das, was du tust.«

Khara atmete aus, langsam und gleichmäßig. Wir vermieden es, einander in die Augen zu sehen.

»Ich habe noch eine andere Frage«, sagte ich schließlich zu Khara. »Falls wir zu der Insel kommen, was wird dieser Mann, dieser Gharri, mit Tobble machen?«

»Ach, Wobbyks braucht eigentlich niemand besonders«, sagte Khara mit einem bedauernden Nicken in Tobbles Richtung. »Sie gehören zu den Mezzitti.«

Tobble schnaubte verächtlich.

»Was bedeutet Mezzitti?«, fragte ich. Es war ein Wort, an das ich mich aus meinem Unterricht nicht erinnern konnte.

Khara sah mich ungläubig an, sichtlich überrascht von meiner Unkenntnis. »Nun, du weißt, dass es sechs überlegene Arten gibt: Menschen, Raptidons, Felijagas, Terra-Olme, Natintjes und Dalkins. So steht es in den alten Schriftrollen der ersten Coimari. Alle diese Arten können sprechen …«

»Kann ich doch auch!«, unterbrach Tobble.

»… können sprechen«, fuhr Khara fort, »Werkzeuge herstellen, lernen und das Gelernte weitergeben. Und sie haben die Fähigkeit zum Studium der Theurgie, der Anwendung von Magie.«

»Unfair«, grummelte Tobble. »Was nützt Magie schon? Alberne Sprüche. Zauberische Wundertränke. Lächerliche Visionen.«

»Ich weiß nichts darüber«, sagte Khara. »Nach dem Gesetz darf man erst ab fünfzehn mit der Ausbildung in Theurgie beginnen.«

»Dalkins wenden kaum Magie an«, sagte ich. »Dalyntor nennt sie … nannte sie … eine verloren gegangene Kunst.«

»Frauen dürfen überhaupt nicht Theurgie studieren«, sagte Khara. »Jedenfalls nicht mehr.«

»Nicht mehr?«, fragte ich.

»Bevor der jetzige Murdano die Macht übernahm, war zumindest manchen Frauen das Studium der Theurgie erlaubt. Meine Mutter verstand sich ein bisschen darauf.«

»Aber was sind denn nun Mezzitti?«, fragte ich noch einmal.

»Mezzitti können keine Magie bewirken, auch nicht in der leichtesten Form.«

»Zu den Mezzitti gehören Arten wie Wobbyks, Starlons und Gorellis«, erklärte Khara weiter. »Sie können mit Menschen kommunizieren und Werkzeuge benutzen, aber sie haben nicht die Fähigkeit, Magie anzuwenden.«

Tobble seufzte hörbar. »Total unfair!«

»Den alten Schriftrollen nach dürfen die sechs großen Arten nicht Jagd aufeinander machen. Zumindest lautet so der Erlass. Ob er wirklich befolgt wird, ist eine andere Sache. Insbesondere, wenn meine eigene Spezies dabei im Spiel ist.«

»Na bitte, dann fühlt euch frei, mich zu fressen«, sagte Tobble.

»Eine Stufe unter den Mezzitti stehen alle Arten, die nicht mit Menschen kommunizieren können, keine Werkzeuge benutzen oder magische Fähigkeiten besitzen«, sagte Khara.

»Die Inferritti«, erklärte Tobble.

»Ja«, nickte Khara. »Schimpansen, Wale, Krähen, Grillen und, und, und.«

Sie stand auf, stemmte die Hände in die Hüften. »So, das reicht für heute. Wir sollten jetzt schlafen. Ich vergeude ungern einen Tag, aber ihr beide seid nicht in der Verfassung, um sofort weiterzuziehen.«

»Ich habe aber noch Fragen«, sagte ich. »Viele.«

»Das denke ich mir«, sagte Khara. Sie betrachtete mich mit einer merkwürdigen Mischung aus Niedergeschlagenheit und Sympathie. »Sieh zu, dass du ein bisschen schlafen kannst. Wir haben einen langen Weg vor uns. Morgen früh vor der Dämmerung brechen wir auf.«

»Schlafen«, murmelte ich. Als ob das möglich wäre nach all dem, was ich eben gehört hatte. Ein Blick auf Tobble dagegen zeigte mir, dass er schon wieder fest eingeschlafen war.

Ob die Fähigkeit, überall und in jeder Lebenslage zu schlafen, eine besondere Begabung der Wobbyks war?

Khara legte eine Decke über ihn und reichte auch mir eine.

»Ich wünschte, ich könnte mehr für dich tun«, sagte sie leise. »Wirklich.«

Sie log nicht, so viel konnte ich sagen. Aber es war ein schwacher Trost.

Vielleicht gibt es doch eine andere Möglichkeit, sagte ich mir. Eine Möglichkeit, Ferrucci aus dem Weg zu gehen, mit Tobble zu fliehen, andere Dalkins zu finden und …

Mit wirren Plänen im Kopf schlief ich ein, und keiner von ihnen schien besser zu sein als das Schicksal, das über mich hereinzubrechen drohte.

18

Eine alte Karte

Ich döste den ganzen Tag unruhig vor mich hin. Zu Mittag aßen wir noch einmal Schlangenbraten, Tobble mampfte Blätter und Käfer, aber Fragen wurden keine mehr gestellt oder beantwortet. Khara schien etwas durch den Kopf zu gehen. Sie lief den größten Teil des Tages vor dem Höhleneingang auf und ab.

In dieser Nacht versuchte ich, mich zum Schlafen zu zwingen. Doch kaum schloss ich die Augen, musste ich an die Schrecken denken, deren Zeuge ich geworden war. An den Tod meiner Rudelgenossen. An die abscheulichen Schlangen. Wer konnte wissen, was noch alles vor uns lag?

Es schienen erst ein paar Augenblicke vergangen, seit ich mich sorglos an meine Mutter gekuschelt und beobachtet hatte, wie Butrillos in der Luft über dem Mirabienen-Hügel flatterten.

»Byx?«, flüsterte Tobble spätnachts. »Schläfst du?«

»Nein.«

Tobble kroch dichter zu mir heran und zog dabei seine Decke hinter sich her. »Hast du Angst?«

»Ja«, sagte ich, weil ich naturgemäß nicht log und weil ich die Wahrheit gern mit jemandem teilen wollte.

»Also, ich nicht!«, sagte Tobble, und seine Stimme schwankte nur ganz wenig. Aus dem Augenwinkel warf er mir einen Blick zu. »Hast du erkannt, ob das gelogen war?«

»Na ja, ich will mal so sagen … mir wird allmählich klar, dass es viele Arten von Lügen gibt«, sagte ich vorsichtig. »Du bist heute sehr mutig gewesen, Tobble. Hast diese Riesenschlange gebissen. Was um Himmels willen hast du dir bloß dabei gedacht?«

Er grinste und wackelte mit seinen Ohren. »Gar nichts.«

»Ich bin dir dankbar, dass du versucht hast, mich zu retten.«

»Versuchen zählt nicht.«

»Soweit es mich betrifft, zählt es sehr wohl.«

Tobble rollte sich auf den Bauch, das Kinn in die Pfote gestützt. »Du bist hier die Mutige, Byx. Ich konnte es kaum glauben, wie du von dieser Klippe gesprungen bist.«

»Ich auch nicht.« Trotz allem musste ich selber über mich lächeln. »Um ehrlich zu sein, hatte ich da einen gewissen Antrieb. In Gestalt der Menschen, die mich töten wollten.«

»Wie ist das, wenn man fliegt?«

»Ich wünschte, ich könnte richtig fliegen«, sagte ich. »Dalkins können nur gleiten.« Ich streckte die Arme aus, um ihm meine Gleitflügel zu zeigen. »Aber auch das ist ein wunderbares Gefühl.«

»Ich fliege manchmal im Traum«, sagte Tobble. »Dann bin ich riesengroß. Mit scharfen Zähnen. Und ich bin immer mutig.«

Ich streckte die Hand aus und strich dem kleinen Wobbyk über die Schulter. Sein Fell, wenn auch stellenweise verdreckt, war lang und weich und herrlich silberblau wie ein Neumond. »Du bist mehr als mutig, Tobble. Ich finde, du solltest versuchen, irgendwie nach Hause zu kommen. Wo ist eigentlich dein Zuhause?«

Tobbles Kinn begann zu zittern, und für einen Moment fürchtete ich, er würde gleich weinen. »Bossyp. An der Nordwestküste. Weit von hier.«

»Sie müssen doch krank vor Sorge um dich sein.«

»Vermutlich, ja. Obwohl meine Eltern inzwischen leicht die Übersicht verlieren.« Tobble lächelte wehmütig. »Das ist aber verständlich. Als wir letztes Mal gezählt haben, hatte ich einhundertsiebenundzwanzig Brüder und Schwestern.«

»Einhundertsieben…«

»Wobbyks bekommen achtmal pro Jahr Junge. Und die meisten von uns bleiben. Wir gehen nicht weg. Wir bauen einfach mehr Gänge.« Er schüttelte den Kopf. »Du solltest uns mal bei einem Stibillary sehen!«

Khara, die neben dem Feuer lag und schlief, machte eins ihrer Kröten-Geräusche. Tobble und ich tauschten ein Lächeln.

»Was ist ein Stibillary?«, fragte ich.

»Ein Fest. Du würdest es wahrscheinlich ein Fest nennen. Wir feiern es, wenn jemand dreiundvierzig Jahre wird – aber nur, wenn er bis dahin eine mutige Tat vollbracht hat. Ein Stibillary bedeutet, dass man von nun an erwachsen ist. Es gibt ein großes Freudenfest und dann natürlich das offizielle Schwanzflechten.«

»Du meinst eure drei Schwänze?«

»Ja. Vor seinem Stibillary darf man sie nicht zusammenflechten. Und man darf nicht am Stibillary teilnehmen, bevor man seinen Mut bewiesen hat.«

Ich zog mir die Decke bis zum Kinn. »Also, das hast du getan, und zwar gründlich.«

Tobble rollte sich wieder auf den Rücken, und wir blickten hinauf zu den Mondschnecken, die sich als hell schimmernde Lichtpunkte pulsierend über die Decke bewegten.

»Du musst deine Familie vermissen«, sagte ich.

»Ja, schon. Aber ich weiß, dass sie auf mich warten.« Kaum waren die Worte ausgesprochen, japste Tobble erschrocken nach Luft. »Oh, Byx, es tut mir so leid!«

»Es ist nicht deine Schuld, Tobble«, sagte ich. Ich bemühte mich, meine Trauer hinter einem erzwungenen Lächeln zu verbergen, aber ich wusste, dass er meine zitternde Unterlippe bemerkt hatte.

Für mich würde es das nie wieder geben. Eine Familie, die auf mich wartete. Eine Familie, die mich vermisste.

»Vorläufig«, sagte ich schließlich, »ist mein einziges Zuhause hier. Bei dir. Aber, Tobble, was immer Khara mit mir vorhat, es ist nicht dein Kampf.«

»Oh, ist es sehr wohl! Drei Lebensrettungen, Byx. Das ist Wobbyk-…«

»Vorschrift. Ja, ich weiß. Aber trotzdem.«

»Ich wollte dir schon lange was geben, Byx.« Tobble setzte sich auf und kramte in seinem kleinen Lederbeutel, den er immer am Gürtel trug. Er zog etliche Gras- und Kräuterbüschel heraus, bevor er fand, was er suchte. »Da. Es ist mir erst heute wieder eingefallen, als ich meinen Beutel beim Frühstück geöffnet habe.«

Damit breitete er verschiedene Dinge vor mir aus. »Das habe ich gefunden, als ich dir gefolgt bin. Lag alles auf dem Boden in der Nähe des Mirabienen-Hügels. Ich weiß selber nicht, warum ich es aufgehoben und mitgenommen habe … vielleicht … ich dachte, vielleicht willst du es als Andenken haben von … von dort.«

Ich starrte die Sachen an. Reste und Splitter meines alten Lebens.

Eine zerbrochene Muschelschale, rosa gestreift. Eine kleine

Spielzeugfigur aus geflochtenem Schilfgras. Ein flacher Stein mit eingeritzten Wörtern. Ein ausgefranstes Playa-Blatt.

Eine nach der andern ließ ich die Sachen in meinen Beutel gleiten. Ich griff nach dem Playa-Blatt. Es war an den Rändern eingerissen und angesengt, aber selbst im schwachen Licht der Mondschnecken erkannte ich, was es war.

»Meine Karte! Die Karte der Ersten Kolonie!« Mir zitterten die Finger, während ich das Blatt dicht vor meine Augen hielt, verschmutzt und eingerissen, wie es war.

»Du meinst, sie gehört dir?«, fragte Tobble.

Ich konnte meine eigene Schrift kaum lesen, und das nicht nur wegen meiner Tränen. Dalkins haben ein einfaches Alphabet, das wir schon von klein auf lernen. Weil wir aber ständig von einem Ort zum andern zogen, hatten wir kaum mehr Verwendung für geschriebene Texte und noch weniger Übung im Schreiben. Meine Handschrift war fast unleserlich.

Tobble zog seine Decke wieder zurecht und kuschelte sich dicht an mich. »Was ist das?«, fragte er.

»Eine Landkarte, die auf ein uraltes Gedicht zurückgeht. Hier ist eingezeichnet, wo die ersten Dalkins gelebt haben sollen.« Ich deutete auf einen Fleck, der eine kleine Insel darstellen sollte. »Das ist Dalkinholm. Dorthin wollte sich unser Rudel gerade aufmachen, als …«

»Wollten sie noch andere Dalkins finden?«

»Das haben sie jedenfalls gehofft.«

Zögernd fing ich an, das alte Gedicht aufzusagen. Als ich zu der Stelle kam, wo es heißt »lebende Insel und schwimmendes Juwel«, sah ich kurz zu Tobble hin. Die Augen waren ihm zugefallen, sein Atem ging gleichmäßig. Wahrscheinlich war er wieder mal fest eingeschlafen, doch er überraschte mich, als er unerwartet seine Pfote zu mir herüberschob.

Ich nahm sie, hielt sie fest. Sie war fast rund mit rauen schwarzen Fußballen und kleinen, ungewöhnlich scharfen Krallen. Ich staunte, wie leicht und warm sich seine Pfote anfühlte.

Instinktiv musste ich an die Nacht denken, als Jax und ich einander an den Händen gehalten und versprochen hatten, uns gegenseitig zu beschützen.

Und ich musste ebenfalls daran denken, wie wenig uns das gelungen war.

»Ich hätte bei ihnen sein müssen«, flüsterte ich. »Ich hätte mit ihnen zusammen sterben müssen.«

»Sag das nicht, Byx.« Tobble umklammerte meine Hand.

»Ich wünschte, ich hätte ihnen helfen können«, sagte ich und hielt die Karte fest gegen meine Brust gedrückt. »Aber ich kann mir ja nicht mal selber helfen.«

»Keine Angst, Byx«, sagte Tobble. »Wir beschützen einander.«

Als Khara uns wenige Stunden später weckte, hielt ich noch immer Tobbles Pfote.

19

Dalkin trifft Hund

Kurz vor der Morgendämmerung machten Khara, Tobble und ich uns auf den Weg zu einem nahe gelegenen Bach, wo wir die Wasserschläuche füllen konnten. Es würde ein langer Tagesmarsch werden, warnte Khara uns, und wir könnten nicht damit rechnen, immer auf Wasser zu stoßen, sobald wir durstig wären.

In meinem Kopf brummte es wie in einem Bienenstock: Fragen, Fluchtpläne, Möglichkeiten, Unmöglichkeiten. Doch nichts davon schien sinnvoll. Nichts realistisch. War ich wirklich schon so weit, Kharas Pläne für mich einfach hinzunehmen?

Was würde Jax an meiner Stelle tun? Myxo? Mein tapferer Vater? Meine unerschrockene Mutter? Was würde Dalyntor angesichts eines solchen Schicksals tun?

Du bist der Kümmerling, dachte ich voll Bitterkeit. Enttäuschend bei deiner einzigen Aufgabe, die nur darin besteht, dein Bestes zu tun wie alle anderen Dalkins, um still und heimlich am Leben zu bleiben.

Es war meine Schuld, dass ich gefangen worden war. Meine Schuld, dass ich nicht mit meinem Rudel tapfer in den Tod gegangen war.

Die letzte Überlebende zu sein war keine Heldentat. Es bedeutete nur Schmach und quälende Schuld.

Vallino und unsere wenigen Habseligkeiten ließen wir einstweilen in der Höhle zurück. Der Weg zum Bach war zu felsig, um das Pferd sicher führen zu können.

Wir tranken ausgiebig von dem kalten Wasser und füllten Kharas Wasserschläuche randvoll. Als wir uns auf den Rückweg machten, stieg gerade die Sonne rötlich wie ein reifer Pfirsich über die Horizontlinie. Wir hatten die Höhle beinahe erreicht, da fing ich den Hauch eines fremden Geruchs auf. Wie angewurzelt blieb ich stehen.

»Was ist?«, fragte Khara und zog mit der Linken ihr Messer aus dem Stiefel. Die rechte Hand fuhr instinktiv zum Griff ihres Schwertes, das jetzt wieder wie ein verrostetes Überbleibsel aus anderer Zeit aussah.

»Da ist jemand«, raunte ich. »Ein Mensch. Männlich.« Darin würde ich mich nicht mehr irren.

Ich schnupperte noch einmal. »Und ein Hund. Auch männlich.«

Khara bedeutete uns, dicht hinter ihr zu bleiben. Eng an die Felsenwand gedrückt, schlichen wir weiter.

An einem großen, von borstigem Gras und niedrigem Gebüsch umgebenen Felsblock hielt Khara an.

»Ihr zwei«, wisperte sie kaum hörbar, »versteckt euch hier im Gestrüpp, so gut es geht. Sollte man dich zufällig sehen, Byx, dann sprich kein Wort! Duck dich auf alle viere. Und lass niemanden deinen Beutel sehen. Oder deine Finger. Oder ...« Sie seufzte. »Lasst euch einfach gar nicht sehen, ja?«

Sie sprach hastig, für Fragen blieb keine Zeit. Aber ich wusste, was sie meinte: Falls mich jemand entdeckte, sollte ich mich wie ein Hund und nicht wie ein Dalkin benehmen.

Tobble und ich verschwanden hinter dem Felsblock. Es war

kein gutes Versteck, das dornige Gestrüpp ziepte am Fell. Trotzdem krochen wir weiter, bis wir außer Sicht waren.

Lautlos bewegte sich Khara auf dem Pfad weiter. Als sie gerade um eine Biegung schlich, wurde sie von einem großen, schmutzigen, übel riechenden Etwas angesprungen und zu Boden geworfen.

Khara lag reglos da.

»Sie ist bewusstlos«, flüsterte Tobble.

Wir sprangen aus dem Gebüsch hervor, alle Versprechen waren vergessen. Erst als wir Khara schon halbwegs erreicht hatten, wurde mir klar, dass ich eben dabei war, ausgerechnet der Person, die mich gefangen hielt, zu Hilfe zu eilen.

In diesem Augenblick schnappte Khara hörbar nach Luft und kam zu sich. Sie blinzelte, sah die zappelnde Bestie über sich und hob ihr Messer, um zu einem tiefen Stoß in die Flanke des Tieres auszuholen. Doch bevor sie ihre Bewegung zu Ende bringen konnte, ließ das Vieh seine triefende rosa Zunge aus dem Maul fahren und schleckte Kharas Nase ab.

So dämlich konnte nur ein einziges Tier sein.

Ein Hund.

»Stopp!«, schrie eine tiefe Stimme. »Er ist harmlos!«

Um die Wegbiegung kam ein junger Mann gestürmt, in der einen Hand eine halb aufgegessene Birne und in der anderen Vallinos Zügel. Das große Pferd folgte ihm.

Mit einem kräftigen Ruck schleuderte Khara den sabbernden Hund zur Seite und sprang auf. Der Hund jagte dem jungen Mann entgegen.

»Du Dieb!«, rief Khara mit ihrer unnatürlich tiefen Stimme und deutete mit dem Messer in der Hand auf Vallino.

»Tja, so ist das nun mal«, sagte der junge Mann gelassen. »Gehört er dir?«, fragte er mit einem Kopfnicken auf das Pferd.

»Tja, so ist das nun mal«, entgegnete Khara und ahmte dabei seinen Tonfall perfekt nach. Dabei spießte sie mit einer schwungvollen Geste die Birne an der Messerspitze auf und hielt sie ihm vor die Kehle. »Ich verlange jetzt eine Erklärung von dir, sonst landet diese Birne in deinem Bauch. Aber nicht etwa, weil du sie gegessen hast!«

Der junge Mann schien unbeeindruckt. »Ich bin den Pfad raufgekommen, da hat der Hund dein Pferd gewittert. Er ist in die Höhle rein, ich hinterher. Ich dachte, der Eigentümer des Pferdes ist vielleicht gestorben.«

»Gestorben!«

»Von einer Klippe gestürzt zum Beispiel. Oder von einem Felijaga gefressen. Warum sonst sollte jemand ein so prächtiges Pferd zurücklassen?«

Khara rollte mit den Augen. »Um sich mit Proviant einzudecken vielleicht. Um Wasser zu suchen. Um …«

»Um zu pinkeln? Ich dachte nämlich, dass …«

»Ich wollte sagen«, unterbrach Khara streng, »um Grünfutter für das Pferd zu sammeln.« Sie zog das Messer samt der Birne ein paar Zentimeter zurück. Vallino beobachtete sie hoffnungsvoll.

»Übrigens, was Hunde angeht«, sagte der junge Mann mit einer Kopfbewegung in meine Richtung. »Deiner da ist recht talentiert. Wird er nicht müde, wenn er den ganzen Tag aufrecht geht wie ein dressierter Bär? Kann er auch jonglieren?«

Khara drehte sich um, da sah sie Tobble und mich auf dem Weg stehen. »Ich hab euch doch gesagt …«, rief sie ärgerlich, unterbrach sich aber sofort.

Tobble und ich sahen uns ratlos an. War es zu spät für mich, um Hund zu spielen? Ich ließ mich auf alle viere nieder und rollte meine Hände zu Fäusten ein. Dann sperrte ich das Maul auf, ließ meine Zunge heraushängen und tat so, als würde ich hecheln. Sogar mit dem Schwanz wedelte ich.

Der echte Hund – schlaksig, braun und zerzaust – sprang auf mich zu. Falls er spürte, dass ich in Wirklichkeit gar kein Hund war, ließ er sich das nicht anmerken. Sein Schwanz schwang so ungestüm hin und her, dass ich fürchtete, er könnte abbrechen und davonsegeln.

Wild entschlossen machte sich das Untier daran, an mir rumzuschnüffeln. Kopf, Füße, Rücken, Schwanz und … alles. Es war demütigend, aber ich hütete mich, ein Wort zu sagen.

Als ich es schließlich nicht mehr aushielt, ließ ich ein tiefes und, wie ich hoffte, überzeugendes Knurren hören.

Schwer gekränkt blickte mich der Hund an.

»Dog!«, rief der junge Mann, und das Vieh rannte hinüber und leckte ihm die Hand – ein entwürdigendes Schauspiel.

»Du hast deinen Hund ›Dog‹ genannt?«, fragte Khara.

»Passt doch ausgezeichnet zu ihm, findest du nicht?«

»Dann kann ich nur annehmen, dass du auf den Namen ›Dieb‹ hörst?«

»Schon möglich. Aber du darfst mich Renzo nennen. Und wie heißt ihr? Du und deine Freunde?«

»Ich bin Tobble«, erklärte der Wobbyk bereitwillig. »Und das ist …«

»… nichts, was dich was angeht«, beendete Khara seinen Satz.

Sie hielt Vallino die halb gegessene Birne hin, die er gierig entgegennahm und auch nicht mehr hergeben würde. Selbst bei diesem Handgriff ließ Khara den jungen Mann nicht aus den Augen.

Er war größer als sie, hatte blondes Haar und kluge dunkelblaue Augen. Soweit ich sehen konnte, hatte er drei Messer bei sich – eins in jedem seiner schwarzen Stiefel und eins am Gürtel. Ich schätzte, er war etwas älter als Khara, doch da er erst der zweite Mensch war, den ich aus der Nähe sah, konnte ich es nur vermuten.

»Ich schenke dir das Leben, Renzo«, sagte Khara mit ihrer tiefen Stimme, »aber nur, weil ich es leid bin, in dieser Woche noch jemanden zu töten.«

»Verbindlichen Dank.« Er hob eine Augenbraue und deutete in Richtung Höhle. »Weißt du, es ist nämlich so, dass wir noch frühstücken müssen, Dog und ich.«

»Bedauerlich«, sagte Khara. »Es ist nämlich so, dass ihr das leider ohne uns tun müsst.«

»Wirklich bedauerlich«, sagte Renzo kein bisschen überrascht. »Bevor wir uns also trennen, noch eine Frage: Verkaufst du vielleicht zufällig dein Schwert? Macht ja nicht viel her, aber meines hab ich bei einer Wette verloren, und ich brauche dringend wieder eins. In der Gegend treiben sich alle möglichen Halunken und finsteren Gestalten herum. Man kann nicht vorsichtig genug sein.«

»Mein Schwert ist nicht zu verkaufen.«

»Ich gebe dir weit mehr dafür, als es wert ist«, sagte Renzo, während er Dog den Kopf streichelte.

»Du hast meine Antwort gehört.«

Renzo seufzte. »Und dein Hund? Wie viel willst du für den haben?«

Ich versuchte, mir meinen Schreck nicht anmerken zu lassen. Khara hatte mich zwar entführt, aber dass Renzo meine Lage verbessern würde, bezweifelte ich.

»Auch der ist nicht zu verkaufen.«

»Schade, mein Hund könnte auf unserer Wanderung einen Kameraden gebrauchen.«

»Meiner ist nichts Besonderes«, sagte Khara mit einem leicht boshaften Blick in meine Richtung. »Ungehorsam wie sonst was.«

Ich kaute nervös auf meinem Schwanz herum.

Renzo nahm wieder seinen Wanderstock und seinen Lederbeutel, der an einem langen Riemen hing. Er warf ihn sich über die Schulter, lüftete die Kappe und sah Khara stirnrunzelnd an, wobei ein kaum erkennbares Lächeln über sein Gesicht huschte.

»Also, dann leb wohl, werter« – er zögerte einen winzigen Moment – »Herr. Mein Weg führt nach Norden. Und der deine?«

Khara musterte ihn, wortlos und mit in die Hüften gestemmten Händen.

»Sei auf der Hut, falls du auch in diese Richtung willst«, sagte Renzo. »Die Spione des Murdano sind überall. Es heißt, er will in Dreyland einmarschieren.«

»So weit wollen wir nicht«, sagte Khara.

»Das heißt, wir haben also dieselbe Richtung. Gut möglich, dass sich unsere Wege noch mal kreuzen.«

»Das werden sie nicht«, sagte Khara, »falls du vorhast, noch eine Weile zu leben.«

Als Renzo an uns vorbeiging, blieb sein räudiger Hund stehen, um einen Nasen-Schnupper-Gruß mit mir auszutauschen. Er roch nach Stinktier-Kadaver, Eichhörnchen-Kacke und anderen Dingen, die ich mir lieber nicht zu genau vorstellen wollte.

»Auf geht's, Dog«, rief Renzo. »Die wollen nicht mit unsereinem spielen.«

Wir schauten ihnen nach, bis sie außer Sicht waren.

»Er schien eigentlich harmlos«, sagte Tobble.

»Was ich von seinem Hund nicht behaupten kann«, grummelte ich, während ich mich aufrichtete und meine Finger streckte.

Khara schob ihr Messer wieder in den Stiefel und griff nach Vallinos Zügel. »Ob Mensch oder Hund, ehe wir nicht da sind, wohin wir wollen«, sagte sie und blickte nochmals prüfend den Weg entlang, »geht am besten davon aus, dass jeder – und ich meine wirklich jeder – es übel mit euch meint.«

20

Fragen

Nach einem raschen Frühstück brachen wir auf.

Ich ging neben Khara her, sodass mein Kopf auf gleicher Höhe mit ihren Beinen war, die an Vallinos Seite herabbaumelten. Tobble, der anscheinend eine grenzenlose Energie besaß, rannte oft voraus. Er hatte schnell gelernt, nicht direkt hinter Vallino zu gehen. Pferde legen nämlich ab und zu »Geschenke« hinter sich ab.

Wir wanderten den ganzen Vormittag weiter. Khara führte uns in nordwestliche Richtung, um die Sümpfe von Therian zu vermeiden. »Ein Umweg«, räumte sie ein. »Aber wenigstens umgehen wir auf diese Weise die morastige Gegend.«

»Und die Schlangen!«, ergänzte Tobble.

Um die Mittagszeit machten wir an einem einladenden Bach halt und aßen getrocknetes Schlangenfleisch und dünn geschnittene Zwiebeln, die Tobble aufgetrieben hatte. Ich lieh mir Kharas Messer, band es an einem geraden Stock fest und führte mein Dalkin-Talent im Fischefangen vor. Es dauerte eine Weile, aber dann holte ich doch zwei Fische aus dem Wasser, eine kleine Forelle und einen etwas größeren purpurroten Fisch.

Eine beeindruckende Vorführung war es nicht. Jedes meiner Geschwister hätte es besser gekonnt.

Je weiter wir kamen, desto mehr spürte ich, dass bei Khara die

Furcht nachließ und gleichzeitig eine neue Anspannung in ihr wuchs. Immer wieder blickte sie zurück, und von Zeit zu Zeit fragte sie mich, ob ich etwas Ungewöhnliches riechen würde. Doch schienen ihre Gedanken und Hoffnungen jetzt mehr nach vorn gerichtet.

Zur Nacht schlugen wir unser Lager in einer kleinen Talsenke auf. Tobble und ich sammelten Zweige und Äste, und Khara entfachte ein Feuer. Es gab gebratenen Fisch für Khara und mich, Taumelkäfer für Tobble und Beeren für uns alle.

Nach dem Essen lag ich auf dem Rücken und sah zu, wie die Sterne am endlosen Himmel ihre Plätze absteckten. Ich fühlte mich seltsam leicht, wie eingehüllt in einen tröstlichen Ort ohne Fragen. Eine Weile grübelte ich weder über meine Vergangenheit nach, noch sorgte ich mich um meine Zukunft. Ich fragte mich auch nicht, ob ich je wieder einem Dalkin in die Augen blicken würde.

Ich lauschte einfach nur dem ununterbrochenen Grillenzirpen, dessen pulsierendes An- und Abschwellen mir wie der Herzschlag der Erde vorkam.

Auch Khara und Tobble schienen ruhiger zu sein. Sie saßen am Feuer und schauten dem hypnotisierenden Tanz der Flammen zu. Was mochten die beiden denken? Ich unterbrach die Stille nur ungern, aber meine Neugier ließ sich nicht länger bezähmen.

»Du scheinst dir wegen der Wilderer keine Sorgen mehr zu machen«, sagte ich zu Khara.

Überrascht sah sie mich an. »Wie kommst du darauf?«

»Dalkingespür vielleicht?«

»Ja, du hast recht. Wilderer sind Geächtete im ganzen Königreich. Aber tatsächlich ist es so, dass sie nur in der Nähe von Ansiedlungen wirklich in Gefahr sind.«

»Wir sind also nicht mehr weit von unserem Ziel entfernt?«

Khara machte eine unbestimmte Handbewegung nach Osten. »Ein paar Meilen in dieser Richtung liegen die Vereinigten Provinzen von Dolgrate.« Sie machte eine halbe Drehung und zeigte nach Nordwesten. »Und ein paar Meilen in dieser Richtung ist der Stadtstaat der freien Kaufleute. Wir müssen weiter auf der Hut vor den Leuten des Murdano sein, aber immerhin schleichen sich Soldaten nicht heimlich an. Wir werden es hören, falls welche in der Nähe sind.«

»Dann kennst du die Gegend gut?«, fragte ich.

»Zur Genüge.«

Vor meiner nächsten Frage zögerte ich – nach all dem Schrecklichen, das ich erlebt hatte. Aber ich wusste so wenig über dieses Mädchen. »Hast du … lebt deine Familie hier in der Nähe?«

Khara sah mich ausdruckslos an. »Sozusagen.«

»Und Freunde?«

»Ich habe keine Freunde.«

Tobble riss die Augen auf. »Aber Freunde hat doch jeder!«

»Ich hatte keine«, sagte ich. »Nicht wirklich. Ich meine, für mich waren meine Geschwister Freunde.«

»Freunde sind ein Luxus, den wir uns nicht immer leisten können«, sagte Khara unbewegt.

Ich wollte weiterfragen, doch allmählich verstand ich, dass Khara mit Worten sparsam war. Sie sprach, wenn sie wollte, ansonsten schwieg sie. Kein Drängen meinerseits würde sie dazu bringen, etwas zu sagen, wozu sie nicht bereit war.

Wir waren ein unpassendes Gespann, Gefangene und ihr Entführer. Ich wollte tausend Fragen stellen. Khara wollte selten darauf antworten.

Mir gefällt es, dass du so viel fragst, hatte meine Mutter gesagt. Nur so kann man etwas lernen.

Aber auf manche Fragen gibt es keine Antworten. Und selbst wenn es welche gibt, lauten sie vielleicht nicht so, wie wir es gern hätten.

Der leichte Wind änderte die Richtung und brachte vertraute Gerüche nach Honig und Lavendel mit sich: Gerüche aus meiner Vergangenheit, aus meinem Leben vor dem Unglück.

Ich presste die Augen zusammen, um meine Tränen zurückzudrängen, denn das Heimweh schlug wie eine kalte, schneidende Welle über mir zusammen.

Wir wanderten zwei Tage weiter. Wenn Tobble oder mir die Füße wehtaten, setzte uns Khara auf Vallinos Rücken, damit wir eine Weile reiten konnten. Dafür sammelten wir für ihn die zarten Honigblumen am Wegrand, die er so gern mochte.

Zum Dank stupste er uns dann manchmal mit der Nase oder ließ ein zufriedenes Wiehern hören. Tobble schien er ganz besonders ins Herz geschlossen zu haben.

»Was Vallino wohl den ganzen Tag so denkt?«, überlegte Tobble am zweiten Abend unserer Reise, während er auf dem großen Pferd saß.

»Ich schätze, er hat nur zwei Gedanken«, sagte ich. »Der eine ist: Ich hab Hunger.«

»Und der andere?«, fragte Khara.

»Ich hab keinen Hunger.«

»Das sagst du bloß, weil er nicht zu den sechs überlegenen Arten gehört«, wandte Tobble ein. »Deshalb kann er sich aber doch Gedanken über komplizierte philosophische Fragen machen.«

Wie zur Antwort hob Vallino den Schwanz und hinterlegte ein besonders wohlriechendes »Geschenk« auf dem Weg.

»Na und«, sagte Tobble, und Khara und ich lachten.

An der Stelle, wo der Fußweg sich zur Straße verbreiterte, sagte Khara: »Ich denke, es wird Zeit für mich, dass ich wieder als Junge auftrete.«

»Warum?«, fragte Tobble.

»Wir werden bald auf andere Reisende treffen. Und für einen Mann oder einen Jungen ist fast alles einfacher«, erklärte Khara, während sie ihre Haare hinten zusammenband.

»Das ist ungerecht«, sagte Tobble. »Ob männlich oder weiblich, das sollte doch keine Rolle spielen.«

»Sollte es nicht, nein«, nickte Khara. »Aber nach meiner Erfahrung ist das Leben selten gerecht.« Sie musterte mich von oben bis unten. »Dich müssen wir auch verkleiden, Byx.«

»Weil ich ein Dalkin bin?«

»Ja. Du bist eine Rarität. Und alles, was selten ist, zieht unerwünschte Aufmerksamkeit auf sich.«

Ich fühlte mich unbehaglich. »Wie soll ich mich denn verkleiden?«

Aber natürlich kannte ich die Antwort.

Khara grinste. »Wenn du auf allen vieren gehst, kein Wort sprichst und ab und zu mit dem Schwanz wedelst, dann …«

Ich seufzte ergeben. »Ich weiß, ich weiß. Trotzdem, ich muss es noch mal klarstellen: Ich bin kein Hund!«

»Ja, das weiß ich«, sagte Khara. »Wärst du einer, gäbe es ja nichts zu diskutieren.«

»Ich habe Hunde noch nie gemocht«, sprang Tobble mir bei. »Die machen sich einen Spaß daraus, Wobbyks zu jagen. Sie fressen uns auch.«

»Das ist es eben«, sagte ich. »*Hund,* das war für Dalkins immer eine Beleidigung. Ich will damit nicht gerade sagen, dass wir Hunde verachten. Irgendwie mögen wir sie ja …«

»Stell dir vor, du wirst von einem hungrigen Hund in die Enge getrieben, und dann sag mir, was du von ihnen hältst«, unterbrach Tobble.

»… aber in unseren Geschichten von früher«, fuhr ich fort, »aus der Zeit, als Menschen und Dalkins Seite an Seite lebten, war eine der üblichen Beleidigungen: *Ihr seid doch nur Hunde.*«

»Tut mir leid, Byx«, sagte Khara. »Aber es ist zu deinem Besten.«

»Ich weiß.« Mit einem tiefen Seufzer ließ ich mich auf alle viere nieder. »Wuff«, machte ich ohne Überzeugung.

»Wer hätte gedacht«, sagte Khara und tätschelte mir flüchtig den Kopf, »dass es möglich ist, mit so viel Verbitterung zu bellen?«

21

In der Zivilisation

Wie ein Hund zu laufen war für meine Knochen und Muskeln einigermaßen erträglich, meine Handflächen aber sind längst nicht so robust wie meine Fußballen. Die Pflastersteine auf der Straße des Murdano vermied ich so weit wie möglich und lief stattdessen auf dem Grasstreifen am Rand. Ich hielt meine Finger eng nebeneinander und ließ meinen Bauch nicht sehen, sodass mein Beutel mich nicht verraten konnte. Die Falten in meinem Fell sind nur dann zu erkennen, wenn ich die Arme zum Gleitflug ausbreite, das war also kein Problem.

Offenbar überzeugte ich die Menschen, die wir unterwegs trafen. Einmal, als eine Gruppe Ritter vorbeitrabte, beugte sich tatsächlich einer von seinem gewaltigen Streitross zu mir herunter, kraulte mit seiner behandschuhten Hand meinen Nacken und sagte *braves Mädchen* zu mir.

Tobble und Khara lachten verstohlen, aber ich fand es nicht lustig.

Trotzdem, ich muss zugeben, dass Menschen zu Hunden meistens freundlich sind.

Mehr als einmal warf mir jemand Essensreste zu, die ich wohl oder übel auffangen musste, ohne meine Hände zu gebrauchen. Etliche Kinder kamen heran, tätschelten mir den Kopf und kraulten meinen Rücken.

Die Wahrheit ist, dass ich diese Begegnungen merkwürdig angenehm fand. Angenehm, aber würdelos.

»Dein Hund fühlt sich so schön weich an!«, rief ein junges Mädchen mit einem hölzernen Kübel in der Hand. »Viel weicher als unser Hund.«

»Er hat gerade gebadet«, sagte Khara und drängte uns schnell weiter. Später machten wir halt an einem kleinen Teich, und sie strich mir eine dünne Schlammschicht über den Pelz. »Dalkinfell ist viel flauschiger als Hundefell«, erklärte sie. »Wenn der Dreck erst trocken ist, wird das nicht mehr so auffallen.«

Ich schnupperte an meinem schmutzigen Schwanz. »Sag mir Bescheid, falls du darüber nachdenkst, wie ich mich sonst noch blamieren kann.«

Khara trat zurück, um ihr Werk zu bewundern. »Mach ich.«

Je weiter wir kamen, desto mehr Menschen sahen wir, und zwar sowohl in der einen wie in der andern Richtung. Manche saßen in Wagen, die von Pferden gezogen wurden. Manche schleppten Säcke auf den Schultern. Manche marschierten zielstrebig voran. Andere schlenderten dahin wie auf einem Spaziergang und unterhielten sich angeregt. Ich sah weit mehr Männer als Frauen und nur wenige Kinder.

Einmal bemerkten wir nicht weit von uns einen elegant gekleideten alten Mann, der plötzlich mitten auf der Straße stehen blieb. Mir war aufgefallen, dass er hinkte. Auf einmal zerrte er seinen Stiefel vom Fuß, schleuderte ihn von sich und fluchte dabei höchst einfallsreich.

Als wir näher kamen, hörten wir ihn etwas murmeln, einen wunderlichen, nicht sehr melodischen Singsang aus einzelnen Silben.

»Theurgie, eindeutig«, wisperte Tobble.

Plötzlich gab es eine rosa Rauchwolke, und der abgewetzte Stiefel des alten Mannes verwandelte sich – dummerweise aber in einen zierlichen rosa Damenschuh, der nun an Ort und Stelle stand.

Tobble rollte mit den Augen. »Hab ich doch gesagt, Magie ist albern.«

Khara unterdrückte ein Lächeln, während wir an dem alten Mann vorbeigingen. Inzwischen fluchte er noch fantasievoller. »Manchmal scheint es fragwürdig, ob die sechs großen Arten wirklich so überlegen sind«, sagte Khara. »Nur weil ein alter Mann ein bisschen Hokuspokus mit einem Schuh veranstalten kann, soll ihm das mehr Einfluss verschaffen als, sagen wir mal, einem tapferen, findigen Wobbyk?«

Tobble lächelte, er freute sich sichtlich über ihre Worte. »Möchte mal wissen, ob Theurgie Byx bei ihrer Suche nach anderen Dalkins helfen könnte«, sagte er. »Das wäre wirklich mal was Nützliches.«

»Glaube ich eher nicht«, sagte Khara. »Die wenigsten Menschen können Theurgie in ihrer ganzen Vielfältigkeit anwenden, höchstens jemand mit einem angeborenen Talent, der diese Wissenschaft jahrelang studiert hat.«

Etwa eine Stunde später konnte ich das Meer riechen, und als gerade niemand auf uns achtete, flüsterte ich Khara meine neue Erkenntnis zu.

»Ja, wir kommen näher«, bestätigte sie.

»Finden wir dort ein Schiff, das uns zur Insel bringt?«, fragte Tobble.

»Wir finden dort die Natintjes. Das Wasser ist ihr unumstrittenes Reich. Sie werden uns hinüberbringen oder auch nicht, ganz wie es ihnen beliebt.«

»Hast du schon mal einen Natintje gesehen, Byx?«, fragte Tobble. Er schien immer wieder zu vergessen, dass ich doch nicht sprechen durfte.

Entweder das, oder er machte sich einen Spaß daraus, mich zu ärgern.

Ich schüttelte kaum merklich den Kopf, um *Nein* zu signalisieren.

»Es gibt nämlich viele verschiedene Natintjes«, erklärte Tobble, während er neben mir herwatschelte. »Manche sind fast so groß wie Wale. Andere sind so groß wie Menschen, haben aber Klappen am Hals zum Atmen unter Wasser. Und ihre Haut ist grün.«

Kurz darauf ergänzte er: »Manche sind auch gefährlich.«

Und wieder kurz darauf: »Und ziemlich schleimig sind sie natürlich.«

Als Tobble schwieg, stimmte Khara ein Lied an. Sie sang es in dem rauen männlichen Ton, der ihre natürliche und angenehmere Stimme verbarg:

»In alten Zeiten, als das Leben noch neu war,
trafen sich die Ahnen bei Urmans Eibe.
Und dort, unter dem Baum am Meer
planten sie die Welt für dich und für mich.«

Sie lachte verlegen. »Ich bin keine gute Sängerin. Es gibt aber noch viele Strophen zu dem Lied.«

»Erzähl sie uns«, drängte Tobble.

»Also, die Geschichte geht auf eine alte Sage zurück, aber Urmans Eibe steht noch, es ist der älteste Baum, den es überhaupt gibt. Dort sollen sich an einer hoch gelegenen Stelle sämtliche Arten versammelt haben, als eine große Flut weite Teile des Landes verschlungen hatte.«

Von der Flut hatte ich natürlich gehört, aber nicht von einem magischen Baum.

»Und dort entschieden die Ahnen, wie die Welt nach dem Zurückweichen der Flut geordnet werden sollte. Sie legten fest, dass es große überlegene Arten geben sollte, jede mit einem eigenen Reich und eigenen Rechten.«

Ich nickte. Das hatte ich schon von Dalyntor gehört. Mit tiefer Zuneigung und Sehnsucht wurde mir plötzlich klar, wie viel ich von diesem klugen alten Dalkin gelernt hatte.

»Nur eben keine Rechte für Wobbyks«, brummelte Tobble.

»Die Natintjes, die im Wasser atmen können, sollten über alle zum Meer hin offenen Gewässer herrschen. Bei Flüssen aber nur über die erste Meile ihres Mündungsgebiets, dazu über Buchten und Meeresarme. Die Felijagas bekamen die nördlichen Wälder zugesprochen, über die sie noch immer herrschen und die keiner ohne ihre Erlaubnis betritt. Sie dürfen auch in anderen Wäldern jagen, besitzen dort aber keine Macht.«

Felijagas, diese kraftvollen und Furcht einflößenden katzenartigen Wesen. Schon als ich noch klein war, hatten sie mich in meinen Träumen verfolgt.

»Die Terra-Olme«, erzählte Khara weiter, »bekamen alles, was unter der Erde ist. Die tiefen Höhlen und die verborgenen unterirdischen Seen und Flüsse.«

Mir graute. Terra-Olme waren Insekten, groß wie Pferde. Noch ein Grund für schlechte Träume.

»Und dann sind da natürlich die Raptidons. Sie herrschen über die Lüfte, die Baumwipfel und Berge, wo sie ihre Nester bauen.«

»Und Menschen?«, fragte Tobble und trat beiseite, um einer Kutsche auszuweichen.

»Menschen bekamen den Rest der Welt.«

Tobble machte eine Kopfbewegung zu mir hin. »Was ist mit den Dalkins?«

Khara sang:

»Dalkins, so treu,
so frei von Gier,
Willkommen sind sie
dort wie hier.«

Ich wartete, bis wir im Schatten eines Corpobaumes Rast machten. Seine blassgelben Blüten verströmten einen Duft nach feuchtem Gras. Da man uns hier von der Straße aus nicht sehen konnte, lehnte ich mich gegen den Stamm und wagte es, meine Stimme wieder zu benutzen.

»Was bedeutet das, Khara?«, fragte ich. »›Dalkins, treu und frei von Gier‹?«

Khara legte den Kopf schräg. »Hat man dir denn nichts über dein Volk beigebracht?«

»Wir haben unsere Gedichte, Lieder und Geschichten«, sagte ich. »Aber … na ja, Dalkingedichte handeln nur von Dalkins, jedenfalls die, die ich gelernt habe.«

»In den alten Zeiten haben die Dalkins überall gelebt«, sagte Khara. »Die meisten blieben unter sich, aber sie waren bei allen anderen Arten hoch angesehene Gäste auf jeder Versammlung. Ihre Fähigkeit, Wahrheit von Lüge unterscheiden zu können, machte sie wertvoll, besonders im Hinblick auf Menschen. Wertvoll und gefährlich.«

»Wertvoll und gefährlich«, wiederholte ich und dachte über Kharas Worte nach.

Wenn ich also die Wahrheit erkennen konnte und andere konnten das nicht und wenn ich einer der letzten überlebenden Dalkins war – vielleicht sogar der allerletzte, der Endling –, was würde mit mir geschehen? Würden andere mich für ihre Zwecke ausnutzen?

Oder würde ich meine Gabe irgendwie für mich selbst nutzen können?

Ich schüttelte den Kopf. War es denn wirklich eine Gabe, wenn man in den chaotischen Herzen der Menschen lesen konnte?

War es nicht ein schrecklicher Fluch?

Hatte Dalyntor das gemeint, als er diese Gabe *beschwerlich* nannte?

Vielleicht könnte meine Fähigkeit von Vorteil sein, wenn wir erst auf der Insel wären. Vielleicht könnten Tobble und ich uns aus Kharas Griff befreien und uns davonmachen nach … nach … wohin?

Nicht zum ersten Mal wurde mir klar, wie schutzlos und ausgeliefert, wie entwurzelt ich ohne mein Rudel und meine Familie war.

In der Welt der Dalkins bedeutet das Rudel alles: Wurzel und Zweig, Herz und Seele.

Myxo hatte ihre Hoffnungen auf die Kolonie im Norden gesetzt, und das ganze Rudel war ihr gefolgt.

Das könnte auch für mich ein Anfang sein.

Ein Anfang und nicht das Ende.

Mit leichter Beklemmung im Herzen fiel mir schon wieder eine der Redensarten meines Vaters ein: »Nur Narren kennen Anfang und Ende der Geschichte.«

Wie ich seine Gelassenheit und Klugheit, seine heitere Art vermisste! So oft hatte ich die Augen gerollt bei seinen altmodischen Redensarten, Sprüchen und Weisheiten. Doch jetzt hätte ich alles dafür gegeben, ihn an meiner Seite zu haben.

Es war komisch, aber die Vorstellung, Khara zu entkommen und eigene Wege zu gehen, machte mir Angst. Solange ich bei ihr war, fühlte ich mich einigermaßen sicher.

Na ja, vielleicht nicht gerade »sicher«.

Aber es war doch etwas weniger wahrscheinlich, in ihrer Gesellschaft getötet zu werden.

Eine trügerische Hoffnung natürlich. Wie meine Zukunft aussehen würde, nachdem sie mich diesem Ferrucci übergeben hatte, konnte niemand sagen. Würde der mich einsperren? Töten? Auf Ausstellungen vorführen wie ein zweiköpfiges Monstrum?

Und was würde aus dem armen Tobble werden, der seine Treue im Lauf unserer Wanderung mehr als einmal bewiesen hatte?

Je näher wir der Zivilisation kamen, umso sonderbarer und verstörender wurde alles, aber auch umso aufregender. Bis dahin hatte es in meinem Leben weiter nichts gegeben als eine Handvoll Rudelmitglieder und die freie Natur, in der wir lebten. Diese Welt hier war ganz anders, hier wimmelte es nur so von großen Menschen und Pferden, die Straße war voller Wagen und Karren mit fremdartigen Dingen und unbekannten Nahrungsmitteln, überall drangen Lärm und Geschrei auf uns ein.

Und Gerüche. Immer mehr Gerüche. Manche erkannte ich. Manche erklärte mir Khara, wenn ich ihr einen fragenden Blick zuwarf. Was für eine atemberaubende Mischung: Kot, Urin, Rosen, Gewürznelken, Brackwasser, Dreck, Lavendel, Schimmel, beißender Rauch von Holzkohlefeuern, geräuchertes Fleisch, Majoran, verdorbener Fisch, frisches Brot, Bier, Met.

Meine arme Nase war erschöpft von solcher Vielfalt.

Wir waren im Lauf unserer Wanderung zwar nicht gerade vertraute Freunde geworden, doch hatten wir uns aneinander gewöhnt – so ähnlich, wie der Rücken sich einem unbequemen Nest anpasst. Nach einer Weile hört man auf, sich zu drehen und zu wälzen, und findet sich mit seiner Lage ab, ob es sich nun um stachliges trockenes Stroh oder steinigen kalten Boden handelt. Man schläft, zwar nicht gut, aber man schläft. Man wacht auf, zwar nicht ausgeruht, aber in sein Schicksal ergeben.

So war es mit unserer kleinen Gruppe. Wir richteten uns ohne viele Worte ein. Jeden Abend starrten wir in unser kleines Feuer, versunken in müßige Gedanken an das Leben, wie es früher war und wie es vielleicht in Zukunft sein könnte.

Endlich, nach weiteren zwei Tagen, kamen wir müde und hungrig in der Stadt Velt an. Es war der östlichste Hafen des Reiches Nedarra, ein geschäftiger Ort mit baufälligen Holzhäusern, von denen manche drei Stockwerke hoch waren und wie altersschwache Bäume über uns aufragten. Längs der Straße, die in die Stadt hineinführte, standen Tische mit Krügen und Tontöpfen voller Oliven, Paprikaschoten und undefinierbarem Eingemachten, mit

Steinwurzeln und Knoblauchknollen, die in Strängen an einer Leine hingen. Khara musste einen endlosen Strom von Bettlern und Verkäufern abwehren, die Teppiche, Töpferwaren und Messer, gebratenes Fleisch am Spieß, Hüte und in Bernstein eingeschlossene Insekten feilboten. Ich schlängelte mich zwischen Verkaufsständen und Beinen hindurch, einerseits merkwürdig besorgt, Khara aus den Augen zu verlieren, und andererseits in der vagen Hoffnung, hier könnte sich ein Fluchtweg ergeben.

Endlich gelangten wir zum Hafen und sahen uns einem Wald aus schwankenden Masten gegenüber. Etliche Schiffsarten waren mir aus dem Unterricht bei Dalyntor bekannt: kleine Pinassen, Ruderboote, Jollen, Frachtschiffe mit geblähten Segeln.

Plötzlich ließ Tobble ein wütendes Fauchen hören. »Piraten!«, rief er und zeigte auf ein Schiff, etwas kleiner als die Frachter. Es hatte zwei schräge Masten und war an jeder Seite mit einer Reihe glänzender Messingkanonen ausgerüstet.

»Keine Angst, mit Piraten haben wir nichts zu tun«, versicherte ihm Khara. »Wir müssen nur ein Schiff suchen, das uns zur Insel bringt.«

Ich sah mich um und wagte eine geflüsterte Frage. »Wenn die Natintjes die Meere beherrschen, warum erlauben sie dann den Piraten, hier zu wüten?«

»Eine gute Frage«, sagte Khara. »Sie erlauben Fischerboote und Frachter, aber sie erlauben nicht, dass der Murdano eine Kriegsflotte baut. Die Beweggründe der Natintjes kennt keiner so genau, aber die meisten glauben, dass sie die Piraten tolerieren, weil die ihnen dafür Informationen über die Welt auf dem Festland liefern. Aber dass das der einzige Grund ist, möchte ich bezweifeln.«

Nach einer frustrierend langen Suche fanden wir ein Fährschiff, das gerade anlegte. Es war ein kastenförmiges Schiff, das durch Laufplanken mit dem Kai verbunden wurde. Menschen, Pferde und Karren bewegten sich in offenbar erprobter Ordnung, unter der Aufsicht von Männern in identischen blauen und grünen Gewändern.

»Kein Wort von euch beiden«, mahnte Khara, die auf Vallino saß. »Es kann … kompliziert werden.«

So standen wir in der Warteschlange und schoben uns langsam vorwärts, während die Menschen vor uns einer nach dem andern an Bord gingen. Endlich war Khara an der Reihe, mit einem der uniformierten Wachmänner zu sprechen.

»Wir fahren zur Insel«, sagte sie.

»Ach, tatsächlich?«, sagte der Mann halb streitlustig, halb amüsiert. »Ein Junge, ein Pferd, ein Hund und ein Wobbyk. Und was ist der Grund für euern Besuch auf der Insel?«

»Ich habe den Gelehrten ein naturwissenschaftlich wertvolles Exemplar zu zeigen.«

»Ist das wahr? Was ist das für ein wertvolles Exemplar?«

»Das geht dich nichts an«, sagte Khara scharf. »Ich habe Befehl, es nur ganz bestimmten Männern zu präsentieren. Hohen Gelehrten.«

Das war eine Khara, die ich nicht kannte. Sie trat gebieterisch auf, sogar hochmütig.

Unsicher sah der Wachmann Khara an. »Name?«

»Khara Melisandra.«

»Du bist eine Melisandra? Was tust du dann in Velt? Ihr seid Südländer, du und deine Leute.«

»Wir sind freie Bauern«, sagte Khara. »Der Grundbesitz meines Vaters ist doppelt so groß wie diese dreckige kleine Stadt. Und warum ich hier bin, habe ich dir schon gesagt.«

Ich hatte keine Ahnung, was eine »Melisandra« war. Ich wusste nur, dass Khara log, und wunderte mich, dass es der Mann nicht merkte. Warum sagte sie nicht die Wahrheit?

Aber ich blieb stumm. Stumm wie ein Hund.

Ich war nicht etwa gekränkt.

Der Wächter zog die Schultern hoch. »Ich kenne dich nicht. Du hast den Pass der Natintjes nicht dabei, deshalb wirst du wohl mit ihnen reden müssen. Binde dein Pferd an und geh dort drüben in dieses Haus. Erzähl ihnen deine Geschichte.«

Ich spürte Kharas Nervosität, doch sie gehorchte und band Vallino an. Dann traten wir durch einen düsteren Eingang in ein stattliches zweistöckiges Gebäude, das nicht schief, sondern aufrecht dastand und das nicht schäbig aussah, sondern frisch in Blau und Grün gestrichen war. Der größte Teil des Hauses stand auf Stelzen und ragte ins Wasser hinaus.

Wir kamen zu einer schmalen Plattform. Hier war es dunkel bis auf eine schwach leuchtende Fackel. Das einzige Tageslicht kam von der Sonne, deren Schein sich im Wasser brach und Lichtbögen über die Wände huschen ließ.

Unmittelbar vor uns hingen vier straff gespannte Seile von massiven Rollen unter der Decke herunter. Zwei weitere Männer in Grün und Blau standen mit gelangweilten Gesichtern herum. Sobald sie uns erblickten, machten sie sich seufzend daran, an den Seilen zu ziehen und die Rollen auf diese Weise langsam und schwerfällig zu drehen.

Da hob sich – wie ein großes Seeungeheuer – ein rostiger Stahlkäfig aus dem Wasser.

Tobble staunte. Auch Khara machte große Augen.

In diesem Käfig sah ich ein Geschöpf wie aus einem Traum, eine Fantasiegestalt aus Fischschuppen und grün schillernder Haut.

»Das ist ein Natintje, Byx«, sagte Tobble.

22

Auf der Fähre

Der Natintje war kleiner als ein Mensch, aber etwas größer als ein Dalkin. Sein Kopf hatte die Form eines Schiffsbugs, und längs durch die Mitte des Gesichts verlief zwischen zwei großen tiefblauen Augen eine Knochenerhebung. Sein Maul war dreieckig und oben leicht abgeflacht, die Ohren, zart wie eine Filigranarbeit, saßen beidseits hoch am Kopf. Unterhalb der Ohren waren Kiemen – drei blutrote Klappen in der Haut, die sich über den ganzen Hals zogen.

Ich gab mir Mühe, das Wesen nicht allzu lange anzustarren. Es war äußerlich von entfernt menschlicher Gestalt, auch wenn man es nie mit einem Menschen verwechseln würde. Grüne Haut spannte sich über die kräftigen Schultern und die Brust, und aus den Schulterblättern des Geschöpfs wuchsen zwei große, sich hin und her windende Fangarme.

Der Rumpf des Natintjes ging in eine Art schuppigen Fischschwanz über. Er endete in zwei horizontalen Schwanzflossen und hielt außerdem eine hässliche Überraschung parat: Zwischen den Flossen saß ein etwa dreißig Zentimeter langer Stachel, ein Horn aus Elfenbein, das am unteren Rand gezahnt war und oben in einer scharfen, glänzenden Spitze auslief.

Fast anmutig saß der Natintje auf einem im Käfig befestigten Stahlsessel. Jetzt konnte ich auch sehen, dass sich die Käfigwände nur über drei Seiten zogen, die Rückseite war offen. Der Käfig sollte den Natintje schützen vor … nun, ich vermute, vor uns.

Das Wesen blinzelte träge. Dabei glitt eine durchscheinende Membran über das eine Auge und hob sich genau in dem Moment wieder, als sich über das andere Auge eine Membran senkte.

»Eret wik thung woa chulas scrit?«, sagte es.

Einer der gelangweilten Männer übersetzte. »Warum sollen wir euch die Überfahrt über unsere heimatlichen Gewässer gewähren?«

»Wir möchten gern zur Insel«, sagte Khara und erzählte noch einmal die Lüge von vorhin.

»Woa eret escapil nyet?«

Das stellte sich heraus als: »Warum hast du keinen Meerespass?«

»Er wurde bei einem Brand zerstört.«

Der Natintje dachte über diese Antwort nach. Darauf sagte er, übersetzt: »Dann musst du den Blutzoll zahlen.«

Khara sträubte sich, schüttelte entrüstet den Kopf, doch auch nach drei Versuchen, ihn umzustimmen, blieb der Natintje unerbittlich.

»Was ist ein Blutzoll?«, sagte Tobble und sprach damit meinen Gedanken aus.

»Sieht aus, als werdet ihr das gleich erleben«, sagte Khara grimmig. Sie trat an den äußeren Rand der Plattform. Der Natintje beugte sich vor, einer der kräftigen Fangarme schnellte heran und packte Kharas Handgelenk.

Er kam noch näher, und dann stieß er mit einem jähen Ruck, bei dem mir ein nicht sehr hundeähnlicher Aufschrei entfuhr, seine grünen, nadelspitzen Zähne am Ende des Fangarms in ihr Gelenk.

Khara zuckte zusammen.

Der Natintje saugte kurz an ihrem Handgelenk. Dann lockerte er den Fangarm, und Khara zog eine schleimbedeckte Hand mit zwei blutroten Einstichen zurück.

»Du aster cun wallek«, sagte der Natintje. Übersetzung: »Du darfst jetzt auf die Fähre gehen.« Dann ließen ihn seine menschlichen Bediensteten mithilfe der Winde wieder ins Wasser hinunter.

»Die trinken Blut?«, rief Tobble, während wir erleichtert ins Sonnenlicht hinaustraten.

»Nein«, sagte Khara. »Sie kosten es. Sie können die einzelnen Bestandteile genau bestimmen und auf diese Weise jede Person identifizieren. Irgendwie können sie diese Information dann sofort an alle Natintjes weltweit weitergeben – wir verstehen nicht, wie sie das machen. Und sobald sie einmal festgestellt haben, wer du bist, erkennen sie dich bei jeder neuen Überfahrt wieder, auch lange nachdem deine Wunde geheilt ist. Ein undurchschaubarer Instinkt der Natintjes. Sie besitzen damit sozusagen deine Reisedokumente.«

»Hat es wehgetan?«, fragte Tobble und zuckte dabei nachträglich zusammen.

»Ein bisschen«, sagte Khara. »Aber der Schmerz ist nicht das Problem. Das Problem ist, dass ich bei den Natintjes jetzt bekannt bin. Wenn ich wieder eine Überfahrt machen will, werden sie mich erkennen und genau wissen, wer ich bin.« Leise ergänzte sie: »Ich möchte aber nicht, dass man mich erkennen, geschweige denn mein Leben lang sofort ausfindig machen kann, wenn ich übers Meer fahre. Bis jetzt konnte ich mir immer einen gefälschten Meerespass beschaffen. Meistens mit einer saftigen Bestechung.

Dann bleibt einem diese Prozedur nämlich erspart. Aber diesmal wollte ich lieber nichts riskieren, nicht mit dir im Schlepptau, Byx.«

Wir holten Vallino, der argwöhnisch schnaubte, als er die kleine Wunde an Kharas Handgelenk witterte.

Die Fähre hatte zwei Ebenen. Auf der unteren standen zu beiden Seiten eines düsteren Durchgangs Bänke, auf denen Männer mit müden Gesichtern an den Rudern saßen. »Was sind das für Männer?«, flüsterte Tobble.

»Vertragsknechte auf Zeit«, sagte Khara stirnrunzelnd. »Ein paar Gefangene vielleicht auch.«

Wir gingen weiter zum Hauptdeck. Es war nach allen Seiten offen, kühl und windstill, aber fast ebenso überfüllt wie die Straßen von Velt.

Nach einer Weile holten die Männer der Schiffsbesatzung die Leinen ein, und gleichzeitig ertönte tiefes Trommeln. Die Ruder wurden ins Wasser getaucht, und dann hoben und senkten sie sich gleichmäßig im Rhythmus der Trommelschläge.

Ich sah zu, wie Velt allmählich in der Ferne verschwand, ein verwahrloster, chaotischer, schmutziger Ort, an den ich mich bestimmt nicht zurücksehnen würde. Viel mehr beschäftigte mich, was vor mir lag, und so nutzte ich den Vorteil meines Hundedaseins und flitzte zum Schiffsbug, um Ausschau zu halten.

Das Meer war gesprenkelt von Schiffen aller Art, manche fuhren zur Insel, manche ruderten zwischen größeren Schiffen hin und her, und manche hissten ihre Segel und nahmen Kurs aufs offene Meer.

So interessant das alles war, noch mehr zog mich die Inselstadt Cora di Schola in Bann, der wir uns jetzt langsam näherten. Sie war umgeben von mindestens drei Meter hohen Steinmauern, die hier und da von doppelt so hohen Türmen unterbrochen waren. Hinter den Mauern konnte ich Marmorgebäude mit runden Fenstern sehen. Die Häuser standen auf Pfeilern und waren mit steingemeißelten Mustern verziert, die an Flammen erinnerten.

Über alldem erhob sich ein gewaltiger Tempelturm, der rechteckig auf einem runden Sockel thronte und von dem aus ein Fußweg in Stufen sich höher und höher schraubte. Rot glühte er in der tief stehenden Sonne.

Khara und Tobble gesellten sich zu mir. Khara nickte, während sie meinem Blick folgte. Sie tat so, als würde sie nur zu Tobble sprechen: »Das ist die Säule der Wahrheit. Sie liegt ganz in der Hand der Gelehrten. Jedes Stockwerk ist einer der großen überlegenen Arten zugedacht.«

»Gibt es auch eins für Dalkins?«, fragte Tobble, als könnte er meine Gedanken lesen.

»Als ich zuletzt hier war, schon«, sagte Khara. »Aber … es bestand hauptsächlich aus einer verstaubten Bibliothek. Ohne Personal.«

Ohne Dalkins, wollte sie wohl sagen, dachte ich bitter.

Wir aßen das wenige, das wir noch hatten, und tranken aus dem Wasserspeicher in der Mitte des Schiffs. Als die Nacht hereinbrach, rollten wir uns dicht aneinandergeschmiegt zu Vallinos Füßen zusammen. Ich versuchte zu schlafen, aber kaum schloss ich die Augen, überkam mich eine Welle der Verzweiflung. Was sollte ich jetzt tun? Was konnte ich tun?

Einerseits: Noch einmal versuchen zu fliehen.

Andererseits: Was würde aus Tobble werden?

Einerseits: Wohin sollte ich gehen, selbst wenn mir die Flucht gelänge?

Andererseits: Wenn ich nichts tat, überließ ich mein Schicksal anderen.

Ich betrachtete die Sterne, diese Nadelstiche in der Decke der Nacht.

Ich war nirgendwo zu Hause. Ich hatte keine Familie, nach der ich mich sehnen konnte.

Ich war allein.

Ich hatte keine Ahnung, wohin ich unterwegs war und warum. Ich hatte keinen Plan. Ich hatte kein Ziel. Ich war ein Gepäckstück, das von Khara an einen Ort befördert wurde, unter dem ich mir nichts vorstellen konnte. Doch einem Teil von mir – einem großen Teil sogar, wie ich mir beschämt eingestehen musste – war inzwischen alles egal.

Überdeutlich erinnerte ich mich an die geflüsterten Worte meines Vaters: Ich habe geträumt, dass Byx die letzte Überlebende ist.

Die letzte Überlebende. Der Endling.

Ich zog die zerknitterte Landkarte aus meinem Beutel. Gab es irgendwo auf der Welt noch Artgenossen? Andere Dalkins? In meinem Rudel hatten sie das angenommen – gehofft wenigstens.

Aber ich hatte kein Rudel mehr.

Und selbst wenn ich versuchte herauszufinden, ob noch Dalkins auf der Welt lebten, wollte ich die Antwort wirklich wissen?

Als ich ein weiteres Mal die Augen schloss, blieben sie zu. Ich träumte von meinem Vater, von meiner Mutter, meinen Brüdern und Schwestern.

Doch selbst in diesen Träumen wusste ich, dass es sie nicht mehr gab.

Teil Drei

Meine eigene Trauerfeier

23

Cora di Schola

Obwohl die Überfahrt nur wenige Stunden dauerte, konnten wir erst am nächsten Morgen von Bord gehen, so viele Schiffe drängten sich auf dem Wasser. Es war eine Erleichterung, wieder auf trockenem, festem Land zu stehen.

Die Hafenanlage hatte in der Breite und Tiefe die Form eines zunehmenden Mondes, und seine steinernen Landungsbrücken ragten weit ins Wasser hinaus. An jeder nur möglichen Stelle waren Passagierschiffe, Privatboote und Frachter vertäut, zu zweit, manchmal sogar zu dritt nebeneinander, sodass die Menschen, deren Schiffe an den äußeren Plätzen lagen, über andere Schiffe an Land gehen mussten. Ich hatte keine Ahnung gehabt, dass es auf der Welt so viele Schiffe und Boote gab.

»Es ist viel mehr los als bei meinem letzten Besuch auf der Insel«, sagte Khara stirnrunzelnd. »Irgendwas tut sich da.«

Wir mischten uns in das Gewimmel der Menschen und Pferde. Arbeiter mit schweren Lasten auf dem Rücken schlurften vorbei. Prächtig herausgeputzte Edelleute ließen sich in Sänften tragen, die schwankend durch die Menge manövriert wurden. Pferde und Esel wetteiferten um Platz.

Mir war gar nicht in den Sinn gekommen, dass die Insel ja auch eine Stadt war. Irgendwie hatte ich mir nur Bibliotheken voller Schriftrollen vorgestellt, in der geniale Köpfe über bedeutende

Fragen diskutierten. Aber auch Gelehrte mussten natürlich essen, schlafen und sich mit Kleidern versorgen. Und Cora di Schola war ja keine x-beliebige Stadt, sondern eine, die zum Bersten voll war mit Repräsentanten der großen überlegenen Arten.

Wir waren noch nicht weit vorgedrungen, da traf mich ein beißender Geruch wie ein Hammerschlag. Der Geruch nach Felijaga, und noch dazu ganz in der Nähe!

Ich drehte mich um, und das Blut gefror mir in den Adern: Eine gewaltig große, geschmeidige, katzenartige Bestie, schwarzgolden gestreift, schlenderte lässig zwischen zwei Männern einher, die scheinbar nicht die geringste Angst vor ihr hatten.

Im Schutz meines Rudels Felijagas gewittert zu haben war das eine. Etwas völlig anderes war es, sich plötzlich in der Reichweite der Krallen und Zähne eines solchen Wesens zu sehen.

Tobble und ich blieben vor Angst stehen, doch Khara drängte uns weiter. »Die Felijagas hier auf der Insel muss man nicht fürchten«, sagte sie. »Alle Arten sind durch ein Abkommen verpflichtet, auf Gewalt zu verzichten.«

Und wirklich sah ich, während wir uns langsam vorankämpften, Menschen auf Stühlen in Straßencafés sitzen und daneben Felijagas sich auf Holzbänken rekeln. Sie hatten sehr unterschiedlich gefärbtes Fell. Manche waren einfarbig indigoblau, rötlich braun oder schwarz, aber ich sah auch gestreifte, gesprenkelte und gefleckte. Doch alle hatten den gleichen Furcht einflößenden muskulösen Körper, der deutlich sagte: Dich könnte ich mit einem einzigen Prankenhieb erledigen.

Auch Raptidons waren überall, sie hockten oft auf T-förmigen Pfählen und rissen an aufgespießtem Tierfleisch. Diese Wesen immerhin hatte ich schon gesehen – in meinem früheren Leben.

Wie bei den Felijagas gab es anscheinend auch bei den Raptidons viele Varianten, doch alle hatten eine überwältigende Flügelspannweite, fürchterliche Klauen und gekrümmte Schnäbel, die mich schaudern ließen.

Wir kamen sogar an mehreren Becken für Natintjes vorüber. Sie aalten sich in den Wellen, die Bäuche unter Wasser, und plauderten angeregt mit Felijagas, Raptidons und Menschen.

Terra-Olme sah ich keine, und, ehrlich gesagt, war ich erleichtert darüber. Ich fand schon den Anblick von Felijagas, nur einen Sprung von mir entfernt, verstörend genug. Und die Raptidons, die mühelos Welpen oder Dachse ergreifen und als Imbiss zu ihren Nestern schleppen können, putzten sich hier in bedrohlicher Nähe ihr Gefieder. Die Bekanntschaft mit den Natintjes steckte mir ohnehin noch in den Knochen, da brauchte ich nicht auch noch fleischfressende Insekten, um nervös zu werden. Schon jetzt fühlte ich mich mehr als unwohl in meiner Haut.

Vallino und Tobble schienen auch nicht allzu begeistert zu sein. Argwöhnisch musterten die beiden das Gewühl und sahen so ängstlich aus, wie ich mich fühlte.

»Wir sollten zusehen, dass wir eine Unterkunft finden und einen Stall für den armen Vallino«, sagte Khara. »Ich weiß da was.«

Wir verließen die Hauptstraße und bogen in ein Gewirr von Gässchen ein, die so eng waren, dass Khara vom Pferd steigen und es führen musste. Vallinos Flanken berührten rechts und links die Steinmauern der Häuser, die sich drohend über uns erhoben.

Endlich erreichten wir einen großen Innenhof. An der einen Seite war ein hübsches, weiß getünchtes Wirtshaus, vor dem ein Schild mit der Aufschrift *Zur gehängten Kuh* prangte. Ein gemaltes Bild schwächte den gruseligen Namen etwas ab: Es zeigte eine

Kuh, die mit einem Seil um den Bauch irgendwo angebunden war.

»Ziemlich makaber«, flüsterte ich.

Khara lachte. Sie nahm den Beutel mit ihren Habseligkeiten von Vallinos Rücken. »Wartet hier«, sagte sie mit erhobenem Zeigefinger. »Und redet mit keinem. Ihr werdet feststellen, dass die meisten auf der Insel, egal welche Art, den üblichen Dialekt sprechen statt der offiziellen Nedarra-Sprache.«

Wir warteten, und Khara verschwand hinter einem hohen Stapel Holzkisten am anderen Ende des Innenhofs. Nach ein paar Minuten erschien sie wieder – nicht als der Junge Khara, sondern als das Mädchen Khara. Sie trug ein langes blaues Kleid mit weißen Bordüren, und ihr Haar war offen und ordentlich gekämmt.

»Du bist wieder ein Mädchen«, sagte ich mit gedämpfter Stimme. »Muss ich immer noch ein Hund bleiben?«

Khara nickte. »Im Moment ja.«

»Krrf«, murrte ich.

»Warum die Veränderung, Khara?«, fragte Tobble.

»Auf der Insel geht es entspannter zu«, sagte sie. »Es ist ein Ort geistiger Freiheit, an dem Frauen mehr Rechte zugestanden werden. Jedenfalls war es früher so.«

Khara befahl Vallino, auf dem Hof zu bleiben, dann trat sie mit Tobble und mir durch eine niedrige Tür. Von außen hatte das Wirtshaus einen ruhigen Eindruck gemacht, doch drinnen herrschte ein reges Treiben, und jeder Tisch war voll besetzt mit lärmenden Gästen. Zwei Mädchen schlängelten sich mit Krügen voll Bier, Met oder Apfelmost durch die Menge. Der Eigentümer, ein großer glatzköpfiger Mann mit rundem Bauch und tätowierten Unterarmen, hastete hinter der Theke hin und her, nahm Bestellungen entgegen, schenkte ein und spülte ab.

Während Khara sich zur Theke durchkämpfte, musste sie manchen befremdeten Blick einstecken, vielleicht deshalb, weil nur wenige Frauen im Raum waren. Mir erschien das aber längst nicht so beunruhigend wie der drei Meter lange Felijaga, der sich auf einer niedrigen Bank an der Wand gegenüber rekelte. Die große Katze schien ganz ins Gespräch mit einem grauhaarigen alten Mann vertieft.

Ich fragte mich, was um alles in der Welt sie wohl zu besprechen hatten.

»Eldon!«, rief Khara dem Mann an der Theke zu. Als er nicht reagierte, rief sie noch mal, energischer jetzt: »Eldon! Hier bin ich!«

Da drehte sich der Gastwirt um, schaute in unsere Richtung und grinste.

»Khara! Du warst lange nicht hier.« Er dämpfte die Stimme. »Führst du immer noch das freie Wildererleben?«

»Leider ja. Vermisst du es?«

Eldon rollte mit den Augen. »Hier geht's oft wilder zu als im Wald.«

»Hoffentlich kannst du mir helfen, Eldon. Ich brauche ein Zimmer für mich, meinen Hund und meinen kleinen Wobbyk. Und einen Stall für mein Pferd.«

Tobbles Nackenhaare sträubten sich leicht, als Khara ihn ihren kleinen Wobbyk nannte. Aber ich bedauerte ihn nicht: Schließlich wurde ich als Hund ausgegeben.

»Ein Zimmer?« Eldon sah sie ungläubig an. »Auf der ganzen Insel gibt es kein Zimmer mehr!«

»Was willst du damit sagen?«, fragte Khara stirnrunzelnd.

»Diese Eumonie hat die Einwohnerzahl auf das Dreifache anwachsen lassen.«

»Diese … was?«

»Eumonie. Ist das denn nicht der Grund, weshalb du hier bist?«

»Eldon, noch mal von vorn. Was ist das, eine Eumonie?«

Eldon hob die Schultern und verzog das Gesicht. »Irgend so was Neues, was sich Araktik, die Seherin des Murdano, zusammen mit dem Rat der Gelehrten ausgedacht hat. Eine Art Begräbnis – obwohl die Stimmung bis jetzt alles andere als traurig ist, wie du siehst.« Er wies mit einer Geste über den lärmerfüllten Raum.

»Ein Begräbnis?«, fragte Khara. »Wer ist gestorben?«

»Es ist kein *Wer*, es ist ein *Was*. Eine ganze Art nämlich. Es ist offiziell verkündet worden, dass die Dalkins ausgestorben sind.«

Khara blinzelte.

Tobble streckte eine zitternde Pfote nach mir aus.

Mir entfuhr ein Aufschrei, den ich mit einem Bellen zu überdecken versuchte.

»Es soll so was wie eine Trauerfeier für diese Art sein, soweit ich es verstehe«, sagte Eldon. »Drei Tage Zechgelage. Wohl auch ein paar feierliche Reden. Aber in der Hauptsache …«

Mehr hörte ich nicht.

Ich schlich durch die Menge hinaus zum Hof. Dort fand ich einen dunklen, efeubewachsenen Winkel, in dem ich mich zusammenkauerte.

Wahrscheinlich würde ich nie wieder aufhören können zu zittern.

Wahrscheinlich würde ich nie wieder aufhören können zu weinen.

Da war ich also gerade rechtzeitig hier angekommen, um ein Festgelage zum Tod meiner Art mitzuerleben.

Bis zu diesem Augenblick hatte ich nur *befürchtet,* ich könnte die Letzte meiner Art sein.

Wirklich geglaubt hatte ich es nicht.

Jetzt glaubte ich es.

Ich zerrte die Landkarte aus meinem Beutel und betrachtete sie durch einen Tränenschleier.

Ich sah Flüsse und Täler, Ebenen und Berge. Ich sah eine schwimmende Insel in einem unendlichen Meer.

Ich sah nichts als eine dumme Zeichnung von einem dummen jungen Dalkin, der von einem dummen alten Dalkin unterrichtet worden war.

Ich sah die Wahrheit.

Ich war ein Endling.

24

Ein einsamer Dalkin

Obwohl Khara und Tobble den ganzen Tag versuchten, mit mir zu reden, sprach ich nach der morgendlichen Offenbarung kaum ein Wort.

Den größten Teil des Tages saßen wir im Innenhof und warteten, ob Eldon eine Unterkunft für uns auftreiben würde. Endlich, es war schon früher Abend, war es ihm gelungen, uns den letzten Verschlag in einem dreckigen Stall nicht weit entfernt vom Wirtshaus zu verschaffen.

Wir richteten uns dort ein, und Eldon brachte Khara Decken und einen Korb mit Resten aus der Küche: Wurst, Brotscheiben, Möhren, Ziegenkäse, weiße Oliven, Plikafrüchte und einen Krug Wasser.

»Ich wünschte, die Unterkunft wär besser«, sagte er und trat gegen das schmutzige Stroh.

»Vielen Dank für deine Hilfe«, sagte Khara. »Wir haben, was wir brauchen.«

Eldon beugte sich vor und tätschelte meinen dreckverkrusteten Kopf. »Feines Hündchen«, sagte er. »Hat ein Bad nötig, möchte ich meinen.« Er richtete sich auf. »Du bleibst also zu der Eumonie?«

Khara warf mir einen flüchtigen Blick zu. »Nein. Ich hab morgen an der Akademie zu tun. Danach sind wir weg.«

»Tschuldige noch mal, dass ich nicht mehr für dich tun kann, Khara.«

»Du hast genug getan, Eldon. Ich danke dir.«

»Sehr gern geschehen«, sagte er zum Abschied.

Khara breitete die Sachen vor uns aus, die Eldon besorgt hatte. »Byx«, sagte sie, »du hast den ganzen Tag nichts gegessen. Probier wenigstens ein bisschen von der Wurst.«

Tobble streichelte meine Schulter. »Meine Freundin«, sagte er, »bitte, du musst etwas essen.«

»Warum?«, fragte ich. »Warum sollte ich essen, Tobble?«

»Weil … weil du bei Kräften bleiben musst.«

»Ich bin der letzte Dalkin auf der Welt. Was hat es für einen Sinn, bei Kräften zu bleiben? Was hat es für einen Sinn, überhaupt zu leben?«

»Mir scheint eher«, sagte Tobble behutsam, »dass du für die Welt eine ganz besondere Bedeutung hast, wenn du tatsächlich die Letzte von irgendetwas bist.«

»Mein Vater hatte so einen Spruch«, sagte ich. Meine Stimme war rau und heiser vom Weinen. »Na ja, er kannte viele Sprüche. Aber seit wir klein waren, hat er mir und meinen Geschwistern beigebracht: ›Ein Dalkin allein ist so gut wie nichts.‹«

Tobble legte den Kopf schräg. »Ich glaube, das verstehe ich nicht.«

»Es bedeutet«, sagte Khara und legte dabei eine Scheibe Wurst und ein Stück Käse vor mich hin, »Byx hat das Gefühl, dass es ohne die Gesellschaft anderer Dalkins für sie keinen Ort auf der Welt gibt, wo sie hingehört.«

»Es bedeutet«, sagte ich, »das Rudel ist alles. Ohne Rudel bin ich nichts.«

Khara reichte Tobble die Möhren. Er gab ihr eine zurück. »Für Vallino.«

»Wirklich? Eldon hat ein bisschen Heu für ihn aufgetrieben, auch etwas Gerste.«

»Rhmm shhr«, machte Tobble, das Maul bereits voll Möhren.

Vallino bedankte sich mit einem Wiehern.

»Weißt du, Byx«, sagte Khara und riss ein Stück Brot ab, »ich hab auch kein ›Rudel‹.«

»Aber du hast irgendwo Angehörige«, sagte ich. Es war halb eine Feststellung, halb eine Frage.

Khara antwortete nicht gleich. »Ich … denke schon, ja.«

»Und du bist eindeutig nicht der letzte Mensch auf der Welt.«

»Nein, aber …«

»Dann kannst du nicht wissen, wie mir zumute ist«, sagte ich entschieden.

Khara kaute auf ihrem Brot herum und betrachtete mich nachdenklich. In ihren Augen sah ich Mitleid, vielleicht sogar Trauer.

»Eines hast du möglicherweise nicht bedacht«, sagte sie schließlich. »Dieses Artenbegräbnis, diese ›Eumonie‹, wie sie es nennen, ist eine zeremonielle Bestätigung, dass die Dalkins offiziell ausgestorben sind – habe ich recht?«

Ich nickte kurz.

»Nun, verzeih mir, wenn ich mich täusche, aber mir scheint doch, dass ich in diesem Moment mit einem echten lebenden Dalkin spreche.« Khara legte Tobble ein paar Oliven hin. »Erklär das mal.«

Tobble schlug sich mit der Pfote an die Stirn. »Khara hat recht, Byx. Wenn die von dir nichts wissen, dann wissen sie womöglich auch nichts von anderen Dalkins. Vielleicht gibt es ja doch noch Hoffnung!«

»Vielleicht auch nicht«, sagte ich.

»Aber du kannst es nicht wissen«, beharrte Tobble.

Einen Augenblick lang versuchte ich, den Teil in mir zu entdecken, der immer so hoffnungsvoll und neugierig gewesen war. Konnte ich diese alte Byx so schnell und so vollständig verloren haben?

Khara trank Wasser aus Eldons Krug. »Und dann noch eine Frage«, sagte sie. »Warum haben die Soldaten des Murdano ein ganzes Rudel Dalkins getötet, wenn sie doch wussten, dass die Art für ausgestorben erklärt werden soll? Warum hatten sie keinen Befehl, sie lebend zu fangen?«

»Sie waren unterwegs, noch dazu weit weg von der Hauptstadt. Vielleicht haben sie ja nichts davon gewusst«, sagte Tobble.

»In Nedarra geschieht kaum etwas ohne Befehl des Murdano«, sagte Khara. »Das könnt ihr mir glauben.«

Ich zog die Schultern hoch. »Spielt das eine Rolle? Was sie getan haben, haben sie getan. Und ich, ich sitze nun hier in einem Pferdestall, in einer Stadt, in die ich nie wollte, gebe mich als Hund aus und bin die Gefangene eines Mädchens, das vorhat, mich morgen an den Meistbietenden zu verkaufen.« Ich schoss Khara einen wütenden Blick zu. »Denk doch nach, Khara. Wenn dein Freund, der Gelehrte, sieht, dass ich ein Dalkin bin, wirst du in der Tat einen hohen Preis für mich verlangen können. Für dich könnte diese Eumonie also zu keinem besseren Zeitpunkt kommen.«

Khara schien gekränkt. »Wenn ich nicht gewesen wäre, Byx, wärst du jetzt tot.«

»Was ich auch sein sollte«, flüsterte ich. »Was ich auch sein sollte.«

25

Die Säule der Wahrheit

Es war eine lange Nacht. Eine sehr lange Nacht.

Als ich mit schlafverkrusteten Augen aufwachte, tauchte ich – zu Vallinos heller Empörung – meinen Kopf in seinen Wasserkübel. Khara riss das altbackene Brot in Stücke und teilte es mit uns, aber mir war nicht nach essen zumute.

»Wir wollen die Sache hinter uns bringen«, sagte Khara. Es hörte sich resigniert an. Sie schnippte Strohhalme von ihrem Kleid. »Immerhin kannst du bald aufhören, Hund zu spielen, Byx.«

Tobble zupfte an Kharas Kleidersaum. »Bitte, Khara«, sagte er, und Tränen glänzten in seinen großen Augen, »gibt es nicht doch einen anderen Weg?«

Khara blickte zwischen Tobble und mir hin und her. »Ihr müsst mir glauben. Wenn ich eine andere Möglichkeit wüsste, um Byx zu schützen, würde ich sie nutzen.«

»Auch wenn es eine wäre, die dir nicht die Taschen füllt?«, fragte ich.

»Ja«, sagte sie. »Auch dann. Aber jetzt, wo diese Eumonie bevorsteht, kann ich dich erst recht nicht mehr vor der Welt beschützen. Nicht einmal hier auf der Insel. Und du kannst es auch nicht, Tobble.«

»Ich kann es versuchen«, sagte Tobble mit vor der Brust verschränkten Armen.

»Ferrucci ist unsere größte Hoffnung. Er ist mächtig. Er ist klug. Und er durchschaut die Methoden des Murdano.«

»Tobble«, sagte ich, »ich danke dir für deine Treue. Aber ich glaube, du solltest dich jetzt wirklich auf den Heimweg machen. Wer weiß, wie es nach diesem Tag mit mir weitergeht. Und du hast gehört, was Khara gesagt hat: Einen Wobbyk können sie hier nicht gebrauchen. Nicht mal den tapfersten aller Wobbyks.«

Tobble schüttelte den Kopf. »Inzwischen, meine Freundin, musst du doch gemerkt haben, dass man mich so leicht nicht loswird.«

Bei dem Wort Freundin musste ich lächeln, obwohl mir gleichzeitig heiße Tränen in die Augen stiegen. Ich sah Khara Hilfe suchend an, aber sie zog nur die Schultern hoch.

»Wobbyk-Code, Byx«, sagte sie. »Tobble hat seinen eigenen Kopf. Da kann man nichts machen.«

Wir ließen Vallino im Stall zurück. Eldon hatte uns versichert, das Pferd sei hier gut aufgehoben, und bei dem zunehmenden Getümmel in den Straßen wäre es tatsächlich schwierig gewesen, es mitzunehmen.

Es war noch früh, als wir zu dem Turm aufbrachen, trotzdem war die Stadt schon jetzt belebter als gestern. Belebt und fröhlich. Es sah so aus, als wäre der Verlust meiner Art durchaus ein Anlass für ein Freudenfest.

Wir erreichten schließlich den Sockel der Wahrheitssäule, die gebieterisch vor uns aufragte. Abgeschirmt wurde sie von einer niedrigen Steinmauer, vor der Söldner in der schwarz-goldenen Livree der Akademie und ausgerüstet mit großen Lanzen Wache standen. Ihre Messinghelme funkelten in der Morgensonne.

Menschen hatten sich angestellt und warteten, bis sie an die Reihe kamen, um mit dem Türhüter zu sprechen, einem von Gicht gezeichneten alten Mann. Auch er trug die eindrucksvolle Livree der Akademie, war aber nicht mit einer Lanze bewaffnet, sondern mit einem Stab. Seine Entscheidungen fielen rasch: Mit einer schroffen Bewegung seines Stabes – entweder in die eine oder in die andere Richtung – gab er zu verstehen, ob die hoffnungsvoll wartenden Bittsteller eintreten durften oder wieder gehen mussten.

Schweigend standen wir in der Warteschlange. Khara vermied es, mir in die Augen zu sehen oder mit Tobble zu sprechen.

»Hab keine Angst«, flüsterte Tobble und strich mir über den Kopf, aber ich konnte spüren, dass seine Pfote zitterte.

Ich für meinen Teil fühlte mich merkwürdig ruhig, ich hatte mich in mein Schicksal ergeben, egal, was auf mich zukommen mochte. Ich hatte zusehen müssen, wie mein Rudel, meine Familie, mein Leben vernichtet worden waren. Was konnte man mir Schlimmeres antun?

Schließlich waren auch wir drei beim Türhüter angekommen. Er musterte Khara unfreundlich.

»Mein Name ist Kharassande. Ferrucci di Gharri kennt mich. Ich möchte in einer wichtigen Angelegenheit mit ihm sprechen.«

»Und wen hast du da bei dir?«, wollte der Türhüter wissen.

»Der Wobbyk hier heißt Tobble. Er ist mein Diener. Und das hier ist mein Hund Byx.«

Der alte Mann sah Tobble nur flüchtig an, bevor er seinen Blick auf mir ruhen ließ. Er starrte mich einen Moment zu lange an, und ich konnte nicht anders, als seinen Blick zu erwidern.

»Ein Mädchen, ein Wobbyk und ein Hund«, sagte er mit einem matten Kopfschütteln.

Als er seinen Stab ruckartig in Richtung Tor stieß, gingen wir hindurch und über einen gepflasterten Weg bis zu einem bogenförmigen Eingang, der hoch wie ein Ahornbaum war.

Die ganze untere Ebene des Turmes bestand aus einem weiten, kreisrunden offenen Raum. Wuchtige Leuchter, gefüllt mit einer glühend roten Substanz, hingen an schweren Ketten von der hohen Decke. Treppen schraubten sich an den runden Innenwänden empor. Ich sah Dutzende von Menschen, zwei braunschwarze Felijagas und einen grell orangefarbenen Raptidon, der mit trägen Flügelschlägen über unseren Köpfen kreiste.

In diesem Raum befand sich außerdem ein langer, abgetrennter Steingraben für die Natintjes, die von ihrer darunterliegenden Wasserebene hier auftauchen konnten.

Ich rechnete damit, dass wir lange warten und unschlüssig in dem hallenden Raum herumstehen müssten, aber sehr schnell erschien ein Bote, ein uniformierter Student, der eine Liste bei sich hatte. Er war dünn und schlaksig, hatte ein kluges Gesicht und war ungefähr in Kharas Alter.

»Dein Name?«

»Kharassande.«

»Folge mir.«

Ich hatte selten Gelegenheit gehabt, über Treppen zu laufen, schon gar nicht auf allen vieren. Es war eine ziemliche Herausforderung für mich, und ich begriff, dass ich sie nur rennend würde bewältigen können.

So kam es, dass ich die nächste Ebene des Turmes vor den anderen erreichte. Diese nächste Ebene war der Bereich der Terra-Olme.

Hier war es schwarz wie eine mondlose Nacht. Es stank nach Fäulnis.

Und es kam noch schlimmer.

In der Dunkelheit glühte ein fahles trübes Licht. Es war grün, aber nach und nach erschien verschwommen der rötliche Umriss eines Terra-Olms.

Er erinnerte mich an einen Käfer, einen Mantiskäfer vielleicht, nur viel größer – überhaupt viel größer, als ich mir einen Terra-Olm vorgestellt hatte. Größer als ein Dalkin. Größer als die Menschen, die ich bisher gesehen hatte, wenn auch nicht in der Höhe, sondern in der Länge. Er hatte einen platten glänzenden Körper, Flügel, die wie ein Panzer eng auf seinem Rücken lagen, und sechs lange Hinterbeine mit Gelenken und Widerhaken, ähnlich wie Spinnenbeine.

Der Kopf des Terra-Olms war dreieckig mit zwei knollig vorstehenden Augen. Rund um seinen Mund, der sich abwechselnd öffnete und schloss, gab es vier zusätzliche Gliedmaßen, kleine, aber starke Arme, die jeder in einer gekrümmten, scharfen Schneide endeten. Ich stellte mir vor, dass ihm beim Durchtrennen von Wurzeln und Brocken unter der Erde diese Schneiden nützlich sein mussten. Außerdem konnte er sie gebrauchen, um verschiedene Tiere zu fangen und zu fressen – einschließlich Dalkins, wie mir meine älteren Geschwister in ihren Schauergeschichten oft erzählt hatten.

Immer mehr grüne und rote Lichter glühten auf. Ich merkte, dass sich meine Augen an die Dunkelheit gewöhnten und allmählich die Gestalten von Dutzenden der Riesenkäfer ausmachen konnten.

Khara, Tobble und der Bote kamen nun auch.

»Terra-Olme«, sagte Khara schaudernd und sah so verstört aus, wie ich mich fühlte.

Um eine weitere Treppe auf allen vieren zu erklimmen, musste ich wieder vorausrennen, doch diesmal war ich vorbereitet. Ich ahnte, dass das nächste Stockwerk fast so beunruhigend sein würde wie das letzte.

Oben angekommen stand ich in einem hohen Raum voller Bäume. Es waren echte Bäume, aber sie waren unnatürlich gewachsen und hatten schimmernd blaue Blätter. Ihre Äste, die sich eher in die Breite als in die Höhe streckten, waren an verschiedenen Stellen zu knorrigen Plattformen verschlungen.

Auf vielen der Äste lagen Felijagas in kleinen Gruppen beieinander und unterhielten sich lebhaft.

Der Bote erschien mit Khara und Tobble.

»Die Felijagas sind natürlich vollkommen ungefährlich«, sagte der Bote. »Sie sind an die Verträge und Abkommen gebunden, die das Leben auf der Insel regeln. Diese hier sind die gelehrtesten unter ihnen: herausragende Künstler, Dichter und Philosophen.«

Gelehrt mögen sie wohl sein, dachte ich, aber ich sah mehr als nur ein funkelndes Augenpaar auf mich gerichtet, während wir die Treppe zur nächsten Ebene hinaufstiegen.

»Wo ist das Stockwerk der Dalkins?«, fragte Tobble den Boten.

»Ganz oben. Aber natürlich nicht mehr genutzt.«

Weiter ging es in das Stockwerk der Menschen, das unter dem der Raptidons lag. Hier hatte man innerhalb des Turmes ein hohes Bauwerk errichtet, sozusagen einen Turm im Turm. Da er an keiner Stelle an die Außenmauer heranreichte, verlief rundherum ein breiter Gehweg.

In diesen inneren Turm führte uns der Bote hinein und blieb

schließlich vor einer imposanten goldenen Tür stehen. Er hob die Hand, um zu klopfen, doch da wurde sie bereits von einem dunkelhaarigen jungen Mann geöffnet. Er trug über der Hose das schlichte schwarz-goldene Tunikahemd, das offenbar die Uniform der Studenten war.

»Bitte, tretet ein«, sagte er. »Ich bin Luca, Ferruccis Student. Zugleich sein Assistent.«

Khara und Tobble gingen hinein, ich dagegen hatte das Gefühl, als wären meine Beine am Boden festgefroren.

Luca grinste Khara an. Sie erwiderte seinen Blick und auch das Lächeln – schüchtern, wie mir schien. »Dein Hund?«, sagte Luca.

Sie wandte sich nach mir um. »Komm, Byx«, sagte sie.

Ob sie mich nun als Hund oder als Dalkin ansprach, es spielte keine Rolle mehr.

Ich holte tief Luft, trat über die Schwelle – und wusste, dass sich mein Leben ein weiteres Mal ändern würde und dass ich es nicht in der Hand hatte, was nun auf mich zukommen würde.

26

Ferrucci

Der Raum, den wir nun betraten, übertraf alles, was ich mir je hätte ausdenken können. Er war wie eine riesengroße Höhle, um deren Wände ringsherum tiefe, deckenhohe Regale standen. Schriftrollen und in Leder gebundene Bücher füllten jeden Quadratzentimeter darin aus. Mithilfe von Holzleitern auf Rollen ließen sich auch die ganz oben stehenden Bücher erreichen.

Einmal hatte ich schon ein Buch gesehen. Es hatte Dalyntor gehört, und er hütete es als seinen kostbarsten Besitz. Es war schmal und nur so groß wie eine Hand, ganz anders als die schweren Bücher hier, und es bestand aus Rinde und gepressten Blättern. Seine Urgroßmutter hatte es für ihn gemacht und sorgfältig mit alten Gedichten vollgeschrieben. Wie schon viele Dalkins vor ihr hatte sie zum Schreiben die Kralle eines Raptidons genutzt und als Tinte den Nektar der Clarinobeere.

Die Worte in diesem Buch, das so klein war, dass Dalyntor es in seinem Beutel aufbewahren konnte, hätten vielleicht gerade mal eine oder zwei Seiten des großen, dicken Bandes gefüllt, der aufgeschlagen auf dem hölzernen Schreibtisch inmitten des Raumes lag.

Wie viel Wissen mochte in all diesen Büchern und Schriftrollen stecken? Mir schien, dass die Erkenntnisse der ganzen Welt hier erreichbar sein mussten. Gab es überhaupt eine Frage, die nicht zu beantworten war? Ein Problem, das nicht zu lösen war?

Für einen Augenblick vergaß ich meine Situation, vergaß sogar meine Gefährten. Immer noch auf allen vieren näherte ich mich dem mir am nächsten stehenden Regal, fasziniert von den Gerüchen nach Tinte und Papier, Staub und Leder.

»Ferru!«, rief Khara da, und ich blieb abrupt stehen. Als ich mich umwandte, sah ich, wie sie einen alten Mann umarmte, einen Mann in einer langen goldenen Robe mit schwarzen Runen, Bild- und Schriftzeichen darauf. Er hatte mattgrüne Augen und helle papierartige Haut. Sein langer weißer Bart sah aus wie der erstarrte Schwall eines gefrorenen Wasserfalls.

»Wir haben uns viel zu lange nicht gesehen, Khara«, sagte Ferrucci. »Bist du wegen der Eumonie hier? Das wird ein großes Ereignis. Araktik, die Seherin des Murdano, wird kommen, um die Zeremonie persönlich zu leiten!«

Khara ließ die Hände sinken, und mit plötzlich ernster Stimme sagte sie: »Nun, es könnte sein, dass ich diese Zeremonie etwas durcheinanderbringe.« Sie deutete mit dem Kinn in meine Richtung. »Wie du siehst.«

»Meine Augen sind nicht mehr wie früher«, sagte Ferrucci mit einem Seufzer. »Aber was meinst du damit, meine Liebe?«

»Byx«, sagte Khara, »komm mal her.«

Ich ging langsam hinüber, absichtlich auf allen vieren.

»Nun, was haben wir denn da?«, fragte Ferrucci.

Khara holte tief Luft. »Ferrucci, das ist Byx.«

»Dein Hund? Nun ja … braver Junge. Braves Hundchen.«

Da stellte ich mich auf meine Hinterbeine und sagte: »Es ist mir eine Ehre, Sie kennenzulernen, aber ein Hund bin ich nicht.«

Ferrucci starrte mich entgeistert an, sprachlos.

Luca eilte herbei und ergriff seinen Lehrer am Arm, als fürchtete er, der alte Mann könnte jeden Augenblick umkippen.

»Ich …«, sagte Ferrucci, und seine trüben Augen musterten mich durchdringend. »Das ist aber kein …?«

»Doch, Gharri«, sagte Luca mit großen Augen. »Das ist ein Dalkin.« Er streckte die Hand aus, um mich an der Schulter zu berühren, und ich wich unwillkürlich zurück. »Das Fell, der Beutel, die aufrechte Haltung.« Luca beugte sich vor und begutachtete meine rechte Hand. »Die Finger, fast wie bei einem Menschen!« Er trat zurück, legte den Kopf schräg, und ein überlegenes Lächeln breitete sich auf seinem Gesicht aus. »Und hier – unter den Armen! Hier sind schwach die Gleitflügel zu erkennen. Weniger sichtbar, als ich mir vorgestellt hatte.«

Langsam schüttelte Ferrucci den Kopf. »Nein, nein, nein«, sagte er. Er warf erst Luca, dann Khara einen fassungslosen Blick zu. »Nein, das ist nicht möglich!«

»Aber …« Khara runzelte die Stirn. »Aber es ist möglich, wie du siehst. Dalkins sind nicht ausgestorben – zumindest *noch* nicht.«

Unter den forschenden Blicken des Gelehrten und seines Studenten kam ich mir wie ein gefangenes Insekt vor. Ich trat ein paar Schritte zurück, und Tobble hielt sich hartnäckig an meiner Seite.

»Ich habe Byx hergebracht«, erklärte Khara, »weil ich überzeugt war, du würdest wissen, was jetzt das Beste für einen Dalkin ist. Byx hat sich während unserer Wanderschaft als Hund getarnt. Du kannst dir sicher vorstellen, welche Angst ich ausgestanden habe, dass man sie als Dalkin erkennen würde.«

»Natürlich«, sagte Luca. »In Nedarra gibt es viel zu viele, die für den letzten Dalkin jeden Preis zahlen würden. Wie klug von dir, dass du zu Gharri Ferrucci gekommen bist.«

Ferrucci blinzelte mehrmals, als wache er gerade aus einem Albtraum auf. »Luca«, sagte er drängend. »Schließ sofort die Tür ab!«

»Jawohl, Gharri.«

»Ihr andern kommt mit, schnell, schnell!«, sagte Ferrucci gereizt. »Und du«, sagte er zu mir, »auf alle viere jetzt!«

Im Laufschritt verließ er die Bibliothek – beeindruckend für einen Mann seines Alters – und schob uns in einen Nebenraum, der ebenfalls voller Schriftrollen und Bücher war. Wir drängten uns hinein, und Khara, Tobble und ich sahen uns fragend an.

»Luca!«, rief Ferrucci. »Beweg dein faules Hinterteil und komm endlich!«

Luca, auf dessen Stirn sich ein feiner Schweißfilm gebildet hatte, folgte uns. »Die Tür zur Bibliothek ist abgeschlossen.«

»Dann schließe auch die hier!«, sagte Ferrucci ungeduldig.

»Ferru«, sagte Khara, und ich hörte die erzwungene Ruhe in ihrer Stimme, »warum die Panik? Ich dachte, die Akademie wäre der einzige Ort, an dem wir sicher sein könnten. Traust du denn deinen Kollegen nicht?«

»Auf jeden echten Gelehrten hier kommen zehn Männer des Murdano, die sich als Studenten ausgeben«, sagte Luca leise.

»Mein Assistent spricht die Wahrheit«, sagte Ferrucci. Gedankenverloren zwirbelte er mit einem arthritischen Finger seinen Bart. »Die Akademie ist nicht … nicht mehr das, was sie mal war.«

»Wenn es hier nicht sicher ist, müssen wir Byx eben dorthin bringen, wo man sie beschützen kann«, sagte Khara. »Vielleicht im Norden. Du kennst doch sicher unzählige Leute, denen es möglich ist, einen sicheren Ort für sie ausfindig zu machen.«

Ferrucci winkte mit einer unbestimmten Geste ab. »Für einen Endling – noch dazu, wenn es der letzte Dalkin ist – gibt es keinen sicheren Ort.«

»Aber Sie müssen Byx helfen!«, rief Tobble.

»Still, du Nagezahn, sonst verspeise ich dich zum Mittagessen«, sagte Ferrucci. Er wandte sich an Luca. »Bring diesen Hund – jawohl, es ist ein Hund, was immer man dir auch erzählen mag – bring ihn hinunter zu den Zellen.«

»Warte!« Khara riss die Augen auf. »Was sagst du da?«

»Zellen?«, quiekte Tobble.

»Keine Angst«, sagte Ferrucci. »Du erhältst eine Belohnung, Khara. Eine stattliche Belohnung.«

»Aber warum muss Byx in den Kerker?« Khara blieb hartnäckig.

Kerker. Schon das Wort war zum Fürchten.

Gesehen hatte ich noch keinen, aber seinen Zweck kannte ich aus Dalyntors Unterricht. Panische Angst jagte mir heiß und kalt durch den Körper. Ich hatte das Gefühl, als bekäme ich nicht genug Luft.

»Ich habe nichts verbrochen!«, schrie ich.

Ferrucci ignorierte uns. »Und, Luca, merk dir gut: Dieses Gespräch hat nie stattgefunden.«

»Jawohl, Gharri«, sagte Luca. Er schloss eine zweite Tür an der Rückseite des kleinen Nebenraums auf. »Komm mit, Byx.«

»Ich verstehe nicht«, sagte Khara. Verzweiflung schwang in ihrer Stimme. »Bitte, Ferru, erklär mir das.«

Der alte Mann tätschelte ihre Hand. »Vertrau mir, meine

Liebe. Ich tue nur, was am besten ist. Es ist die einzige Möglichkeit.«

»Byx«, sagte Luca noch einmal. »Folge mir bitte.«

»Ich komme mit!«, erklärte Tobble.

»Unmöglich!«, sagte Ferrucci. »Du bleibst hier. Bei Khara.«

»Geduld, Tobble«, sagte Khara. Sie atmete langsam aus und schien die Situation abzuschätzen. »Byx, uns bleibt nichts übrig, als Ferru zu vertrauen.«

Vom Vertrauen zum Grauen.

Ich blickte von Khara zu Tobble und wieder zurück.

War es das letzte Mal, dass ich die beiden sah?

Ich umarmte Tobble kurz. »Sei stark«, sagte ich, obwohl mir selber die Stimme zitterte.

»Nein, Byx …«, fiepte er.

Zu Khara sagte ich nichts. Was gab es auch zu sagen?

Sie bedachte mich mit einem freudlosen Lächeln.

Ferrucci winkte Luca zu sich heran und tuschelte ihm etwas ins Ohr. Ein paar Fetzen konnte ich aufschnappen, doch es war leider eine fremde Sprache, wahrscheinlich die Nedarra-Sprache.

Wieder auf allen vieren folgte ich Luca einen feuchten Gang hinab. Hinter mir verloren sich Tobbles Schluchzen und Kharas Fragen an den schwarzen Wänden.

27

Im Kerker

Widerwillig folgte ich Luca über eine Treppe an der inneren Turmmauer abwärts, die von Fackeln an der Wand erhellt war.

Ein mutiger Dalkin, dachte ich, würde bestimmt versuchen zu fliehen. Aber ich sah nirgends eine Möglichkeit dazu, es gab keine Türen, keine Fenster, keine Gänge. Und nichts, was als Waffe zu gebrauchen war.

Es war sinnlos. Wäre ich Luca tatsächlich für einen Moment entkommen, dann jedenfalls nur kurz. Ich kannte mich hier nicht aus. Überhaupt wusste ich kaum, wie die Gebäude der Menschen angelegt waren.

Ich versuchte, mir den großen Turm vorzustellen. Ob der Kerker unterirdisch war?

Einmal machte Luca kurz halt und wandte sich an mich. »Ich würde dir gern sagen, dass du keine Angst haben sollst. Dass du in Sicherheit bist. Aber wenn es stimmt, was ich über die besondere Fähigkeit der Dalkins erfahren habe, dann wüsstest du sofort, dass ich lüge.«

Ich gab keine Antwort, obwohl ich innerlich schäumte vor Wut über seinen ruhigen, fast selbstzufriedenen Ton.

Luca ging weiter. Ich blieb auf allen vieren und hielt mich neben ihm. »In meinem Studiengebiet hier an der Akademie beschäftige ich mich hauptsächlich mit der Dessag-Fauna«, sagte er.

Wieder sagte ich nichts. Doch Luca hinderte das nicht weiterzureden.

»Es ist ein neuer Begriff im Kaiserlich-Amtlichen Lexikon, dem Wörterbuch der Nedarra-Sprache, das vom Murdano zugelassen ist«, sagte er und rollte dabei die Augen. »Sieht aus, als gibt es in jeder neuen Auflage neue Wörter zu lernen. Wie ›Eumonie‹ für das Begräbnis einer Art. Oder ›Endling‹ für das letzte Exemplar einer Art.« Er stieß ein ironisches Lachen aus. »Wir Menschen sind gut darin, Namen für unsere Irrtümer zu erfinden.«

Auf einem schmalen Absatz machten wir eine Verschnaufpause, dann stiegen wir die gewundene Treppe weiter abwärts. Die Kreise, die sie beschrieb, waren spiralförmig wie auf einer Muschelschale und wurden allmählich immer größer.

Schalte dein Gehirn an, ermahnte ich mich. Achte auf eine Gelegenheit, und wenn sie kommt, pack sie beim Schopf.

In diesem Augenblick fiel mir wieder die Redensart meines Vaters ein: *Nicht immer kommt ans Ziel, wer rennt.* Vielleicht würde sich der richtige Moment ergeben. Aber vorerst hieß es abwarten.

Luca plapperte immer noch. »Die Dessag-Fauna«, fuhr er fort »das sind Arten, die vom Aussterben bedroht sind. Da gibt es festgelegte Abstufungen der Bedrohung, und die stützen sich auf verfügbare Informationen wie Umweltbedingungen oder die Zahl der noch lebenden Exemplare, solche Dinge eben. Die Carlisle-Robbe zum Beispiel. Bis letztes Jahr stand sie auf Stufe drei. Und von heute auf morgen« – Luca schnippte mit den Fingern – »wurde sie auf Stufe fünf gesetzt. Offiziell ausgestorben.«

Wie so oft konnte ich meine Neugier nicht länger zügeln.

»Wird diese … Eumonie … für jede untergegangene Art abgehalten?«

»Ja, aber nur in kleinem Rahmen. Eher zwanglos. Nicht zu vergleichen mit dem, was jetzt für die Dalkins geplant ist.«

»Was für eine Ehre«, sagte ich bitter.

»Dalkins gehören zu den großen überlegenen Arten. Noch nie ist ein Artentod auf diesem Niveau eingetreten.« Luca lachte. »Und wenn ich dich so neben mir sehe, ist er das noch immer nicht.«

Wir erreichten ein düsteres steinernes Gelass, annähernd kreisförmig und rundherum mit sechs massiven Eisentüren versehen.

Ich roch Fäulnis und Schimmel, und hinter dreien der wuchtigen Türen hörte ich schwerfälliges Kriechen, Schnüffeln und Murmeln.

»Kerkermeister?«, rief Luca.

Ein sonderbares Wesen erschien aus dem Dunkel. Es war eine menschliche Gestalt – zumindest nahm ich das an –, nur sehr viel muskulöser als jeder Mensch, dem ich bis jetzt begegnet war. Brust und Schultern breit, die Beine dick und leicht behaart. Seine Bekleidung bestand nur aus einem Lederschurz. Der übrige Körper war nackt bis auf dunkle Zeichnungen, die Tattoos genannt wurden, wie ich von Khara wusste. Tattoos von menschlichen Gesichtern.

»Was willst du, Junge?«, fragte der Kerkermeister. Seine Stimme war höher, als ich es von einem so Furcht einflößenden, wuchtigen Mann erwartet hatte.

»Dieser Hund hier soll eingesperrt werden, das lässt mein Meister, Gharri Ferrucci, ausrichten.«

»Einen Hund einsperren?«, fragte der Wärter verwundert. »Hunde sperrt man doch nicht in einen Kerker. Hunde müssen frei rumlaufen können!«

»Wenn dir dein Leben lieb ist, Kerkermeister, dann sperrst du diesen Hund weg. Und kein Wort über das, was du möglicherweise sehen oder hören wirst!«

Mit einem hastigen Kopfnicken fügte sich der Wärter und schwang einen großen eisernen Schlüsselbund.

Luca folgte mir in einen Raum ohne Fenster, ohne Licht und mit stinkendem Stroh auf dem Boden, das von Ungeziefer wimmelte. »Mach die Tür zu«, wies er den Kerkermeister an. »Ich werde rufen, wenn ich so weit bin.«

»Na schön.« Der Aufseher warf die eiserne Gittertür mit solcher Gewalt zu, dass mich schauderte.

Nachdem er außer Hörweite war, beugte sich Luca vor. »Erinnerst du dich, dass Gharri Ferrucci mir etwas zugeflüstert hat, bevor wir weggingen?«, fragte er.

Ich nickte. »Gehört habe ich es, aber verstehen konnte ich es nicht. Ich spreche die Nedarra-Sprache nicht, nur den gewöhnlichen Dialekt.«

»Das war beabsichtigt«, sagte Luca. »Er wollte nicht, dass du es verstehst.«

»Warum denn nicht?«

»Weil«, sagte Luca, »er mich beauftragt hat, dich töten zu lassen. Töten und danach verbrennen, damit kein Beweis von deiner Existenz zurückbleibt.«

Töten. Verbrennen. Die Wörter schmerzten wie frische Wunden.

Meine Kehle war wie zugeschnürt, ich konnte kaum schlucken.

Ich sah Luca in die Augen. War es Mitleid, das ich darin erkannte? Ich war nicht sicher.

Eins aber wusste ich genau.

Luca sprach die Wahrheit.

»Der Kerkermeister ist eigentlich kein schlechter Kerl«, redete Luca weiter. »Aber er wird es tun, wenn ich es ihm sage.«

»Ich verstehe nicht«, sagte ich, und meine zitternde Stimme ließ mich im Stich. »Was habe ich denn falsch gemacht?«

»Gemacht? Du hast gar nichts gemacht. Aber du lebst – und das ist ein Problem.«

Draußen ging der Wärter vorbei, und ich wartete, bis er weg war. »Aber warum?«, fragte ich. »Ist es denn nicht gut, wenn noch ein Dalkin lebt – wenn auch nur ein einziger?«

Seufzend blickte Luca zur Seite. Als er mich wieder ansah, war ich sicher, dass tatsächlich Mitleid in seinen Augen stand. »Oh, du armer Dalkin, du hast wirklich keine Ahnung von den Menschen, wie? Pass auf, Araktik, die Seherin des Murano, wird kommen. Das ist eine große Ehre für die Insel. Und sie kommt nur deshalb, weil Gharri Ferrucci dem Obergelehrten amtlich bestätigt hat, dass die Dalkins ausgestorben sind, und zwar unwiderlegbar.«

»Ich verstehe noch immer …«

»Diese Nachricht hat der Obergelehrte dem Murdano mitgeteilt. Was glaubst du, wie es diesen Herrschaften gefallen würde, plötzlich so blamiert dazustehen? Glaubst du, Araktik – die schon Hunderte Menschen ertränken, pfählen oder verbrennen ließ – will sich ihre Zeit stehlen lassen? Zur Närrin machen lassen?«

Mir fiel keine Antwort ein. Ich konnte Luca nur ungläubig anschauen.

Langsam aber dämmerte mir, dass Luca sicher ein großes Risiko auf sich nahm, wenn er mir Dinge sagte, die Ferrucci, sein Meister, ganz gewiss vor mir geheim halten wollte.

»Warum erzählst du mir das alles?«, fragte ich. »Willst du mir etwa helfen?«

»Sei dir da nicht so sicher«, erwiderte er. Er fuhr sich über das Kinn und starrte auf die eisernen Gitterstäbe, die Grenze zwischen Freiheit und Gefangenschaft. »Ich bin zuallererst Gelehrter, Byx. Ich habe beobachtet, wie Arten verschwinden. Weißt du, was hier im Keller dieses Monuments aufbewahrt wird?«

Ich schüttelte den Kopf. Ich war nicht sicher, ob ich das wissen wollte.

»Die ausgestopften Überreste Dutzender Endlinge. Endlinge, wie du einer bist. Gelagert und beschriftet. Staubfänger. Einmal im Jahr hervorgeholt für eine Unterrichtsstunde in Naturgeschichte.« Luca räusperte sich. Würde er etwa weinen? »Wie gesagt, ich bin zuerst Gelehrter, Byx. Meine Loyalität gilt nicht dir. Meine Loyalität gilt der Wissenschaft. Du magst ein Endling sein. Aber sterben wirst du wegen mir nicht.«

Es war die Wahrheit. Zum Teil jedenfalls. Aber ich spürte, dass es nicht die ganze Wahrheit war.

Luca trat auf die Eisentür zu. »Wärter! Lass mich raus.«

Die Tür öffnete sich und wurde wieder geschlossen.

Eine Ratte huschte über meinen Schwanz. Ich lauschte Lucas Schritten nach, die allmählich verhallten.

Ob Tobble mich finden würde? Ob er es überhaupt versuchen könnte?

Wahrscheinlich. Lieber, dummer Tobble. Schon der Gedanke an ihn tat weh.

Und Khara? War sie längst auf und davon, die Taschen voll Geld?

Ich rollte mich in einer Ecke zusammen, den Rücken zur Wand, und deckte mich, so gut es ging, mit dem stinkenden Stroh zu.

Es würde eine lange Nacht werden.

Aber an lange Nächte gewöhnte ich mich allmählich.

28

Der Felijaga

Kaum war ich in einen leichten Schlaf gefallen, da wachte ich schon wieder auf, weil ich ganz in der Nähe eine Stimme hörte.

»Oh … ein Hündchen?«

Das klang nicht wie eine Menschenstimme, da war ich sicher. Die Stimme klang rauer und tiefer, war höhnisch und bedrohlich, und ich wusste nicht, was ich davon halten sollte.

Ich schnupperte.

»Hündchen?«

Ein Felijaga! In der Zelle direkt neben mir!

»Oh, Hündchen«, tönte es in schaurigem Singsang.

»J-ja?«

»Ah, ein sprechendes Hündchen«, sagte der Felijaga.

»Ich bin kein Hund, ich bin ein Dalkin«, sagte ich viel zu ängstlich und alles andere als so trotzig, wie ich gehofft hatte.

»Ein Dalkin? Ach ja? Bist du gekommen, um deine eigene Trauerfeier mitzuerleben?« Ich wusste nichts über Felijagas, kannte nur die gewohnten grässlichen Geschichten, die davon erzählten, wie plötzlich sie sich auf ihre Beute stürzen und mit ihren brutalen Kiefern jeden Schädel zermalmen können. Aber ich spürte, dass sich dieser Felijaga über mich lustig machte. Mich verspottete.

Ich antwortete nicht. Mir fiel nichts ein.

»Beweise mir, dass du ein Dalkin bist«, sagte der Felijaga.

»Ich bin einer«, antwortete ich nur.

»Es heißt, Dalkins sind unfehlbar, wenn es darum geht, Wahrheit und Erfundenes auseinanderzuhalten.«

»Ja, so sagt man.«

»Lass uns einen Test machen, ja?«

Ich seufzte.

»Also, was ist richtig: Mein Name ist Elios Str'ank, aber meine Freunde nennen mich Gambler. Oder: Mein Name ist Hadrak der Dritte, der Lonko über den Wald des Grauens.«

Der Felijaga wartete.

Ich sagte: »Aber … beides ist richtig.«

Da ließ der Felijaga ein lang gezogenes Fauchen hören. »Gut gemacht, Dalkin. Ich versuche schon seit Wochen, diese sogenannten Gelehrten davon zu überzeugen.«

»Warum glauben sie dir nicht?«

»Aus dem gleichen Grund, Dalkin, weshalb sie auch an deine Existenz nicht glauben wollen. Es gibt viele Gelehrte, aber nur wenige unter ihnen suchen wirklich nach der Wahrheit. Menschen glauben das, was ihnen ein Gefühl von Sicherheit bietet. Für komplizierte Zusammenhänge interessieren sie sich wenig.«

»Ich heiße Byx.«

»Nenn mich Gambler.«

»Ich hab noch nie einen Felijaga kennengelernt«, gab ich zu.

»Und hast trotzdem Angst vor uns?«

»Natürlich. Ihr fresst Dalkins!«

»Wir fressen vieles. Rehe, Cotchets, Antilopen, Mirabienen, manche Schlangenarten – nur die zarten natürlich –, Wobbyks, Dachse. Und gelegentlich« – hier fügte er eine dramatische Pause ein – »gelegentlich Menschen.«

»Und Dalkins!«

»Unsinn«, erwiderte er. »Wir sind doch keine Menschen. Wir Felijagas halten unsere Versprechen. Seit zweihundert Jahren hat kein Felijaga wissentlich einen Dalkin getötet. Wir haben eure Art immer gebraucht. Es ist richtig, in alter Zeit, vor dem Vertragsabschluss von Coimari haben wir tatsächlich Dalkins gejagt. Aber als wir es dann mit Menschen und Natintjes zu tun bekamen, wurde uns klar, wie wichtig ihr für uns seid. Menschen sind hervorragende Lügner, verstehst du, und Natintjes sind nicht viel besser.«

»Und die anderen?«, fragte ich.

»Terra-Olme lügen nicht. Raptidons verhalten sich still und verschweigen die Wahrheit, aber zum Lügen sind sie zu stolz. Als wir mit Menschen und Natintjes verhandelten, um die Vielfalt der Arten zu sichern, brauchten wir die Dalkins als Wahrheitsfinder.«

»Aber wir haben immer gelernt, dass man vor Felijagas Angst haben muss.«

Gambler lachte, was in der Felijaga-Tonlage mehr wie husten klang. »Wer herrscht in den Wäldern, Dalkin? Wunderst du dich nicht, dass du nie einen von uns gesehen hast, höchstens mal kurz von Weitem? Viele Jahre haben wir eure Art vor den Menschen geschützt. Aber …« Er seufzte. »Aber auch unsere Zahl schrumpft. Unsere Population ist auf ein Viertel zurückgegangen im Vergleich zu früher. Menschen jagen uns, obwohl sie es abstreiten. Sie trainieren große kräftige Mastiffs, die uns in Rudeln verfolgen. Sie vergiften unsere Gewässer, das macht uns krank, und wir können uns nicht mehr fortpflanzen. Und der Murdano spielt unterdessen den Ahnungslosen.«

Diese schockierenden Neuigkeiten musste ich erst mal sacken lassen. Die Vorstellung, dass Felijagas ebenso gefährdet sein könnten wie Dalkins, war schwer zu begreifen. »Aber warum sollten Menschen Dalkins und Felijagas vernichten wollen?«, fragte ich.

»Anscheinend kennst du die Menschen nicht«, sagte Gambler traurig. »Sie sind keine großen Jäger wie wir Felijagas. Sie streifen nicht allein durch die Nacht, treten Beutetieren nicht Auge in Auge gegenüber. In ganzen Armeen stürmen sie heran, um den feigen Kampf der Vielen gegen die Wenigen zu führen.«

Ja, dachte ich. Ich hatte die Armee des Murdano gesehen. Ich hatte ihr Werk gesehen. Bewaffnete Menschen gegen unbewaffnete Dalkins.

»Die Menschen sind es, die eure Art hassen«, sagte Gambler. »Sie können es nicht ertragen, dass ihr ihnen das Lügen unmöglich macht. Und uns, die Felijagas, hassen sie, weil wir unsere Stimme gegen ihre wahnwitzigen Eroberungskriege erheben. Sie haben die Welt von den Dalkins gesäubert, und wir werden die nächsten sein. Danach werden sie die Raptidons niedermachen, und auch die Terra-Olme werden eines Tages Männer mit Speeren und Pfeilen an den Öffnungen ihrer Tunnels vorfinden. Am Ende werden die Menschen versuchen, sogar die Natintjes auszurotten – obwohl ihnen das Probleme bereiten dürfte.« Gambler seufzte schwer. »Auf jeden Fall«, fuhr er fort, »unterschätze die Menschen nie, was Falschheit und Gemetzel angeht.«

Wir verfielen beide in Schweigen. Mich fröstelte, aber nicht vor Kälte, sondern vor Angst.

Konnte es sein, dass die Dalkins wirklich nicht die Einzigen waren, über die man herfiel? Wenn ja, dann wurde hier ein viel größerer, viel unheimlicherer Kampf ausgetragen, als ich es mir in meinen schlimmsten Träumen hätte vorstellen können.

Ich zwang mich zum Sprechen. »Wie kannst du das alles wissen, Gambler?«, flüsterte ich. »Vielleicht irrst du dich?«

»Felijagas kommen weit herum, Dalkin. Wir sehen alles. Wir irren uns nicht.« Er zögerte. »Ich wünschte, es wäre so.«

Ich hörte den Gefängniswärter auf und ab gehen, das rhythmische Gerassel der Schlüssel, das seine schwerfälligen Schritte begleitete.

Ich hörte das Wispern und Huschen der Ratten im Stroh.

Ich hörte das unterdrückte Schluchzen eines anderen Gefangenen.

Doch über alldem hörte ich Gamblers Worte in mir nachhallen: Unterschätze die Menschen nie, was Falschheit und Gemetzel angeht.

29

Luca kehrt zurück

In dieser Nacht träumte ich von einem unheimlichen grünen Licht. Ich fuhr aus dem Schlaf hoch, und da sah ich, dass es gar kein Traum war. Vor den Gitterstäben meiner Zelle schwebte ein matt schimmernder Fleck.

Es war kein Tageslicht. Es war auch keine Fackel. Ich erhob mich von meinem Lager und trat näher heran, fasziniert und beunruhigt.

Hinter dem Lichtschein konnte ich gerade so eben die Umrisse einer menschlichen Gestalt ausmachen. Ich blinzelte und versuchte, mehr zu erkennen.

»Still, Dalkin!«, flüsterte jemand.

Es war Luca.

Er tauchte aus dem schimmernden Fleck auf, der nur von einem magischen Licht herrühren konnte, und zeigte mir einen Schlüssel. Er war sichtlich nervös und blickte hastig nach links und rechts, während er den Schlüssel ins Schloss schob. Quietschend öffnete sich die Tür.

»Meine Magie ist nicht sehr stark«, sagte er gedämpft. »Ich habe dem Aufseher ins Ohr geatmet, damit er fest schläft. Aber ein zu lautes Geräusch könnte ihn leicht wecken.«

So leise ich konnte, schlich ich zur Tür. »Wo bringst du mich hin?«

»Zu Khara. Sie hat mich überzeugt, dass es so das Beste ist.«

Wieder spürte ich in seinen Worten keine Lüge, aber auch nicht die ganze Wahrheit.

»Danke«, flüsterte ich. Ich folgte ihm ein paar Schritte in den düsteren Gang. Plötzlich blieb ich stehen. »Da ist noch wer, den wir befreien sollten.«

»Was?«

»In der Zelle dort. Ein Felijaga, der … nützliche Dinge weiß.«

»Du hast dich im Gefängnis mit einem Felijaga angefreundet und willst, dass ich ihm zur Flucht verhelfe?« »Ja. Bitte.«

»Ein Felijaga«, sagte Luca. »Ein gefährliches Raubtier!«

Ich zögerte. Wie sicher war ich eigentlich? »Ja.«

Ungläubig schüttelte Luca den Kopf. »Bist du verrückt?«

»Möglich«, räumte ich ein. »Aber …« Ich dachte an frühere Entscheidungen zurück, die scheinbar richtig waren und sich später doch als dumm erwiesen hatten. Es waren mehr als nur ein paar gewesen.

Und doch sagte mir ein Instinkt oder vielleicht auch nur ein Gefühl von Dankbarkeit für Gamblers Gesellschaft, dass es richtig war, was ich tun wollte.

Ich ging an seine Zellentür und trat aus dem schimmernden Licht heraus. »Gambler!«, sagte ich leise.

Die Reaktion des Felijagas war verblüffend. Schneller, als ich hätte husten können, blitzten Gamblers hellblaue Augen auf, und schon stand er mit einem einzigen grazilen Sprung an der Zellentür, Zähne gebleckt, Klauen ausgefahren. Er war riesengroß, elegant, hatte tiefschwarzes glänzendes Fell und ein paar feine weiße Streifen im Gesicht. Aber sein langer muskulöser Schwanz erinnerte mich viel zu sehr an eine Schlange.

»Was ist los?«, fragte er.

»Ich fliehe von hier«, sagte ich. »Willst du mitkommen?«

»Fliehen?« Er neigte seinen großen Kopf und blinzelte in den grünlichen Lichtschein. »Ah, hier ist Zauberei im Spiel.«

»Ja«, sagte ich. »Aber eines muss ich von dir wissen.«

»Oh?«

»Wenn ich dich befreie, wirst du dann über mich herfallen? Oder über einen meiner Gefährten? Einer von ihnen ... vielleicht auch zwei ... sind Menschen. Einer ist ein Wobbyk.«

»Wenn ich freikomme, wird ihnen keine Gefahr drohen. Jedenfalls nicht von mir.«

»Du glaubst ihm?«, fragte Luca skeptisch.

»Ja, ich glaube ihm«, erwiderte ich. Dann ergänzte ich schnell: »Und, Gambler, ein Pferd ist wahrscheinlich auch dabei.«

»Hol mich hier raus«, sagte er, »dann bin ich dein Diener, und du sollst mein Herr sein.«

Erwartungsvoll blickte ich Luca an, der verzweifelt aufstöhnte.

»Na schön. Hinrichten können sie mich ja nur ein Mal.«

Sekunden später waren wir aus dem Kerker und bewegten uns so rasch und so leise wie möglich weiter: Luca, inzwischen nicht mehr von Licht umgeben, Gambler und ich.

Ich vertraute darauf, dass Gambler die Wahrheit gesagt hatte – mein Dalkin-Instinkt verriet es mir. Trotzdem hatte ich, so lange ich auf der Welt war, immer nur Schauergeschichten über diese riesigen Katzen gehört, und ich blieb auf der Hut. Gambler könnte Luca und mich blitzschnell und mühelos töten.

Luca führte uns nicht auf dem Weg zurück, auf dem wir gekommen waren, sondern über eine enge Treppe abwärts, durch einen hallenden, unbeleuchteten Raum, eine weitere Treppe hinunter und von da in einen stickigen Seitengang.

Am Ende stieß er eine Tür auf, und da standen Khara und Tobble.

Tobble schrie auf. »Ein Felijaga!«

Kharas Hand fuhr zum Schwert.

»Nein, nein!«, rief ich. »Er ist ein Freund!«

»Felijagas haben keine Freunde«, sagte Khara scharf. »Nicht einmal hier auf der Insel vertraut man ihnen restlos. Und außerhalb nie.«

»Stimmt«, sagte Gambler, und einen Moment lang fragte ich mich, ob ich nicht einen fatalen Fehler gemacht hatte. »Wir sind Einzelgänger – im Gegensatz zu euch Menschen. Wir gehen unseren eigenen Weg.« Er versuchte ein halbes Grinsen und entblößte dabei seine glänzenden Zähne. »Wir jagen allein«, ergänzte er stolz.

Tobble trat mutig an meine Seite. »Diesen Dalkin hier wirst du nicht jagen«, sagte er mit zittriger Stimme.

»Danke, Tobble«, sagte ich und legte ihm die Hand auf die Schulter. Ich hatte ihn mehr vermisst, als ich zugeben wollte. »Aber ich vertraue Gambler.«

»Wir haben einen Ehrenkodex, Wobbyk, egal, was du von uns hältst. Ich habe mein Wort gegeben, dass ich Byx dienen werde.«

»Wundervoll«, stöhnte Khara. »Jetzt müssen wir also auch noch einen Felijaga verstecken?«

»Gibt es einen Plan?«, fragte ich. »Eine Möglichkeit, von der Insel wegzukommen?«

»Noch nicht«, sagte Luca. »Aber nach der Eumonie werden sich Tausende Menschen auf den Fähren und Privatbooten drängen. In dem ganzen Durcheinander haben wir sicher bessere Chancen.«

»Diese ... absurde Trauerfeier wird also stattfinden?«, fragte ich.

Luca nickte und sah Khara an. »Sie kann nicht abgesagt werden. Würden die Gelehrten ihren Irrtum zugeben, müssten sie damit rechnen, jeden Einfluss auf Araktik zu verlieren und damit höchstwahrscheinlich auch den Schutz des Murdano. Er vertraut seiner Beraterin Araktik unbedingt.«

Wir liefen los, schnell und schweigend, auch Tobble. Der Himmel wurde allmählich hell. Luca kannte den Weg und eilte voraus, Gambler folgte direkt hinter ihm. Zwei Menschen, ein gefährliches Raubtier, ein komischer Wobbyk und ein noch nicht ausgestorbener Dalkin auf allen vieren, dessen bloße Existenz offenbar eine Bedrohung für die Großen und Mächtigen war.

»Luca weiß, wohin«, flüsterte Khara.

Als uns eine Polizeitruppe auf Streife entgegenkam, tauchten wir schnell in eine Seitengasse ab. Luca murmelte magische Wörter. Die könnten zwar nicht verhindern, dass die Polizisten uns sahen, erklärte er, würden aber bewirken, dass die Männer kein Interesse an uns zeigten. Sie gingen vorbei und ließen ihre Schwerter stecken.

»Vor ein paar Monaten bin ich fünfzehn geworden«, sagte Luca schulterzuckend. »Ich fange gerade an, die Grundlagen der Theurgie zu studieren.«

»Hat bis jetzt ganz gut geklappt«, sagte Khara mit einem bewundernden Blick.

»Sind Polizisten immer von der Art der Menschen?«, wollte Tobble wissen.

»Nein. Alle Arten können für die Polizei arbeiten«, sagte Luca. »Aber die meisten sind Menschen oder Raptidons.«

»Einen Felijaga werdet ihr nie in Uniform erleben«, sagte Gambler stolz.

Wir kamen zu einem großen freien Platz, der auf allen vier Seiten von drei- und vierstöckigen Gebäuden umgeben war.

»Der Platz der Wahrheit«, sagte Luca.

Dicht entlang der Hausmauern schlichen wir uns um den Platz herum, dann führte uns Luca in eins der Gebäude. Über die ganze Fassade zog sich ein Baugerüst, und im Innern konnten wir sehen, dass hier gründlich umgebaut wurde. Das Haus war leer: keine Möbel, kein Licht, kein Essensgeruch, aber auch kein Geruch nach Menschen.

Wir stiegen über eine Treppe in den obersten Stock und kamen zu einer Leiter, die unter einer Klapptür in der Decke stand.

Für Menschen war die Leiter leicht zu erklimmen, für mich mit Schwierigkeiten und für Tobble und Gambler ganz unmöglich. Tobble durfte auf Kharas Rücken klettern, aber Gambler wog mehr als wir vier zusammen. Zum Glück sind Felijagas sehr geschickt.

»Lasst die Falltür weit offen und geht zur Seite«, ordnete Gambler an.

Er duckte sich, spannte die Muskeln, suchte einen Moment nach der besten Startposition, sprang mit einem Riesensatz punktgenau durch die schmale Öffnung der Falltür und landete mit der gewohnten Lässigkeit seiner Art neben uns auf dem Boden.

»Du gibst ja bloß an«, sagte Tobble. Aber sofort hielt er sich vor Schreck die Pfote vors Maul, als ihm klar wurde, dass er gerade eins der gefürchtetsten Lebewesen auf der Welt gereizt hatte.

»Unsinn«, sagte Gambler so sanft, dass sich seine Stimme fast wie ein Schnurren anhörte. »Hätte ich angeben wollen, hätte ich zusätzlich einen Salto gemacht.«

Ich schrieb mir hinter die Ohren, diese spezielle Miezekatze niemals zu ärgern – auch wenn sie mir Ergebenheit geschworen hatte.

Der Raum, den wir nun in Besitz nahmen, war düster, staubig und stand voll mit Polsterstühlen und Tischen, Spiegeln und Holzkisten.

»Sie haben alles hier raufgebracht, solange sie unten arbeiten«, sagte Luca und wischte Spinnweben von seiner Hose.

»Werden uns die Arbeiter nicht entdecken, wenn sie hier weitermachen wollen?«, fragte Khara.

»Die Eumonie ist ein Feiertag. Da arbeitet niemand«, sagte Luca. »Von hier oben können wir sogar zuschauen.« Er deutete auf eine Reihe Dachluken, von denen man den Platz der Wahrheit überblickte.

»Wirst du nicht furchtbare Probleme bekommen?«, fragte ich Luca.

»Hmm«, sagte er und nickte. »Ferrucci könnte mich der Polizei übergeben und ins Gefängnis werfen lassen. Oder gleich töten.«

»Warum riskierst du das?«, hakte Tobble nach.

Ehe er antworten konnte, ergriff Khara das Wort. »Weil Luca im Gegensatz zu Ferrucci, dem verräterischen Schuft, ein wahrer Gelehrter ist.«

Sie sprach die Wahrheit, zumindest so weit sie sie kannte. Aber irgendetwas ließ mir keine Ruhe, ein unbestimmtes Gefühl, dass Luca mehr wusste, als er sagte. Mit Lügen hatte ich zu wenig Erfahrung, zumal mit den Lügen der Menschen. Es war schwer zu beurteilen, worauf genau ich achten musste.

»Wir Gelehrten leisten einen Eid«, sagte Luca. »Der Wahrheit zu folgen und nur der Wahrheit. Aber was jetzt hier vor sich geht« – er zeigte über den Platz, auf dem bald die Eumonie stattfinden sollte –, »ist die Auslöschung von Wahrheit.«

Auch das stimmte. Und trotzdem, etwas machte mir Unbehagen.

»Gambler glaubt, dass diese Eumonie nur die erste von vielen ist«, sagte ich. »Die Felijagas haben erkannt, dass ihre Zahl immer weiter abnimmt und dass das mit dem Murdano zu tun hat.«

»Die Dalkins sind nur die erste der großen Arten, die ihm zum Opfer fallen«, sagte Gambler und nickte. »Die Felijagas werden die Nächsten sein und danach …«

»So schlecht denkst du über die Menschen?«, unterbrach Luca.

»Ich denke nicht schlecht«, sagte Gambler. »Aber ich weiß zu viel.«

Khara, Tobble und ich wechselten besorgte Blicke. Ich hätte gern weitergefragt, wollte noch tausend Dinge wissen, aber eine Woge der Erschöpfung brach plötzlich über mich herein. Ich fand zwei weiche blaue Sessel, und in einem davon kuschelten Tobble und ich uns zusammen. Fast augenblicklich schliefen wir beide ein.

Als ich erwachte, hörte ich von draußen den Lärm einer großen Menge: Alles jammerte und klagte laut, dass es mich nicht mehr gab.

30

Die Eumonie beginnt

Bevor wir mit der feierlichen Zeremonie beginnen«, rief die Stimme eines Raptidons, »muss ich einige Hinweise geben.«

Ich stand am Fenster und sah zu, wie sich das Spektakel unter mir entfaltete. Es mussten an die zwanzigtausend Lebewesen sein, die sich da drängten – ein überwältigender Anblick für einen jungen Dalkin, der mit kaum einer Handvoll Rudelmitgliedern in weit abgelegenen Gebieten aufgewachsen ist.

An der einen Seite des Platzes war im Schatten der riesigen, zentralen Bibliothek ein großes Podest aufgebaut worden. Diese Bibliothek war ein Monstrum von Bauwerk mit Säulen voller Friese und Flachreliefs, auf denen die lange Reihe der Obersten Gelehrten dargestellt war: Menschen, Felijagas, Raptidons, Natintjes, Terra-Olme und Dalkins. Der Oberste Gelehrte, so hatte Luca erklärt, bekam diesen Titel für jeweils zwanzig Jahre verliehen, danach ging er automatisch auf eine andere der großen Arten über. Von den Dalkins allerdings hatte es wegen der schwindenden Zahl meiner Art länger als zweihundert Jahre keinen Obersten Gelehrten mehr gegeben.

Khara und Tobble traten neben mich. Luca war auf die Suche nach etwas Essbarem gegangen. Gambler, der sich auf dem Boden ausgestreckt hatte, verzog das Gesicht zu einem Gähnen und ließ dabei seine Zähne blitzen.

»Jede Art lässt sich in dem Bereich nieder, der für sie gekennzeichnet ist«, sprach das Raptidon weiter. »Mit Ausnahme der Diener natürlich.« Der zerzauste uralte Vogel, der sich mit den Krallen an ein kunstvoll geschnitztes Pult klammerte, sprach mit dem für sein Volk typischen Akzent. Raptidons haben ihre eigene Sprache sowie mehrere Dialekte, doch bei dem allgemein üblichen Dialekt bereiten ihnen die Konsonanten w, b, d, f, m Schwierigkeiten – sie lassen sie deshalb gern weg oder ändern sie in Vokale um.

Aus seiner Ankündigung »Durch jeden Bereich werden Karren mit Futter fahren« wurde »Urch jeden ereich erden Arren it Utter ahren«. Ich konnte den Sprecher nur verstehen, wenn ich mich sehr konzentrierte.

Auf der Bühne hatte sich bereits der Oberste Gelehrte, ein Natintje, auf einer Art Thron postiert, den man in einem eigens errichteten Becken halb unter der Wasseroberfläche errichtet hatte. Noch zwei andere Natintjes schwammen in diesem Becken.

Die Zuhörerschaft der Natintjes hatte sich an den Ufern eines c-förmigen Kanals gelagert. Das blaugrüne Gewässer bog an der südöstlichen Ecke in den großen Platz ein, beschrieb einen Viertelkreis bis fast zur Mitte hin und verließ ihn an der nordöstlichen Ecke wieder. Auf der Fläche zwischen diesem Kanal und den Gebäuden am Rand des Platzes schritten Felijagas einher oder rekelten sich faul auf den Pflastersteinen. Hunderte, wenn nicht Tausende der Katzen waren hier in all ihrer erstaunlichen Vielfalt versammelt. Ich sah hellbraunes Fell mit roten Flecken, tief mitternachtsblaues, schwarzes, matt orangefarbenes und gelblich braunes mit blauen Flecken. Einige hatten weiß oder schwarz geringeltes Fell und erinnerten mich an kahle Bäume im Schnee.

»Bitte achtet auf eure Körperflüssigkeiten und verunreinigt das Wasser nicht«, sprach der Redner weiter. »Raptidons werden dringend ersucht, sich beim Fliegen nicht über anderen Bereichen als dem für Raptidons zu erleichtern.«

Trotz der makabren Situation musste ich lachen.

Entsprechend dem Kanal der Natintjes auf der Ostseite hatte man gegengleich einen Halbkreis auf der Westseite des Platzes angelegt, nur dass er hier anscheinend aus Erde bestand. Pflastersteine waren nicht zu sehen, nur blanke Erde, die von einem Dutzend oder mehr Tunnelöffnungen der Terra-Olme durchbohrt war. Die Rieseninsekten hockten teils pumpend im Lehm, teils reckten sie ihre Köpfe oder Fühler aus den Löchern.

»Gut«, sagte Tobble. »Es sind nicht so viele.«

»Du bist wohl nicht begeistert von Terra-Olmen?«, neckte ich ihn und bemühte mich um einen unbekümmerten Ton.

Die Raptidons hatten ihren Platz dort, wo auf der anderen Seite die Felijagas waren. Sie saßen in großer Zahl auf T-förmigen Holzstangen, die von Weitem wie ein verkümmerter Wald aussahen. Allerdings befand sich die Hälfte der Vögel in jedem sich bietenden Moment im Flug, sie schwebten über ihren Bereich hinweg oder schraubten sich sogar hoch in die Luft, ohne die protokollarische Sitzordnung zu beachten.

Im Zentrum des Platzes hatten sich die Menschen versammelt, ihr Bereich zwischen Natintjes und Felijagas auf der rechten und Terra-Olmen und Raptidons auf der linken Seite hatte die Form einer Sanduhr. Sie standen dicht gedrängt und waren sehr viel zahlreicher als jede andere Art.

»Die heutige Veranstaltung wird folgendermaßen ablaufen«, erklärte der Redner. »Zuerst gibt der Oberste Gelehrte eine kurze Erklärung ab, es folgt ein Bericht über die Geschichte der Dalkins und im Anschluss dann der Auftritt der Seherin des Murdano, der großen Araktik Vel Druand. Danach soll das Denkmal für die Dalkins enthüllt werden, der Art, um die wir heute trauern. Und dann wird gefeiert!«

An diesem letzten Teil der Veranstaltung schien die Menge besonderen Gefallen zu finden, jedenfalls mehr als an der Aussicht auf die Reden oder das Denkmal. Ich dagegen war sogar sehr gespannt auf den Vortrag über die Geschichte der Dalkins. Und auch auf das Denkmal war ich neugierig, das von einer Plane verdeckt vor der Bühne stand.

»Und bitte denkt daran, dass es sich hier um einen feierlichen Anlass handelt«, sagte der Redner streng. Dann breitete er die Flügel aus, schwang sich über die Menschenmenge hinweg und verschwand zwischen seinen Artgenossen.

Luca kam mit einem schweren Sack über der Schulter zurück. Ächzend setzte er ihn ab.

»Ich hoffe, das ist genug, Gambler.« Luca zog ein rotfleckiges Päckchen heraus, aus dem Blut rann. Als er es auswickelte, kam ein Cotchet von etwa Tobbles Größe zum Vorschein.

»Danke«, sagte Gambler. »Das reicht wohl.«

Luca warf Gambler den Kadaver hin, der ihn zwischen den Zähnen auffing.

Für uns andere hatte Luca einen Laib Brot organisiert, ein Stück Käse, zwei Würste und eine Flasche Apfelmost. Wir fielen darüber her, und so verpasste ich vieles vom Bericht des Obersten Gelehrten, der vom Hundertsten ins Tausendste kam, während ich immer noch kaute und schluckte. Doch sobald ich mit Essen fertig war, stellte ich mich wieder ans Fenster. Gerade schloss der Oberste Gelehrte seinen Vortrag.

»… sorgfältig alle Fakten mit eingerechnet, müssen wir also leider daraus schließen, dass die Spezies der Dalkins ausgestorben und für immer aus unserer Welt verschwunden ist.«

31

Araktik

Für immer verschwunden.

Die drei Wörter schnürten mir das Herz ab. Ich kniff die Augen zusammen, und als ich sie wieder öffnete, merkte ich, dass Tobble, Khara, Luca und Gambler mich mit einer Mischung aus Mitleid, Sorge und – im Fall des Felijagas – distanziertem Interesse beobachteten.

Ich richtete mich auf und lenkte meine Aufmerksamkeit wieder auf die Bühne. Ein alter Mann, krumm, gebrechlich, stieg gerade mit der Unterstützung von zwei Helfern die Stufen hinauf.

»Ferrucci«, sagte Luca.

»Dieser Betrüger will über die Geschichte meines Volkes reden?«, fragte ich empört.

Luca zog die Schultern hoch. »Er gilt als der führende Gelehrte für die Geschichte der Dalkins.«

»Wohl eher als die größte Enttäuschung«, murmelte Khara.

Ferruccis Stimme war schwach, und ich konnte nur Bruchstücke seiner Rede verstehen.

» … dann, zur Zeit der Wirren … Charles Mordan, der Tribun von Hursk … kriegführende Königreiche … Friedensgespräche mit Met'an Nur, dem Obersten Jäger der Felijagas … beide Seiten zur Sicherheit einen Dalkin hinzu … Treffen begann und … erster Vertrag zwischen Menschen und Felijagas.«

Bei dem Namen »Met'an Nur stießen die Felijagas unten auf dem Platz ein kurzes, furchterregendes Gebrüll aus. Die Menschen applaudierten halbherzig, die Terra-Olme ließen höflich ihre fluguntauglichen Flügel surren, und die Natintjes klatschten mit ihren Flossen auf die Wasseroberfläche. Die Raptidons dagegen zeigten keine Reaktion.

»... Der Dritte Krieg von Rivermouth ... Natintje-Königin ...« Hier folgte der Name der Natintje-Königin, aber die Pfeif- und Klicklaute und dazu die unaussprechliche Aneinanderreihung von Konsonanten machten es meinem Dalkinmund unmöglich, den Namen nachzusprechen.

»Von Krieg hab ich schon gehört«, sagte Tobble, »aber was das bedeutet, weiß ich nicht so genau.« Da ich selber kaum mehr darüber wusste, war ich sicher nicht die Person, die ihn aufklären konnte. Dalyntor hatte das Wort in unserem Unterricht nur selten erwähnt.

»Krieg«, sagte Khara verbittert, »ist dann, wenn eine Horde Kämpfer von einem Stamm, einer Stadt oder einer Art die von einem anderen Stamm, einer Stadt oder einer Art angreift und zu töten versucht.«

Das war weitgehend die Wahrheit, und doch spürte ich – wie so oft bei Khara –, dass sie etwas zurückhielt. Ihre Reaktion auf das Wort »Krieg« zeugte von persönlichem Schmerz.

»Nur gut, dass es heutzutage keine Kriege gibt«, sagte Gambler mit unüberhörbarem Sarkasmus.

Khara warf ihm einen Blick zu, sagte aber nichts.

Ferrucci zählte inzwischen alle möglichen Kriege, Verhandlungen und Abkommen auf und betonte, welche Rolle die Dalkins dabei gespielt hatten.

»In der Tat«, sagte er und legte eine Verschnaufpause ein, »kann festgehalten werden … von entscheidender Bedeutung … unerlässlich für … ohne sie dürfte der Krieg … wurde Geschichte geschrieben.«

»Jetzt kommt er allmählich zum Schluss«, sagte Luca.

»Woher weißt du das?«, fragte Khara.

Luca lachte. »Weil ich den größten Teil der Rede geschrieben habe. Ferrucci hat nur ein bisschen diktiert, den Rest habe ich ergänzt.«

»Nicht zu glauben, dass ich mal gedacht habe, Ferrucci würde Byx helfen«, sagte Khara. »Ich habe ihn immer für einen guten Menschen gehalten.«

»Gute Menschen bleiben nicht immer gut«, sagte Luca schlicht und legte Khara kurz die Hand auf die Schulter. Ungeduldig wischte sie mit dem Handrücken eine Träne weg.

Ihre Worte und diese Träne zeigten mir plötzlich mit großer Gewissheit, dass Khara mir nie absichtlich hatte schaden wollen. Sie war wirklich davon ausgegangen, dass Ferrucci meine Rettung sei. Natürlich hatte sie auch damit gerechnet, Geld zu bekommen, aber nicht für mein Fell. Nicht für mein Leben.

»… und daher … mit tiefem Bedauern … Ende einer Spezies … großartig und … nun für immer vorbei.«

Schließlich war die Rede zu Ende. Die Raptidons ließen ein lautes Kreischen hören, offenbar in der Annahme, dass nur am Schluss irgendeine Art von Reaktion nötig war. Ein erwartungsvolles Gemurmel ging durch die Menschenmenge, und die Natintjes stießen sich hoch aus dem Wasser, um einen besseren Überblick zu haben.

Auf der Bühne marschierte jetzt eine Reihe Soldaten auf. Alle trugen die rot-silberne Uniform des Murdano mit dem zusätzlichen Signum eines blauen Auges über dem Runenzeichen für S.

Eine zweite Abteilung von Soldaten rückte von der hinteren Seite des Platzes in Richtung Bühne vor, geradewegs durch die Menschenmenge. Am Ende des Zuges wurde eine von zwölf muskulösen Männern getragene Sänfte sichtbar. Am vorderen Rand der Bühne angekommen, reckten sie mit einer heftigen Aufwärtsbewegung alle gleichzeitig die Arme nach oben, sodass die Tür der Sänfte sich auf gleicher Höhe mit dem Podium befand.

In imposantem Gleichschritt formierten sich die Soldaten, die bereits auf der Bühne warteten, in zwei Reihen, dann trat ihr Offizier mit einer eleganten Bewegung vor, öffnete die Tür der Sänfte und zog sich rasch wieder zurück.

»Da kommt sie«, sagte Luca.

Ich weiß nicht, was ich erwartet hatte. Ich besaß keinerlei Vorstellung von der äußeren Erscheinung einer Seherin. Vielleicht hatte ich mir ein undeutliches Bild gemacht von einer Person in der Art wie Ferrucci, steinalt, gebeugt und selbstgefällig.

Menschen, das wusste ich inzwischen, gab es in unterschiedlichen Farben, Gestalten und Größen, wenn auch bei Weitem nicht in der atemberaubenden Vielfalt der Felijagas und Raptidons. Die Seherin gehörte zu dem leicht bräunlichen Menschentypus, das rabenschwarze Haar fiel ihr über den Rücken bis zur Taille. Sie trug ein knöchellanges, mit Silbersternen besticktes Gewand in Rottönen.

Ihre nackten Arme waren von blauen, roten und grünen Tattoos überzogen. Das seien magische Runenzeichen und Siegel, wie Luca erklärte, sichtbare Beweise mächtiger theurgischer Zauberformeln. »Es heißt, sie ist unverwundbar«, sagte er.

»Versuchen könnte ich es immerhin«, meinte Gambler. Er kam angetrabt, stützte sich mit den Vorderpfoten am Fensterbrett ab und betrachtete die Szene. »Die Seherin ist keine Freundin der Felijagas.«

Luca warf ihm einen Blick zu. »Araktik ist niemandes Freundin.«

»Ich kenne mich mit Menschen nicht so aus«, sagte ich, »aber ist sie nicht recht jung?«

»Kaum neunzehn«, bestätigte Luca. »Nicht viel älter als Khara und ich.«

Araktik stand mit dem Gesicht zur Menge und nahm die Jubelrufe entgegen, das beifällige Kreischen und Wasserklatschen. Die Terra-Olme surrten mit den Flügeln und senkten ihre Fühler. Nur die Felijagas blieben stumm.

»Ich spüre, dass ich zu Hause bin«, begann Araktik mit kräftiger Altstimme. »Viele Jahre habe ich hier auf der Insel gelebt. Ich konnte eine Menge von den großen Gelehrten aller Spezies lernen.«

»Durch die Prüfungen hat sie sich gemogelt«, sagte Luca verächtlich.

»Also ist sie gar nicht so klug?«, sagte Tobble.

»Denk bloß nicht, sie wäre nicht intelligent! Sie ist intelligent, hinterhältig, rücksichtslos und gefährlich.« In einem anderen Tonfall ergänzte er: »Und eine Tyrannin.«

»Du kennst Araktik?«, fragte Khara.

Luca nickte. »Als ich sechs war und sie zehn, waren wir im selben Heim für Studenten. Sie hat mich mal gezwungen, Seife zu essen.«

»Muss schlimmer geschmeckt haben als Wobbyk«, bemerkte Gambler.

»Hey!«, protestierte Tobble. »Jetzt reicht es aber! Ich versichere dir ein für alle Mal, dass wir köstlich sind!«

»Sei bloß froh, dass mein Bauch voll Cotchet ist«, sagte Gambler. »Sonst würde ich deine Behauptung glatt überprüfen.«

»Moment mal – habe ich gesagt köstlich?«, fragte Tobble. »Ich meinte natürlich giftig!«

Gambler wollte gerade antworten, da erstarrte er plötzlich. Tobble und ich schnappten nach Luft.

»Hört ihr das?«, fragte Gambler.

Ich nickte. Tobble auch.

»Was ist?«, fragten Khara und Luca.

»Da kommt jemand«, sagte Gambler. »Sogar mehrere.«

32

In der Falle

Ihr zwei müsst euch verstecken«, sagte Luca zu Gambler und mir. »Für unsere Anwesenheit finden wir wohl eine Ausrede, aber warum ein Felijaga hier oben ist, geschweige denn ein Dalkin, das können wir den Polizisten nicht erklären. Auch wenn du dich als Hund ausgibst, Byx – sie müssen bloß genauer hinsehen, um dich zu erkennen.«

Ich hörte sechs Paar Menschenfüße die Treppe heraufpoltern. Hatte man uns gesehen? Oder handelte es sich nur um eine Routinestreife?

Verzweifelt ließ ich meine Blicke durch den Bodenraum wandern. Stühle, Tische, Spiegel, Truhen. Ja, eine Truhe! Gambler betrachtete bereits abschätzend die Dachsparren. Schließlich richtete er sein Augenmerk auf einen großen Querbalken ungefähr drei Meter über uns. Er duckte sich, brachte sich in Position, sprang ab, schien einen Augenblick senkrecht in der Luft zu schweben und landete auf dem Balken, als hätte er sein Leben lang täglich solche Sprünge gemacht. Und so muss es wohl auch gewesen sein.

Ich klappte den Deckel einer staubigen Truhe auf, die zur Hälfte mit muffiger Kleidung gefüllt war. Gerade hatte ich mich hineingerollt und den Deckel über mir zugezogen, als die Menschen auch schon hereinstürmten.

»Da stecken sie ja!«, tönte eine laute Stimme. »Was hat das alles zu bedeuten, eh?«

»Wir wollen uns nur die Eumonie ansehen.« Das war Luca.

»Wisst ihr nicht, dass dieses Gebäude gesperrt ist? Für wen haltet ihr euch denn?«

»Wir wollten nur ein bisschen für uns sein«, kam jetzt Kharas Stimme. »Luca und ich, also, unsere Eltern wollen das nicht, aber wir … sind gern zusammen.«

Was Khara sagte, war so eindeutig falsch, dass ich mir nicht vorstellen konnte, es würde die Polizisten überzeugen.

»Junge Liebe, eh?« Eine andere Stimme jetzt, sie klang kultivierter.

»Na ja, Liebe würde ich es nicht direkt nennen«, sagte Luca verlegen.

»Vor einer Stunde hast du aber ganz anders geredet!«, protestierte Khara.

Die Truhe dämpfte die Geräusche, trotzdem hörte ich immer noch Araktiks Stimme von der Bühne her.

»Dank der Großzügigkeit unseres hoch geschätzten, unfehlbaren Murdano haben wir uns heute zum Trauern versammelt …«

»Liebe oder nicht, ihr müsst hier raus«, sagte der Erste.

»Ja, das fürchte ich auch«, stimmte der Zweite zu. »Oder wir sind gezwungen, euch zu verhaften und euch diesen großen Tag zu verderben.«

»Aber wir wollen doch nur …«, widersprach Khara.

»Ah-ah-ah«, kam die zweite Stimme, entschiedener jetzt, aber doch noch amüsiert.

»Dann müssen wir jetzt zu unserem Freund Vallino«, sagte Khara extralaut, damit wir es hören konnten.

»Und nehmt diesen Staubwedel da mit«, sagte der erste Mann.

»Staubwedel!«, hörte ich Tobble murren.

Drei Paar Füße verließen den Raum, die Polizisten gingen aber nicht mit hinaus. »Kommt, wir schauen uns um, ob noch was ... Brauchbares ... zu finden ist«, sagte die etwas bedächtigere Stimme.

»Brauchbar, eh?« Einer lachte. »Und profitabel dazu?«

In meinem Versteck hörte ich, wie Sachen hin und her geschoben und umgestürzt wurden. Ich hielt die Luft an und dankte dem Schicksal dafür, dass Menschen so ein schwaches Gehör haben. Ein Felijaga hätte problemlos mein wildes Herzklopfen gehört.

Plötzlich blieben Schritte direkt vor meinem Versteck stehen. Der Deckel flog auf, und ich sah ein bärtiges Gesicht über mir.

»Oho!«, rief der Polizist.

»Grrowww!«

Gambler brüllte – ein Laut, der die Wände zum Beben brachte. Der Mann zog sein Schwert und taumelte zurück. Geräuschlos landete der riesige Felijaga auf dem Boden.

Alle sechs Polizisten zogen die Waffen und bildeten einen Halbkreis. Obwohl sie sichtlich erschrocken waren, gerieten sie nicht in Panik. Diese Männer waren es gewöhnt, mit den unterschiedlichsten Arten umzugehen, und so stark Gambler auch war, gegen sechs Männer mit Schwertern konnte er nach meiner Überzeugung unmöglich kämpfen.

»Lauf!«, brüllte Gambler.

Ich rannte zur Falltür, aber dort standen zwei weitere Polizisten mit gezückten Schwertern. Während ich schlitternd zum Stehen kam, hörte ich neues Fußgetrappel auf der Treppe. Gamblers

Gebrüll war weit zu hören gewesen, jetzt kam eilends Verstärkung heran.

Draußen sprach die Seherin weiter, aber ich konnte kein Wort verstehen, so laut pochte mein Blut in den Ohren.

Ich schnellte herum und rannte in den Bodenraum zurück.

Jetzt saß ich in der Falle.

Und diesmal würden sie gründlich dafür sorgen, dass ich wirklich tot war.

Mit ohrenbetäubendem Gebrüll griff Gambler einen unvorsichtigen Polizisten an und hinterließ blutige Spuren auf seinem Arm.

Wohin ich auch sah, überall Männer mit Schwertern.

Jeder Ausgang versperrt.

Flucht unmöglich.

Es sei denn …

Ich rannte, als würde mein Fell in Flammen stehen, auf eins der Dachfenster zu.

33

Verfolgt

Ein Sprung, und ich segelte durch das offene Fenster.

Kaum hatte ich meine Gleitflügel ausgebreitet, erfasste mich ein warmer Aufwärtswind.

Ich schwebte jetzt hoch über der Menge, doch lange würde das nicht andauern. Meine aufgewühlten Gedanken berechneten Flugbahnen. Sehr viele Möglichkeiten gab es nicht.

Eine war, nach links abzudrehen und inmitten der Terra-Olme zu landen.

Eine andere, einen scharfen Rechtsdreh zu wagen, was meine Geschwindigkeit drosseln und mich platschend in den Kanal der Natintjes befördern würde.

Eine dritte … Ach, wem wollte ich eigentlich etwas vormachen? Es gab keine gute Lösung.

Die Zeit blieb stehen.

Ich hing in der Luft.

Ich sah Gesichter auf der Bühne, die mich mit aufgerissenen Augen anstarrten.

Ich sah mehr und mehr Hände, die auf mich zeigten.

Am Tosen des Windes in meinen Ohren merkte ich, dass ich die höchste Geschwindigkeit beim Gleiten erreicht hatte. Und dann sauste ich abwärts durch die Luft wie ein Falke im Sturzflug – direkt auf die Bühne zu.

Geradewegs der Seherin entgegen.

Araktik starrte mich aus eisblauen Augen an. Ich sah, wie ihre Brauen sich hoben, wie ihre Pupillen sich weiteten.

Ich sah, wie sie endlich erkannte, was ich war: ein lebender Dalkin, der über der Begräbniszeremonie seiner eigenen Art kreiste.

Dann dämmerte mir, dass ich nicht allein in der Luft war. Raptidons, manche über mir, manche unter mir, verdrehten die Köpfe, um einen Blick auf das plumpe Wesen zu erhaschen, das da in ihr Revier eingedrungen war.

Meine ruckartigen Bewegungen brachten mich ins Trudeln, sodass ich die ganze Szenerie nur noch in Momentaufnahmen wahrnahm, Zuschauer, Bühne, Himmel.

Inzwischen hatte ich jede Hoffnung verloren, dass ich mich noch so lange in der Luft würde halten können, um ohne Schaden über Araktiks Kopf hinwegzusegeln.

In dem Moment, als ich über die Bühne rauschte, hechtete ein Soldat auf sie zu und riss sie zur Seite. Ich schoss so dicht an ihr vorbei, dass sie den Wind, den ich verursachte, gespürt haben musste.

Ich landete unsanft, ließ mich ausrollen, wie ich es gelernt hatte, und rannte los.

Alles in allem war es keine so schlechte Landung gewesen.

Für den Bruchteil einer Sekunde schien die Menge wie ein einziger Körper nach Luft zu schnappen. Als aber jemand schrie: »Ein Dalkin!«, erhob sich großes Getöse, denn alle waren verblüfft und erschrocken.

Auf allen vieren rannte ich weiter, sprang von der Bühne, landete im Terra-Olm-Dreck, schrie auf vor Entsetzen, schlitterte zwischen den Beinen eines der Käfer hindurch, kam mit einem Sprung auf dem Rücken eines dicken Terra-Olms auf, rutschte von seinem Chitinpanzer ab und schoss haltlos zwischen die Sitzstangen der Raptidons, die alle in heller Panik auf- und durcheinanderflatterten.

Als ich mich aus einem Haufen Raptidonkacke aufgerappelt hatte, wagte ich einen Blick zurück zu unserem Versteck. Ich sah Gambler. Er war durch dasselbe Fenster entwischt wie ich und versuchte gerade, aufs Dach zu klettern. Während er seine Krallen in die Holzbalken und den Mauerputz bohrte, schlugen und stachen die Polizisten mit ihren Schwertern nach ihm.

Um länger hinzusehen, hatte ich keine Zeit. Ich befand mich jetzt jenseits des großen Platzes in einer schmalen Straße zwischen Andenkenbuden und Händlern, die Esssachen verkauften. Meine Hände und Füße waren dreckverschmiert. Hinter mir hörte ich Geschrei von Polizisten und Soldaten, die mich verfolgten.

Immerhin hatte ich noch so viel Geistesgegenwart, um mich daran zu erinnern, dass ich Vallinos Stall ansteuern musste, und zwar ohne meine Verfolger dorthin zu lotsen.

Leichter gesagt als getan.

Kaum war ich um eine scharfe Kurve gebogen, geriet ich rutschend unter den Verschlag eines Obsthändlers, stieß dabei unsanft gegen sein Bein und rief über die Schulter: »Entschuldigung!« Dann zwängte ich mich hinter die dicht an dicht stehenden Buden, um den Polizisten und Soldaten die Verfolgung zu erschweren.

Und dann: Was für ein Glück!

Eine offene Tür.

Im Nu war ich durchgewischt. Kaum hatte ich die Tür hinter

mir zugeschlagen, schob ich den Riegel vor. Ich musste einen anderen Fluchtweg finden. Die Straßen gehörten den Menschen.

Vor mir lag eine ausgetretene Treppe. Auf der unteren Stufe hockte ein kleiner Menschenjunge mit einem Plüschraptidon in der Hand und nuckelte an seinem Daumen.

»Entschuldigung!«, keuchte ich, während ich an ihm vorbeiraste. Inzwischen japste ich so heftig nach Luft, dass sich jeder Atemzug wie heißer Dampf in meiner Kehle anfühlte.

Weiter, weiter, treppauf bis in die oberste Etage. Dort lief ich zu einem Fenster, das nach hinten hinaus lag. Ohne zu zögern, sprang ich ab, breitete meine Gleitflügel aus und landete auf einem Dach ungefähr dreißig Meter entfernt.

Jetzt sollen sie mal versuchen, mir zu folgen, dachte ich.

Doch mein Triumph währte nicht lange. Luca hatte es uns gesagt: Nicht alle Polizisten sind Menschen.

Kreischend und mit ausgestreckten gelben Klauen kam ein Raptidon auf mich zu. Seine Flügelspannweite war breiter, als ich groß war. An einem Bein wehte ein blau-rotes Band, die Farben der Inselpolizei.

Über ihm sah ich noch zwei solcher gekennzeichneten Raptidons auf mich zusteuern.

Ich war auf einer Dachterrasse gelandet. Hastig bahnte ich mir einen Weg an einem erschrockenen alten Mann vorbei, floh eine Treppe hinunter, witschte an einer Karotten schälenden Großmutter vorüber und stürmte hinaus in eine schmale Seitengasse.

Unglücklicherweise war es eine Sackgasse. An ihrem Ende standen zwei Polizisten und warteten grinsend auf den Moment, in dem sie mich mit ihren Schwertern würden durchbohren können. Die Raptidons hatten sie mit ihrem Gekreische hergeführt.

Wieder saß ich in der Falle.

Ich sah keine Tür. Keine Möglichkeit, um irgendwohin zu klettern. Keinen sonstigen Fluchtweg.

»Kommst du freiwillig, oder kriegen wir dich nur tot?«, rief einer der Männer.

Es gab nichts zu sagen. Nichts zu tun.

»Freiwillig«, flüsterte ich außer Atem. In diesem Moment stürzte ein dunkler Schatten vom Himmel und landete federleicht auf dem Boden.

Gambler.

Die riesenhafte Katze wandte sich an die Männer. »Zwei Menschen gegen mich?«, sagte sie. »Eure Chancen stehen nicht gut.«

Offenbar sahen die beiden das genauso und wichen nervös zurück.

»Los, Byx, auf meinen Rücken!«

Ich war nicht in der Verfassung, um lange zu reden. Meine Beine zitterten, mein Herz hämmerte. Ich konnte kaum atmen.

Mit letzter Kraft krallte ich mich in Gamblers Fell fest. Er spannte die Muskeln, stieß sich ab und erreichte mit einem unglaublich kraftvollen Hochsprung knapp den Dachvorsprung des nächsten Gebäudes. Mit einer Pranke erwischte er die Regenrinne, mit den Krallen der anderen hakte er sich in den Dachschindeln fest und hievte uns mit schier unbändiger Kraft auf das Dach hinauf.

Ein unvorsichtiger Raptidon-Polizist schwirrte mit ausgestreckten Krallen auf uns zu. Gambler erledigte ihn mit einem einzigen Hieb und stieß das schlaffe blutige Bündel auf die enge Gasse hinunter.

Dann drehte er den Kopf und sah sich nach mir um. Ich nickte schwach, und schon ging es los. Wir rannten und sprangen und flogen. Über Dächer, wieder runter, durch Fenster, in Seitenstraßen und wieder auf Dächer.

Ich hatte gedacht, meine Vorstellung von den Fähigkeiten der Felijagas sei einigermaßen zutreffend. Ich hatte gedacht, ich könnte ihre Kraft halbwegs einschätzen.

Keine Ahnung hatte ich gehabt.

Gambler bewegte sich wie ein reißender Fluss am Grund einer steilen Schlucht. Er war das reinste Kraftpaket, drahtig und von geschmeidiger Eleganz.

Verglichen mit Gambler war ich weniger als ein Wobbyk. Gegen ihn war ich ein schwerfälliges, tollpatschiges Warzenschwein.

Trotz meiner Angst und Erschöpfung nahm ich wahr, wie herrlich leicht er sich durch die Welt bewegte, wie absolut sicher bei jedem seiner Schritte – und ich fühlte das Gleiche wie damals, als ich zum ersten Mal das Meer gesehen hatte: ehrfürchtige Bewunderung.

34

So einfach ist die Wahrheit nicht

Wir trafen uns beim Stall, wo zu unserer großen Erleichterung Luca, Khara und Tobble bei Vallino saßen und auf uns warteten.

Kaum hatte Vallino einen Blick auf Gambler geworfen, stellte er sich zornig schnaubend auf die Hinterbeine.

»Pferde«, spottete Gambler, »sind nichts als Wagen mit Schwänzen.«

»Immerhin hat er uns bis hierher gebracht«, sagte Khara und strich beschwichtigend über Vallinos Flanke.

»Danke, Gambler«, sagte ich, während ich von seinem Rücken kletterte und mich ins weiche Stroh fallen ließ. »Du hast mir das Leben gerettet.«

»Das ist doch *mein* Job!«, rief Tobble, der angerannt kam und mir um den Hals fiel.

»Glaub mir, ich freue mich, dass ich zwei Lebensretter in meiner Gesellschaft habe«, sagte ich schnell und tätschelte Tobbles Kopf.

»Seid ihr verfolgt worden?«, wollte Luca wissen.

Gambler nickte. »Wie's aussieht, von jedem Polizisten, den es auf dieser Insel gibt«, sagte er. Er leckte sich mit lässiger Eleganz die Pfote. »Lange rumtrödeln dürfen wir hier nicht.«

»Ich habe mit Eldons Hilfe ein Schmugglerboot organisiert«, sagte Khara. »Wir müssen nur irgendwie zum Hafen kommen.«

Doch unser Weg dorthin war längst nicht so schwierig, wie wir befürchtet hatten. Luca kannte alle Seitengässchen, und da sich die Feiernden in den Hauptstraßen drängten, fiel es uns leicht, unbemerkt voranzukommen.

Zu unserer Verblüffung sahen wir unterwegs an jeder Ecke hastig gedruckte Flugblätter, in denen behauptet wurde, dass der »fliegende Dalkin« nichts als eine von den Feinden des Murdano gestreute Falschmeldung sei. Luca, der ganz zuoberst auf dem Steckbrief stand, wurde als »scheinheiliger Verräter und zweitrangiger Gelehrter« beschrieben. Khara war ein »abtrünniger Wilderer, ein Terrorist, der den Murdano hasste«. Auch Gambler wurde erwähnt, und zwar als »Beispiel eines heimtückischen Felijagas«, der seine »boshafte Natur in den Dienst dieser Verschwörung« gestellt hatte.

Ich war nicht aufgeführt. Sie konnten mich schließlich nicht als Dalkin beschreiben – nicht, wenn ich ausgestorben war.

Von Tobble war ebenso wenig die Rede, was er durchaus als Kränkung empfand. »Nicht mal bemerkt haben die mich«, beschwerte er sich. »Als ob wir Wobbyks gar nicht zählen!«

Als wir das Hafengebiet erreichten, waren die Natintjes gerade damit beschäftigt, Schiffe zu beladen und zu kontrollieren, ob jeder die Gebühr bezahlt und die Erlaubnis zur Überfahrt erhalten hatte. Durch die hohe Anzahl der Boote und Schiffe waren sie so beansprucht, dass sie nicht weiter auf uns achteten. Ein Glück, dass Eldons Schwager Schmuggler war.

Das schäbige Boot mit dem Namen *Devil's Smile* war geräumig, aber alt, der Boden glitschig von grünen Algen. Erst weit draußen auf dem Wasser, als keine Gefahr mehr drohte, schob ich mich dichter an Khara heran. Sie saß im Heck und blickte zur Insel zurück. Müde sah sie aus und erschöpft. Doch so fühlten wir uns alle.

»Du siehst besorgt aus«, sagte ich.

»Vermute, ich bin es auch, ja. Es ist … wir stecken da in einer sehr ernsten Sache. Die Reputation der Gelehrten, die treue Ergebenheit der ganzen Insel zum Murdano, die Eumonie, all das eben. Und Gamblers Theorie, dass der Murdano noch weitere große Arten ausrotten will …« Seufzend zog Khara die Schultern hoch. »Das geht über meinen Verstand.«

»Weil du eben nur ein einfaches Wilderermädchen bist«, sagte ich halb im Spaß, halb im Ernst.

Khara wollte etwas sagen, doch dann überlegte sie es sich anders und schwieg. Ich wusste, was sie dachte, ich wusste es so genau, als hätte sie gesprochen: Sie hatte mir eine erfundene Geschichte über sich erzählen wollen, und dann war ihr noch rechtzeitig eingefallen, dass ich es merken würde.

»Khara«, sagte ich, »ich habe dein Schwert gesehen, als du damit die Schlangen zerstückelt hast. Das war nicht das Schwert eines gewöhnlichen Wilderers.«

»Du hast doch gehört, wie ich gesagt habe, dass ich mit einer Belohnung für dich rechne«, sagte sie schroff. »Und? Hast du etwa eine Lüge dahinter gewittert?«

»Nein«, gab ich zu. »Es stimmt schon, du hast mit einer Belohnung gerechnet. Aber das war nur ein kleiner Teil der Wahrheit.«

Khara sah mich herausfordernd an. »Und was hältst du für die ganze Wahrheit, Byx?«

»Ich denke allmählich, dass du eine viel höher gestellte Person bist, als du vorgibst.«

Mir war klar, welche Frage jetzt gestellt werden musste. Höflichkeit war ein Luxus, den ich mir nicht leisten konnte. Ich brauchte die Wahrheit.

»Erzähl mir von deiner Familie, Khara.«

»Ja, uns auch!«

Das war Lucas Stimme. Ich drehte mich um und sah, wie er mit Tobble im Schlepptau auf uns zukam.

Khara verschränkte die Arme über der Brust. »Also, gut«, sagte sie. Sie atmete langsam aus. »Ihr sollt es erfahren. Mein vollständiger Name ist Kharassande Donati.«

Der Name sagte mir nichts, Luca dagegen konnte offenbar etwas damit anfangen.

»Donati?«, wiederholte er mit großen Augen. »Wie die Familie Donati?«

Khara nickte schwach.

»Und dieser Name bedeutet Menschen etwas?«, fragte Tobble.

»Vor langer Zeit, als der erste Murdano an die Macht kam, erhoben sich drei angesehene Familien gegen ihn: die Corplis, die Rantizzos und die Donatis«, sagte Luca. »Der Krieg dauerte zehn Jahre.«

»Ja, und wir haben verloren«, ergänzte Khara. »In der wichtigsten Schlacht wechselten die Corplis die Seiten, und die Rantizzos und Donatis wurden besiegt …«

»Obwohl«, unterbrach Luca, »Historiker sagen, dass ihre Niederlage ohnehin nicht abzuwenden war.«

Khara warf ihm einen kämpferischen Blick zu. »Aber nicht die Historiker, deren Bücher *ich* gelesen habe! Mein Urgroßvater war der Baron von Riverhome, Hüter der Waffen Kainors des Großen. Er wurde gefangen genommen und behandelt wie ein Verräter.«

»Und das heißt?«, fragte Tobble.

»Sie haben ihn tagelang über einem schwelenden Feuer geröstet. Er schrie vor Schmerzen, bevor sie ihm endlich den Kopf abschlugen. Meine Urgroßmutter haben sie in einen Kerker geworfen, wo sie den Keuchhusten bekam und starb. Unsere Soldaten wurden umgebracht oder versklavt. Und Watersmeet, unser Anwesen, hat der damalige Seher des Murdano bekommen. Er war der Großvater von Araktik, danach hat es seine Tochter übernommen und jetzt Araktik.«

Ich blinzelte ungläubig. »Die Seherin wohnt in eurem Haus?«

»Sie hat ihre eigenen Eltern ermordet und ist jetzt Eigentümerin von Watersmeet. Nur hat sie es umbenannt in Sorcerer's Spike. Ich selbst bin unter ganz anderen Bedingungen aufgewachsen. Mein Vater entkam nur knapp den ständigen Säuberungsaktionen. Er änderte seinen Namen und versteckte sich in den Wäldern. Die nötige Nahrung verschaffte er uns, indem er in den Privatwäldern des Murdano wilderte.« Khara gestattete sich ein flüchtiges Lächeln. »Damals habe ich gelernt, Fährten zu lesen. Auch Ferrucci kenne ich aus dieser Zeit. Wir brachten ihm manchmal seltene, merkwürdige Lebewesen für seine Forschungen. Meine Mutter sammelte Kräuter, machte Arzneien und trug als Heilerin zu unserem ärmlichen Lebensunterhalt bei. Von den vergangenen Zeiten war uns nichts geblieben. Oder … so gut wie nichts.«

Als ich sah, wie Khara nach ihrem Schwertgriff tastete, zählte ich eins und eins zusammen: *die Waffen Kainors des Großen,* das bedeutete die Rüstung, der Schild und vor allem das Schwert des größten Helden von Nedarra.

Ich war nur ein unwissender junger Dalkin, wenig bewandert

in Geschichte und völlig ahnungslos, was Kriege und Streitereien der Menschen und anderer Arten anging. Doch von Kainor dem Großen hatte selbst ich schon gehört, dem Mann, der die Invasion der Svorsk vereitelt hatte. Immerhin war mir der Name geläufig, und ich wusste, dass er verehrt wurde.

Dieses Mädchen, das sich als Junge ausgab, dieses Wilderermädchen, trug jetzt das berühmteste Schwert der Geschichte.

So wie ich Kharas Stimmungslage spüren konnte, schien sie umgekehrt unter meinem vielsagenden Schweigen auch die meine zu spüren. Und während sie mir direkt in die Augen blickte, sprach sie ganz offen eine Lüge aus. »Mein Schwert ist sehr gut – zu gut für mich. Aber natürlich nichts gegen Kainors Waffen.«

Eine Lüge. Eine wohlbedachte Lüge. Khara log, obwohl sie genau wusste, dass ich ihre Lüge erkennen würde.

Da begriff ich, dass sie wegen Luca gelogen hatte.

»Viel macht es nicht her«, sagte Luca.

»Es wird von starken Zaubersprüchen in Bann gehalten«, sagte Khara. »Bis es im Zorn gezogen wird.«

»Weiß Ferrucci, dass du eine Donati bist«, wollte Luca wissen.

»Nein. Er kennt meinen Vater nur als Wilderer, der ihm seltene Tiere gebracht hat.«

Luca nickte bedächtig. »Was mag aus Kainors Waffen geworden sein? Der Murdano würde alles darum geben, das Licht von Nedarra in die Hände zu bekommen.«

»Was ist das?«, fragte ich.

»Das berühmte Schwert«, sagte Luca.

Khara lachte. »Ich würd's ihm ja gern verkaufen, wenn ich wüsste, was aus dem Schwert geworden ist. Nach allem, was mein Vater erzählt hat, wurden Kainors Waffen bei der Plünderung unseres Hauses gestohlen, Schwert, Schild, Rüstung, Streitaxt.« Sie zog die Schultern hoch, und Luca schien sich mit ihrer Erklärung zufriedenzugeben, obwohl sie in meinen Ohren eine blanke Lüge war.

Wenn Khara schwindelte, konnte das nur bedeuten, dass sie wusste, wo sich Kainors Waffen befanden. Und noch besser wusste sie, wo sich das Licht von Nedarra befand.

Dort nämlich, wo gerade ihre Hand lag.

Als wir uns dem Festland näherten, brach unter unserer kleinen Crew plötzlich Hektik aus. Was würde passieren, überlegte ich, wenn wir von Bord gingen?

»Wohin jetzt?«, fragte Tobble und sprach damit meine stumme Frage aus.

Wir alle sahen Khara an.

Statt einer Antwort schüttelte sie den Kopf und richtete ihren Blick auf mich.

»Wir gehen hin, wo Byx hinwill«, sagte sie entschieden.

35

Die Entscheidung

Wir legten nicht an demselben Hafen an, von dem wir ausgelaufen waren. Ein Hafen war es eigentlich gar nicht, sondern nur ein wackliger Steg in Sumpf und Schilf. Das Einzige, was es in der nebligen Abenddämmerung zu sehen gab, war eine unscheinbare Bretterbude, die vermutlich von den Schmugglern für ihre illegalen Handelsgeschäfte genutzt wurde.

Wir fünf – sechs, wenn man Vallino mitzählte – konnten kaum einen Meter weit sehen. Auch was ich roch, war nicht ermutigend: Morast, entweichende Dämpfe, verweste Pflanzen und – sehr deutlich wahrzunehmen – auch verweste Tiere.

»So«, sagte Khara, die wieder ihre Wildererkleidung angelegt hatte, »wohin, Byx?«

Ich sah zu Boden, als könnte ich dort eine Antwort finden. Die Last der Entscheidung war kaum zu ertragen. Ich war nur ein kleiner Dalkin. Ich war nicht reif für so viel Verantwortung.

Ich war nicht reif, um jemanden zu führen. Nicht einmal mich selbst.

»Ich weiß nicht, wohin«, gestand ich.

»Natürlich weißt du es.« Das war Tobble.

»Ja?«

»Zu dem Ort auf deiner Zeichnung.«

»Welche Zeichnung?«, fragte Khara.

»Ich … ach, nichts weiter«, sagte ich verlegen. »Nur eine Art Landkarte, die ich mal nach einer alten Sage gezeichnet habe. Eine verrückte Geschichte nur. Ich war noch ganz jung, als ich die Zeichnung gemacht habe.«

Luca lachte kurz auf. »Noch ganz jung? Und was bist du jetzt? Alt und weise?«

»Ist ja sowieso egal. Ich habe die Zeichnung auf der Insel weggeworfen.«

Da griff Tobble in seinen Lederbeutel, kramte darin herum und brachte tatsächlich die zerknitterte Landkarte zum Vorschein. »Ta-ta-ta-taaa!«

»Das ist das zweite Mal, Tobble, dass du das alte Ding gerettet hast!«

»Sachen zu retten ist mein Job«, sagte er stolz.

Ich nahm die Karte. »Es ist wirklich nur die Kritzelei eines kleinen Dalkins.«

»Darf ich mal sehen?«, fragte Khara. Behutsam nahm sie mir die Karte aus der Hand und strich sie halbwegs glatt. »Was ist das für ein Ort?«, fragte sie und betrachtete aufmerksam die verschmierten Umrisse.

»Ein sagenumwobenes Land, es heißt Dalkinholm. Mein Lehrer hat gesagt, es gibt dort einen Fluss und ein sehr tiefes Tal. Und es liegt vor aller Welt verborgen auf einer magischen Insel – einer lebenden Insel, die langsam von einer Stelle zur andern treibt.« Plötzlich wieder verlegen, schlug ich die Augen nieder. »Wie gesagt, nur eine alberne Geschichte.«

»Eine lebende Insel?«, sagte Khara. »Davon gibt es zwei.«

»Was?«, fragte ich verblüfft. »So etwas gibt es wirklich?«

»Sie werden Rooklets genannt, Inseln, die vor ewigen Zeiten

entstanden sind. Sie bestehen nicht aus Felsen und Erde, sondern aus urtümlichen Lebewesen von enormer Größe. Die Rooklets bewegen sich langsam über das Meer und ziehen dabei alle Arten von Treibgut an. Im Lauf der Jahrtausende verschwindet so ein Lebewesen praktisch unter vielen Schichten von Schmutz, treibenden Bäumen und Pflanzen, die aus angewehten Samen wachsen.«

Khara hielt sich die Landkarte dicht vor die Augen und versuchte, im schwindenden Licht die Linien und Umrisse genauer zu erkennen. »Eine der Inseln heißt Rhomboo. Die andere Tarok. Aber wenn dort wirklich ein Tal sein soll und wenn ein Fluss über die Insel fließt, kann Dalkinholm nur auf Tarok liegen. Rhomboo ist viel kleiner.«

»Tarok«, murmelte Gambler. »Das ist ein Name, der Rätsel aufgibt.«

»Warum?«, fragte Tobble.

»Man nimmt an, dass Tarok eine fleischfressende Insel ist«, sagte Luca.

Ich schluckte. »Fleischfressend?«

»Die Insel selber soll ... also, sie soll Menschen und Felijagas fressen«, erklärte Luca weiter. »Die Raptidons halten gebührend Abstand, und Terra-Olme gibt es dort natürlich nicht. Die einzigen Wesen, die wissen, wo sich die Insel befindet, sind die Natintjes.«

Wir verfielen alle in Schweigen, was offenbar an dem Wort »fleischfressend« lag.

Behutsam bahnten wir uns einen Weg durch das Sumpfgebiet. Der Nebel teilte sich hier und da, und wir konnten in der Nähe eine Straße erkennen.

Als wir dort waren, sagte Gambler: »Hier müssen wir uns

entscheiden. In dieser Richtung« – er schnippte den Schwanz in Richtung Norden – »kommen wir in die Nähe von Saguria, der Hauptstadt des Murdano. Auch zum Hafen Zebara geht es da lang. Wenn wir diese lebende Insel finden wollen, dann ist das unser Weg.«

Als ich nichts sagte, fuhr er fort: »Wenn wir nach Süden gehen, kommen wir wieder an Orte, die wir kennen. Ich kann in mein Revier zurückkehren, Khara kann sich wieder den Wilderern anschließen. Luca kann seine Familie suchen oder sich vielleicht wieder auf der Insel einschmeicheln. Und Tobble kann zu seinem Volk zurückkehren.«

»Saguria ist wenigstens ein zivilisierter Ort. Für die südlichen Gebiete spricht nicht viel«, sagte Luca. »Abgesehen von einer Menge Eichhörnchen und Cotchets.«

»Andererseits werden wir, je weiter wir nach Norden kommen, umso öfter den Soldaten des Murdano begegnen«, gab Gambler zu bedenken. »Die Lage an der Grenze zwischen Nedarra und Dreyland ist angespannt. Viele glauben, der Murdano hat vor, in Dreyland einzumarschieren, sobald er genügend Truppen gesammelt hat. Zebara wird also ein vor Waffen strotzendes Lager sein. Wir haben zu unserer Verteidigung mich, und wir haben dein Schwert, Khara, aber unsere Chancen dürften nicht sehr groß sein. Und sollten wir durch ein Wunder diese sagenumwobene Insel finden und sollten dort tatsächlich Dalkins leben – was dann?«

»Es gibt noch mehr zu bedenken«, sagte ich. »Was ist mit der Überzeugung der Felijagas, dass das Ende der Dalkins nur der Anfang ist? Dass andere Arten folgen werden, wenn sich der Murdano durchsetzt?«

»Worauf stützt ihr diese Befürchtung?«, wollte Luca von Gambler wissen. »Auf eure ausgeprägten Raubkatzen-Instinkte?«

»Wir stützen uns auf die Tatsache, dass sich Felijagas mit Geschichte befassen«, sagte Gambler schlicht. »Wer die Zukunft kennen will, muss die Vergangenheit studieren. Und die Vergangenheit sagt uns, dass man bei Menschen in einem Punkt sicher sein kann: Sie wollen immer mehr.«

»Mehr?«, wiederholte Tobble.

»Mehr Land. Mehr Macht. Mehr Ruhm. So ist es immer gewesen. Und so wird es immer sein.«

Es wurde still in unserer Gruppe.

Zur Überraschung aller war es Tobble, der endlich das Schweigen brach. »Hört mal«, sagte er, »ich bin nur ein kleiner Wobbyk. Ich weiß nicht viel. Trotzdem bin ich geneigt, Gambler zu glauben. Zumindest müssen wir die Möglichkeit bedenken, dass der Murdano planen könnte, als Nächstes die Felijagas auszurotten. Und danach vielleicht die Raptidons.«

Er machte eine Pause, als wollte er für seine weiteren Überlegungen die richtigen Worte suchen. »Und falls die Natintjes überleben, dann wahrscheinlich nur als Diener des Murdano. Das ist nicht recht. Das ist doch nicht die Welt, die wir uns wünschen!«

»Nein«, sagte Khara. »Und trotzdem dürfen wir uns nicht einfach über die Tatsachen hinwegsetzen, Tobble. Es heißt, der Murdano hat fünftausend Ritter und hunderttausend bewaffnete Männer: Bogenschützen, Lanzenträger, Axtwerfer. Er hat Araktik und ihre Magie. Er hat die Gelehrten mit ihrer Wissenschaft.«

»Aber die Felijagas hat er nicht«, sagte Gambler. »Und wer weiß, vielleicht erkennen bald auch die Raptidons die wahre Situation und schließen sich uns an.«

Khara schüttelte den Kopf. »Möglich. Aber von Wilderern habe ich immer gehört, dass Raptidons euch Felijagas hassen. Glaubst du wirklich, sie würden sich mit euch verbünden?«

»Sicher kann ich das natürlich nicht sagen«, räumte Gambler ein.

»Es gibt nur eine Möglichkeit, um gegen Lügen anzukämpfen«, sagte Tobble entschieden. »Mit der Wahrheit.«

Er sah mich an. Auch Gambler sah mich an.

»Die Entscheidung ist einfach«, sagte Khara. »Entweder nach Süden, wo wir uns auskennen und dort im Schatten der wachsenden Macht des Murdano leben – so gut wir können. Oder nach Norden, wo Gefahren lauern und wir uns höchstens an eine törichte Hoffnung klammern können.«

»Also ich bin für Norden«, erklärte Luca. Er zog die Schultern hoch. »Der Süden kann mich nicht locken.«

»Byx?«, sagte Khara.

Ich starrte sie an. Alle warteten darauf, dass ich ihnen sagte, wie es weitergehen sollte.

Ich!

Der Kümmerling, die Jüngste und bei Weitem Kleinste von uns sieben Geschwistern.

Zu jung, um klug zu sein. Zu klein, um helfen zu können.

Ich!

»Was weiß ich schon?«, sagte ich schließlich. »Ich bin bloß ein junger Dalkin. Ich kann euch doch nicht zwingen, mit mir auf eine so aussichtslose, gefährliche Suche zu gehen.«

Ich nahm Khara die Landkarte aus der Hand. »Ich sollte mich einfach damit abfinden, dass ich der Endling bin. Der Letzte«, sagte ich. »Das mit der Eumonie war vielleicht vorschnell, aber wenn ich sterbe, dann … also, dann ist die Zeit dafür gekommen.«

Niemand sagte etwas. Sumpfgrillen zirpten ein sanftes Konzert. Der Nebel, der jetzt von der untergehenden Sonne zart rosa gefärbt wurde, hing über uns wie die Frage, die nur ich beantworten konnte.

Ich kämpfte gegen die Tränen an. »Meine Hoffnung ist … sie ist einfach lächerlich. Und ich bin ein Dummkopf.«

»Nur zu wahr«, sagte Tobble. »Was warst du für ein Dummkopf, dass du mich gerettet hast!«

»Was für ein Dummkopf, dass du mir im Kerker vertraut hast«, sagte Gambler.

»Und was für ein Dummkopf, dass du mir geglaubt hast«, sagte Khara.

Ich seufzte. Wie war es zu alldem gekommen?

»Schön«, sagte ich endlich. »Wir sind uns anscheinend einig, dass ich ein Dummkopf bin.«

»Also, mein kleiner dummer Dalkin«, sagte Khara. »Wohin?«

Wir wandten uns nach Norden.

Teil Vier

Freunde und Feinde

36

Schwertübungen

Unsere Reise würde gefährlich und anstrengend werden, und doch freute ich mich zu meiner Überraschung auf jeden neuen Tag, sobald ich bei Sonnenaufgang erwachte.

Ich wusste, dass die Aussicht auf Erfüllung meiner Hoffnung tatsächlich gering war. Ich wusste auch, dass hinter jedem Hügel der Tod lauern konnte. Doch brachte jeder Tag Neues mit sich, das es zu lernen galt. Neue Gerüche, ungewohnte Ausblicke, interessante Tiere und Pflanzen. Für jemanden, der so neugierig war wie ich, war es einfach unmöglich, sich nicht darüber zu freuen.

Ich hatte dasselbe Gefühl wie damals, als ich in Ferruccis Arbeitszimmer eintrat und all die Bücherregale an den Wänden sah. So vieles gab es da, das ich nicht wusste! So vieles, das man lernen konnte!

Luca war so nett und schenkte mir ein kleines ledergebundenes Tagebuch, kaum größer als meine Hand, dazu einen Gänsekiel und ein Fläschchen Tinte. »Denke mal, du wirst es mehr benutzen als ich«, sagte er.

»Aber der Gelehrte bist doch du«, widersprach ich, obwohl ich sein Geschenk nur zu gern annehmen wollte. »Brauchst du es nicht selber für deine Notizen?«

»Ich mach meine Notizen hier oben«, sagte Luca und klopfte mit dem Zeigefinger an seine Schläfe. »Und die drehen sich vor allem darum, dich aufmerksam zu studieren. Jahrelang habe ich in Büchern über Dalkins gelesen, und jetzt stehst du vor mir, Byx: ein echtes, lebendes Exemplar.«

Sein vielsagendes Lächeln ließ mich kurz stutzen. Doch dann nahm ich hocherfreut Tagebuch, Feder und Tinte entgegen und verstaute alles in meinem Beutel. Unterwegs schrieb ich bei jeder Rast meine Eindrücke des Tages auf oder zeichnete Bilder dazu. Als mir die Tinte ausging, sammelten Tobble und ich Beeren, die ich zu einem blassen, doch einigermaßen gleichwertigen Ersatzprodukt zerquetschte.

Auf Kharas Vorschlag hin folgten wir der Straße bei Nacht und suchten uns für den Tag abgelegene Schlafplätze. Für Gambler war das die perfekte Lösung, da Felijagas ohnehin Nachtjäger sind, und auch ich war diese Lebensweise gewöhnt. Khara, Luca und Tobble dagegen fiel es schwerer, sich an den neuen Rhythmus zu gewöhnen, aber sie gaben sich alle Mühe.

An guten Tagen fanden wir geschützte Stellen, wo wir ein Feuer machen konnten. Einmal gelang es Khara, mit einer Schlinge einen saftigen Weldox zu fangen. Leider mussten wir ihn roh essen, weil gerade eine lange Kolonne Soldaten in der Nähe vorbeizog. Ein andermal brachte uns Gambler einen dürren, schon etwas zerfledderten Cotchet, den wir wenigstens braten konnten.

Trotzdem war er kaum zu genießen.

Einmal konnten wir nicht bei Nacht wandern. Khara, die meistens die vor uns liegende Strecke auskundschaftete, hatte gesehen, dass die Männer des Murdano eine Straßenblockade errichtet hatten. Um an ihnen vorbeizukommen, mussten wir einen weiten Bogen schlagen, was nur bei Tageslicht möglich war. Zwei Tage kostete uns dieser Umweg.

Ein andermal kehrte Khara schweigsam, grimmig und verstört von ihrem Kundschaftergang zurück. Mit zitternden Händen zeigte sie uns den Umhang eines Murdano-Offiziers, in den etwas eingewickelt war. Sie reichte Luca das Bündel. Als er den Umhang auseinanderschlug, sahen wir ein kurzes Schwert, ein langes Messer und ein Paar Sandalen – Lucas städtische Fußbekleidung fiel inzwischen fast auseinander.

Khara antwortete nicht auf unsere Fragen. Und wir bedrängten sie nicht. Die Blutflecken auf ihrem Hemd sagten genug.

Den nächsten Tag blieben wir im Wald, wo wir einen Bach mit frischem, wohlschmeckendem Wasser fanden, der sich zwischen jungen Marabäumen hindurchschlängelte. Ihre rosa, kleeförmigen Blätter wisperten im Wind. Gambler fand einen Sonnenfleck und schloss sofort die Augen. Wir anderen ließen uns nicht weit davon entfernt im Gras nieder und freuten uns schon über die Ruhepause. Aber Khara hatte andere Pläne.

»Luca und Byx, kommt mal mit«, sagte sie in dem entschiedenen Ton, den wir inzwischen gut kannten.

Wir gehorchten. Eigentlich hörten wir alle auf Khara, sogar Gambler, der oft mit ihr jagen oder kundschaften ging. Nicht etwa, dass sie sich angefreundet hatten – Freundschaft gehört nicht zum Lebensstil der Felijagas –, aber sie respektierten einander.

Gambler öffnete ein Auge und gähnte. »Viel Glück«, sagte er grinsend.

»Warum sollten wir Glück brauchen?«, fragte ich, aber Gambler schlief schon wieder – oder tat zumindest so.

»Und was ist mit mir?«, rief Tobble und kam hinter uns her.

»Du kommst natürlich mit, Tobble«, sagte Khara. Aber mir war klar, dass sie seine Begleitung eigentlich nicht eingeplant hatte.

Khara führte uns zu einer ebenen, laubbedeckten Stelle. Sie reichte Luca das Schwert des Soldaten – und er fasste es an, wie man etwa eine giftige Schlange anfassen würde.

»Byx«, sagte Khara, »du nimmst das hier.«

»Das hier« war das lange Messer, das sie »gefunden« hatte, zusammen mit einem Lederfutteral und einem Gürtel. Ich schnallte mir den Gürtel um den Bauch und nahm das Messer. Es fühlte sich fremd und sperrig an. Schließlich war es für eine Menschenhand gemacht, und die war viel breiter als meine.

»Ich will euch zeigen, wie man mit diesen Sachen umgeht.« In Kharas Blick lag Entschlossenheit, doch verriet ihre Stimme Zweifel an dem Plan.

Luca und ich wechselten erschrockene Blicke, wir schluckten beide und nickten. Meine Hand am Messergriff war schweißfeucht, bevor Khara überhaupt ausgeredet hatte.

»Du zuerst, Luca, du bist größer«, sagte sie, und ich entspannte mich ein wenig. »Die Grundbewegung ist der Hieb nach unten. Dabei hältst du das Schwert so, siehst du?«

Khara demonstrierte es mit den Händen, zog ihr Schwert aber nicht aus der Scheide. Trotzdem musste ich in einer Mischung aus Furcht und Faszination hinschauen. So rostig und verbeult es auch aussah, es war doch Kainors Schwert, das Licht von Nedarra.

»Leg beide Hände an den Griff. So«, erklärte Khara weiter. »Du stehst vor deinem Gegner, linker Fuß vor, Körper im Gleichgewicht.«

Khara unterdrückte ein Seufzen, als sie Lucas unbeholfene Haltung sah. Sie stellte sich hinter ihn und schob seine Hüften und Ellbogen zurecht, bis sie zufrieden war.

»Bring jetzt dein Schwert in die Senkrechte«, kommandierte sie. »Ach, komm schon, Luca, du bist doch ein schlauer Bursche, sonst wärst du nicht an der Akademie gewesen. Senkrecht! Das Wort verstehst du doch, oder?«

Er verstand es.

»Die linke Hand liegt am unteren Griffende. Den Griff dicht vor der Brust. Gut. Jetzt stoß deine Arme nach vorn, Schwertspitze auf den Feind gerichtet. So kommt er nicht so leicht zum Gegenhieb. Mach jetzt einen Schritt mit deinem hinteren Bein leicht zur Seite.«

Meistens schaffte es Luca, ihren Anweisungen zu folgen.

»Jetzt«, sagte Khara, »schwing das Schwert abwärts auf den Hals des Feindes.«

Luca sah sie unsicher an, blinzelte, und dann ließ er sein Schwert nach unten sausen.

Das musste er zehn Mal wiederholen. Dann sagte Khara: »Schön. Und jetzt probierst du es an mir aus.«

Luca schüttelte den Kopf. »Aber ich will dich doch nicht verletzen!«

Khara lachte, und wie immer verblüffte es mich, wie sehr ich diesen melodischen Klang ihres Lachens liebte. Sie zog ihr Schwert, das seine wahre Natur verbarg – vermutlich, weil es jetzt nicht im Zorn gezogen wurde. »Also los.«

Luca versuchte es, und mühelos wehrte sie seinen Hieb ab. »Fester!«

Diesmal schlug Luca fester zu. Dann noch fester. Und schon bald – wenn auch schwitzend und frustriert – gelang ihm ein Überraschungsschlag, mit dem er Khara leicht am Hals ritzte.

Sie schlug sein Schwert beiseite wie ein lästiges Insekt.

»Ruh dich jetzt aus, Gelehrter«, sagte Khara neckend. »Du bist dran, Byx.«

Ich hätte beinahe meine Zunge verschluckt. »Ich bin so weit«, sagte ich und gab mir Mühe, interessiert und lernwillig zu klingen.

Khara musterte mich mit gespitzten Lippen. »Für die Bewegungen, die ich Luca gezeigt habe, bist du zu klein – und das könnte sogar von Vorteil sein. Die Männer des Murdano sind ausgebildet, um mit Schwertern gegen Menschen zu kämpfen, mit Lanzen gegen Felijagas, mit Äxten gegen Terra-Olme und mit Pfeilen gegen Raptidons. Aber sie sind nicht darauf vorbereitet, gegen Dalkins zu kämpfen. Sie haben keine Erfahrung mit Lebewesen, deren Kopf in Brusthöhe der Menschen ist.«

Ich nickte, als hätte ich verstanden. So war es aber nicht.

»Du brauchst eine andere Methode der Annäherung.« Khara umkreiste mich. »Ja, ich denke, wir sollten deine Körpergröße zu unserem Vorteil nutzen. Beginne mit der gleichen Ausgangsstellung wie Luca. Hüften gestrafft, linkes Bein vor, Messer – wir nennen es mal Schwert – senkrecht. Wenn du willst, kannst du dir das Wort von unserem Gelehrten erklären lassen.«

»Sehr witzig«, murrte Luca.

»Jetzt, Byx, springst du mit senkrecht gehaltenem Schwert vor, visierst die Stelle zwischen den Beinen des Feindes an, das Schwert immer fest und senkrecht in der Hand.«

»Was?«, fragte ich.

»Luca, komm mal«, sagte Khara. »Stell dich in die Ausgangsposition.«

Er tat es. Khara bückte sich, bis sie mehr oder weniger so groß war wie ich. »Verstehst du, ein Soldat ist darauf vorbereitet, einen

Angriff abzuwehren. Er weiß, wie er die üblichen Schwerthiebe parieren muss. Aber er ist nicht ausgebildet für das hier.«

Damit hechtete sie zwischen Lucas Beine, kam hart auf dem Boden auf und rutschte mit leicht aufwärts gerichtetem Schwert unter ihm durch. Die Klinge fuhr an der Innennaht von Lucas Hose entlang.

»Aua!«, schrie Luca auf und fasste sich ans Bein.

»Sei kein Baby! Ich habe dich nicht verletzt.« Khara sprang auf die Füße. »Hätte ich aber tun können.«

Luca warf ihr einen missmutigen Blick zu. Tobble kicherte hinter vorgehaltener Pfote.

Ich übte die Bewegung, aber nicht zusammen mit Luca. Zehnmal befahl mir Khara, mit senkrecht nach oben gehaltenem Messer vorzuspringen, und zehnmal landete ich auf Brust und Ellbogen. Dann versuchte ich es einmal auf andere Art: Sprung und Drehung in der Luft. Bei dieser Methode landete ich auf Schulter und Hüfte, was nicht so schmerzhaft war und einem Feind mein »Schwert« über die Innenseite des Oberschenkels gezogen hätte.

»Es gibt eine Menge Blut, wenn man die Arterie trifft«, sagte Khara, wobei ihre Stimme so ruhig klang, als würde sie über das Wetter sprechen.

Sie hielt uns stundenlang in Atem, und als sie endlich Schluss machte, waren Luca und ich völlig erschöpft.

»Ich brauche auch eine Waffe«, meldete sich Tobble energisch.

»Deine beste Waffe, Tobble«, sagte Khara, »ist genau die Tatsache, dass von dir keiner erwartet, du könntest dich zur Wehr setzen.«

»Tobble ist mutiger als wir alle zusammen«, sagte ich.

Luca lachte, aber Khara brachte ihn mit einem Blick zum

Schweigen. »Dieser kleine Wobbyk hier hat sich einem Kampf gegen Schlangen gestellt, um Byx zu verteidigen. Ich bezweifle, Gelehrter, ob du einer solchen Aufgabe gewachsen wärst.«

»Einen wütenden Wobbyk möchtest du lieber nicht erleben«, sagte Tobble.

Luca rollte die Augen. »Ich betrachte mich als vorgewarnt«, sagte er und polierte den Schwertgriff mit seinem Umhang. »Wie dem auch sei. Bin ich so weit, Khara, dass ich mich einem Soldaten entgegenstellen kann?«

Ein Lächeln spielte um Kharas Lippen. »Greif mich an«, sagte sie. »Und nutze alles, was du bisher kannst.«

Luca nahm die Ausgangsstellung ein. Eine halbe Minute später, nach verbissenem Hauen und Stechen, ließ er sein Schwert zu Boden fallen. »Was hat das alles für einen Zweck, wenn du mich ja doch so leicht besiegen kannst?«, fragte er.

»Soldaten werden vom sechzehnten Lebensjahr an ausgebildet«, erklärte Khara. »Gleich wenn sie sich als Kadetten beworben haben. Ich selbst bin vom dritten Lebensjahr an trainiert worden. Wir Donatis mögen in Ungnade gefallen sein. Wir mögen verarmt sein. Aber dass ich kämpfen und mich wehren kann, dafür hat mein Vater gesorgt.«

Ohne ein weiteres Wort vollführte Khara eine elegante Drehung und attackierte in atemberaubendem Tempo ein Bäumchen, das in der Nähe stand. Ich konnte kaum zweimal blinzeln, da hatte sie schon zwei Äste abgehackt und den Baum gespalten.

Erschrocken stob eine Mäusefamilie in alle Richtungen auseinander.

Luca und ich schauten ungläubig zu.

»Jetzt hört mal her«, sagte Khara ernst. »Eins müsst ihr begreifen: Euer Feind ist nicht wehrlos, nur weil ihr ihn blutig geschlagen habt. Euer Feind ist erst wehrlos, wenn er nicht mehr atmet. Wenn ihr euch also plötzlich in einen Kampf verwickelt seht, dann nicht einschüchtern, nicht Angst einjagen, nicht verwunden. Sondern töten.«

Mir schien der Gürtel samt dem Futteral um meinen Bauch immer enger zu werden. Das Messer in meiner Hand immer schwerer. Aber noch drückender war die Angst, irgendwann anwenden zu müssen, was Khara mir beigebracht hatte.

37

Im Land der Raptidons

Wir erreichten ein weites offenes Flachland, das »Infina« genannt wurde. Es erstreckte sich in niedrigen, sanft geschwungenen Hügeln, so weit das Auge reichte. Kleine Flüsse durchzogen es in verschiedenen Richtungen, die, wie Khara erklärte, im Sommer versiegten und sich mit den herbstlichen Regenfällen wieder füllten. Kleine Baumgruppen tupften hier und da das grüngoldene Landschaftsbild.

Hier flogen, hoch über unseren Köpfen, die Raptidons, ein halbes Dutzend allein in unserem Blickfeld. Ewig auf der Lauer nach Beute ließen sie sich in weiten Kreisen von der Aufwärtsströmung der Luft tragen. Jede Baumgruppe beherbergte eine Kolonie von ihnen.

»Wir müssen die Straße meiden«, sagte Khara. »Trotzdem bewegen wir uns hier immer in offenem Gelände. Manche Raptidons könnten sich mit dem Heer des Murdano verbündet haben, vergesst das nie.«

»Du meinst, sie spionieren?«, fragte Tobble.

»Die Mehrheit wohl eher nicht«, sagte Khara. »Sind ein stolzes Volk, die Raptidons. Die meisten werden sich nicht zum Spionieren hergeben, aber ein paar doch.«

»Sie sind großartige Gelehrte«, berichtete Luca. »Auf der Insel lehren sie ein Fach, das sie Physikalismus nennen – die Wissenschaft der fundamentalen Kräfte. Sie besitzen tiefe Kenntnisse in allem, was Wind und Wetter, Winkel und Kurven betrifft sowie die Wirkung der Anziehungskraft der Erde auf andere Objekte. Und über die Sterne wissen sie genauso gut Bescheid wie die klügsten Gelehrten der Menschen.«

»Jedenfalls«, sagte Khara, »werden wir versuchen, den Raptidons möglichst aus dem Weg zu gehen. Auf den Boden haben sie kein Anrecht, nur auf ihre Kolonien und Nester.«

Da wir uns abseits der Straße und außerdem auf unbekanntem Gebiet befanden, beschlossen wir, trotz unserer Müdigkeit tagsüber weiterzuziehen. Es war sonnig, nur ein paar Schäfchenwolken trieben über den Himmel und jagten ihre Schatten über das Gras. Vor Kurzem hatte Regen die Bäche und Flüsse gefüllt, sodass wir trinken, Tee kochen und uns waschen konnten.

Während wir an diesem Abend unser Lager aufschlugen, erkundete Khara auf Vallino die Gegend. Sie kam mit ein paar Fasanen und einem wilden Yekat zurück. Tobble und ich rupften die Fasane und gaben Gambler den Yekat, der weniger Knochen hatte. Wir machten die Fasane zurecht und brieten sie über einem kleinen Feuer.

Khara brachte außer Nahrung auch Neuigkeiten. »Ich habe eine Herde Garilans gesehen, die nach Norden ziehen.«

»Garilans?«, fragte ich.

»Ah, mal was Ordentliches zu fressen! Endlich!«, sagte Gambler. In freudiger Erwartung streckte er – wahrscheinlich unbewusst – seine nadelspitzen Krallen aus.

»Da du aus dem Süden bist, Byx, kennst du sie vielleicht eher unter der Bezeichnung Dervi«, sagte Luca. »Es sind enorm große Tiere mit sechs Beinen, langen Hälsen und …«

»Ja!«, rief ich dazwischen. »Dervi! Sie kommen immer im Frühjahr nach Süden, zusammen mit anderen Tieren.«

Khara legte noch einen Ast aufs Feuer. »Weißt du etwas über die große Tierwanderung nach Norden, die sich jeden Herbst abspielt, Byx? In der Nedarra-Sprache wird sie ›Viagatto‹ genannt.«

»Maia hat mir davon erzählt. Und Myxo, unsere Pfadfinderin, hat oft davon gesprochen.«

Meine Brust wurde eng. Allein beim Aussprechen dieser Namen – Maia, Myxo – überwältigte mich der Schmerz über ihren Verlust von Neuem. Tobble legte seine Pfote auf meinen Arm und nickte mir ermutigend zu.

»An dem Tag, als ich zum letzten Mal mit Maia zusammen war«, sagte ich leise, »haben wir vier Butrillos gesehen. Das ist noch nicht mal einen Monat her. Maia hat gesagt, dass sie nach Norden ziehen. Die Butrillos waren so wunder…« Ich stockte.

»… schön?«, ergänzte Tobble.

Ich nickte, und ohne dass ich es wollte, kamen mir die Tränen. Das Feuer zischte und knackte, und auf einem Baum in der Nähe ließ eine Sterntaube ihren klagenden Ruf hören.

Ich hatte ein schlechtes Gewissen, meine Trauer so offen zu zeigen. Meine Reisegefährten nahmen für mich Gefahren auf sich, da war es meine Pflicht, stark zu sein. Die Anführerin unserer Gruppe war ich nicht, das war eindeutig Kharas Rolle. Aber die Mühen und Entbehrungen der Reise hatten wir alle auf uns genommen.

»Tut mir leid«, sagte ich und sah sie der Reihe nach an. Khara mit ihrem ruhigen, nachdenklichen Blick. Tobble, ein Abbild der Besorgnis. Gambler mit seinem zuckenden Schwanz und den schrägen, halb geschlossenen Augen, undurchschaubar. Und Luca, der mit der komischen Faszination eines Akademikers beobachtete, wie ich weinte.

»Du musst dich nicht entschuldigen, Byx«, sagte Khara. »Wir wissen, dass du viel durchgemacht hast.«

»Das haben wir alle«, sagte ich mit erhobenem Kinn und bemüht fester Stimme. »So. Erzähl uns von den Garilans.«

»Sobald sie südlichere Gebiete erreichen, dauert es nicht lange, bis sie sich in kleinere Herden und Gruppen aufteilen«, sagte Khara. »Während der Viagatto dagegen kann man sie zu Zehntausenden sehen, dann wälzen sie sich als eine einzige große Masse durch das Land. Die meisten Tierarten ziehen, wenn es kälter wird, nach Süden. Aber manche, wie Garilans, Tirralopes, Butrillos und Riesengrasmücke, machen sich nach Norden auf. Keiner weiß, warum.«

»Du meinst, sie bewegen sich in der gleichen Richtung wie wir?«, fragte Gambler und konnte ein gieriges Glitzern seiner Raubtieraugen kaum verbergen.

»Ich nehme an, sie folgen dem Fluss Telarno nach Norden«, sagte Khara. »Er liegt ungefähr eine halbe Tageswanderung westlich von hier.«

Am nächsten Morgen brachen wir zeitig auf. Gambler lief weit zu unserer Linken, der erhofften Route der Garilans am nächsten. Er tat mir leid. Er ließ sich auf so vieles ein, das einem Felijaga wesensfremd war, angefangen mit dem Umstand, dass er sich mit uns anderen zusammengetan hatte. Das machen Felijagas nur, wenn Verhandlungen und Beratungen anstehen oder wenn sie sich paaren und Junge aufziehen. Aber die meisten gründen gar keine Familien.

Dazu kam, dass Gambler hier mit Lebewesen wanderte, die er

mühelos töten und fressen könnte. Ich wünschte keinem Garilan den Tod, aber ich hoffte für Gambler, dass er eine anständige Mahlzeit finden würde. Zumindest könnte Tobble sich dann ein wenig entspannen. Er war immer noch nervös, wenn die große Raubkatze in seine Nähe kam.

Es war Mittag, als der Wind dreien von uns – Gambler, Vallino und mir – einen Geruch entgegenwehte.

Ich blieb stehen, atmete tief ein und erkannte in den schwachen Strömungen der Luft Spuren, die mir vertraut waren.

Vallino tänzelte nervös und warf den Kopf herum.

»Menschen«, sagte Gambler.

»Ja«, nickte ich.

»Und Pferde«, sagte Gambler.

»Vielleicht Bauern oder Reisende«, meinte Luca.

Khara schwang sich auf Vallinos Rücken und spähte nach Süden. »Ich sehe eine Staubwolke. Ziemlich weit weg.« Sie schüttelte den Kopf. »Aber was das für Leute sind, kann ich nicht erkennen.«

Wir gingen weiter, aber Gambler und ich wechselten immer wieder besorgte Blicke. Menschen und Pferde, Leder und Hunde. Vielleicht eine Jagdgesellschaft. Vielleicht aber auch nicht.

»Könnte es sein, dass dich deine Wildererfreunde nach so langer Zeit immer noch suchen?«, fragte ich Khara.

Sie schüttelte den Kopf und lachte. »Wilderer planen keine langen Reisen, es sei denn, sie können am Ende mit einer fetten Beute rechnen. Sie sind Räuber, keine Soldaten.«

Das Wort »Soldaten« hing in der Luft.

Khara führte uns zu einer von Raptidons dicht besiedelten Baumgruppe. Wie Riesenfrüchte hockten sie auf fast jedem Zweig. Auf ihr Geheiß blieben wir in ehrerbietigem Abstand stehen. Den Blick auf die Kolonie gerichtet, löste Khara ihr Schwert vom Gürtel und legte es zu Boden.

»Komm mit, Byx«, sagte sie.

»Aber ... du hast doch gesagt, sie könnten Spione sein. Sollen sie mich denn sehen?«

Es war Gambler, der antwortete. »So wie deine Nase der Nase eines Menschen weit überlegen ist, so sind die Augen der Raptidons weit besser als die Augen aller anderen Lebewesen. Siehst du den Burschen, der dort auf dem obersten Ast hockt? Er weiß nicht nur, dass du ein Dalkin bist. Er erkennt auch deine Augenfarbe. Und er sieht sogar den Brotkrümel auf deiner Lippe.«

Ich blinzelte und wischte mir den Krümel weg.

»Kommst du auch mit?«, fragte ich Gambler. Ich hatte großes Vertrauen in Kharas Schwert, aber ich hatte auch auf Gamblers Rücken gesessen und wusste um seine Schnelligkeit und seine Kraft.

»Wir sind nicht so die besten Freunde, Felijagas und Raptidons. Sie stehlen uns die Beute.« Gambler biss auf einer seiner Krallen herum. »Und als Vergeltung fressen wir eben gelegentlich mal einen von ihnen.«

Ich grinste. »Du vergisst wohl, dass ich ein Dalkin bin.«

Wenn ein Felijaga lächelt, zeigt sich das nur in seinen Augen. »Willst du etwa andeuten, ich hätte geschwindelt?«

»Über zwei Dinge bin ich gestolpert: ›Vergeltung‹ und ›gelegentlich‹.«

Gambler stieß sein raues, dröhnendes Gelächter aus. »Kann sein, dass ich die Wahrheit ein bisschen ungenau formuliert habe. Möglicherweise habe ich also zwei Raptidons gefressen ... vielleicht auch drei.«

Ich sah ihn schweigend an.

»Vielleicht auch … so um die zwanzig oder dreißig.«

»Wir wollen es hinter uns bringen«, sagte Khara und straffte die Schultern. »Komm, Byx.«

Da ließ ich ebenfalls mein Schwert fallen – Schwert klang beruhigender als Messer oder Dolch, fand ich – und gesellte mich zu Khara. Wir gingen los, Hände seitlich ausgestreckt, Handflächen nach vorn, um zu zeigen, dass wir nicht bewaffnet waren.

»Sei vorsichtig, Byx!«, rief Tobble hinter mir her.

Wir hatten erst ein paar Schritte zurückgelegt, da blieb Khara stehen. Sie drehte sich um, Hände in die Hüften gestemmt, und sagte: »Tobble, wir haben nicht den ganzen Tag Zeit.«

»Ich?« Tobble sprang auf und rannte uns nach.

Khara zwinkerte mir zu. Ich hatte noch nie einen Menschen zwinkern gesehen, und mein erster Gedanke war, dass sie vielleicht etwas im Auge hatte – bis mir der Unterricht bei Dalyntor einfiel. Dalkins zwinkern nämlich nie, weil Zwinkern oft auf ein Geheimnis oder gar eine Lüge hindeutet.

Trotzdem begriff ich, was Khara mir sagen wollte: Sie hatte Tobble seinetwegen und nicht unseretwegen zum Mitkommen aufgefordert. Es war eine freundliche Geste, auch wenn nicht viel praktischer Sinn dahintersteckte. Ich war ihr dankbar.

Zu dritt gingen wir langsam weiter, wobei wir uns Mühe gaben, nicht feindselig zu wirken. Was von Weitem nur wie ein Dutzend Bäume oder so ausgesehen hatte, erwies sich aus der Nähe als eine gründlich durchdachte Anlage. T-förmige Pfähle waren in die Erde gerammt, und auf den Bäumen gab es zahlreiche Plattformen. Als wir näher kamen, stieß ein Raptidon-Wächter mit roten Schwanzfedern im Sturzflug aus den Bäumen herab und landete auf einem der Pfähle.

»Ihr nähert euch einer Kolonie der Raptidons«, verkündete der Wächter. »Weshalb kommt ihr her?«

»Du siehst, dass wir unbewaffnet sind«, sagte Khara.

»Ich sehe vieles. Ich sehe ein Menschenmädchen, das sich als Junge ausgibt. Ich sehe einen Felijaga, einen Wobbyk und ein Pferd. Und ich sehe jemanden, den es gar nicht mehr gibt.« Sein letzter Satz klang in meinen Ohren wie ein hämisches Grinsen. Raptidons haben keine Lippen. Sie sprechen ausschließlich mit der Zunge und dem Rachen, sodass sich das »hämische Grinsen« nur am Tonfall erkennen ließ, nicht am Gesichtsausdruck. Raptidons haben bekanntermaßen eine hohe Meinung von sich selbst und wenig Achtung vor »Erdwürmern«, wie sie flugunfähige Arten manchmal bezeichnen.

»Die Augen deines Volkes sind legendär«, sagte Khara in beschwichtigendem Ton. »Keiner hat mehr Respekt vor den Raptidons als ich. Ihr seid die Herrscher der Lüfte. Ich komme mit bescheidenen Fragen zu euch, nicht mit Drohungen.«

Der Raptidon legte den Kopf schräg und sann über Kharas Worte nach. »Ihr dürft die Kolonie betreten«, sagte er schließlich.

Und das taten wir.

38

Rorid Kopfknacker

Wir überschritten die Grenzlinie und traten unter die Bäume. Überall hockten Vögel in den Ästen, glitten durch die Luft, stolzierten über den Boden. Nester in allen Formen und Größen waren auf die Plattformen oder frei zwischen die Äste gebaut. Manche waren aus Lehm und Schilf, schlicht und solide. Andere waren kunstvoll und aufwendig mit silbernen und goldenen Ranken durchflochten.

Hier und da lag Futter zu ordentlichen Haufen geschichtet: tote Mäuse und Maulwürfe, Salamander, Frösche und winzige Singvögel. Zwei Turmfalken fraßen an einem ausgeweideten Wiesel, das nicht viel kleiner als Tobble war.

Wir kamen zu einer Lichtung zwischen den Bäumen. In der Mitte stand ein T-förmiger Pfahl mit kunstvollen Schnitzereien, er war größer als alle andern. Ich spürte einen Schatten über mir, als ein großer Raptidon herabstieß und mit affektierter Leichtigkeit auf dem Pfahl landete.

Der Wächter sagte: »Du hast die Ehre, mit Rorid Kopfknacker zu sprechen.«

»Kopfknacker« – das war kein Name, der einen kleinen Dalkin mit besonderem Vertrauen erfüllen konnte, geschweige denn einen Wobbyk. Der mächtige Vogel breitete seine graubraunen Schwingen aus, eine Darbietung, um uns alle zu beeindrucken –

und beeindruckt waren wir in der Tat. Die Breite von einer Flügelspitze zur andern betrug gut zehn Meter. Rorids gelbe Krallen endeten in silbrigen filigranen Spitzen und hatten den Umfang von Kharas Handgelenken. Sein Schnabel war gekrümmt und scharf, eine Waffe, so grausam, wie ich sie noch nie gesehen hatte.

Er war furchterregend, und am furchterregendsten waren seine blassgelben, von einem schwarzen Ring umrahmten Augen. Sie durchbohrten uns sozusagen, diese Augen.

»Hoher Gebieter, Rorid Kopfknacker«, sagte Khara. Sie hatte sich auf ein Knie niedergelassen, und Tobble und ich folgten ihrem Beispiel, so gut es ging.

Rorid war keiner, der sich mit langen Reden aufhielt. In quäkigem Tonfall fragte er: »Könnt ihr mir Tribut leisten?«

»Wir sind nur arme Reisende«, sagte Khara. »Wir besitzen nichts, woran ein großer Herrscher der Lüfte Interesse haben könnte.«

»Ihr habt einen Wobbyk«, sagte Rorid unverblümt.

»Er ist ein Freund«, sagte Khara. »Es ist nicht die Gewohnheit meines Volkes, Freunde zu opfern. Auch nicht einem, der so mächtig ist wie du, Gebieter.«

Rorid stieß einen krächzenden Laut aus, ähnlich dem einer Krähe. Ich glaube, es war ein Lachen. »Ach richtig, Menschen betrügen ja niemals ihre Freunde!«

»Lass es mich besser ausdrücken: *Ich* betrüge meine Freunde nicht.«

Vielleicht schätzte Rorid ihren Mut. Vielleicht war er auch schon gelangweilt. Vielleicht dachte er gerade daran, seine Leute zusammenzurufen und uns in Stücke reißen zu lassen. Ich hoffte verzweifelt, dass Khara in der Miene eines Raptidons lesen konnte. Ich konnte es nicht. Wenn Rorid allerdings log, das könnte ich wohl erkennen – hoffte ich jedenfalls.

»Ihr wollt Informationen«, sagte Rorid. Das war keine Frage.

»Ja, Gebieter. Wir haben eine Gruppe Menschen auf Pferden gesehen. Unsere Augen sind aber nicht die Augen der Raptidons.«

»So. Informationen also«, sagte Rorid. »Wenn ihr Informationen wollt, müsst auch ihr Informationen liefern. Teilt uns etwas mit, das wir noch nicht wissen!«

»Eure Quellen sind da besser als meine«, sagte Khara. »Aber ich kann euch sagen, dass …«

Rorid unterbrach sie mit einem Wedeln seines Flügels. »Dalkin! Verpflichtest du dich, das althergebrachte Amt deines Volkes zu übernehmen?«

Nervös und verständnislos sah ich ihn an. Ich brauchte einen Augenblick, um zu begreifen, dass er mich fragte, ob ich die Wahrheit dessen, was hier gesprochen wurde, bezeugen werde.

»Ja, Herr. Ich meine, Gebieter, äh … Kopfknacker.«

Ruckartig wandte er seinen Schnabel wieder Khara zu.

»Ich kann dir mitteilen, dass wir gerade von der Insel kommen«, sagte Khara. »Von der Eumonie, dieser voreiligen Trauerfeier für die Dalkins.«

»Ha, die Gelehrten!«

»Ich bin keiner«, sagte Khara. »Aber der andere Mensch, der bei uns ist, war ein Gehilfe der Gelehrten.«

»Und du bist ein Jäger.«

»Manchmal, ja.«

»Ein Mörder der Raptidons?«

»Nie absichtlich«, sagte Khara ausweichend. Dann: »Einen habe ich getötet. Damals hatte ich meinen Pfeil auf ein Eichhörnchen gerichtet, er flog aber weit am Ziel vorbei. Es war ein Versehen.«

Rorid dachte über Kharas Erklärung nach. »Ein Versehen, aha. Doch immerhin gibst du es zu. Was gibt es also Neues auf der Insel, Jäger?«

»Nun, du weißt von der Eumonie. Und du siehst, dass ich einen Dalkin bei mir habe. Wir wollten die Wahrheit aufdecken …«

Ich hob die Hand. Wenn dieser Kopfknacker uns glauben sollte, musste ich meinem Amt gewissenhaft nachkommen.

Khara sah meine Geste, schien erst verärgert zu sein, dann doch einverstanden, und nachdem sie tief Luft geholt hatte, sagte sie: »Ich habe diesen Dalkin auf der Jagd im Süden gefangen. Ich wollte ihn an einen Gelehrten verkaufen, einen Mann, den ich kenne und von dem ich glaubte, er würde eine solche Entdeckung begrüßen.«

Rorid lachte sein Vogellachen, lange und schroff. Wäre es ihm möglich gewesen, ich glaube, er hätte Tränen gelacht.

Sein durchdringender Blick fiel wieder auf mich. »Ich will euch sagen, was passiert ist: Dieser Gelehrte hat euch betrogen.«

»Ja«, nickte ich.

»Weißt du, warum in alten Zeiten die Dalkins so hoch geschätzt wurden?«, fragte Rorid.

»Weil wir Wahrheit von Lüge unterscheiden können – so hat man mir gesagt.«

»Ja. Weil keine der anderen Arten den Menschen trauen konnte, wenn nicht Dalkins dabei waren, die die Wahrheit erkannten. Menschen sind Lügner«, sagte er, und Bosheit schwang in seiner Stimme. »Ihre Worte sind bedeutungslos. Ihre Versprechen halten nur so lange, bis das Echo ihrer Stimme verklungen ist.«

Indem er sich wieder an Khara wandte, sagte er: »Ihr seid also auf der Flucht von der Insel.«

»Wir sind auf der Flucht vor Araktik«, sagte Khara.

»Tatsächlich? Warum?«

Khara überlegte einen Augenblick. »Nun, erst mal ist Araktik, die Seherin, nur knapp einer Verletzung entgangen, während sie die Eumonie abhielt.«

»Oh? Eine Verletzung? Durch wen? Etwa durch dich, du Mädchen, das sich als Junge ausgibt?«

Khara antwortete nicht sofort, und ich fragte mich, ob sie vielleicht befürchtete, mich in Gefahr zu bringen, falls sie die Ereignisse in allen Einzelheiten schilderte. »Ich kann es erklären«, sagte ich.

Also erzählte ich die ganze Geschichte. Als ich zu der Stelle kam, wo ich in meinem kaum kontrollierten Sturz-Gleitflug auf Araktik zuschoss, fing Rorid wieder zu lachen an. Er rief die Namen anderer Vögel, und sie gruppierten sich auf niedrigeren Pfählen um ihn herum. »Erzähl das noch mal, Dalkin«, befahl er.

Ich fing wieder von vorn an. Es gibt wenige Geräusche, die so irritierend sind wie das Gelächter von einem Dutzend Raptidons, die einen dabei mit funkelnden Blicken mustern, als überlegten sie bereits, wo genau sie ihre Krallen am besten versenken könnten.

Als Rorid zu lachen aufhörte, taten seine Kumpane es ihm augenblicklich nach.

»Nun, eine Information war das vielleicht nicht gerade«, sagte er, »aber es war eine herrlich komische Geschichte. Viele wissen nämlich gar nicht, dass wir Raptidons einen ausgeprägten Sinn für Humor besitzen.«

Ich hatte nicht die Absicht, das zu bestreiten.

»Darf ich also fragen …«, fing Khara an.

Rorid wandte seinen Blick einem jungen golden schimmernden Adler zu, der gehorsam nickte. »Vierundzwanzig an der Zahl«, meldete er. »Alle auf kräftigen Pferden. Sechs Ersatzpferde, zwölf Maultiere für den Transport von Vorräten. Sechs Hunde. Die Menschen tragen die Uniform der Seherin. Auf ihren Schilden ist das magische blaue Auge. Alle sind bewaffnet mit Schwert und Armbrust.« Er machte eine Pause. »Und an ihrer Spitze reitet ein Feuerritter.«

Khara schnappte nach Luft. Ich musste mich zügeln, um jetzt keine Frage zu stellen.

»Ich danke dir«, sagte Khara und ergänzte: »Hoher Gebieter.«

»An dem Schwert, das du dort niedergelegt hast, sehe ich, dass du selbst gut bewaffnet bist, junger Jäger.« Er unterbrach sich, als er unsere misstrauische Reaktion bemerkte. »Ich war schon alt, da waren die heute lebenden Menschen noch jung, und was für dich Legenden sind, sind für mich Erinnerungen. Glaube nicht, dass die magischen Sprüche und Beschwörungen rund um dein Schwert seine wahre Natur vor mir verbergen können. So leicht führt man Rorid Kopfknacker nicht hinters Licht.«

Minutenlang verharrte er stumm, und seine Kumpane warteten in respektvollem Schweigen. Mehr als einmal warf Khara einen nervösen Blick über die Schulter – zweifellos hatte sie Angst, sich wegzubewegen.

Endlich verkündete Rorid Kopfknacker seine Entscheidung. »Die Angelegenheiten der Menschen kümmern uns normalerweise nicht. Doch wir sehen viel, und wir wissen viel. Wir haben den schleichenden Rückgang vieler Arten gesehen. Manche davon waren unsere Beutetiere. Manche waren, wie wir, große bedeutende Arten.«

Er nickte in meine Richtung. »Eines ist sicher, die Welt wird mit jedem Tag leerer. Ursachen gibt es viele – Krankheit, Nahrungsknappheit, rücksichtsloses Gemetzel. Doch hinter jedem dieser Gründe steht ein einziger Täter: der Mensch, der sich Murdano nennt, und seine mordlüsterne junge Seherin. Diese Menschen verstehen nichts vom Gleichgewicht der Natur. Sie begreifen nicht, dass ihr Wille, alles zu beherrschen und zu kontrollieren, ihr Wille, alles zu verbrauchen und zu missbrauchen, für alle Lebewesen zerstörerisch ist.« Er machte eine Pause. »Enden wird das in einer Eumonie für die Gattung der Menschen.«

Tobble und ich sahen flüchtig zu Khara hin. Sie stand reglos da, war vielleicht genauso unsicher wie ich, obwohl sie sich nichts anmerken ließ.

»Wir Raptidons kennen unsere Freunde, und wir kennen unsere Feinde«, fuhr Rorid fort. »Wer die Feinde der Raptidons bekämpft, ist ein Freund der Raptidons. Öfter als einmal hat die Seherin ihre abscheulichen Bestien hinter uns hergejagt und dabei gleichzeitig ihre Unschuld beteuert. Wir haben gesehen, was den Dalkins angetan wurde. Wir sehen, was jetzt den Felijagas angetan wird. Wir sind keine Narren. Wenn zwei Dutzend von Araktiks Wächtern und dazu ein erfahrener Feuerritter hinter euch her sind, dann muss ich euch wohl als Freunde betrachten.«

»Danke, Hoher Gebieter«, sagte Khara schlicht.

»Geht«, sagte Rorid. »Geht und beeilt euch!«

Wir gingen. Und wir beeilten uns.

39

Der Feuerritter

Hastig griffen wir nach unseren Waffen und machten uns davon.

Gambler war der Schnellste von uns, aber er wurde rasch müde. Luca rannte verbissen, aber auf Langstreckenläufe hatte ihn das Leben in der Bibliothek nicht vorbereitet. Ich war nicht so schnell wie Gambler, aber Dalkins sind ausdauernd. Tobble, der Langsamste von uns, saß auf Vallino.

Die Führung aber hatte wie immer Khara übernommen. Sie schien unermüdlich. Eisern.

Über unseren Köpfen kreiste träge ein Raptidon, vielleicht nur neugierig, vielleicht aber auch von Rorid geschickt mit dem Auftrag, ihm das zu erwartende Massaker an uns zu melden.

Ich rannte neben Luca her. Keuchend, mit gleichmäßig klopfendem Herzen, fragte ich: »Was ist so schrecklich an einem Feuerritter?«

Luca war rot im Gesicht, sein Gewand dunkel von Schweiß. »... sind die stärksten ... aller Krieger ... Schwert und Lanze ... nicht das Problem ... aber das Feuer ...«

Er winkte ab. Gleichzeitig laufen und sprechen, das konnte er nicht.

»Pause«, rief Khara, und schon sanken wir kreuz und quer übereinander ins lange Gras. Khara schwang sich auf Vallinos

Rücken, um besser Ausschau halten zu können. Ich bemerkte die Anspannung in ihrem Gesicht.

»Sie sind eindeutig hinter uns her«, berichtete sie. »Und sie holen auf.«

»Können wir uns verstecken?«, fragte Tobble. Er beugte sich vor und strich über Vallinos feuchten Hals.

Mit einer weit ausholenden Geste deutete Khara auf die offene kahle Landschaft. »Nicht wirklich.«

»Wir könnten uns ergeben und um Gnade bitten«, sagte Luca, der immer noch stoßweise atmete.

»Gnade? Von einem Feuerritter?« Gambler schüttelte den Kopf. »Der ist nicht nur ein Soldat, Luca. Ein Soldat zeigt vielleicht mal Erbarmen – nicht oft, aber manchmal. Aber ein Feuerritter?« Er lachte.

»Kommt weiter«, drängte Khara, und so waren wir nach kaum drei Minuten Rast schon wieder auf den Beinen, immer öfter stolpernd, weil unsere Glieder schwer wurden.

Vor mir hörte ich ein dumpfes Donnergrollen, obwohl der Himmel wolkenlos war. Da erkannte ich voll Schrecken Kharas verzweifelten Plan.

Sie führte uns direkt auf die Viagatto zu, direkt in die Richtung der endlosen Herde von Garilans und anderer nach Norden ziehender Tiere.

Mit einem hastigen Blick über die Schulter sah auch ich jetzt, dass die Männer der Seherin aufholten, schnell aufholten. Schon konnte ich einzelne Gesichter unter den Helmen erkennen. Schon konnte ich schwach das magische blaue Auge ausmachen. Und ich konnte *ihn* sehen. Den Ritter.

Er saß auf einem riesigen schwarzen Pferd, dessen Kopf von

einem silbernen Harnisch geschützt war. Der Reiter selbst trug eine Ganzkörperrüstung, die in der Sonne funkelte. Da das Visier geschlossen war, konnte ich kein Gesicht sehen, nur einen sich bewegenden Berg aus Stahl.

»Warum Feuerritter?«, fragte ich. Ich sollte meinen Atem besser nicht mit Fragen verschwenden, das war mir klar, aber ich musste einfach wissen, was uns bevorstand. »Warum« – ich stolperte über meinen eigenen Fuß, fing mich aber rechtzeitig – »warum werden sie so genannt?«

Es war Gambler, der antwortete, und seine Stimme war leise und besorgt. »Bete zu deinen Göttern, Dalkin, dass du die Antwort nie erfährst.«

Wir hatten gerade eine niedrige Erhebung erklommen, da blieb ich wie angewurzelt stehen.

Nichts hätte mich auf das großartige Schauspiel vorbereiten können, das sich vor uns entfaltete.

Bis zum Horizont wälzte sich eine Masse von Tieren wie ein unaufhaltsam dahinfließender Strom. Zehntausende, vermutete ich. Vielleicht sogar Hunderttausende Tiere, grasend und weiterziehend, grasend und weiterziehend.

Die meisten waren Garilans, Tiere von eigenartiger Schönheit. Sechsbeinig und doch anmutig, mit tief purpurfarbenen Körpern und dichten goldfarbenen Schwänzen. Ihre Hälse, ebenfalls goldfarben, waren unglaublich lang und gebogen, ihre Hörner cremefarbene Spiralen, so lang wie ihre Schwänze.

An ihrer Seite sah ich Tirralopes und blau gestreifte Xia-Hirsche, dazu eine Handvoll anderer Arten, denen ich noch nie begegnet war. Sie bewegten sich wie ein einziger Körper, auf und ab wogend wie ein Mückenschwarm, und obwohl sie gemächlich über die Ebene zogen, war das Donnern ihrer Hufe ohrenbetäubend.

Sosehr mich dieser Strom lebendiger Leiber auch ergriff, so erkannte ich doch sofort, dass die Herde zu weit entfernt war, als dass sie uns Hilfe hätte sein können. Hinter uns hatte der Ritter seinem Schlachtross jetzt die Sporen gegeben und setzte sich von seinen Soldaten ab.

»Wir schaffen es nicht«, rief ich, meine Stimme vibrierte wie der Boden unter uns.

Khara nickte kurz. »Ich werde ihn aufhalten«, sagte sie mit einer Kopfbewegung zu dem Ritter hin. Sie half Tobble von Vallino herunter und wollte gerade selber aufsteigen, da meldete sich Gambler zu Wort.

»Er wird dich töten«, sagte er. »Das ist keine Sache für einen Jäger zu Pferd. Hier hilft nur List und Überrumpelung.«

Khara zögerte, die Hand an Vallinos Mähne. Sie ahnte, dass Gambler recht hatte, doch schien sie es für ihre Pflicht zu halten, es mit dem Schreck einflößenden, eisengepanzerten Ritter aufzunehmen.

»Lauft weiter«, sagte Gambler.

Khara warf einen hastigen Blick über die Szenerie, überlegte kurz, nickte. »Ihr habt's gehört. Lauft!«

Wir rannten los, während Gambler sich duckte und, fast auf dem Bauch kriechend, im hohen Gras verschwand. Schon nach Sekunden war er nicht mehr zu sehen, trotzdem blickte ich immer wieder kurz zurück, bis der hoch aufragende Ritter die Stelle erreichte, an der wir die große Katze zurückgelassen hatten.

Ich sah, wie Gambler plötzlich aus dem Gras emporschoss. Er

schnellte durch die Luft, Pfoten weit vorgestreckt, und warf sich mit voller Wucht auf den Ritter.

Der stürzte von seinem Pferd, war aber im Nu wieder auf den Beinen und griff nach seinem Schwert.

Bevor er es ziehen konnte, sprang Gambler ihn an und stieß ihn auf den Rücken, dass das Metall nur so klirrte. Danach konnte Gambler nicht mehr viel tun. Was vermochten schon Zähne und Krallen gegen Stahl?

Er sprang auf und rannte los, um uns einzuholen. Während der Felijaga auf uns zukam, sah ich etwas, das ich nie für möglich gehalten hätte.

Der Ritter stand wieder auf den Beinen. Er griff nach seiner Lanze, holte aus …

»Gambler!«, schrie Tobble, aber seine Stimme ging im Lärm der Herde unter.

Wir standen starr vor Schreck, warteten darauf, dass die Lanze die Luft durchschnitt.

Was wir aber stattdessen zu sehen bekamen, war noch entsetzlicher.

Ein Feuerstrahl schoss aus der Lanzenspitze. Eine giftige Wolke aus Feuer.

Ein tödlicher Strom.

40

Wilde Flucht

Die Flamme, die fast flüssig schien, erfasste schnell das Gras. Feuer und Rauch stiegen auf und hüllten den Ritter in dicke Schwaden.

Der Brand breitete sich mit unnatürlicher Geschwindigkeit aus, nicht von Wind angefacht, nicht ziellos, sondern wie von einem Willen getrieben, schneller und schneller – schneller auch, als Gambler laufen konnte.

Er sah das Feuer, das ihn verfolgte, und wich scharf nach rechts aus.

Das Feuer züngelte hinter ihm her.

Er schlug einen Haken, das Feuer heftete sich an seine Fersen.

Es verfolgte ihn unerbittlich, als wäre es ein lebendes, eigenständiges Wesen, das einen Plan verfolgte.

»Theurgie«, flüsterte ich. »Zauberei.«

»Das lebende Feuer!«, schrie Luca entsetzt, fast heulend vor Angst.

Gambler rannte weiter, jetzt aber nicht mehr in unsere Richtung. Er jagte direkt auf die Herde der Garilans zu, doch schon raste das Feuer heran, um ihm den Weg abzuschneiden.

Er blieb wie angewurzelt stehen: Auch vor ihm hatte sich eine Flammenlinie gebildet, und damit trafen zwei Feuerfronten aufeinander.

Gambler war eingeschlossen.

Ich konnte seine Gestalt durch den Qualm gerade noch erkennen, ich sah, wie er den Kopf nach links und nach rechts warf und einen Ausweg suchte, den es nicht gab.

Da tat ich zu meinem Schreck etwas völlig Ungeplantes. Es gab kein »Einerseits« und »Andererseits«.

Ich handelte einfach.

Ich sprang auf Vallino, richtete mich hoch auf, das Gesicht dem Ritter zugewandt, und rief: »Hier bin ich! Hier!«

Das stählerne Visier fuhr herum. Keine zweihundert Meter war der Ritter entfernt. Vor mir, nur doppelt so weit, lief donnernd die Herde der Tiere. Gambler, in Feuer und Rauch gehüllt, war vielleicht dreihundert Meter nördlich – nahe bei den Garilans, aber nicht nahe genug.

»Lauf, Vallino!«, schrie Khara, und das Pferd machte einen Satz, der mich flach auf seinen breiten Rücken drückte. Ich grub meine Finger in seine Mähne und klammerte mich verzweifelt fest.

Vallinos Tempo eröffnete neue Möglichkeiten. Mit seiner Hilfe könnte ich es – vielleicht – bis zur Herde schaffen.

Doch selbst während Vallino mit Höchstgeschwindigkeit galoppierte, richtete der Ritter seine Lanze auf mich. Augenblicklich züngelte das lebende Feuer in zwei Richtungen auseinander, um mich einzukesseln.

Hier gab es kein Entrinnen.

Es war ein Wettlauf zwischen Vallino und dem Feuer, und der Preis war mein Leben.

Vallino flog dahin, Schaum stand vor seinem Maul, seine starken Muskeln trieben ihn zu Geschwindigkeiten, die nicht einmal Gambler erreichte.

Vallino. Das Feuer. Vallino. Das Feuer.

Plötzlich waren die Flammen unmittelbar vor uns, eine sengende, qualmende Blockade, und ich spürte, wie Vallino seine Muskeln noch stärker anspannte.

Er würde ausscheren. Zurückweichen.

Doch nein: Er sprang!

Wir flogen durch einen Rauchschleier über das Feuer hinweg, das an dieser Stelle noch kaum um sich gegriffen hatte, und landeten hart auf der anderen Seite.

Die Garilanherde, unsere ersehnte Zuflucht, hatte das Feuer gewittert. Noch während wir uns näherten, änderten die Tiere ihre Richtung und liefen Hals über Kopf nach Westen. Vallino konnte nur das Tempo halten, ebenfalls nach Westen umschwenken und neben dem breiten mächtigen Strom der Tiere herlaufen.

Der Ritter behielt mich weiter im Blick, galoppierte durch eine Öffnung in der Flammenwand und bog ab, um auf Kurs mit der panischen Herde zu bleiben.

Ich drückte mich tief auf Vallinos Rücken, umklammerte seinen schweißfeuchten Nacken, packte ganze Büschel der Mähne und hoffte verzweifelt, mich auf dem Pferd halten zu können – meine einzige Chance.

Von den Geschehnissen hinter mir erhaschte ich nur Bruchstückhaftes. Die Soldaten zielten auf Khara, Luca und Tobble. Das Feuer war noch immer hinter mir her, brauste neben den Hufen des Schlachtrosses über das Gras.

Ich hatte noch nie versucht, mit Vallino zu sprechen, weil ich immer davon ausgegangen war, dass selbst die klügsten Pferde höchstens ein paar Wörter verstehen. Doch nun ertappte ich mich, wie ich plötzlich sagte: »Vallino, ich lass mich jetzt runterrutschen. Lauf weiter!«

Wir hatten inzwischen den äußeren Rand der stur dahinlaufenden Herde erreicht, und ich passte, so gut ich konnte, den richtigen Moment ab: Halb sprang ich, halb fiel ich von Vallinos Rücken und hängte mich mit meiner ganzen Kraft an das nächstbeste Garilan. So was wie eine Mähne zum Festhalten hatte es nicht, und so griff ich mit beiden Händen fest in sein blutrotes Fell.

Das Tier spürte mich – wie sollte es anders sein? Es bäumte sich auf und hätte mich beinahe abgeworfen. Nach einer Weile schien es aber doch das Feuer als die größere Bedrohung zu sehen und setzte seinen panischen Galopp mit dem Rest der Herde fort.

Ich fragte mich, ob der Ritter meinen Positionswechsel bemerkt hatte. Tief geduckt presste ich mich an das Garilan und hoffte, dass ich in dem dichten Rauch und bei der schieren Geschwindigkeit nicht zu sehen sein würde.

Ich brauchte unbedingt mehr Kontrolle über das Tier. So tollkühn es war, ich riskierte es, am Hals des Garilans hängend, die Hand auszustrecken und nach seinem langen linken Ohr zu greifen. In der Hoffnung, es könnte als primitiver Zügel dienen, zog ich es nach links.

Zu meiner größten Verblüffung schwenkte das Tier nach links und drängte sich in den Pulk seiner Brüder und Schwestern.

Bei meinem nächsten Blick über die Schulter sah ich den Ritter vorbeigaloppieren – er schaute nicht einmal in meine Richtung. Noch immer jagte er unerbittlich hinter Vallino her, genauso wie das lebende Feuer.

Von Khara, Luca und dem armen kleinen Tobble sah ich nichts. Aber mir war klar, dass ich ihnen nicht helfen konnte.

Auf mich hatte es der Ritter abgesehen. Egal, wohin ich mich wandte, er und seine Soldaten würden mir folgen.

In weiter Entfernung verlangsamte Vallino jetzt sein Tempo, er musste völlig erschöpft sein. Er wandte dem Ritter sein Profil zu, um ihm zu zeigen, dass kein Reiter mehr auf seinem Rücken saß.

Sofort zog der Ritter die Zügel an. Sein Kampf richtete sich schließlich nicht gegen ein Pferd.

In den Steigbügeln stehend, sah er sich um. Er suchte nach mir. Von Gambler hatte ich ihn abgelenkt, aber die Soldaten würde ich nicht zurückhalten können – sie würden Khara, Luca und Tobble umzingeln und töten.

Ich hätte ihnen so gern geholfen, konnte aber nichts weiter tun, als dem Ritter von meiner Position mitten aus der Herde zuzuwinken. Er senkte seine Lanze, und zu meinem Erstaunen schien das Feuer in der Lanzenspitze zu verschwinden wie ein Wurm im Schnabel eines Rotkehlchens.

Das Feuer würde dem Ritter jetzt nicht weiterhelfen. Setzte er es ein, würde die Herde mit neuer Energie die Flucht ergreifen. Außerdem musste er begriffen haben, dass sein Schlachtross nicht mit den Garilans würde mithalten können.

Ich schloss die Augen und versuchte, nicht daran zu denken, dass meine Freunde umkommen würden.

Meine Freunde, die wegen mir sterben würden.

Wieder sollten andere untergehen, und ich würde entkommen.

Meine Eltern und Geschwister. Mein Rudel.

Und nun meine neue Familie.

Ja, genau so war es, das wurde mir plötzlich schmerzhaft klar. Khara, Tobble und Gambler waren meine neue Familie geworden.

Nun hatte ich sie für immer verloren.

41

Xial renarriss

Ich weiß nicht, wie lange ich auf dem Rücken des Garilan saß oder wie lange wir rannten. Ich war gefangen in ausufernden Albträumen, bedrängt von Schuldgefühlen. Ich war allein.

Allein, als der Tag zu Ende ging und die Herde – inzwischen wieder ruhig in ihrer ursprünglichen Richtung unterwegs – weiter nach Norden zog.

Ich weinte. Ich weinte um meine Mutter und meinen Vater, um meine Geschwister, mein Rudel. Ich weinte um die tapfere Khara und den treuen Tobble. Ich weinte um Gambler, meinen ungewöhnlichen Freund.

Um Luca weinte ich nicht, doch ich bedauerte seinen Tod. Ich war nie recht warm mit ihm geworden, er war mir rätselhaft und fremd. Trotzdem, auch er hatte wegen mir sein Leben verloren.

Irgendwann an diesem Abend ließ ich mich vom Rücken des Garilans gleiten und sank in das Gras dieser endlosen Weite. Im Schlaf verwandelten sich meine Traurigkeit und Reue in düstere Träume, und ich sah Gesichter vor mir, die von Stahl auseinandergerissen wurden.

Ich träumte von meiner Zeichnung, meiner dummen, kindischen Karte mit der lebenden Insel und der ersehnten Dalkinkolonie darauf.

Ich träumte von Dalyntor, wie er den alten Vers rezitierte:

Sing, o Dichter
von den Ahnen, den tapferen Dalkins,
die tückische, wilde Berge bezwangen,
über eiskalte Meere des Nordens sich wagten
nach Dalkinholm, der lebenden Insel, dem schwimmenden Juwel.

Ich träumte, dass, während ich schlief, ein großer Vogel dicht über mir hinwegrauschte und einen weiten Kreis beschrieb, ehe er davonflog.

Als mich die Sonne aufweckte, lag ich rücklings auf einem Felsenkamm, der die Herde der Garilans in zwei Ströme teilte.

Dabei war ich sicher, dass ich nicht auf einem Felsen gelandet war. Ich hatte mich in weiches Gras fallen lassen.

Hatte ich auch das geträumt?

Da stieg mir plötzlich etwas in die Nase … etwas Vertrautes, Freundliches, ein Geruch nach Mensch und nach … nach Felijaga?

Mit einem Ruck setzte ich mich auf und sah mich Tobble gegenüber, der mir einen Wasserschlauch an die Lippen hielt. Ich stieß einen Freudenschrei aus. »Tobble?«

Tobble grinste. »Erst trinken. Dann erzählen.«

Ich trank gierig.

Atmete tief.

Fiel Tobble um den Hals.

Und im selben Augenblick sah ich Khara, Luca, Gambler und Vallino, die sich auf dieser Felseninsel im Meer der Garilans um mich herumdrängten.

»Wie … was … wie …?«

Möglich, dass ich das öfters wiederholt hatte. Möglich auch, dass ich mir mehr als nur ein paar Tränen abgewischt hatte.

Meine Freunde. Meine neue Familie.

Sie waren entkommen. Aber nicht unverletzt.

Gamblers Fell war an mehreren Stellen versengt bis auf die dunkle Haut, auf der getrocknetes Blut glänzte. Khara hatte einen dicken Verband am linken Arm und einen zweiten oberhalb des Knies. Tobbles rechtes Ohr war eingerissen und blutbeschmiert.

»Wie? Wie habt ihr das geschafft?«, wollte ich wissen. »Aber denkt nicht, ich freue mich nicht wie verrückt, euch lebend zu sehen!«

»Krähen!«, sagte Tobble. »Die Soldaten hatten uns eingeholt, und Khara … also, das hättest du sehen müssen!«

»Krähen?«, wiederholte ich.

»Als ich nämlich schon dachte, mit Khara ist es aus«, erzählte Tobble weiter, und die Worte sprudelten nur so aus ihm heraus, »weil sie es mit drei Soldaten gleichzeitig zu tun hatte, also genau in dem Moment kamen die Krähen.«

»Krähen. Diese schwarzen Vögel?«

»Krähen, ja«, bestätigte Khara. »Die Soldaten rechneten nicht mit einem Angriff aus der Luft. Krähen können einen Mann nicht töten, aber sie können ihn blenden. Sie können ihm Ohren und Lippen abreißen und die Kehle aufschlitzen.«

»Rorid?«, fragte ich verwundert.

Luca wirkte verstört. »Die Raptidons«, sagte er, »haben keine unmittelbare Macht über Krähen. Allerdings …« Er zog die Schultern hoch.

»So, wie sich Menschen Hunde zunutze machen, so halten es

Raptidons mit Krähen«, sagte Gambler. »Sind intelligente Vögel, die Krähen. Nützlich und streitbar.«

Ich schüttelte den Kopf. »Streitbar?«

»Sieht so aus, als wäre Rorid ein raffinierter alter Vogel«, sagte Gambler. »Will sich oder seine Anhänger nicht direkt verpflichten, uns zu helfen. Aber Krähen? Da kann er immer behaupten, dass er nichts damit zu tun hat.«

Ich zeigte auf Gamblers Wunden. Sie sahen schlimm aus.

»Du musst Schmerzen haben«, sagte ich.

»Ja«, gab er zu. »Aber mit Schmerzen können Felijagas ganz gut umgehen.«

»Ich kann euch gar nicht sagen, wie froh ich bin, dass ihr am Leben seid.« Ich musste mich unterbrechen, um neue Tränen runterzuschlucken. »Aber es macht mir auch das Herz schwer. Ihr hättet sterben können, und wofür? Für eine Sache, die höchstwahrscheinlich aussichtslos ist.«

»Bist du tatsächlich der Dalkin-Endling, dann ist die Sache aussichtslos«, sagte Khara. »Wenn aber nicht, wenn wir den Murdano und Araktik als Lügner entlarven können, die versucht haben, das Aussterben der Dalkins zu befördern, wenn wir die Dalkins wieder als Zeugen der Wahrheit einsetzen können … nun, vielleicht ist es immer noch eine aussichtslose Sache« – sie lächelte –, »aber dann gibt es wenigstens Hoffnung.«

Ihre Worte waren als Ermutigung gemeint. Ich aber spürte nur, wie schwer sie auf mir lasteten, auf mir, einem unwissenden jungen Dalkin mit unsicherer Urteilskraft.

»In jedem Fall«, sagte Khara, »ist das alles, was wir haben.«

Sie stand langsam auf und zuckte dabei vor Schmerz zusammen. Doch schon während sie sich aufrichtete, schien sich ihre Müdigkeit in Luft aufzulösen. »Also«, sagte sie, »was wollen wir tun? Weitergehen oder nicht?«

Tobble meldete sich als Erster zu Wort, und zwar lautstark. Luca sprach als Letzter. Die Wahl fiel einstimmig aus. Trotzdem konnte ich die Befürchtung nicht loswerden, dass meine Freunde wegen mir wahrscheinlich noch mehr Beschwernisse würden auf sich nehmen müssen.

Auf Kharas Anordnung gönnten wir uns ein paar Stunden Rast. Ich bot an, die Wache zu übernehmen. Eine Decke um die Schultern, setzte ich mich in die Nähe der andern. Die Decke roch nur ganz leicht nach Pferd, aber das machte mir nichts aus. Seit unserem wilden Ritt empfand ich nichts als Dankbarkeit Vallino gegenüber.

Unter dem funkelnden Nachthimmel sah ich zu, wie sie alle schliefen. Khara, die ihre Krötengeräusche von sich gab. Luca, der sich hin und her wälzte. Gambler, der im Schlaf mit dem Schwanz zuckte. Vallino, der mit gesenktem Kopf dastand. Und Tobble, der liebe Tobble neben mir, dessen runder Bauch sich hob und senkte.

Meine neue Familie, von silbernem Sternenlicht übergossen. Verletzt, müde, aber keinesfalls besiegt.

Ich dachte daran, wie meine Eltern immer nach uns gesehen hatten, während wir schliefen – oder so taten, als ob wir schliefen. Wie beschützt ich mich da gefühlt hatte! Wie sicher, dass meine Familie immer Teil meines Lebens sein würde!

Ich griff in meinen Beutel. Vorsichtig kramte ich die zerknitterte Landkarte heraus, den flachen Stein, den Tobble neben dem Mirabienen-Hügel aufgehoben, und das kleine ledergebundene Tagebuch, das Luca mir geschenkt hatte.

Der Mond schien gerade so hell, dass ich meine gekritzelten Einträge entziffern konnte:

Ein kleiner Moorwolf hat nach seiner Mutter geheult.
Zum Frühstück zerkleinertes Maulwurffleisch.
Für Tobble Weidenblätter.
Hunde tun mir leid. Hätten gewiss eine Menge
zu sagen und können nicht reden.
Denke manchmal an den Unterricht bei Dalyntor und
wünschte, ich hätte mehr gefragt.
Große Angst heute. Eigentlich jeden Tag.
Bin ich wirklich der Endling? Warum ich?

»Steh ich da auch drin?«

Es war Tobble, der mich mit einem geöffneten Auge beobachtet hatte.

»Sicher.« Ich blätterte um und las vor: »›Tobble ist so klein und doch so mutig. Ich wünschte, ich könnte sein wie er.‹«

Tobble lächelte zufrieden. »Dieser Stein, Byx«, sagt er. »Was bedeuten die Wörter darauf?«

Ich nahm den glatten schwarzen Stein in die Hand und fuhr mit dem Finger über die winzigen, sorgfältig eingemeißelten Buchstaben.

»Xial renarriss«, sagte ich. »Das ist aus der alten Dalkinsprache. Niemand mehr kann sie – konnte sie sprechen – außer Dalyntor und ein paar andern. Auch meine Eltern konnten sie ein bisschen.«

Ein leichter Wind wellte das Gras. Tobble zog die Decke fester um sich. »Und was heißt das?«

»Es war das Motto unseres Rudels. Es heißt: ›In der Wahrheit liegt die Stärke.‹« Blinzelnd betrachtete ich die Buchstaben. »Wem der Stein gehört hat, weiß ich nicht genau. Myxo vielleicht. Unserer Pfadfinderin.«

»Unsere Pfadfinderin bist jetzt du, Byx.«

Ich schüttelte den Kopf. »Nicht ich. Bis jetzt nicht. Und wahrscheinlich nie. So etwas kann ich nicht.«

»Das sehe ich anders«, sagte Tobble. »Aber ich versteh schon, wie dir zumute ist. Ein bisschen wie bei einem Wobbyk-Stibillary.«

»Eure Schwanz-Flecht-Zeremonie?«

Er nickte. »Vielleicht wird sie eines Tages, wenn ich es verdient habe, gefeiert werden. Jetzt aber noch nicht.«

Tobble schloss die Augen. Ich sah ihm beim Schlafen zu, so wie mir meine Eltern so viele Male zugesehen hatten, und zum ersten Mal seit langer Zeit empfand ich ein fast vergessenes Gefühl von Frieden.

42

Saguria

Das Wetter wurde von Tag zu Tag schlechter.

Im Süden, wo ich herkomme, ist der Herbst eine Zeit mit fantastisch gefärbten Blättern, gelegentlichem Nieselregen, kühlen Tagen und frostigen Nächten. Wie hatte ich diese Nächte geliebt, wenn sich meine ganze Familie wärmesuchend zusammenkuschelte, die Schwänze verschlungen, die Pfoten zuckend im Traum! Jede Nacht machten wir uns ein neues Lager auf dem Boden, sicher und geborgen wie die Nester, die unsere Vorfahren in die Baumkronen gebaut hatten.

Im Norden war der Herbst ganz anders. Jeder Tag brachte mehr Regen. Und Regen ist nicht ermutigend, besonders nicht, wenn man unsicher ist, ob man das Richtige tut.

Der morastige Boden zerrte an meinen Füßen, dass mir die Beine schmerzten. Vallinos Hufe waren die reinsten Klumpen aus Matsch und Blättern, die ihm Khara jede Stunde abkratzen musste. Gambler gelang es, sich sauber zu halten, aber nur, weil er nachts stundenlang sein Fell putzte. Tobble, der darauf bestand, zu Fuß zu marschieren, versank manchmal bis zu den Hüften in der aufgeweichten Erde.

Aber es war Luca, der mir zu denken gab. Bisher war er eher missmutig und zurückhaltend gewesen. Gegenüber Khara verhielt er sich respektvoll, obwohl sie ihn bedenkenlos rügte, wenn er zu langsam ging oder sich zu wenig am Tragen des Gepäcks beteiligte.

Jetzt wirkte Luca von Tag zu Tag freundlicher, aber auch rechthaberischer. Ich fragte mich, ob er vielleicht zu denen gehörte, die sich bei schlechtem Wetter besonders wohlfühlen. Oder er war einfach nur schüchtern und taute in unserer Gesellschaft allmählich auf? Ab und zu ertappte ich ihn, wie er mich auf eine Art ansah, bei der ich mich unbehaglich fühlte, doch sobald sich unsere Blicke trafen, lächelte er nur.

»Heute erreichen wir Saguria«, sagte Khara, nachdem wir uns acht Tage durch Morast gekämpft hatten. Wir stapften nebeneinander her, während sie Vallino antrieb.

»Die Stadt des Murdano?«, sagte ich.

»Ja.«

»Saguria, die Großartige«, »Saguria, die Uneinnehmbare«, die Hauptstadt aller Menschen von Nedarra.

Saguria, die Hauptstadt des Murdano.

Es hieß, dass hier hunderttausend Menschen lebten, dazu viele Tausend Natintjes, die sich an der Küste drängten. Für Felijagas und Raptidons hatte man jeweils gesonderte Viertel eingerichtet, während Terra-Olme ein Netzwerk an Gängen unter der Stadt gegraben hatten. Trotzdem gab es keinen Zweifel, wer hier das Sagen hatte. Saguria gehörte dem Murdano.

»Khara?«

»Was ist, Byx?«

»Wie hoch sind die Chancen, dass wir da durchkommen?«

Sie antwortete nicht. Aber wie zur Vergewisserung warf sie einen flüchtigen Blick auf ihr Schwert.

»Können wir die Stadt denn nicht umgehen?«, fragte ich.

»Nicht, ohne Hunderte Meilen von unserem Weg abzukommen«, sagte sie. »Und glaubst du ernsthaft, dass wir einen solchen Umweg schaffen würden?«

Ich blickte über unsere elende, unterernährte, triefnasse, durchgefrorene Gruppe. »Wohl eher nicht«, sagte ich. »Aber wie wollen wir durchkommen? Ist die Stadt nicht voller Soldaten?«

»Die Oberstadt ganz bestimmt. Die Unterstadt aber ist ein ausuferndes Durcheinander, ein Straßengewirr, eine Stätte für alle Arten von Laster und Korruption. Hat man mir jedenfalls erzählt. Selber war ich nie da.«

Das Landschaftsbild hatte sich inzwischen geändert, die sanften Hügelketten waren in felsige Berge übergegangen. Die Straße weit zu unserer Rechten durchschnitt das steinige, unebene Gelände mithilfe von Tunnels und Brücken. Wir dagegen mühten uns auf dem schwierigeren Weg, mussten bergauf, bergab jeden Schritt erkunden, und manchmal war der Pfad plötzlich versperrt, sodass uns nichts übrig blieb, als kehrtzumachen.

Die einzige gute Nachricht war, dass wir keine Spur vom Feuerritter mehr gesehen hatten, auch nicht von seinen Soldaten, die von den Krähen attackiert worden waren. Vielleicht hatten wir sie abgehängt. Vielleicht hatten sie aufgegeben.

Als der Nachmittag in den Abend überging, führte uns Khara auf einen Bergrücken, weil sie hoffte, sich von hier oben einen Überblick über das Wegstück vor uns verschaffen zu können.

Von dieser Erhebung aus bekam ich zum ersten Mal die Perricci-Berge zu sehen, eine lange Linie von ganzjährig mit Schnee bedeckten Gipfeln. Sie zogen sich wie eine endlose Mauer dahin, und jetzt begriff ich auch, warum Khara sich für das Risiko, Saguria zu durchqueren, entschieden hatte.

Doch was mir wirklich den Atem raubte, war die Stadt unter uns. Ich hatte keine Ahnung gehabt, dass Menschen etwas derart Imposantes und Prächtiges bauen konnten.

»Das ist sie«, sagte Khara. »Saguria.«

Die Stadt lag an der Spitze eines schmalen, relativ flachen Landstreifens, eingeschlossen von der See im Osten und den Bergen im Westen. Wie als Reaktion auf einen großen theurgischen Zauber rissen für einen Moment die Wolken auf, und ein goldener Lichtstrahl schien herab.

»Es heißt, die Mauern um die Stadt sind sieben Meilen lang«, sagte ich.

Khara antwortete nicht. Ich sah, wie sie mit einer Handbewegung offenbar einen Pfad vor uns in die Luft malte. »Wir müssen einen Lagerplatz für die Nacht finden. Morgen treffen wir dann ungefähr eine halbe Meile vor dem südlichen Tor auf die Straße.«

Ich hörte kaum hin, so fasziniert war ich vom Anblick der Stadt. Staunend betrachtete ich einen keilförmigen Felsvorsprung, der sich Hunderte Meter aus dem Zentrum der Stadt heraus erhob wie ein riesiger Brückenpfeiler oder ein Felssporn. An der gegenüberliegenden Seite schien dieses Felsmassiv direkt aus der nördlichen Stadtmauer herauszuwachsen. Doch waren die Stadtmauern von Menschen gemacht, während dieser … dieser Koloss unmöglich von Menschen geschaffen sein konnte. Steil erhob er sich aus den Mauern im Norden, zu beiden Seiten nackte Felswände, und verbreiterte sich oben zu einem Plateau, auf dem der Palast thronte. Von diesem Plateau aus war das Felsmassiv mit Bedacht gestaltet worden: Man hatte eine schräge Auffahrt herausgehauen, die unten in Höhe der Stadtebene nahtlos mit einer breiten Prachtstraße verschmolz. Zu beiden Seiten der langen Auffahrt wie auch in den aus dem Fels geschlagenen ebenen Flächen waren Geschäfte und große herrschaftliche Villen in Rotbraun, Ockergelb und Hellrosa.

Zuoberst auf diesem beeindruckenden Werk der Natur lag der Palast selbst, ein Wirrwarr unterschiedlichster Stilrichtungen, das von jahrhundertelanger Bautätigkeit zeugte. Jede neue Generation hatte einen Turm, eine Kuppel oder eine von Zinnen gekrönte Befestigungsmauer hinzugefügt.

Ich war starr vor Ehrfurcht. Der Palast war unglaublich alt und trotz der gegensätzlichen Baustile unglaublich prachtvoll. Schon die Insel hatte mich in Staunen versetzt, aber das hier war weitaus größer und kündete von überwältigendem Reichtum und grausamer Herrschaft.

»Wie kann der Mensch, der all das hier kontrolliert, sich für Dalkins interessieren?«, fragte ich.

»Er interessiert sich nicht für Dalkins«, sagte Khara. »Er interessiert sich für Macht.«

»Ist das alles, wofür Menschen sich interessieren?«, fragte ich. »Macht?«

Khara klopfte mir auf den Rücken. »Nicht alle Menschen, Byx. Nur die meisten.«

Sie dachte, das würde mich beruhigen. Stattdessen hatte sie mich ins Grübeln gebracht. Die Möglichkeit, dass die Gier nach Macht das Verhalten vieler Menschen erklärte, war interessant. Interessant und vielleicht sogar nützlich.

43

Die Weisse Wache

In dieser Nacht schüttete es wie aus Kübeln, es regnete so heftig, dass die Felsnische, in die wir uns drückten, kaum Schutz bot. Als wir am nächsten Morgen aufbrachen, waren wir nass bis auf die Knochen, hungrig und durchgefroren. Wir überquerten einen vom Regen überschwemmten Graben und gelangten auf die Straße. Vermutlich boten wir einen seltsamen Anblick, wenn auch Khara als Junge durchging und ich wieder als Hund auftrat. Es ließ sich aber nicht leugnen, dass hier Menschen mit einem Felijaga und einem Wobbyk unterwegs waren. Komisch, ausgerechnet ich war von unserer Gruppe am wenigsten verdächtig. Auf allen vieren konnte ich meine Rolle ganz überzeugend spielen, und wegen der Anwesenheit eines Hundes stellt nie jemand Fragen.

Wir kamen nur im Schneckentempo voran, weil der heftige Regen in der Nacht die Straße teilweise unterspült hatte. Eine der Brücken über einen wild schäumenden Fluss hielt kaum noch stand. Wachleute sorgten dafür, dass einer hinter dem andern darüberging, doch uns schenkten sie keine besondere Aufmerksamkeit. Zunehmend erschöpft und mutlos trotteten wir weiter, vorbei an Ansammlungen von Hütten, die eines Tages Dörfer werden wollten, und durch eintönige Dörfer, die einmal Städte werden wollten, und schließlich in eine Stadt mit dem schnörkellosen, zweckdienlichen Namen Outpost, Außenposten.

Outpost war die letzte Ansiedlung vor der äußeren Stadtmauer von Saguria. Es war eine hektische, betriebsame Stadt mit Lagerhäusern und Stallungen, mit schwer beladenen, hierhin und dorthin rumpelnden Fuhrwerken. In Outpost wurden alle Nahrungsmittel für Saguria erzeugt, alle Nachschublieferungen von hier aus organisiert. Die Stadt war sowohl Dienstleister wie auch Großhändler für Saguria.

»Sollen wir weitergehen?«, fragte Luca Khara. Er war so erschöpft wie wir alle, schien es aber besonders eilig zu haben.

Khara schüttelte den Kopf. »Wir würden die Stadt höchstens bei Sonnenuntergang erreichen, und nachts sind die Straßen bestimmt schwer bewacht. Besser ist, wir versuchen es tagsüber im Pulk der Menschen.«

Mit so ziemlich dem letzten Geld aus Kharas Beutel gelang es uns, einen trockenen Stall mit frischem Stroh zu ergattern. Hier verbrachten wir die Nacht zusammen mit Vallino. In einer nahe gelegenen Wirtschaft kauften wir ein einfaches Essen, das wir wie wilde Tiere verschlangen. Der Stall roch, wie Ställe eben riechen, doch verglichen mit anderen Unterkünften, in denen wir übernachtet hatten, war er luxuriös.

Leider ist ein Stall voller Pferde kein Ort für einen Felijaga. Pferde mögen den Raubtiergeruch nicht. Vallino hatte sich an Gambler gewöhnt, aber den anderen Pferden im Stall jagte die große Katze Angst und Schrecken ein. Am Ende beschloss Gambler, im Holzschuppen hinter dem Wirtshaus zu schlafen.

Immerhin waren wir zum ersten Mal seit Ewigkeiten im Trockenen.

»Warst du schon mal in Saguria?«, fragte ich Luca, als wir es uns bequem gemacht hatten.

»Ja«, sagte er. Dann, als ich das Schweigen zwischen uns wachsen ließ, fügte er hinzu: »Meine Familie treibt Handel in der Stadt. Wir besitzen ein Anwesen ein paar Meilen westlich.«

»Möchtest du deine Familie nicht besuchen, wo wir schon in der Nähe sind?«, fragte ich.

»Nein«, erklärte Luca kurz angebunden.

Zum ersten Mal gab er eine falsche Auskunft. Zumindest für meine Ohren war das leicht herauszuhören – es klang so ähnlich, als würde eine Katze bellen. Aber deuten ließ sich diese Lüge nicht so leicht. Ehrlich gesagt konnte ich verstehen, warum ein Junge, der seine Pfründe auf der Insel aufgegeben hatte, um einem ahnungslosen Dalkin bei der Flucht zu helfen, warum ein solcher Junge von seiner Familie wahrscheinlich nicht gerade begeistert aufgenommen werden würde.

»Kennst du jemanden in Saguria?«, fragte ich.

Lucas Augen wurden schmal. »Warum fragst du?«

»Ich dachte, du kennst vielleicht Leute, die uns helfen könnten«, sagte ich arglos.

Luca blickte mir geradewegs in die Augen. »Ich kenne keinen in Saguria, der uns helfen würde.«

Eine vorsichtige Antwort. Er bestritt nicht, dass er jemanden in Saguria kannte, er erklärte nur, dass er keinen kannte, der uns helfen würde. Doch Luca ging weg, und ich konnte nicht weiterfragen.

Der Morgen war trüb, aber trocken, und wir machten uns frühzeitig auf den Weg. Kaum hatten wir Outpost verlassen, sah ich die Mauern von Saguria aufragen. Sie waren aus dunklem Basalt, grau und düster und zehnmal so hoch wie ein Mensch. Weit rechts von der Stadt konnte ich die weißen Schaumkronen auf dem Meer sehen.

Das südliche Stadttor wölbte sich in einem hohen Bogen zwischen zwei wuchtigen runden Türmen. Die von Zinnen gekrönten Türme und auch die anschließenden Mauerabschnitte waren von Soldaten besetzt. Ich konnte weit über mir ihre Helme und Speerspitzen erkennen.

Am Tor stand ein halbes Dutzend Soldaten Wache, kontrollierte Fuhrwerke nach Schmuggelware, forderte Erklärungen, warum Reisende in die Stadt wollten, und nahm – nach Lucas Auskunft – Bestechungsgelder entgegen.

»Ich hab kein Geld mehr«, sagte Khara.

»Ich werde mit ihnen reden«, bot sich Luca an. »Ich hab das hier!« Er zog eine feine Kette hervor, die um seinen Hals hing, und zeigte uns einen silbernen Talisman, einen kunstvoll gefertigten Fisch.

»Ist dir das nicht zu kostbar?«, fragte Gambler. »Dinge haben doch für Menschen einen hohen Wert. Besonders Gold oder Silber.« Er verbarg nicht die milde Verachtung in seinem Ton.

Luca zog die Schultern hoch. »Mein Leben schätze ich noch mehr.«

Als wir beim Tor ankamen, ging er allein voran. Wir beobachteten, wie er einen Beamten zur Seite nahm und mit ihm sprach. Ich spitzte die Ohren, konnte aber nichts verstehen, aber ich sah, wie Luca den silbernen Talisman vom Hals nahm und dem Wächter hinhielt. Was der damit machte, konnte ich nicht erkennen, weil er von Lucas Körper verdeckt war.

Jedenfalls klappte es. Sie winkten uns durch das Tor und ins Innere der Stadt. Ich hätte mich entspannen können. Aber die Wächter schienen so betont angestrengt zu vermeiden, uns genauer anzusehen. Und als wir an ihnen vorüber waren, bemerkte ich mit einem Blick über die Schulter, wie sie uns nachschauten.

Als wir die Stadt betraten, wurde mir sofort klar, warum man sie unter anderem »Saguria, die Uneinnehmbare« nannte: Die einschüchternde Basaltmauer war nur der äußere Verteidigungsring. Ungefähr fünfzehn Meter danach erhob sich eine innere Mauer, diesmal bestehend aus verkrusteten rosa Korallen. Bei näherem Hinsehen begriff ich, dass die unregelmäßige Oberfläche sogar mit vorspringenden Dolchen aus Korallen besetzt war, jeder in Form eines Raptidonschnabels mit der scharfen Spitze nach unten, um zu verhindern, dass jemand eine Leiter an die Mauer lehnen konnte.

Oben auf dieser Mauer reihten sich Wasserspeier mit offenen Mündern. Ich nahm an, sie dienten als Wasserabfluss, aber Luca behauptete, es wären Öffnungen, durch die kochendes Wasser und flüssiges Feuer auf mögliche Eindringlinge gegossen wurde.

Um zum nächsten Tor zu gelangen, mussten wir eine Viertelmeile gegen den Uhrzeigersinn über einen grasbewachsenen Grünstreifen gehen. Hier durchsuchten uns die Wachen nur nach Waffen wie Armbrüsten. Für unsere Schwerter zeigten sie kein Interesse, und über Kharas rostige Klinge grinsten sie nur.

Etwas mehr Interesse erregte Lucas Schwert, da es den Waffen glich, wie sie Soldaten trugen – und so war es ja auch. Doch offenbar fanden die Wächter Luca zu blass und kraftlos, um in ihm eine große Bedrohung zu sehen, und als er sich als Gelehrter bezeichnete, lachten sie ihn aus.

Innerhalb der Korallenmauer herrschte eine eigentümliche Atmosphäre. Hier spürte man nichts von dem Gefühl der Freiheit und Leichtigkeit wie auf der Insel. Hier richteten Männer wie

Frauen die Blicke zu Boden und vermieden jeden Augenkontakt mit Fremden. Mütter hielten ihre Kinder fest an den Händen. Man nickte sich vorsichtig zu, statt sich fröhlich zu begrüßen.

Wir sahen Läden, aber sie waren düster und schmucklos. Jedes Gebäude schien vom gleichen matten Braun zu sein. Saguria war ein ernster, abweisender Ort, seine Menschen waren bedrückt und verschlossen. Diesen Eindruck hatte ich zumindest hier in der unteren Stadt. Zwischen manchen Gebäuden erhaschte ich immer wieder flüchtige Blicke auf den massigen Felsen, die großzügigen strahlenden Villen, von denen viele in hellen Farben leuchteten, einige sogar mit goldglitzernden Verzierungen.

Der Palast selbst war von fast jedem Punkt der Stadt aus zu sehen. Er wirkte dominierend, einschüchternd, und ich begriff, dass diese Wirkung gewollt war. Dort, hoch über uns in den herrschaftlichen Anwesen und besonders im Palast, lebten unsere Herren und Meister. Und alle, die auf den Straßen der Stadt unterwegs waren, sollten daran erinnert werden, dass sie, die Oberen, es waren, die unser aller Schicksal in Händen hatten.

Inzwischen hatte ich gelernt, die Menschen besser zu verstehen, und ich konnte das Gefühl, das durch die untere Stadt schlich, spüren: Es war Angst. Als wir sahen, wie die Menge vor uns sich teilte, wie die Menschen sich plötzlich eng an die Mauern drückten, verstand ich den Grund ihrer Angst.

Die Straße herunter kamen drei leicht bewaffnete Männer in schneeweißen Gewändern. Ihre Wappenzeichen waren furchterregend: Vor einem stilisierten schwarzen Berg ein großes Schwert, Spitze nach unten, darum herum drei kleinere Schwerter, von denen Blut tropfte. Rechts daneben ein weißer Vogel auf grüner Fläche.

Die Männer in Weiß stolzierten über die Straße, die Gesichter rot, die Augen misstrauisch. Jeder hatte einen kurzen Stock in der Hand mit eingeschnitzten Runen, der am Griff mit einem roten Schmuckstein von imposanter Größe versehen war.

»Die Weiße Wache«, raunte Khara. »Schnell zur Mauer! Und nicht hinsehen!«

Wir wichen zurück, auch Gambler. Aber ich als gewöhnlicher Hund konnte zur Seite treten und beobachten, wie die Weißen Wächter vorbeimarschierten.

»Pass auf deinen Hund auf!«, schnauzte einer von ihnen Khara an. Dabei trat er mir mit solcher Gewalt in die Rippen, dass ich hinfiel.

Ich unterdrückte eine impulsive Reaktion, bemühte mich stattdessen um eine passable Kopie eines schmerzlichen Aufjaulens und zog den Schwanz ein, wie es ein braver Hund getan hätte.

»Sie haben die Macht über Leben und Tod«, erklärte Khara, als die Wachen vorüber waren. »Sie brauchen einen nur mit ihren Stöcken anzutippen, schon landet man in der Folterkammer. Oft werden Menschen getötet.«

»Nichts wie weg aus dieser elenden Stadt«, sagte Tobble und tätschelte meinen Kopf.

Er sprach mir aus der Seele. Im selben Moment aber fiel mir auf, dass sich etwas geändert hatte.

Ich vergewisserte mich, ob ich ohne Gefahr sprechen konnte – immerhin spielte ich noch meine Hunderolle.

Bevor mir die Worte über die Lippen kamen, wusste ich, dass Khara es auch bemerkt hatte.

»Wo ist Luca?«, fragte ich.

44

Der Überfall

Khara ließ ihren Blick über die Menge wandern. In ihren Augen stand die nackte Angst.

»Lauft!«, rief sie. »Schnell!«

Wir rannten los, stießen und rempelten uns durch das Gedränge. Doch ohne Luca hatten wir keine Orientierung. Nicht lange, und wir standen in der Nähe der Hafenanlage. Hier zog sich der innere Schutzwall aus rosa Korallen bis ins Meer hinaus und bildete so einen geschützten Hafen. Überrascht stellte ich fest, dass man die Korallen nicht aus dem Meer geholt hatte. Sie waren direkt an dieser Stelle gezüchtet worden.

»Die Natintjes müssen hier …«, fing ich an, aber Khara brachte mich mit einer ungeduldigen Handbewegung zum Schweigen. Vor uns tauchten weitere Männer der Weißen Wache auf.

Um ihnen zu entkommen, bogen wir hastig in ein Seitengässchen und sahen uns bald hoffnungslos verirrt in einem Labyrinth gekrümmter Straßen. Wir rannten weiter, gerieten in eine wirre Ansammlung von Häusern und Läden, kamen durch Gassen, so eng, dass bestimmt nie ein Sonnenstrahl die Pflastersteine erreichte. An einer Tür bemerkte ich einen verblichenen, zerfledderten Zettel und blieb wie angewurzelt stehen. Es war die Ankündigung der Eumonie auf der Insel Ursina, *einer feierlichen Zeremonie,* in der *das Verschwinden einer überlegenen Art* beklagt wird.

Kein Wort von Dalkins, nur »eine überlegene Art«. Vielleicht, dachte ich finster, sollen die Zettel für das Ende der Felijagas wiederverwendet werden.

Wir bogen um eine scharfe Kurve und sahen uns plötzlich einem Wesen von etwa meiner Größe gegenüber: Es war ein Arratoi, ein widerliches Geschöpf mit stachligem Fell, das von Flöhen wimmelte. Eine Art Riesenratte mit gekrümmten Zähnen und einem Greifschwanz, der hin- und herschwang, als wollte er einen fröhlich wedelnden Hundeschwanz parodieren.

Der Arratoi starrte uns aus roten, rechteckigen Pupillen an, die mich an eine Ziege erinnerten.

Ich hörte Khara unterdrückt fluchen. Dann sagte sie ein einziges Wort. »Gambler.«

Wir standen ungefähr zehn Meter vor dem Arratoi, doch Gambler überwand die Entfernung mit einem Satz, die Krallen weit vorgestreckt. Der Arratoi war flink, sprang kreischend zur Seite. Aber so leicht ließ Gambler sich nicht täuschen. Er bekam das ekelhafte Ding mit einer Pranke zu fassen, grub ihm die Klauen ins Fleisch und riss ihm den Boden unter den Füßen weg.

Nach wütendem Hin und Her und einem unterdrückten Schrei des Arratois machte Gambler dessen Leben mit einem Biss in den Schädel ein Ende. Gerade hauchte die Kreatur ihren letzten Atem aus, da schob eine zweite die Schnauze um die Ecke, sah das blutige Schauspiel und rannte davon, quiekend, als wollte sie Tote erwecken.

»War das unbedingt nötig?«, protestierte Tobble.

»Die spionieren für den Murdano«, sagte Gambler, während er das Blut des Arratois ausspuckte.

»Wir müssen hier raus und einen Weg zum nördlichen Tor finden, sonst sind wir erledigt«, sagte Khara.

Wir rannten weiter, die Angst verlieh uns neue Energie. Allmählich wurden die Straßen breiter, und die Häuser standen weiter auseinander. Hier und da sah ich flüchtig eine Spur Korallenrosa, das, so hoffte ich inständig, die nördliche Mauer sein müsste.

»Aber wollen wir denn nicht Luca suchen?«, keuchte Tobble atemlos.

»Nein«, antwortete Khara. »Der sucht längst uns.«

»Ja«, sagte Gambler erbittert. »Und wie es aussieht, hat er uns gefunden.«

Direkt vor uns standen zwei Mitglieder der Weißen Wache.

Ein Dritter trat aus einer Seitenstraße hinter uns.

»Achtet nicht auf ihre Stöcke«, sagte Khara. »Achtet auf ihre Schwerter.«

»Ich nehme den hinter uns«, sagte Gambler.

Dröhnend und herrisch brüllte einer der Männer in Weiß: »Bleibt stehen und ergebt euch!«

Ich glaube, sie erwarteten, dass wir gehorchten. Sie rechneten sicher nicht damit, dass Gambler kehrtmachen und den Wächter hinter uns angreifen würde.

Ebenso wenig erwarteten sie, dass ein Junge ein Schwert zog, das plötzlich hell aufleuchtete.

Khara ging direkt auf sie los. Auch ich zog mein »Schwert«. Wenn ich schon sterben musste, dann im Kampf. Alles sprach dafür, dass ich der Endling war, also musste ich hier, am Ende unserer aussichtslosen Reise, meine Art wenigstens ehrenvoll vertreten.

Khara rannte gegen einen der Wächter an und schaffte es um

ein Haar, die Insignien des Murdano auf seinem Gewand mit ihrem Schwert zu durchbohren. Doch er war blitzschnell und gut trainiert. Er drehte sich weg und zog gleichzeitig sein Schwert, sodass Kharas Hieb, der tödlich hätte ausfallen sollen, nur das weiße Gewand zerriss und an dem Kettenhemd darunter abprallte.

Noch in der Drehung schwang der Mann seine Waffe gegen Khara. Diesem Angriff konnte sie nur ausweichen, indem sie sich fallen ließ und mit den Fersen nach hinten stieß.

Ich hielt mein jämmerlich kleines Schwert bereit, meine Hand zitterte, die Kehle wurde mir eng.

Was sollte ich tun? Der eine Mann war mit Khara beschäftigt, der andere mit Gambler.

Von dem Felijaga hörte ich Knurren, von dem Menschen Schmerzensschreie. Ich roch frisches Blut.

Der dritte Wächter rückte nicht gegen mich vor. Stattdessen zog er etwas aus einer tiefen Tasche seines Gewands. Ich stellte mit Schrecken fest, dass es ein Netz war, ein Netz, wie Fischer es verwenden.

Neben mir stieß Khara, immer noch in Rückenlage, gegen die Beine ihres Angreifers und brachte ihn aus dem Gleichgewicht, aber er fing sich augenblicklich wieder.

Der dritte Wächter kam jetzt seelenruhig auf mich zu, zwischen beiden Händen das Netz.

Er wollte mich lebend haben.

Ich schwang mein Schwert gegen ihn. »Ich werde dich schon aufhalten!«, sagte ich.

»Ach ja?« Der Mann lachte. »Hab noch nie mit einem sprechenden Hund gekämpft.«

Angst hatte ich ihm eindeutig nicht eingejagt. Er kam näher.

Hinter mir hörte ich schmerzvolles Kreischen, wie es Felijagas eigen ist.

Neben mir holte Kharas Angreifer zu einem gewaltigen Stoß aus. Khara riss ihr Schwert hoch, um ihn abzuwehren, doch die Gewalt seines Angriffs schlug ihr die Waffe aus der Hand, und sie landete scheppernd auf dem Pflaster.

Gleich vorbei, tickte es irgendwo in meinem Kopf.

Gleich würde alles vorbei sein.

45

Vorsicht, wütender Wobbyk!

Als der dritte Wächter das Netz einmal, zweimal über seinem Kopf schwang, sprang ich los.

Ich sprang, wie Khara es mir gezeigt hatte, zwischen die Beine des Mannes und wollte ihm die Oberschenkel aufschlitzen. Aber ich bin nicht Khara, meine kühne Attacke verursachte kein bisschen Blut.

Trotzdem musste der Wächter meine Schwertklinge an seinem Oberschenkel gespürt haben, denn er stieß einen Fluch aus und umklammerte sein Bein, um nach der Verletzung zu sehen.

Außer sich vor Wut warf er das Netz über mich. Ich versuchte, es zu durchschneiden, konnte aber nichts bewirken.

Während ich mich wand und drehte, um mich zu befreien, und Gambler verzweifelt kämpfte, sah ich, wie Khara ins Schwanken geriet – der Wächter hatte ihr brutal den Griff seines Schwertes über den Kopf geschlagen. Sie drehte die Augen nach oben.

Nun hatte Gambler alle drei Wächter gegen sich. Nicht einmal er würde das überstehen.

Ich schluchzte und zappelte hilflos im Netz.

Und da geschah etwas.

Verstärkung nahte. Verstärkung in Gestalt von Tobble.

Es war, als hätte ihn ein Blitz getroffen und mit Energie aufgeladen.

Sein Fell sträubte sich.

Seine kleinen Krallen kamen zum Vorschein.

Seine winzigen Zähne waren gebleckt.

Er redete in einer Sprache, die ich nie gehört hatte.

»Etz shi falk wan!«, schrie er.

Und dann stürzte er sich in heller Wut auf den Wächter, der Khara gerade niedergeschlagen hatte, bohrte ihm die Krallen ins Ohr und fing an, an seiner Nase zu reißen.

Mit dem Schwert konnte der Wächter da nichts ausrichten. Er versuchte krampfhaft, Tobble abzuschütteln, aber der Wobbyk hatte die Nase des Mannes jetzt fest zwischen den Zähnen. Blut floss nach allen Seiten.

Der Wächter, der mich gefangen hatte, eilte seinem Kameraden zu Hilfe. Tobble aber löste sich von seinem Opfer und warf sich mit einem schrillen Schrei, der von einem wesentlich imposanteren Tier hätte kommen können, von hinten dem zweiten Mann an den Nacken. Er umfasste dessen Kopf, bekam seine Mundwinkel zu fassen und zerrte ihm die Lippen zu einem schaurigen Grinsen auseinander. Dann fing er an, sich wie ein verrückt gewordener Dachs in den Nacken des Mannes zu verbeißen.

Endlich fand ich aus dem Netz heraus. Aus voller Kehle rief ich: »Für die Dalkins!«

Und dann tat ich etwas, was ich nie gewollt hatte, was zu tun ich mir nie hatte vorstellen können.

Ich stieß mein Schwert in Tobbles ersten Gegner und durchbohrte sein Hinterteil, dass er aufheulte vor Schmerz.

Taumelnd, fast wie von Sinnen, wirbelte ich herum und schlug dem zweiten Wächter das Schwert in die Kniekehlen, eine Stelle, die von der Rüstung nicht geschützt war.

Beide Männer brüllten auf, während ich mich bereits auf Gamblers Gegner stürzte. Das Blut pochte mir in den Ohren, mein Atem ging stoßweise. Tobble war vor mir da und biss wütend auf das Ohr des Wächters ein.

Gambler, der dadurch eine kurze Atempause bekommen hatte, war im Nu wieder auf den Beinen. Er sprang den Wächter an, schloss seine gewaltigen Kiefer um dessen Hals, und der Mann, die Großkatze, der Wobbyk und ich, wir fielen allesamt zu Boden.

Als ich mich befreit hatte, sah ich, dass Khara sich gerade aufrichtete, die eine Kopfseite rot von Blut. Zorn stand in ihren Augen. Zorn, aus dem Verblüffung wurde, als sie bemerkte, wie einer der gefürchteten Soldaten der Weißen Wache, auf Knien rutschend, sich das Hinterteil hielt, ein zweiter, auf Knien und Ellbogen davonkriechend, ein lahmes Bein nachzog, und ein dritter schreckensstarr zwischen Gamblers Krallen hing.

»Was zum …«, fing sie an.

Da sah sie Tobble, schwer atmend und mit blutverklebtem Fell.

»Vallino«, sagte sie, »tut mir leid, aber jetzt muss es schnell gehen!«

Sie schnappte sich ihr Schwert, sprang aufs Pferd, zog erst mich hoch, dann Tobble und griff um uns herum nach den Zügeln.

»Ich hab's euch doch gesagt«, erklärte Tobble, noch immer keuchend. »Wir Wobbyks geraten so schnell nicht in Wut, aber wenn, dann wissen wir uns allemal zu helfen!«

»Davon bin ich völlig überzeugt, Freund Wobbyk«, sagte Khara. Sie warf einen Blick über die Schulter. »Gambler?«

»Komme«, rief er und warf einen flüchtigen Blick auf den zu Tode verängstigten Wächter, der immer noch zwischen seinen Pfoten hing.

Khara sagte etwas zu Vallino, und jedes Bemühen um Geheimhaltung wurde aufgegeben. Wir preschten durch die Straßen, die Blutspur unserer Feinde hinter uns herziehend.

»Da ist sie!«, schrie plötzlich eine vertraute Stimme, als wir um eine Kurve bogen.

Ein Dutzend Soldaten versperrte uns den Weg. Khara riss Vallino so scharf herum, dass seine Hufe Funken auf dem Kopfsteinpflaster schlugen, doch unmittelbar hinter uns war ein zweiter Trupp Soldaten angerückt.

Aus der ersten Reihe trat Luca vor.

»Nehmt sie fest«, sagte er selbstsicher und gebieterisch. »Und vergesst nicht ihren« – er warf uns ein kaltes Lächeln zu – »Hund.«

46

Der Murdano

Einen Dalkin zu fesseln ist nicht einfach. Unsere Handgelenke sind nicht geeignet dafür. Es geht überhaupt nur, wenn die Handschellen ganz fest zusammengedrückt werden.

Das taten die Soldaten des Murdano. Beaufsichtigt von Luca.

Mich, Khara und Tobble fesselten sie.

Gambler behandelten sie schlimmer. Sie schnürten ihm ein dickes Seil um den ganzen Körper und banden ihm die Beine an den Rumpf. Dann luden sie ihn auf einen Karren.

Wir wurden durch Spiegel- und Marmorgänge gestoßen, geschubst und gezerrt, bis wir endlich zu Füßen des Murdanothrones standen.

Ich stolperte, und als ich mich wieder aufzurichten versuchte, stieß mich Luca mit dem Gesicht zu Boden. »Auf die Knie vor dem Murdano, Hund!«, sagte er.

Verängstigt und eingeschüchtert, wie ich war, fiel es mir schwer, alles um mich herum aufzunehmen. Der Raum war überwältigend groß, und durch die Ausgestaltung mit prächtigen Spiegeln erweckte er den Anschein, noch größer zu sein. Überall war Gold: auf den mit Kerzen bestückten Kronleuchtern, auf den Kerzenhaltern an den Wänden, in den Fugen zwischen den Marmorquadraten, an Bilderrahmen mit den Porträts von steif, finster und unnatürlich dreinblickenden Menschen.

Sechs Stufen führten hinauf zu einem Podest, auf dem ein wuchtiger Thron stand. Die kunstvollen Schnitzereien darauf stellten Menschen, Felijagas, Raptidons, Natintjes und Terra-Olme dar – und, in überraschend herausgehobener Stellung, einen höchst ehrwürdigen Dalkin.

»Was soll diese Störung bedeuten?«, rief jemand in auffahrendem Ton. Die Stimme klang höhnisch und gereizt, sie gehörte einem älteren Mann. Er stand links vom Thron und war in einen langen, in fließenden Falten herabfallenden Umhang in tiefstem Dunkelblau gekleidet.

Auf der anderen Seite des Thrones stand noch ein Mann. Der war stämmig und muskulös und hatte die kräftigen Arme vor seiner tonnenförmigen Brust verschränkt. Seine prunkvolle Soldatenuniform war mit Medaillen und Bändern behängt. Seine schwarzen hohen Stiefel glänzten frisch poliert, als wollten sie mit den Spiegeln wetteifern.

Luca ergriff das Wort. »Ich bringe Euch ein seltenes Geschenk. Ein Geschenk von unschätzbarem Wert.«

»Und wer bist du?«, fragte der Mann zur Linken, der eine Art Berater zu sein schien.

»Ich bin Luca, Akademiestudent auf der Insel Ursina. Doch mein voller Name ist« – er legte eine Pause ein, in der er Khara mit blankem Hass anstarrte – »Luca Corpli, zweitältester Sohn von Fredoro Corpli.«

Ich hörte ein scharfes Einatmen von Khara. Sie schleuderte ihm einen eisigen Blick zu. »Verrat liegt schon immer in deiner Familie.«

Da schlug Luca sie so heftig mit dem Handrücken ins Gesicht, dass der scharfe Knall als Echo von den Wänden hallte.

Khara zeigte keine Reaktion.

Der Berater wollte etwas sagen, doch der Murdano unterbrach ihn mit einer Handbewegung. »Und warum sollte ich dieser Horde bedeutungsloser Kreaturen meine Aufmerksamkeit schenken?«

Der Murdano schien nach menschlichen Maßstäben jung zu sein. Er hatte einen sorgfältig gestutzten Bart, der gut mit seinem ebenholzschwarzen Haar harmonierte. Anders als der medaillenbehängte Soldat zu seiner Rechten und der märchenhaft gekleidete Berater zur Linken zog der Murdano offenbar schlichtere Kleidung vor: Leggings und Tunika. Beides war aus feinsten Stoffen hergestellt, aber doch schlicht im Vergleich zu den anderen.

»Eure Majestät«, sagte Luca mit einer Verbeugung und einer weit ausholenden Geste, »ich bringe Euch hier den einzig überlebenden Dalkin der Welt. Den Letzten seiner Art. Den Endling.«

Von den zehn, zwanzig Hofleuten in der Nähe war aufgeregtes Raunen zu hören.

Der Murdano sagte: »Alle verlassen den Raum, bis auf meinen Lordkanzler und meinen General!« Nach vorn gebeugt und mit erregtem Blick folgte er dem Rückzug der Hofleute. »Und ich warne euch: Sollte hiervon etwas nach außen dringen, wird der Schuldige in meinen Kerkern verrotten, bis Krankheit ihn dahinrafft!«

Augenblicklich hörte das Gemurmel und Geraune auf, und die Höflinge verschwanden eilig.

»Ein Dalkin, eh?«, sagte der Murdano und betrachtete mich. »Es heißt, ein Dalkin weiß genau, ob eine Behauptung stimmt oder nicht.« Er strich sich über den Bart. »Ich will dich auf die Probe stellen.«

Ich nickte. Was blieb mir übrig?

»Zum Frühstück hatte ich heute kalte Fasanenbrust und Datteln mit Joghurt. Richtig oder falsch?«

»Richtig.« Meine Stimme in dem weitläufigen Raum klang mickrig. »Ich meine, richtig, Eure Majastät.«

»Gestern besuchte ich einen Ringkampf.«

»Nein, Eure Majestät. Das habt Ihr nicht.«

»Zufallstreffer«, murmelte der kräftige Mann mit den Medaillen.

»Vielleicht, General.« Der Murdano lächelte. Es war kein sympathisches Lächeln. »Vor drei Tagen hat man mir eine alte Schriftrolle gezeigt.«

»Ja, Eure Majestät«, sagte ich.

»Und den Tag davor schaute ich mir eine Unterweisung im Schwertkampf an.«

»Ja, Eure Majestät.«

»Er fand im zentralen Auditorium statt.«

»Nein, Eure Majestät.«

»Im Festsaal?«

»Nein, Eure Majestät.«

»In meinen Privatgemächern?«

»Ja, Eure Majestät.«

»Und während ich zusah, kam meine Tochter, Prinzessin Coral, dazu.«

»Ja, Eure Majestät.«

»Die Vorführung gefiel ihr ausnehmend gut.«

»Nein, Eure Majestät.«

Der Murdano warf seinem General einen Seitenblick zu. »Nun, es war tatsächlich so, dass die Prinzessin sich nach wenigen Minuten entschuldigte und behauptete, es würde sie zu sehr aufregen.«

Der General verzog das Gesicht. »Ich glaube dem Dalkin trotzdem nicht.«

»Sir, das stimmt nicht«, sagte ich. »Ihr glaubt mir sehr wohl.«

»Warum sollte mein Oberster Heerführer lügen?«, wollte der Murdano wissen.

»Das weiß ich nicht, Eure Majestät«, sagte ich. »Ich weiß nur, ob eine Behauptung wahr ist oder ... also, das ist so, Eure Majestät: Ich weiß, ob eine Person glaubt, was sie sagt, oder ob sie das nicht glaubt. Ich weiß nicht, ob eine bestimmte Sache wirklich geschehen ist, und ich weiß auch nicht, warum jemand etwas sagt oder tut. Ich weiß nur, ob jemand glaubt, dass er die Wahrheit sagt, oder lügt.«

Die Augen des Murdano leuchteten auf, als ihm klar wurde, welche Möglichkeiten sich damit für ihn eröffnen könnten. »General Oregal, liebst du deinen Murdano?«

Der General blinzelte. »Ich liebe Eure Majestät mit meinem ganzen Soldatenherzen!«

Der Murdano sah mich mit hochgezogener Augenbraue an.

Auf einmal begriff ich, wie richtig Khara lag, als sie mir erklärt hatte, welche Gefahr ich für andere bedeuten könnte. Auch für diesen General. Zögernd sagte ich: »Nein, Ihr liebt den Murdano nicht, General.«

»Gewiss nicht«, spottete der Murdano. »Nun, General, ich will anders fragen: Bist du mir treu ergeben?«

»Absolut!«

»Das stimmt«, sagte ich.

Der Murdano nickte. »Auf Liebe lege ich keinen Wert, doch Treue und Ergebenheit schätze ich so hoch, wie ich Untreue verachte.«

»Der General ist treu, Majestät.«

Der Murdano lehnte sich zurück und sah mich unverwandt an. »Lordkanzler«, sagte er schließlich, »lasst im entferntesten Turm einen Raum für unsere Gäste herrichten. Man soll sie gut behandeln. Dieses Wesen könnte sich als nützlich erweisen. Morgen kommt Araktik zurück, dann werde ich mit ihr über diese kostspielige Eumonie sprechen, die sie veranstaltet hat. Sie wird sich in Anwesenheit dieses Dalkins rechtfertigen müssen – er ist der Beweis, dass die Dalkins nicht ausgestorben sind.«

Luca meldete sich zu Wort. »Und ich, Eure Majestät?«

»Du und deine Familie, ihr werdet eine gute Belohnung für diesen Dienst erhalten«, sagte der Murdano gleichgültig. An mich gewandt ergänzte er: »Der General wird, um dich zu bewachen, seine besten Männer auswählen. Männer, die genau wissen, dass ich ihnen, falls sie auch nur ein Wort darüber verlieren, die Zungen aus dem Mund reißen lasse.«

Der General nickte gehorsam. »Ich schicke die Weiße Wache.«

»Ja«, sagte der Murdano. »Und über Folgendes sei dir im Klaren, Dalkin: Solltest du versuchen zu fliehen, werde ich mir für deine Kameraden etwas weit Schlimmeres ausdenken, als ihnen die Zungen rauszureißen.«

47

Wieder im Gefängnis

Der Murdano hielt Wort.

Wir wurden von Wächtern durch endlose Gänge und Korridore dirigiert. Vorher räumten Soldaten der Weißen Wache jeden Flur. Niemand sah uns vorbeigehen, es sei denn durch ein Schlüsselloch.

Wir stiegen steile Wendeltreppen hinauf und kamen schließlich an eine massive hölzerne Tür mit schweren Messingbeschlägen.

Dahinter lag ein runder Raum mit vier schmalen Fenstern, eins in jeder Himmelsrichtung. Es war kein Prunkgemach mit Marmor und Gold, aber es war ein geräumiges Zimmer mit vier Betten und kleinen Teppichen auf dem Steinfußboden. An der einen Wand hing sogar eine verblichene Tapete.

Da man den Dienern offenbar nicht trauen konnte, brachten uns Männer der Weißen Wache Platten mit Essen: Obst und Nüsse, Käse und Geräuchertes. Für Gambler hatten sie sogar eine Antilopenkeule beschafft und für Tobble frische Kräuter und Gräser.

»Mein Pferd?«, fragte Khara.

»Ist ein ausgezeichnetes Pferd«, sagte der oberste Wächter ruppig. »Wir wissen schöne Pferde immer zu schätzen.«

»Und mein Schwert?«

»Du wirst das alte Stück Rost nicht mehr brauchen.«

Khara blinzelte, zeigte aber sonst keine Regung.

Die Wächter schlossen hinter uns die Tür ab, und ich hörte, wie Riegel vorgeschoben und Schlüssel umgedreht wurden.

Khara trat vor eins der Fenster und stieß einen Pfiff aus. »Na, immerhin haben wir eine Aussicht.«

Tobble wuselte zu einem anderen Fenster und sprang aufs Fensterbrett. »Wir sind Meilen hoch!«

Ich stellte mich hinter Khara, und mir stockte fast der Atem. Wir befanden uns im höchsten Turm der ausgedehnten Palastanlage, ganz oben auf dem großen Felsvorsprung über der Stadt. »Wir sind fast in den Wolken!«

»Du hast deine Sache gut gemacht, Byx«, sagte Khara.

»Nein«, sagte ich bitter. »Hätte ich es gut gemacht, hätte ich erkannt, wer Luca wirklich ist.«

Sie legte mir eine Hand auf die Schulter. »Es ist nicht das erste Mal, dass meine Familie von den Corplis verraten wurde. Und ohnehin war ich es, die Luca vertraut und uns alle hierhergebracht hat.«

»Irgendwie«, murmelte ich, »war ich überzeugt, Luca wäre ein Gelehrter auf der Suche nach der Wahrheit.«

»Oh, er ist auf der Suche«, sagte Khara. »Auf der Suche nach Gold für die Schatzkisten seiner Familie. Und auf der Suche nach Macht.«

Wir aßen gut, wenn auch in düsterem Schweigen.

Diese Nacht schlief ich in einem ungewohnten, aber warmen, trockenen und bequemen Menschenbett. Irgendwann weckte mich ein leises Murmeln. Ich setzte mich auf und sah Gambler vor dem Südfenster stehen. Sein weiß gestreiftes Gesicht schimmerte im Mondlicht.

Ich lauschte. Er sang leise in einer Sprache, die ich nicht verstand.

»Vir ghaz wast farl
Vir ghaz wast marl
Enweel ma koorish
Jinn ma santwee …«

Plötzlich hielt er inne und drehte sich zu mir um. »Tut mir leid, wenn ich dich geweckt habe.«

»Nein, mir tut's leid, wenn ich dich unterbrochen habe. Ich verstehe die Wörter nicht, aber die Melodie ist wunderschön.«

Gambler nickte. »Es ist das Totenlied. Ein Felijaga, der weiß, dass er bald sterben wird, singt von seiner Liebe zum Mond und zu den Sternen, unseren Leitbildern.«

Seine Worte trafen mich wie ein Boxhieb in den Bauch. »Bist du denn so sicher, dass alles hoffnungslos ist?«

Gambler seufzte. »Dich wird man wohl am Leben lassen, solange du dem Murdano nützlich bist. Offenbar ist ihm eingefallen, dass Dalkins, wenn es viele gibt, eine Bedrohung darstellen, dass aber demjenigen, der den letzten und einzigen besitzt, große Macht zufällt. Er wird dich leben lassen, aber nur als Gefangene. Wir Felijagas hassen Käfige, und ich musste schon viele Tage im Kerker auf der Insel ertragen.«

»Aber deshalb …« Ich sah mich im Zimmer um. Khara und Tobble schliefen noch. »Du willst dir aber doch nicht …«

»Das Leben nehmen?« Gambler lachte traurig. »Nein. Wir Felijagas glauben, wer tapfer im Kampf stirbt, wird in den Großen Wald über den Wolken aufsteigen. Dort gibt es reichlich

Beute, dort jagen wir, und manchmal treffen wir uns mit anderen Felijagas und erzählen von unseren großen Taten im Leben.«

Anscheinend fand er sich mit diesem Schicksal ab. Begrüßte es vielleicht sogar.

»Wenn sich eine Gelegenheit für mich bietet – und ich euch nicht in Gefahr bringe –, werde ich sie nutzen und die Wachen angreifen. Sie sind darauf vorbereitet. Sind gut bewaffnet und trainiert. Ich werde angreifen und, mit Glück, wenigstens einen der Männer in sein menschliches Jenseits befördern, was immer das ist. Sie werden mich töten, ich aber werde mich aufschwingen in die Wolken und viele Felijagas treffen, die tapfer gestorben und vor mir gegangen sind.«

»Aber, Gambler …«

»Ja?«

»Aber … aber ich würde dich vermissen. Du bist mein Freund!«

Felijagagesichter lassen selten eine Regung erkennen, aber jetzt waren Gamblers Augen feucht. »Ich fühle mich geehrt von deinen Worten, Byx.«

»Tu mir einen Gefallen, Gambler. Warte wenigstens noch eine Weile.«

Gambler sagte nichts. Vielleicht wusste er, dass ich in Wahrheit weder einen echten Plan hatte noch einen Ausweg sah.

»Ja? Machst du das?«, drängte ich. »Für mich?«

Gambler senkte den Kopf und schwieg lange. »Drei Tage«, sagte er. »Ich werde diesen Käfig noch für drei Tage ertragen.«

Am Morgen fand ich Khara tief in Gedanken. Sie war damit beschäftigt, ihre Decken zu ordnen, und Tobble half ihr dabei – falls »helfen« bedeutet, mit Begeisterung alles wieder durcheinanderzubringen.

»Gambler hat den Mut verloren«, sagte ich.

Tobble sah über die Schulter nach dem Felijaga. »Vielleicht kann ich ihn ja aufmuntern«, sagte er. Er grinste mich an. »Hätte nie gedacht, dass ich das mal sage, aber irgendwie habe ich mich an das große Kätzchen gewöhnt. Für einen gefährlichen Räuber ist er gar nicht übel.«

Ich sah Tobble nach, wie er davonwatschelte. »Gambler sagt, der Murdano hat erkannt, dass mehrere Dalkins eine Bedrohung für ihn sein können, dass aber ein einzelner Dalkin unter seiner persönlichen Kontrolle eine ernst zu nehmende Macht wäre.«

Khara nickte. »Da hat er natürlich recht. Mir macht nur Sorgen, was Luca dem Murdano nicht erzählt hat. Luca weiß, dass ich eine Donati bin, hat aber nichts davon gesagt. Als ich mein Schwert gezogen und gekämpft habe, hat er es gesehen, er muss also seine wahre Eigenschaft zumindest ahnen. Und doch hat er nichts gesagt.«

Wir saßen auf Kharas Bettkante. »Das ist mir auch aufgefallen«, sagte ich.

»Vermutlich hofft Luca, dass er das Schwert stehlen und seinem Vater bringen kann«, sagte Khara. »Fredoro Corpli ist ein ehrgeiziger Kriegsherr. Er würde nur zu gern nach Norden ziehen und Krieg führen, falls der Murdano beschließt, gegen Dreyland vorzurücken. Bekäme Corpli mein Schwert, das Licht von Nedarra, in die Hände, würden ihm die Männer in Scharen zulaufen.«

»Nur wegen einem Schwert?«

»Wegen *diesem* Schwert«, erwiderte Khara. »Corpli würde sehr schnell zum zweitmächtigsten Mann von Nedarra werden, gleich nach dem Murdano. Und Luca würde natürlich über seinen älteren Bruder triumphieren, dem Erben der Ländereien und des Vermögens der Corplis.«

»Schöne Familie«, grummelte ich.

»Ja.« Khara seufzte. »Es hat schon seinen Grund, warum Felijagas den Menschen nicht trauen. Unsere Beweggründe sind undurchschaubar, unsere Gier und unser Ehrgeiz grenzenlos, und unsere Loyalität ist unzuverlässig.«

Unsere Morgenmahlzeit kam, und wir aßen schweigend. Wir konnten nichts tun als warten. Gambler lag in einem Sonnenfleck und döste vor sich hin, Tobble saß neben ihm und streichelte manchmal sogar über den seidigen Kopf der Großkatze.

Ich sah den tanzenden Sonnenstäubchen zu, lauschte dem klagenden Gurren der Tauben vor unseren Fenstern und ließ meine Gedanken schweifen.

Und plötzlich kam es mir!

Ein Hoffnungsschimmer. Der Anfang eines Plans.

Menschen lügen. Und ich erkannte ihre Lügen.

Weder Mensch noch Felijaga noch Raptidon, Wobbyk, Natintje oder Terra-Olm konnten unerkannt lügen, wenn ein Dalkin dabei war.

Niemand konnte in Gegenwart eines Dalkins lügen.

Niemand – außer natürlich einem Dalkin selbst.

48

Araktik kommt

Zwei Tage vergingen, bevor ich wieder zum Murdano gerufen wurde. Ich sträubte mich, sagte, ich sei zu schüchtern und bräuchte Khara als Beistand.

Die Soldaten der Weißen Wache hatten anscheinend die Anweisung, mich weder schlecht zu behandeln noch mich aufzuregen, denn sie erlaubten Khara, mich zu begleiten. Und nicht nur das, sie drückten auch bei einem gewissen Wobbyk ein Auge zu.

Es war ein langer Weg über Treppen und durch labyrinthische Gänge, bevor wir wieder vor dem Murdano standen.

»Ah, mein kleiner Endling und sein … Geleitschutz«, sagte der Murdano. »Bleibt im Hintergrund und verhaltet euch still, bis ich euch rufe.«

Wir verbeugten uns angemessen und stellten uns auf der Rückseite des Raums hinter eine Reihe von Soldaten, die in Habachtstellung angetreten waren. Niemand würde uns hier bemerken, wenn er nicht genau hinsähe. Nach wenigen Minuten fand sich eine Handvoll Berater des Murdano ein, und ich stupste Khara, um ihren Blick auf die Gruppe zu lenken.

Luca war bei ihnen. Das hatten wir gehofft.

Als nun Araktik, die Seherin, hereingerauscht kam – ähnlich bekleidet wie bei der Eumonie und äußerst selbstbewusst –, warf sie keinen Blick in unsere Richtung. Ihre ganze Aufmerksamkeit galt dem Murdano. Wie es schien, glaubte sie, sie habe nichts zu befürchten, also musste sie überzeugt sein, ihr Feuerritter habe uns erledigt.

Eine gute Voraussetzung. Doch nur ein Anfang. Der Plan, den ich mit Khara, Gambler und Tobble ausgeknobelt hatte – Tobble konnte erstaunlich raffiniert sein, wenn es darauf ankam –, dieser Plan war riskant und voller Schwachstellen. Ich hatte einen Kloß in der Kehle, und manchmal spürte ich, wie mir die Knie weich wurden.

Es ging um Leben und Tod. Und nicht nur um mein Leben oder das meiner Freunde. Das Leben aller Arten, die dem Murdano in seinem brennenden Ehrgeiz im Weg standen, war in Gefahr.

»Mein Gebieter«, sagte Araktik und präsentierte eine grandiose Verbeugung.

»Meine große, treu ergebene Seherin«, sagte der Murdano. »Es ist gut, dich wieder bei uns zu haben. Erzähl mir: Wie war die Eumonie?«

»Sehr gut«, log Araktik. »Es gab ein paar kleine Störungen komischer Natur, doch davon abgesehen verlief alles nach meinen Plänen.«

»Komisch? Bitte lass mich teilhaben. Du weißt, wie gern ich lache.«

Der Murdano log. Er lachte nicht gern.

Araktik war nicht dumm. Sie ahnte, dass etwas anders lief als geplant. Ich konnte den fast unmerklichen Geruch wahrnehmen, den ein menschlicher Körper verströmt, wenn er sich auf Probleme gefasst macht.

Aber sie war eine versierte Schauspielerin. »Nun, Eure Majestät, die Zeremonie wurde etwas gestört, als ein Kind aus Spaß seinen Drachen losließ, der wohl einem Dalkin ähnlich sehen sollte. Er wurde vom Wind ergriffen und wäre um ein Haar direkt auf mir gelandet!«

Sie lachte. Der Murdano lachte auch.

»Amüsant, in der Tat«, sagte der Murdano. »Hast du den Übeltäter gefasst und streng getadelt?«

»Ja, Eure Majestät. Ich habe den Eltern empfohlen, das Kind auszupeitschen.«

»Natürlich. Sehr vernünftig und angemessen.«

Araktik verbeugte sich dankbar, und ich spürte, wie sie sich entspannte. Sie ging davon aus, dass man ihre Lüge geglaubt hatte.

»Es ist also wahr«, sagte der Murdano mit einem tiefen Seufzer, »dass die Dalkins aus der Welt verschwunden sind. Schade.«

»Ja«, nickte Araktik ernst. »Eine traurige Wirklichkeit.«

»Mhmm«, sagte der Murdano. »Wenn ich so darüber nachdenke, fällt mir ein, dass es deine Mutter war, die Seherin meines Vaters, die damals die Vernichtung der Dalkin-Population vorgeschlagen hat.«

»Eine kluge Strategie.«

Ich verzog das Gesicht. Wie beiläufig sie über dieses Abschlachten in großem Stil sprachen! Über die Vernichtung meiner Art.

»Dennoch«, sagte der Murdano, »ist es schade. In großer Anzahl waren diese Dalkins … nun ja … lästig. Hätte es dagegen eine Möglichkeit gegeben, nur einige wenige als Diener am Leben zu lassen …«

»Sie mussten alle ausgelöscht werden«, sagte Araktik schroff. »Alle, Eure Majestät.«

»Ja, so hast du behauptet«, sagte der Murdano. »Und so habe ich geglaubt.«

Araktik erstarrte.

»In letzter Zeit habe ich mich allerdings gefragt, ob es nicht nützlich sein könnte, einen Dalkin zu besitzen – wenigstens einen.«

Die Seherin wartete ab. Räusperte sich. »Zu welchem Zweck, Eure Majestät?«

Der Murdano schwieg lange. Dann verzog sich sein Mund zu einem grausamen Lächeln. Er durchbohrte Araktik mit seinem Blick.

»Ich habe eine Überraschung für dich, große Seherin.« Der Murdano erhob seine Stimme und rief: »Tritt vor!«

Augenblicklich teilte sich die Reihe der Soldaten, und ich wurde von einer Hand nach vorn geschoben. Khara und Tobble folgten mir auf den Fersen.

Araktik starrte mich an, vor Wut funkelnd, als wollte sie mich mit ihrem Blick in Brand setzen.

»Wie du siehst, Araktik, war diese Eumonie etwas voreilig – die Eumonie, die ich gestattet habe nach deiner Beteuerung, dass die Dalkins endgültig ausgestorben seien.«

Araktiks Mund bewegte sich, über ihre Lippen aber kam kein Laut.

Menschen dünsten einen bestimmten Geruch aus, wenn sie Angst haben. Araktik stank vor Angst.

»Sag uns, Endling der Dalkins«, sagte der Murdano, »spricht meine Seherin die Wahrheit?«

49

Die Wahrheit

Auch wir Dalkins verströmen einen Angstgeruch, und ich war überzeugt, dass ich nach purem Schrecken roch. Doch ich bot all mein schwaches Selbstvertrauen auf und sagte: »Nein, Eure Majestät.«

»Oh? Wie kann das sein?« Er spielte jetzt mit Araktik. »Meine Seherin, meine Beraterin, der ich am meisten vertraue, würde doch gewiss nicht wagen, mich in die Irre zu führen?«

»Ich lüge nicht!«, rief Araktik, wobei sie sich die größte Mühe gab, ruhig zu erscheinen.

»Warst du bei der Eumonie dabei, Endling?«

»Ja.«

»Und hast du die Sache mit diesem Drachen, der einem Dalkin ähnlich sah, genauso beobachtet?«

Ich schüttelte den Kopf. »Nein.«

»Ach, tatsächlich? Und wie würdest du die Ereignisse aus deiner Sicht beschreiben?«

»Ich selber, Eure Majestät, war dieser Drachen. Mein Versteck war von den Inselpolizisten entdeckt worden. Ich fürchtete um mein Leben, und deshalb bin ich gesprungen und dann im Gleitflug …«

»Gleitflug?«

»Ja, Eure Majestät.« Ich breitete die Arme aus und entfaltete meine Gleitflügel. »Wir Dalkins können kurze Strecken gleiten. Aber wir sind keine Vögel und können die Flugrichtung nur schlecht kontrollieren. Ich hatte es wirklich nicht vor, aber ich prallte fast in … mit … mit ihr zusammen.«

»Eure Majestät«, sagte Araktik, »ich … ich war überzeugt, dass es ein Drachen war.«

»Endling?«

»Das stimmt nicht.«

»Lüge! Diese Kreatur lügt!«, schrie Araktik.

»Ich habe Fragen an dich, Araktik«, sagte der Murdano. Seine Stimme war leise, klang unheilvoll, alles Spielerische war daraus verschwunden. »Antworte aufrichtig. Dein Leben hängt davon ab.«

Araktik zitterte. Ob das die anderen Menschen sehen konnten, wusste ich nicht, ich aber sah es.

»Hast du auf die Vernichtung dieses Dalkins gedrängt, um nicht bei einer Lüge ertappt zu werden?«

Araktiks Gesicht war fahl geworden. »Nein, Eure Majestät.«

»Endling?«

»Lüge, Eure Majestät.«

Araktik wollte umgehend protestieren, doch der Murdano brachte sie mit einer Handbewegung zum Schweigen.

Und dann kam die Frage.

»Sag mir, Seherin, ist dir etwas von der Existenz weiterer Dalkins bekannt?«

Ich atmete geräuschvoll aus. Khara und Tobble sahen mich mit großen Augen an.

Verzweifelt hoffte ich auf Araktiks Antwort. Und verzweifelt fürchtete ich sie.

Die Seherin schüttelte den Kopf, sie weigerte sich zu antworten.

»Versuche nicht, mit mir zu spielen!«, brüllte der Murdano. »Ja oder nein: Weißt du etwas von anderen Dalkins, oder ist dieser hier tatsächlich der Endling?«

»Es gibt« – sie stockte – »Gerüchte.«

»Die du mir verheimlicht hast! Mir, deinem Herrn und Gebieter!«

»Ich wollte nicht … ich … Gerüchte sind doch nur …« Sie schoss mir einen giftigen, erbitterten Blick zu. »Es sind nur Gerüchte!«

»Stimmt«, sagte ich, und mein Herz hüpfte in der Brust.

»Ah, aber du glaubst diese Gerüchte, nicht wahr, Araktik?«

An dieser Stelle senkte Araktik den Kopf. Sie wusste, dass sie besiegt war. »Ja, Eure Majestät.«

Der Murdano sah mich an. Ich nickte.

Gerüchte. Nur Gerüchte, sagte ich mir. Und doch glaubte Araktik daran.

Noch andere Dalkins.

Hoffnung.

»Du wolltest diesen Endling unter allen Umständen töten, um nicht bloßgestellt zu werden«, blaffte der Murdano. »Hattest du den Plan, diese wenigen noch lebenden Dalkins zu finden? Vielleicht, um sie als Zeugen der Wahrheit zu nutzen? Aber nur für dich selbst?«

Da hob ihm Araktik ihr Gesicht entgegen, nicht mehr angsterfüllt, sondern schicksalsergeben. Sie straffte die Schultern. »Ich bin Eure Seherin. Es wäre nützlich für mich, solche Lebewesen als Diener zu haben. Dalkins sind gefährlich, wenn jeder sie besitzt. Sie sind nützlich, wenn nur einer über ihre Macht verfügen kann.«

Der Murdano nickte. »Ich muss nicht den Endling fragen, um zu wissen, dass du nun die Wahrheit sprichst. Du hattest vor, mich zu benutzen, um die Zahl der Dalkins zu reduzieren und am Ende selber von ihrer Fähigkeit profitieren zu können.«

Araktik machte sich nicht die Mühe zu antworten.

»Und dann hättest du deine Macht eingesetzt, um deinen Einfluss auszubauen, indem du mich weiter manipuliert und betrogen hättest. Du hättest deinen Dalkin hinter einem Wandschirm verbergen und auf diese Weise bei jedem, der mit dir spricht – einschließlich meiner Diener, meiner Verbündeten, sogar meiner Feinde –, Wahrheit und Lüge auseinanderhalten können.«

»Was ich getan habe, war zum Nutzen von Nedarra«, sagte die Seherin trotzig. »Dieser Krieg, den Ihr erwägt, diese Besessenheit, Dreyland zu erobern, ist Wahnsinn! Ohne Einverständnis der Natintjes und der Raptidons ist Krieg unmöglich. Sie beherrschen die See und die Luft und können ebenso leicht Dreyland unterstützen!«

Der Murdano sprang auf. Helle Wut funkelte aus seinen Augen.

»Du wagst es, mich zu kritisieren?«

Er stieg die Stufen seines Thrones herunter und blieb auf Armlänge vor Araktik stehen. »Der Vater meines Vaters schwor, Dreyland zu unterwerfen, die ganze Welt unter das Banner unserer Familie zu bringen. Er scheiterte. Mein Vater schwor das Gleiche und scheiterte. Ich werde nicht scheitern!«

Angesichts seines Zorns fiel Araktik in sich zusammen.

Der Murdano ereiferte sich fünf Minuten lang über die Niedertracht der Dreyländer, darüber, wie sie Piraten und Plünderer finanzierten, wie sie Einwohner von Nedarra ausgeraubt, wie sie den Murdano gedemütigt hatten und vieles mehr. Es war eine Mischung aus Wahrheit und Lüge, aus Dingen, die der Murdano glaubte, und solchen, die er nicht glaubte.

Doch bat er mich nicht, seine Aussagen zu bezeugen. Und ich hatte keinen Grund, den Mund aufzumachen.

Schließlich schwieg der Murdano. Er kehrte zu seinem Thron zurück, müde und missmutig.

»Nehmt sie fest«, sagte er, ohne Araktik anzuschauen. »Sie ist des Verrats beschuldigt und hiermit verurteilt.«

»Eure Majestät«, fing Araktik an. »Ich bin keine Verräterin. Ich wollte nur …«

Der Murdano winkte ab. »Auf Verrat steht die Todesstrafe«, sagte er ungerührt. »Der langsame Tod. Bringt sie weg. Und sorgt dafür, dass es ein sehr langsamer Tod wird.«

50

Eine neue Fertigkeit

Vermutlich hätte es mir eine Genugtuung sein müssen, dass die Seherin, die mich töten lassen wollte, nun selber sterben würde. Doch bei den Worten »langsamer Tod« wurde mir übel.

Sie schrie, als sie weggeschleppt wurde. Sie schrie, dass sie doch immer treu war, dass sie nur zu Diensten hatte sein wollen ... und dann fing sie an, unter Flüchen und Beleidigungen dem Murdano vorzuwerfen, er sei ein dummer Junge, der besser in einem Stall Pferdemist schaufeln als über Nedarra herrschen sollte.

Als sie schließlich draußen war, senkte sich tiefes Schweigen über den Raum. Noch immer hallten mir die Worte der Seherin durch den Kopf: *Es gibt Gerüchte.*

Gerüchte, an die sie glaubte.

Andere Dalkins. Andere Dalkins. Andere Dalkins.

Reiß dich zusammen, mahnte ich mich. Schließlich waren wir noch in Gefahr. Die Hoffnung, selbst der Schimmer einer Hoffnung musste warten.

Das Schweigen hielt an, und schließlich meldete sich Khara zu Wort.

»Wenn ich etwas sagen darf, Eure Majestät?«

Der Murdano nickte.

»Luca, Eure Majestät« – sie zeigte auf Luca, der die Augen zusammenkniff –, »hat Euch nur einen Teil der Wahrheit erzählt, nicht die ganze. Er weiß – hat Euch aber nichts davon gesagt –, dass ich Kharassande aus dem Geschlecht der Donatis bin.«

Das erregte die Aufmerksamkeit des Murdano. »Eine Donati?«

»Ja, Eure Majestät. Mein Vater, der keine Tochter gebrauchen konnte, nachdem er schon zwei Söhne hatte, schickte mich in die Welt. Ich sollte mich als Junge ausgeben und nach einer Gelegenheit suchen, die Ungnade, in die unsere Familie gefallen war, rückgängig zu machen. Als mir dieses Geschöpf über den Weg lief« – sie deutete auf mich –, »ahnte ich, dass ich eine solche Gelegenheit gefunden hatte. Seit diesem Moment habe ich große Mühen, Härten und Gefahren auf mich genommen, um diesen Dalkin vor Eure Majestät zu bringen.«

»Ist das wahr?«, fragte der Murdano, an mich gewandt.

Ich schluckte und würgte den Kloß in meiner Kehle hinunter. Für diesen Augenblick hatte ich geübt.

»Ja«, log ich.

Khara hatte keine Brüder. Sie hatte sich auch nicht abgemüht, um mich vor den Murdano zu bringen.

Der Murdano wandte sich an Luca. »Du hast die guten Aussichten deiner Familie mit dieser … Nachlässigkeit schwer geschädigt.«

»Eure Majestät, erlaubt mir …«

»Schafft ihn weg«, unterbrach der Murdano mit einer schroffen Kopfbewegung.

Zwei Soldatern führten den jammernden Luca hinaus.

Khara sah ihm nach, ausdruckslos, dann fuhr sie fort: »Die Seherin wollte mich aufhalten. Sogar einen Feuerritter hat sie hinter mir hergeschickt, und ich überlebte nur dank des Mutes und der Kühnheit des Felijagas in unserer Gesellschaft.«

Der Murdano hob eine Augenbraue. »Du hast den Angriff eines Feuerritters überlebt?«, fragte er ungläubig.

»Die Narben auf dem Körper des Felijagas sind noch deutlich zu sehen«, sagte Khara.

»Und was möchtest du nun von mir, Kharassande aus dem Geschlecht der Donatis?«

»Nichts als die Gelegenheit, Euch alle eventuell noch lebenden Dalkins auszuliefern«, sagte Khara, wobei sie ihrer Stimme einen stahlharten Klang verlieh. »Ich möchte sie finden, einfangen und Eurer Majestät als Diener bringen. Falls mir das gelingt, möchte ich Euch im Namen meiner Familie um Vergebung bitten und um die Wiedererlangung Eurer Gunst. Unsere Ergebenheit werden wir beweisen, indem wir uns mit unserer kleinen Truppe an Eurem Eroberungsfeldzug beteiligen.«

Der Murdano fragte mich nicht einmal, ob das stimmte. Anscheinend ging er inzwischen davon aus, dass ich mich bei jeder Lüge von selbst zu Wort melden würde.

Der Murdano legte den Kopf schräg. »Wenn Araktik diese Dalkins, von denen gemunkelt wird, nicht ausfindig machen konnte, wie solltest dann du das zustande bringen?«

Khara drehte sich nach mir um. »Zeig es Seiner Majestät!«, sagte sie.

»Es ist mein persönliches ...«, protestierte ich.

Khara schlug mich derb ins Gesicht.

Wirklich derb. So derb, dass es echt aussah.

Es fühlte sich jedenfalls echt an.

»Zeig es Seiner Majestät, Dalkin!«

Langsam, wie widerwillig zog ich meine kindische Zeichnung aus meinem Beutel. Ein Soldat sprang vor, nahm sie mir aus der

Hand, verbeugte sich und übergab sie dem Murdano. Der faltete sie auseinander und runzelte die Stirn. »Was ist das?«

»Eine dumme Zeichnung, die ich als kleiner Dalkin mal gemacht habe«, sagte ich. Doch dann, ungern und wie zur Wahrheit gezwungen, ergänzte ich: »Sie hat mit einer alten Geschichte zu tun, die bei uns erzählt wird … erzählt wurde.«

Ich wischte mir eine Träne weg. Tränen kamen mir immer schnell, wenn ich an all die Toten dachte. »Es war eine Geschichte über eine verschollene Dalkinkolonie auf einer lebenden Insel im Norden.«

»Fabeln und Geschichten sind gewöhnlich Unsinn«, sagte der Murdano nachdenklich. »Allerdings liegt gerade in den ältesten Sagen eine Spur von Wahrheit.«

Khara sagte nichts. Ich sagte nichts. Alles hing an diesem Augenblick.

»Es müsste geheim gehalten werden«, überlegte der Murdano laut. »Ganz Nedarra glaubt, dass es keine Dalkins mehr gibt.« Er schoss mir einen schneidenden Blick zu. »Aber würden sich deine Artgenossen fügen? Und du, junges Donati-Mädchen, würdest du sie tatsächlich in die Sklaverei führen? Um allein mir zu Diensten zu sein? Würdest du ihre Existenz geheim halten?«

Khara nickte.

Ich senkte den Blick, als wäre ich todunglücklich. Ich warf Khara einen wütenden Blick zu. Mit einer Stimme, die bleischwer klang, sagte ich: »Das Leben als Diener ist besser als gar kein Leben.«

»Du würdest mir dienen?«, fragte der Murdano.

Langsam nickte ich. »Dalkins lügen nicht, Eure Majestät. Wenn ich schwöre, Euch zu dienen, dann stehe ich zu meinem Wort. Ich könnte gar nicht anders.«

Das war schon in sich eine Lüge.

»Und du schwörst bei deinem Leben und beim Leben deiner Artgenossen, mir und allein mir zu dienen?«

Langsam, schleppend, als würde ich mein Leben verkaufen, sagte ich: »Ja, Eure Majestät.«

Der Murdano lehnte sich zurück, sichtlich zufrieden mit sich. Schließlich wandte er sich an den ruppigen General, für dessen Treue, wenn auch nicht für seine Aufrichtigkeit, ich mich verbürgt hatte.

»Lasst diese Donati, den Dalkin und die Übrigen frei. Stattet sie mit Pferden und Proviant aus und stellt ihnen Geleitschutz zur Seite. Handverlesene Männer. Verschwiegen und diskret.« Er ließ ein plötzliches Lächeln aufflackern. »Sollten sie weitere Dalkins finden, lasst alle töten, bis auf … nun, sagen wir, bis auf fünf Exemplare. Das sollte mehr als genug sein. Die übrigen tötet.« Er tippte mit dem Finger gegen sein Kinn. »Ja, fünf. Höchstens sechs. Über mehr als sechs könnte ich leicht die Kontrolle verlieren.«

Damit waren wir entlassen.

Wenige Stunden später ritten wir von Saguria aus in nördlicher Richtung weiter, Khara und Tobble auf Vallino und ich auf einem eigenen Pferd. Außerdem hatten wir drei Packpferde mit Proviant und Zelten dabei.

Gambler rannte in ausgelassenen Sprüngen um uns herum, rannte aus purer Freude an der Bewegung, rannte, dass seine Füße den Boden kaum berührten.

Man hatte Khara ihr Schwert zurückgegeben, seine wahre Natur war unentdeckt geblieben. Ich überlegte, welche Strafe der Murdano über Luca verhängen würde. Würde Luca die Wahrheit über das Schwert preisgeben? Nicht, wenn er es vermeiden konnte, nicht, solange er hoffte, es zum Nutzen seiner Familie selber an sich zu bringen.

Hinter uns bewegte sich ein dunkler Schatten in Gestalt von sechs Reitern der Weißen Wache.

Wir hatten Saguria hinter uns gelassen. Mit dem Auftrag, was immer von meiner Art noch existieren mochte, aufzustöbern, zu verraten und in die Sklaverei zu führen.

Im Reiten wechselten Khara, Tobble und ich einen Blick, und erst als wir sicher waren, dass die Soldaten der Weißen Wache uns nicht mehr hören konnten, fragte Khara: »Warum, meinst du, hat der Murdano riskiert, dich gehen zu lassen? Warum hat er nicht nur mich geschickt?«

»Vielleicht sagt er sich, dass die noch lebenden Dalkins – angenommen, es gibt tatsächlich welche – einen ihrer Artgenossen sicher mit offenen Armen empfangen werden. Das ist Erfolg versprechend. Ohne mich werden andere Dalkins schwer, wenn nicht unmöglich zu finden sein. Außerdem weiß er, dass mir auf Schritt und Tritt die Weiße Wache folgt.«

Khara nickte. »Weißt du, für eine Art, die wegen ihrer Aufrichtigkeit berühmt ist, gebt ihr Dalkins gute Lügner ab, wenn es sein muss.«

»Das ist eine neue Fertigkeit für mich«, sagte ich. »Ich bin nicht stolz darauf.«

»Und doch hat sie funktioniert.«

Ich grinste. »Ja«, sagte ich. »Das hat sie wirklich.«

Teil Fünf

Das Ende vom Anfang

51

Etwas liegt in der Luft

Es war noch nicht lange her, da war ich oft von Albträumen aufgewacht, wie sie ein junger Dalkin eben so hat: Träume von hungrigen Felijagas, von bösen Wilderern oder von den finsteren Tiefen des Nullwaldes, in dem ich mich verirrt hatte.

Inzwischen gab es für mich dringlichere und realistischere Sorgen. Kaum etwas ist beunruhigender, als in einigen Hundert Metern Abstand einen Trupp Soldaten der Weißen Wache hinter sich zu wissen.

Wir hatten noch keinen Plan, was wir gegen sie unternehmen könnten.

Außerdem vermuteten wir stark, dass ihnen längst Krieger von Lucas Familie folgten.

Auf der anderen Seite waren die Mühen der Reise kleiner geworden. Nachts schliefen wir in guten Zelten, und abends hatten wir eine Menge getrockneter Nahrung zur Verfügung. Der Regen war vorüber, wir konnten sogar genügend Holz für ein Feuer sammeln.

Und nicht nur das, mit der Weißen Wache in der Nähe mussten wir weder Räuber noch zufällig patrouillierende Soldaten fürchten. Trotzdem hielt Khara ihr Schwert immer griffbereit und legte sich neben Gambler schlafen. An einen Felijaga schleicht sich keiner heran.

Jeder Tagesmarsch brachte uns weiter nach Norden in ein Land des Niedergangs, eine Welt mit kargem Boden, tiefen Schluchten und nackten Felsen, die uns die Sicht versperrten. Oft konnten wir die Weißen Wächter gar nicht sehen, aber Gambler, Vallino und ich witterten sie.

Die Straße war nicht viel mehr als ein Trampelpfad. Wir kamen durch Dörfer, eins ärmlicher und trostloser als das andere. Je weiter wir uns von Saguria entfernten, desto weniger bekamen wir Soldaten, Bauernfuhrwerke oder reisende Händler zu Gesicht.

Manchmal kauften wir mehr aus Freundlichkeit denn aus Not bei den Dorfbewohnern Proviant ein. Aber selbst die lebensnotwendigsten Dinge waren knapp. Einmal verkaufte uns ein junger Jäger ein paar Kaninchen, doch im Allgemeinen wurde nur wenig angeboten.

In der dritten Nacht unserer Reise nahm ich Gambler beiseite. »Freund Felijaga«, fing ich an, »riechst du nicht, na ja, vielleicht ist riechen das falsche Wort, vielleicht besser spüren …« Ich musste meine Frage nicht beenden.

Gambler machte große Augen. »Du auch?«

Ich zog die Schultern hoch und schüttelte den Kopf, als glaubte ich meinen Worten selber kaum. Was tatsächlich so war. »Ich … es ist weiter nichts. Nur so ein Gefühl.«

»Als hätte sich ein Ast ganz leicht im Wind bewegt, und jetzt pikst ein Zweig sachte gegen deinen Hinterkopf?«

Ich lächelte. »Ja, genau so. Aber bestimmt ist es nichts weiter.«

»Nein, Byx. Du hoffst, dass es nichts ist, aber du bist nicht sicher. Wärst du sicher, hättest du gar nicht davon gesprochen.«

Ich nickte zu Vallino hinüber. Er mampfte Hafer aus einem Futtersack, während Khara und Tobble das Feuer in Gang hielten.

Vallino aber hob immer wieder den Kopf. Seine Ohren waren in Bewegung, seine Nüstern gebläht.

Er lauschte nach der Straße hin, etwas seitlich von der Stelle, an der Rauch vom Feuer der Weißen Wache aufstieg. Es war dieselbe Richtung, aus der dieses Gefühl kam, dass mich ein »Zweig« pikste.

»Ich geh dann auf Patrouille«, sagte Gambler. »Wenn alle schlafen.«

»Darf ich mit?«

»Ja«, nickte Gambler. »Aber du wirst es höchstwahrscheinlich bereuen.«

Kurze Zeit später saß ich auf Gamblers Rücken, während er durch die Nacht lief, langsam trabte und schließlich schlich. Ich musste aufpassen, dass ich nicht gegen seine noch immer schmerzhaften Verbrennungen kam.

Der Wind war unbeständig und durchkreuzte unsere Versuche, uns vom Geruch führen zu lassen. Manchmal blieben wir stehen, atmeten nur und sogen tief die Gerüche der Landschaft ein: Moos und Flechten, Gras und Granitgestein, welkende Blumen, der Kot aller möglichen Arten. All das – und noch etwas.

Etwas, das sich keiner von uns recht erklären konnte.

»Du hast mich zweimal gerettet«, sagte Gambler. »Wollte ich dem Wobbyk-Code folgen, müsste ich dir dafür sechsmal das Leben retten.«

Ich lachte. »Das hast du doch schon öfter als einmal getan.«

»Tobble hat nicht unrecht«, sagte Gambler nachdenklich.

»Nicht nur, was die Sache mit der Lebensrettung angeht. Er hat auch recht, wenn er sich beschwert, dass Wobbyks als minderwertigere Art betrachtet werden. Sie sind klein und sehen dümmlich aus, aber das ist kein Grund, sie für wertlos zu halten.«

»Eine uralte Zurücksetzung ist das«, sagte ich.

»Nicht für Tobble«, erwiderte Gambler. Ein Geräusch unterbrach die Stille. Wir erstarrten.

»Der Schrei eines Menschen?«, fragte Gambler.

Ich nickte. Wir liefen dem Geräusch entgegen, und als wir einen zweiten Schrei hörten, näher und durchdringender diesmal, wurde Gambler langsamer.

Aus dem, was wir sahen, konnten wir uns Stück für Stück alles zusammenreimen: Vor uns war der Schein eines Feuers zu erkennen.

»Warte hier«, raunte Gambler.

»Bei dir wäre ich sicherer, glaube ich.«

Gambler kroch vorwärts, wie nur eine Katze es kann. Obwohl ich mich auf seinen Rücken duckte und ein ausgezeichnetes Gehör habe, konnte ich kaum das Geräusch seiner Pranken auf dem Boden ausmachen. Er schlich durch hohes Gras, ohne dass es raschelte, er sprang über Wasserrinnen und Wege, ohne mehr Geräusch zu verursachen als ein Kissen, das zu Boden fällt.

Die Windrichtung änderte sich, und was wir jetzt rochen, war beunruhigend.

Feuer. Qualm. Verkohltes Fleisch.

Mein Verstand sagte, dass es vielleicht nur ein Jäger war, der sein Beutestück brutzelte.

Aber mein Herz wusste, es war etwas viel Schlimmeres.

52

Das lebende Feuer

Wir krochen über den nächsten Felsblock und sahen ein träge flackerndes Feuer, das gerade die letzten Reste von etwas verbrannte, das einmal eine ganz kleine Ansiedlung gewesen sein musste. Drei primitive menschliche Behausungen schwelten vor sich hin, ein Mensch lebte noch. Er hing über einem Kohlenfeuer, das rot durch die Nacht glühte, an Hand- und Fußgelenken zwischen vier kräftige junge Bäume gespannt.

Daneben stand mit dem Rücken zu uns ein großer Mann, seine Rüstung reflektierte den Feuerschein.

»Der Feuerritter?«, flüsterte ich.

Ich spürte, wie sich Gamblers Muskeln spannten.

Tief sog ich die Luft durch die Nase, hielt den Atem an, suchte nach Anhaltspunkten. Eine schwache, aber trotzdem erkennbare Spur erregte meine Aufmerksamkeit, bevor sie sich wieder verflüchtigte – ein Menschengeruch. Und war dieser scheußliche Mief, der da mit in der Luft hing, nicht der Gestank nach Hund?

Eindeutig erkannte ich den Geruch des Ritters, der die gleiche entsetzliche Bedrohung ausdünstete, mit der er uns südlich von Saguria schon so zugesetzt hatte. Ob er noch immer in Araktiks Diensten stand? Wusste er nicht, dass die Seherin bloßgestellt und in Ungnade gefallen war? Stand er inzwischen unter dem Befehl eines anderen Herrn?

Als würde er meine Gedanken lesen, sagte Gambler: »Er verfolgt uns aus Rache.«

»Aus Rache?«

»Wir sind ihm entkommen, und ein Ritter, der eine solche Schmach ungestraft durchgehen lässt, ist nicht mehr lange Ritter.«

Der zwischen den Bäumen aufgehängte Mensch schrie vor Schmerzen und Wut. »Ihr könnt mich rösten, bis ich weich gekocht bin. Ich weiß nicht, wo sie sind!«

Die Stimme kam mir seltsam vertraut vor, obwohl ich sie wegen des Geschreis nur schwer einordnen konnte.

»Ich glaube dir«, sagte eine andere Stimme.

»Dann lasst mich frei!«

Der Ritter lachte. Er entfernte sich kurz aus dem Feuerschein, und als er zurückkam, zog er einen kahlen Ast hinter sich her. Er warf ihn ins Feuer. Die wenigen, noch anhaftenden trockenen Blätter gingen sofort in Flammen auf. Ich wusste mit unerträglicher Gewissheit, dass der Mann über dem glühenden Feuer sterben würde. Vielleicht wäre der Tod eine Erleichterung für ihn.

Der Ritter fiel in eine Art Sprechgesang:

»Er soll rösten, er soll schmoren,
nur verbrennen soll er nicht.
Er soll schreien, schmachten, hoffen,
nur Erlösung gibt es nicht.«

Das Feuer, das so plötzlich aufgeflackert war, fiel jetzt in sich zusammen und begnügte sich mit dem langsamen Verzehr des neuen Astes.

Der Gesang war offenbar eine Anweisung für das lebende Feuer. Der Gefangene des Ritters sollte einen langsamen Tod sterben.

Ich kletterte von Gambler herunter. Wir sahen uns an, überdachten schweigend die Lage. Diskutierten wortlos.

Wir wussten beide, dass es dumm wäre, sich einzumischen.

Wir wussten beide, dass wir es trotzdem tun mussten.

Ich sah, wie Gambler seine Krallen ausfuhr, bereit, es mit dem Ritter aufzunehmen. Zweifellos war auch er von Rache erfüllt: Schließlich war es dieser Ritter, der Gambler ganze Fellstücke aus den Flanken gebrannt hatte.

Ich legte meine Hand auf Gamblers Schulter und schüttelte den Kopf.

»Wir dürfen den Ritter nicht verletzen«, flüsterte ich, obwohl ich sicher war, dass sich der Ritter außerhalb unserer Hörweite befand.

»Was?«

»Er kann uns womöglich noch nützlich sein. Ich habe einen Plan. Glaube ich.«

Eine gefühlte Ewigkeit mussten wir dem Gebrüll des Menschen zuhören. Er war noch nicht ernsthaft verbrannt, glücklicherweise. Seine Kleidung war angesengt, hatte aber noch kein Feuer gefangen, und sein blondes Haar, obwohl kraus und spröde geworden, war noch vorhanden. Zum größten Teil jedenfalls.

Während wir darauf warteten, dass sich der Ritter schlafen legte, prüfte ich immer wieder die Gerüche, die mir in die Nase kamen. Endlich stellte sich der Wind auf unsere Seite. Woher kannte ich diesen Menschen nur? Das Feuer überdeckte seinen wirklichen Geruch. Vielleicht war es einer, dem ich auf der Insel begegnet war?

Endlich warf der Ritter eine Decke auf den Boden und sich selbst auf die Decke. Gespannt lauschte ich seinen Atemgeräuschen. Als ich sicher war, dass er schlief, sagte ich: »Jetzt.«

Gambler duckte sich, kroch lautlos voran, und ich schlich so leise wie möglich hinter ihm her. Mein Schwert hatte ich in der Hand, aber ich machte mir keine Illusionen, damit den Ritter bekämpfen zu können. Selbst Gambler wusste, dass seine Chancen gering waren, jemanden zu besiegen, der Macht über lebendes Feuer hatte.

Immerhin lag die Stelle, wo der Ritter sein großes Schlachtross angebunden hatte, in entgegengesetzter Windrichtung. Die Sinnesorgane des Pferdes waren denen des Ritters schließlich weit überlegen.

Wir bewegten uns Zentimeter um Zentimeter vorwärts, und unsere wenigen Fehltritte wurden von den Flüchen und dem Geschrei des Menschen übertönt, einem Jungen etwa in Kharas Alter.

Er war mit dem Gesicht nach unten aufgehängt, Gesicht und Hände waren rauchgeschwärzt. Doch gerade als wir näher kamen, drehte er den Kopf und sah uns. Er öffnete den Mund wie zum Schreien, aber ich hob schnell die Hand und hoffte inständig, er würde das Signal begreifen.

Der Mund des Jungen klappte zu.

Meiner blieb offen stehen.

Es war Renzo. Der Junge, den wir damals bei der Höhle getroffen hatten.

»Ich kenne den Jungen«, sagte ich leise zu Gambler.

»Ein Freund?«

»Nein. Nicht direkt.« Ich blickte mich hastig nach allen Seiten um. »Als ich ihn das letzte Mal sah, hatte er einen Hund.«

»Ich seh keinen Hund«, erwiderte Gambler. »Obwohl, ein Hauch von Hund liegt tatsächlich in der Luft.«

Wir schlichen uns näher heran. Renzo grinste trotz seiner misslichen Lage. »Hallo … Hund«, flüsterte er. »So treffen wir uns wieder!«

Ich legte als Antwort einen Finger an die Lippen.

Es war nicht einfach, Renzo von den vier Bäumen zu befreien, da er zwangsläufig ins Feuer stürzen musste. Zuerst schnitt ich die Fessel an einem Bein durch, hielt es aber so lange fest, bis Gambler mit dem Maul danach greifen und es einstweilen festhalten konnte.

Als Nächstes befreite ich einen Arm und dann das zweite Bein, sodass Renzo mit dem anderen Arm und dem Bein, das Gambler festhielt, noch über den glühenden Kohlen hing.

»Fertig?«, raunte ich.

»Nein, ich genieße gerade die Wärme«, brummte Renzo.

Ich hielt irritiert inne.

»Tut mir leid«, flüsterte er. »Hab vergessen, dass nicht alle Arten Sarkasmus verstehen.«

Ich zerschnitt die letzte Fessel. Der Junge fiel, Gambler sprang rasch zur Seite und zog ihn am Bein aus dem Bereich der Feuerstelle. Allerdings landete Renzo mit einem dumpfen Aufprall im Gras, woraufhin sich der Ritter sofort im Schlaf umdrehte.

»Kannst du rennen?«, fragte ich hastig.

»Nicht ohne Dog«, gab er zurück. Er stieß einen ohrenbetäubenden Pfiff aus und wurde mit einem geradezu überglücklichen Bellen belohnt.

Dann demonstrierte Renzo, wie beeindruckend schnell er laufen konnte und schoss davon. Gambler und ich jagten ihm nach, und der Ritter brüllte wutschnaubend hinter uns her. Im nächsten Moment schrie er auf, als hätte er Schmerzen.

»Rennt weiter!«, rief Gambler, schlug einen Bogen und rannte zurück.

Erst machte ich mir Sorgen, er könnte versuchen, den Ritter zu töten, aber dann war ich eigentlich doch sicher, dass er meinen Plan verstanden hatte. Er musste sich nur um das Pferd kümmern, das an einem der kargen Büsche festgebunden war, und nicht um den Ritter.

Gambler bewegte sich so auf das Schlachtross zu, dass es den Felijaga sofort witterte und vor Schreck nervös zu tänzeln anfing. Mit den Zähnen riss Gambler den ganzen Busch aus der Erde, dann ging er auf das riesige Pferd los.

Das Schlachtross, gewöhnt an Feuer und Kampf, nicht aber an Felijagas, tat, was jedes vernünftige Pferd tun würde.

Es stürmte in die Nacht davon.

Gambler kehrte zurück, und wir flohen mit Renzo. Ohne Pferd konnte uns der Ritter nicht verfolgen, doch war es nur eine Frage der Zeit, bis er es wiederfinden würde.

Dann könnte sich herausstellen, ob der Feuerritter für uns erledigte, was wir selbst wohl kaum schaffen dürften.

53

Mein verzweifelter Plan

Khara! Tobble! Aufstehen!«

Bei Khara ging das in einer Geschwindigkeit, die selbst ein Felijaga bewundern würde. Bei Tobble dauerte es viel zu lange, deshalb packte ich ihn und setzte ihn unsanft auf Vallinos Rücken.

»Was ist?«, fragte Khara ohne eine Spur von Schläfrigkeit in der Stimme.

»Der Feuerritter. Und dann, äh … wir haben jemanden gefunden.«

Khara blieb wie angewurzelt stehen und blinzelte in die Dunkelheit. »Wer ist das?«, fragte sie.

»Der Ritter hat ihn gefoltert«, erklärte ich.

»Es interessiert mich nicht, ob der Ritter ihn zum Frühstück essen wollte«, fauchte Khara. Renzo kam näher. Sein Gesicht war voll Ruß, sein Haar versengt, seine Kleider hingen in Fetzen herab, und doch erkannte Khara ihn sofort. »Du!«

»Der Pferdedieb!«, rief Tobble.

»Freut mich, euch wiederzusehen.« Renzo verbeugte sich.

»Bist du verrückt?«, sagte Khara zu mir. »Du hetzt uns den Feuerritter auf die Fersen?« Sie rollte die Augen. »Für den da?«

»Der Ritter war längst hinter euch her«, sagte Renzo. »Was denkst du, warum der mich gefoltert hat?«

»Ach, und jetzt soll ich glauben, dass du dich geweigert hast, uns zu verraten?«, sagte Khara streng.

»Nein.« Renzo zog die Schultern hoch. »Ich hätte euch mit Freuden verraten, aber ich wusste ja nicht, wo ihr wart. Wenn du willst, kann ich noch mal hingehen und es ihm erzählen.«

Für einen Jungen, der auf dem besten Weg gewesen war, als geräucherter Schinken zu enden, schien er nicht im Mindesten erschüttert oder gar dankbar zu sein. »Was hast du bloß getan?« Khara richtete ihren Zorn auf Gambler.

»Nur das, worum ich ihn gebeten habe«, mischte ich mich ein. »Ich konnte Renzo nicht dort hängen lassen. Er wäre verbrannt.«

»Und der Ritter?«, fragte sie.

»Bis er sein Pferd gefunden hat, wird es eine Weile dauern«, sagte ich. »Doch dann wird er uns wohl verfolgen.«

»Ja«, sagte Khara verärgert. »Das wird er!«

»Ich hoffe es sogar«, sagte ich.

»Einen Lichtblick gibt es aber«, sagte Renzo. Er zuckte leicht mit den Schultern. »Das heißt, falls es dich interessiert.«

»Du stellst meine Geduld ganz schön auf die Probe«, sagte Khara durch die Zähne.

»Sein Pferd hat einen Huf verloren. Er hat so was gemurmelt, während ich über dem Feuer schmoren musste.«

Khara nickte. »Das ist mal eine gute Nachricht – vorausgesetzt, du hast recht.«

»Ich hab immer recht.«

»Dadurch wird er etwas langsamer vorankommen. Und wenn wir uns so schnell wie möglich davonmachen und uns nicht verdächtig benehmen …« Khara rieb sich über die Augen. »Dann wird es zumindest etwas länger dauern, bis er uns tötet.«

In diesem Moment sprang uns ein schmutziges, sabberndes Fellbündel entgegen.

»Dog!«, jubelte Renzo. Er zog ihm einen blutigen Stofffetzen aus dem Maul. »Du bringst ein Andenken an den Ritter mit. Gut gemacht, mein Freund!«

Kaum hatte Dog mich erblickt, kam er angestürmt, schnüffelte und fiepte und wackelte in völlig übertriebener Begeisterung mit dem Hinterteil.

»Er mag dich«, stellte Renzo fest.

»Was nicht auf Gegenseitigkeit beruht«, sagte ich und schob Dog zur Seite, bevor er mir einen Kuss ins Gesicht pflanzen konnte.

Dann legte ich meine Hände um den Mund und schrie, so laut ich konnte: »Hilfe! Helft uns!« Und leise: »Nichts wie weg jetzt!«

Wir flohen.

Renzo ritt auf einem der Packpferde, Khara und Tobble saßen auf Vallino, und ich hatte mein Pferd Shadewing, mit dem ich in einer brüchigen Harmonie lebte: Es ließ sich herab, mich zu tragen, solange ich nicht an den Zügeln riss oder ein plötzliches lautes Geräusch von mir gab. Gambler und Dog rannten neben uns her.

Wir ritten in höchstem Tempo. Die Morgensonne hielt sich noch knapp unter der Horizontlinie, doch ein rot und orange glühender Schein schimmerte schon hervor.

Ab und zu wiederholte ich meinen Ruf: »Helft uns! Helft uns!«

Ich rechnete damit, dass die Soldaten der Weißen Wache mindestens fünf Minuten brauchen würden, um ihr Lager abzubrechen, die Pferde zu satteln und hinter uns herzujagen, damit sie feststellen könnten, warum wir um Hilfe riefen.

Ich rechnete auch damit, dass der Ritter sein Pferd inzwischen gefunden hatte.

Und schließlich rechnete ich damit, dass die Erfolgsaussichten für das Gelingen meines verzweifelten Plans miserabel waren.

Doch immerhin, so sagte ich mir, hatte mein Plan, dem Murdano zu entkommen, funktioniert – vielleicht. Wer weiß, vielleicht würde ja auch dieser klappen.

Vielleicht aber auch nicht. Während nämlich die Sonne über den Horizont stieg, sah ich die Männer der Weißen Wache nur eine halbe Meile hinter uns – sechs großgewachsene Krieger auf den schnellsten und stärksten Pferden von Nedarra.

Den Feuerritter aber sah ich nicht.

»Da vorn ist ein Fluss!«, rief Khara. Meine Nase gab ihr recht.

»Siehst du eine Brücke?«, wollte Renzo wissen.

Khara stellte sich in die Steigbügel und hielt angestrengt Ausschau. »Nein.«

»Hervorragend«, murrte Renzo in diesem bestimmten Ton, den ich inzwischen als »Sarkasmus« kannte – eine Redeweise, bei der jemand das Gegenteil der Wahrheit sagen konnte und doch merkwürdigerweise nicht als Lügner betrachtet wurde.

»Tut mir leid, wenn das nicht ganz die Rettung ist, die du dir erhofft hast«, sagte Khara zu Renzo. Auch sie schien mit »Sarkasmus« vertraut zu sein.

Wir näherten uns dem Fluss, der rot in der Morgensonne glänzte. Als ich sah, wie breit er war und dass es nicht die Spur einer Brücke oder Fähre gab, nistete sich Angst in meinem Herzen ein. Ob er so flach war, dass die Pferde ihn durchwaten konnten?

Beim Reiten dachte ich mir eine Geschichte für die Weißen Wächter aus. Ich könnte ihnen erzählen, ein Felijaga sei auf uns losgegangen. Oder dass plötzlich Terra-Olme aufgetaucht seien. Die Wächter würden vielleicht annehmen, wir wären deshalb in Panik geraten.

Vielleicht würden sie uns aber auch nicht glauben.

Jedenfalls sah es nicht gut für uns aus. Die Pferde der Weißen Wache waren schneller als unsere. Sie holten rasch auf.

Khara stieß einen Fluch aus, und ich begriff, warum. Der Feuerritter erschien nämlich nicht hinter uns – er war plötzlich vor uns. Irgendwie hatte er geahnt, in welche Richtung wir fliehen würden.

Er ritt jetzt zwischen uns und dem Fluss.

Die Weißen Wächter hinter uns, der Feuerritter vor uns.

»Sollen wir lieber umkehren?«, schrie ich.

Zu meiner Überraschung grinste Khara. »Du bringst mich immer wieder zum Staunen, Byx. Nein! Wir kehren natürlich nicht um, du schlauer Dalkin, wir reiten weiter geradeaus!«

Khara hatte erkannt, was ich nicht erkannt hatte. Der Ritter erblickte uns im gleichen Moment, in dem die Weißen Wächter uns sahen. Und obwohl die Sache nicht ganz so lief, wie ich gehofft hatte – sie sahen sich jetzt auch gegenseitig.

Weder die Elitetruppe des Murdano noch der Feuerritter kümmerte sich um uns. Zumindest nicht im Augenblick.

»Helft uns!«, rief ich und drehte mich im Sattel um, damit meine Hilferufe die Wächter auch erreichten. »Er will uns töten!«

Eins wusste ich genau: Die Weiße Wache hatte den strikten Befehl, unser Leben zu schützen, bis wir noch andere Dalkins finden würden. Der Feuerritter dagegen verhielt sich ganz so, als wollte er uns möglichst schnell töten.

»Jetzt tut so«, rief Khara im Reiten, »als würden wir gerade erst sehen, dass der Ritter vor uns ist. Schwenkt nach rechts!«

Ich stieß einen Schrei aus. Wir rissen unsere Zügel nach rechts und duckten uns tief in die Sättel, wie um unsere Pferde zu größter Anstrengung anzuspornen.

Der Ritter trieb sein Pferd zu wildem Galopp und versuchte, uns den Weg abzuschneiden.

Die Weiße Wache war dicht hinter uns.

Und Freude über Freude, der Ritter und die Wächter würden aufeinandertreffen, noch bevor eine der Parteien uns erreichen konnte.

Nach einem Blick über die Schulter sah ich, wie der Ritter seine Lanze auf die Wächter richtete. Ein Feuerstrahl flog im Bogen auf. Die Weiße Wache teilte sich, der Feuerstrahl aber schwenkte noch in der Luft ab und verfolgte die eine der beiden Gruppen.

Flüssiges Feuer traf den ersten Wächter und hüllte ihn in Flammen. Sein Pferd warf ihn ab und floh in Panik.

Aber die Soldaten gaben nicht auf. Die beiden, die dem Ritter am nächsten waren, machten ihre Armbrüste bereit und schafften es sogar im Reiten, sie zu spannen.

Es fiel schwer, ihre Geschicklichkeit nicht zu bewundern.

Armbrustbolzen flogen. Einer verfehlte sein Ziel. Einer traf den Ritter im rechten Oberschenkel.

Die zwei Wächter zogen ihre Schwerter und gingen auf den Ritter los.

Die drei, die noch hinter uns her waren, zügelten jetzt ihre

Pferde und eilten zurück zum Kampfplatz. Noch während sie dorthin unterwegs waren, stand ein zweiter Wächter in Flammen.

Wir näherten uns jetzt rasch dem Fluss. Sein Wasser war schmutzig und trüb, seine Tiefe unmöglich abzuschätzen.

Khara brachte Vallino in eine langsamere Gangart. »Wir können entweder eine Brücke oder Fähre suchen oder einfach darauf hoffen, dass der Fluss seicht genug ist.«

»Eine halbe Meile westwärts gibt es eine Furt«, sagte Renzo.

Khara schüttelte den Kopf. »So tief sieht er eigentlich gar nicht aus.«

»Dann geh voran und überquer ihn gleich hier«, sagte Renzo. »Aber mach dich darauf gefasst, dass du schwimmen musst.«

»Sag mal, wer bist du eigentlich?«, fragte Khara aufbrausend.

»Ich bin der, den deine Freunde gerettet haben, nur damit ich jetzt zwischen der Weißen Wache und einem Feuerritter in der Falle sitze. Und wer bist du?«

»Ich bin der, der dir ein Reitpferd gegeben hat«, schnauzte Khara. »Und wenn das mit der Furt nicht stimmt, versenke ich mein Schwert in deinem Herzen!«

»Versuch ruhig, mir dein rostiges altes Ding in den Leib zu bohren«, sagte Renzo mit verschmitztem Grinsen. »Aber deine Kleidung täuscht mich nicht. Du bist ein Mädchen.«

Khara trieb Vallino weiter, sodass er dicht neben Renzos Pferd trabte. »Über eins solltest du dir klar sein, Renzo: Ich führe diese Gruppe an! Und was mein rostiges altes Schwert angeht ...« Sie zog es aus der Scheide, und es strahlte in seiner ganzen Pracht. »Mein Schwert hat schon viel Blut gekostet, und es liebt den Geschmack!«

»Na schön«, gab Renzo nach. »Aber die Furt ist trotzdem eine halbe Meile westwärts.«

Gambler, Tobble und ich sahen uns an. Dem Wobbyk und mir war dieser hartnäckige Wortwechsel rätselhaft, der Blick in Gamblers Augen aber schien eher belustigt und verständnisvoll.

Hinter uns tobte die Schlacht, und es sah nicht aus, als würde sie so bald enden.

»Westwärts«, sagte Khara widerwillig. »Folgt dem … wie-immer-er-heißt.«

54

Das verlassene Dorf

Wie-immer-er-heißt hatte recht mit der Furt. Es war eine Stelle, an der der Fluss bei schneller Strömung breiter und flacher wurde.

Wir durchquerten ihn gefahrlos und ohne viel zu stolpern.

»Es tut mir leid, was mit deinem Dorf passiert ist«, sagte ich zu Renzo, als wir Rast machten. Khara hatte mich vorher unauffällig zur Seite genommen und mich gebeten, ihn auf seine Ehrlichkeit zu testen.

»Es war nicht mein Dorf«, sagte Renzo. »Bin da nur zufällig durchgekommen. Dieser verrückte Ritter hatte nichts Eiligeres zu tun, als es niederzubrennen, nur weil ihm dort niemand Auskunft geben konnte. Möglich, dass ich was gesagt habe, das ihn ärgerte. ›Hört auf, die Leute hier umzubringen‹ oder so was in der Art.«

Mir wurde flau im Magen. »Sie sind wegen …«

»… dir gestorben, ja«, sagte Renzo. »Und selber war ich auch nah dran. Danke übrigens für die Rettung, auch wenn es deine Schuld war, dass ich überhaupt einen Retter gebraucht habe.«

»Was, äh, arbeitest du, Renzo?«, fragte ich.

»Ich? Ich bin ein Dieb.«

Khara hatte so getan, als hörte sie nicht zu, aber jetzt drehte sie sich um. »Ha, ein Dieb! Genau wie ich dachte.«

»Das hab ich doch schon erklärt, als wir uns zum ersten Mal getroffen haben«, sagte Renzo gut gelaunt. »Hast du gedacht, das war ein Witz? Ich klaue von denen, die was haben: von den Reichen, den Großgrundbesitzern, den Wichtigtuern.«

Es stimmte, was er sagte. Zum größten Teil stimmte es.

»Und das schenkst du dann den Armen, nehme ich an«, sagte Khara wieder mit »Sarkasmus« in der Stimme.

»Pffft«, machte Renzo geringschätzig. »Warum sollte ich das? Also versteh mich nicht falsch, ab und zu geb ich einem Bettler schon mal ein paar Münzen ab. Hauptsächlich aber stehle ich, um mich selber durchzubringen.«

Mein Dalkin-Talent, die Wahrheit zu erkennen, war hier gar nicht nötig. Renzo schien ganz bereitwillig die Wahrheit zu sagen, auch wenn sie alles andere als schmeichelhaft für ihn war.

»Jetzt bin ich mit Fragen dran«, sagte er. »Ein Mädchen, das sich als Junge ausgibt, ein Felijaga, ein Wobbyk und ein Dalkin – wie habt ihr es geschafft, die Weiße Wache und auch noch einen Feuerritter gegen euch aufzubringen? Warum sind die gefährlichsten Vertreter der Menschheit hinter euch her?«

Ich gab ihm eine Kurzversion unserer Abenteuer und stellte dabei fest, dass Renzo ein guter Zuhörer war, denn auch diese Kurzversion dauerte eine ganze Weile. Seine Fragen waren immer klar formuliert und ohne Umschweife. Er wusste sehr viel mehr über die Länder außerhalb unserer bekannten Welt, als ich je gewusst hatte.

Als ich fertig war, nickte er. »Die Seherin will also – wie jeder, der dem Murdano was vorlügen will – die Dalkins ausgerottet wissen. Inzwischen ist es aber Seiner Herrlichkeit eingefallen, dass eine kleine Zahl von ihnen als Sklaven ganz nützlich sein könnte.

Die Seherin hat einen schweren Fehler gemacht, als sie vorschnell das Ende der Dalkins ausrief, und diesen Fehler wollte sie vertuschen, indem sie ihren Feuerritter hinter euch herschickte.«

Ich nickte. »Ja. So ungefähr.«

»Währenddessen ist der Murdano immer noch fest entschlossen, einen Krieg mit Dreyland anzufangen. Ein Krieg, der leichter zu führen wäre, wenn er auf Anhieb die Lügen seiner Gegner und Skeptiker erkennen, selber aber lügen könnte.«

Ich rutschte unbehaglich in meinem Sattel hin und her. Renzos Darstellung hörte sich an, als sollte ich als Waffe in einem Krieg herhalten.

»Und deshalb«, fuhr Renzo unbekümmert fort, »hat der Murdano jetzt seine Macht gefestigt, indem er Araktik beseitigte. Die Dalkins hat er schon ausgerottet – na ja, bis auf dich –, und inzwischen ist er längst dabei, die Zahl der Felijagas zu verkleinern, ihre Jagdgebiete zu begrenzen und sie abzuschlachten, sooft er einen Anlass dazu findet.«

»Warum, denkst du, macht er das?«, forschte Gambler.

»Weil ihr ihm ein Dorn im Auge seid, Freund Felijaga«, sagte Renzo. »Ihr fügt euch nicht ein. Ihr macht nicht mit. Schau dir dagegen die Natintjes an, das ist ein brauchbares Völkchen. Sie verkaufen Seerechte an jeden, der Geld hat: Händler, Fischer, Piraten. Sie sind da nicht pingelig. Man sagt, Natintjes lassen sich nie in die Karten schauen – wer kann also wissen, was sie wirklich vorhaben? Wahrscheinlich werden sie dem Murdano erlauben, eine Kriegsflotte zu Wasser zu lassen, weil sie davon ausgehen, dass er die nötigen Bestechungsgelder hat. Bleiben die Raptidons und die Terra-Olme, die ihm noch im Weg stehen könnten. Was die Terra-Olme wollen, weiß keiner. Und die Raptidons?« Renzo lachte. »Die Vögel wollen einfach nur in Ruhe gelassen werden, aber der Murdano wird auch ihnen die Hölle heißmachen müssen.«

»Aber warum, wenn sie doch, wie du sagst, einfach nur ihre Ruhe haben wollen?«, fragte ich.

»Weil sie Macht besitzen«, sagte Renzo, als wäre das sonnenklar. »Stellt euch vor, der Murdano marschiert in Dreyland ein, und den Raptidons passt das nicht. Ein Adler kann einfach über die Berge fliegen und im Lager der Feinde genau erzählen, wo die Truppen des Murdano gerade stehen.«

»Für einen Dieb bist du ganz schön von dir eingenommen«, sagte Khara.

»Und gut aussehen tu ich auch«, sagte Renzo, und Gambler unterdrückte ein Lachen.

Obwohl die Pferde erschöpft waren, trieben wir sie weiter, bis wir in ein Dorf kamen. Es war ein grauer, armseliger, trister Ort: zwei Dutzend Häuser, eine Schmiede, eine Sattlerei, ein Stall, ein Krämerladen und ein Wirtshaus.

Das Wirtshaus stand leer, stellten wir fest, vom Besitzer nirgendwo eine Spur. Alles deutete auf einen nicht lange zurückliegenden Aufbruch hin. Im Fass war noch Bier und in der Vorratskammer etwas zu essen.

Khara ging hinaus, um das übrige Dorf zu erkunden, und fand schnell heraus, dass es in den anderen Häusern nicht viel anders aussah. Die Leute waren geflohen. Die wenigen Zurückgebliebenen waren alt oder schwach, Menschen, die zu einem kräftezehrenden Marsch wahrscheinlich nicht mehr in der Lage waren.

Khara kam mit einer alten Frau zurück, die sagte, sie habe früher im Wirtshaus gearbeitet und werde uns etwas zu essen machen. Was wir aber noch dringender brauchten als Essen, das waren Auskünfte.

»Wo sind all die Leute hin?«, fragte Khara die alte Frau, die Melicent hieß.

»Es ist noch nicht lange her, da haben die von der Armee alle jungen Männer mitgenommen. Die meisten mussten Soldaten werden. Andere wurden zu schwerer Arbeit gezwungen, obwohl keiner irgendwelche Straftaten begangen hat. Sollte der Murdano in Dreyland einmarschieren, wird seine Armee direkt durch unseren Ort kommen, und keiner der Einwohner will hier sein, wenn dieser Tag kommt.«

»Ihre Wertsachen haben sie wohl alle mitgenommen?«, fragte Renzo auf eine Art, die seine eigenen Interessen verschleierte.

»Alles, was sie tragen konnten«, bestätigte Melicent.

»Hmmm«, machte Renzo. »Also, ich werd mal … äh, mal nachsehen, ob das stimmt.« Er verließ den Schankraum mit einem leeren Sack.

»Dieb«, sagte Khara naserümpfend.

»Vielleicht sollte ich dem jungen Renzo folgen«, sagte Gambler und sah zu Khara hin. »Wir wollen schließlich nicht, dass er sich in Gefahr bringt.«

»Mich interessiert es nicht, was einem Dieb zustößt«, sagte Khara.

»Natürlich. Mich auch nicht«, sagte Gambler. Trotzdem machte sich der Felijaga auf, um den Jungen unauffällig im Auge zu behalten.

»Was mag wohl aus dem Ritter und der Weißen Wache geworden sein«, sagte Tobble. »Was meinst du, Khara?«

»Mit Glück haben sie einander umgebracht«, sagte sie. Trotzdem sollten wir einen Wachposten aufstellen und abwechselnd schlafen. Ich denke, darüber hinaus können wir nicht viel tun. Kann sein, der Ritter hat überlebt. Oder ein paar von den Wächtern der Weißen Wache. Oder …«

Sie beendete ihren Gedanken nicht, aber ich wusste, was sie meinte. Der Murdano hatte angeordnet, Luca wegzubringen, aber seinen Tod hatte er nicht befohlen. Mit Sicherheit würde Luca, wenn es ihm irgendwie möglich war, eine Truppe der Familie Corpli hinter uns herschicken.

»Ich bin nicht müde«, sagte Tobble und unterdrückte ein Gähnen. »Ich übernehme die erste Wache.«

»Und?«, wandte sich Khara an mich, nachdem Tobble seinen Posten auf einer nahen Anhöhe angetreten hatte. »Ist Renzo ehrlich?«

»Übertrieben ehrlich sogar«, sagte ich. »Mag sein, er ist ein Dieb, bis jetzt ist er aber ein ehrlicher Dieb. Und zu der Furt hat er uns ja tatsächlich geführt.«

Khara grummelte unbeeindruckt. »Am Morgen ziehen wir weiter, dann kann er gehen, wohin er will.«

»Und wenn er mitkommen mag?«

»Warum sollte er das?«, fragte Khara. »Wir sind auf einer denkbar aussichtslosen Mission, um herauszufinden, was von deiner Art noch übrig ist. Und danach? Für danach haben wir noch nicht mal einen Plan.«

Renzo kam nachts mit einem ausgebeulten Sack zurück. Er leerte den Inhalt auf einen Tisch im Gastraum, und als ich die wertvollen Gegenstände sah, musste ich nach Luft schnappen: ein silberner Kelch, verschiedene goldene Schmuckstücke und etliche alltägliche Dinge wie Kleidung, Holzschüsseln und Töpferwaren.

»Wer lässt denn Silber zurück?«, fragte ich und sah mir den Kelch genau an.

»Menschen, die damit rechnen, dass sie zurückkommen werden«, sagte Renzo. »Das sind alles Sachen, die sie versteckt haben. Manche der Versteckplätze waren ziemlich einfallsreich.«

»Wie hast du sie dann so schnell gefunden?«

Renzo zwinkerte mir zu, wandte sich beim Sprechen aber an Khara: »Soll ich es euch zeigen?«

Ich nickte, und Khara tat, als hätte sie es nicht gehört.

Renzo schloss die Augen, stand ganz still, Hände an den Seiten, und deklamierte mit ausdrucksloser Miene:

»Urgit fa golen
Fa meer distay
Urgit na golen
Ik teer begray.«

Plötzlich erschien auf dem Boden eine silbrig glitzernde Lichtspur. Wir sahen verblüfft zu, wie sie sich um die Tische herum und zur Theke hin schlängelte, auf der Krüge und Flaschen aufgereiht waren.

Die Lichtspur stieg an der Wand empor bis zu einer scheinbar unauffälligen Stelle der Vertäfelung, die nicht anders aussah als die Holzbretter, mit denen der größte Teil des Raumes verkleidet war.

Renzo untersuchte die Vertäfelung an dieser Stelle. Aus seiner Tasche zog er ein kurzes Metallwerkzeug heraus, flach an der einen Seite und gebogen an der anderen. Er bohrte das abgeflachte Ende in den Spalt neben dem betreffenden Brett, lockerte es und entfernte es dann mit dem gebogenen Ende.

Hinter der Wandverkleidung war ein Hohlraum. Und in diesem Hohlraum standen kunstvoll gearbeitete Trinkkelche, daneben Fläschchen mit seltenen Gewürzen und Pfeffer. Der verborgene Reichtum des Schankwirts.

»Du verstehst dich auf Theurgie«, sagte Khara zu Renzo.

»Das ist nützlich in meiner Branche«, erwiderte er.

»Nicht …«, fing Khara an, doch in diesem Augenblick stürmte Tobble herein.

»Feuer!«, japste er. »Südlich von hier!«

»Das können Lagerfeuer sein«, sagte Khara.

Tobble schüttelte den Kopf. »Nein«, sagte er. »Dieses Feuer bewegt sich. Als würde jemand eine Flammenpeitsche schwingen.«

Innerhalb von fünf Minuten lag das Dorf hinter uns und damit auch jede Hoffnung auf eine ausgiebige Nachtruhe.

Der Feuerritter lebte.

55

Nach Norden

Renzo erwies sich als nützlich – selbst Khara musste das zugeben. Im Gegensatz zu uns kannte er das Land.

Beizeiten erreichten wir die kalte und neblige Küste, der wir weiter nordwärts folgten.

»Ich hab noch nie von Inseln gehört, die sich von selber bewegen«, sagte Renzo, während wir uns einen Weg zwischen dicht stehenden Bäumen bahnten.

Zögernd zeigte ich ihm meine Zeichnung.

»Das ist alles, was ihr habt?« Renzo lachte.

»Du kannst gern einen anderen Weg gehen«, sagte Khara.

»Oh, ihr würdet mich aber vermissen«, sagte Renzo. »Außerdem habe ich schon eine Runde mit Mr. Feuer und Schwert hinter mir. Ich stinke immer noch nach Rauch.« Er fuhr sich mit den Fingern durch sein schmuddeliges Haar. »Schaut euch meine herrlichen Locken an – alle Spitzen angesengt!«

Die Küste war nicht ganz so verlassen wie zuvor die Straße, denn hier befürchtete niemand, dass der Murdano – sollte er tatsächlich ein Invasionsheer aufstellen – vorbeikommen würde. Trotzdem fanden wir in einem Fischerdorf Anzeichen dafür, dass man erst vor Kurzem einen Piratenüberfall abgewehrt hatte. Alle Männer hatten selbst gemachte Waffen bei sich, Dreschflegel, Sensen und Knüppel mit Stacheln daran.

Es war schon richtig, diese nördlichen Gebiete wurden oft von Piraten und Banditen verwüstet, wie der Murdano gesagt hatte. Richtig war aber auch, dass Soldaten, wenn sie ab und zu doch mal hier entlangkamen, die Leute fast ebenso gnadenlos ausplünderten wie die Räuber.

»Was liegt nördlich von hier?«, fragte Khara einen alten gebeugten Mann, der neben einem baufälligen Holzsteg seine Fischernetze reparierte.

»Nördlich?« Er schüttelte den Kopf. »Da ist nur wüstes Land voll übler Bestien, menschliche und nichtmenschliche. Nach Norden solltest du nicht gehen, junger Herr. Dort ist nur der Tod zu finden.«

Hinter uns der Feuerritter.

Vor uns Banditen und grausame Bestien.

Eine tückische Reise würde in beinahe sicherem Misserfolg enden.

Die Stimmung verdüsterte sich und lastete schwer auf mir. Schließlich ging es bei dieser Suche um mich. Die anderen waren nur mitgekommen, um mir zu helfen und mich zu beschützen. Mich, einen Endling am Ende der Welt.

Immer wieder rief ich mir ins Gedächtnis, dass Araktik die Gerüchte von der Existenz anderer Dalkins geglaubt hatte. Aber Hoffnung in ein Gerücht zu setzen, noch dazu in eins, dem eine verrückte boshafte Frau Glauben schenkte, war kaum ein Grund, sich Tag für Tag weiterzuschleppen.

Allmählich wurde die Küstenlandschaft felsiger, hohe Klippen ragten auf, durchschnitten von einer Vielzahl von Flüssen und Flüsschen, die tiefe Rinnen in den Boden gruben und sich in grandiosen Wasserfällen über die Klippen ergossen. Entlang dieser Steilküste ritten wir Hunderte Meter aufwärts und sahen weder etwas von Menschen noch von einer der anderen großen Arten mit Ausnahme einiger Fischadler und sonstiger fleischfressender Raptidons.

Mit jeder Stunde, jedem Tag erschien uns die Welt leerer, wilder und weiter entfernt von allem, was wir gekannt hatten. Irgendwann sahen wir überhaupt keine Ansiedlungen mehr, weder bewohnte noch verlassene. Ab und zu trafen wir auf ein Lager, wie es von Fischern benutzt wird, jedes mit einer Hütte am Fuß einer Klippe, aber auch diese Hütten waren leer.

Das raue Wetter drohte kälter zu werden. Von der See her blies ein ständiger Wind, und die wenigen Bäume, die wir zu Gesicht bekamen, waren knorrig und blattlos. Wir befanden uns in einem Land aus kahlen Hügeln und nacktem Gestein, grauen Riedgrasflächen und kleinen Tümpeln. Eine trostlosere Landschaft konnte ich mir kaum vorstellen.

»Warum sollte irgendeine Art in Richtung Norden ziehen?«, fragte ich laut.

»Die meisten Tiere, die bei der großen Wanderung mitziehen, halten sich mehr landeinwärts, also entgegen der Richtung, in der wir uns gerade bewegen«, sagte Khara. »Sie rasten in einem großen Feuchtgebiet. Dort wächst eine seltene Flechtenart, von der sie sich ernähren. Das sagen jedenfalls die Gelehrten. Aber genau weiß es keiner.«

»Sie wandern also um die halbe Welt, nur um irgendein Moos zu fressen«, sagte Renzo. »Na großartig.«

»Und um sich fortzupflanzen«, ergänzte Gambler mit einem leisen Lächeln.

»Ich möchte wissen, wohin die Butrillos ziehen«, sagte ich und dachte plötzlich an Maia und an den Tag beim Mirabienen-Hügel. Es schien unvorstellbar lange her.

»Ich glaube, das weiß niemand, Byx«, sagte Khara.

Nach einem einstündigen steilen Anstieg erreichten wir eine Stelle, von der aus wir deutlich die massive, von Kiefernwäldern überzogene Gebirgskette sehen konnten, den Sovo-Kamm, der Nedarra von Dreyland trennte.

»Was wissen wir eigentlich von Dreyland?«, fragte ich Gambler, während wir über die Landschaft blickten.

»Sehr wenig«, räumte Gambler ein. »Wir wissen – ich sollte lieber sagen, wir glauben –, dass dort andere große Arten leben. Außerdem gibt es viele Geschöpfe, die durch bösen Zauber entstanden sind: Monster, Golems und Wesen aus Eis, die sich wie Menschen bewegen.«

Tobble machte große Augen. »Wesen aus Eis?«

Gambler nickte. »Es heißt, dass Dreyland von einem Zauberer regiert wird.«

»Und warum will der Murdano Krieg gegen sie führen?«, fragte Tobble.

»Weil Menschen merkwürdig sind«, erwiderte Gambler.

Da witterte ich plötzlich, gleichzeitig mit Gambler, eine Spur von Rauch. Als wir uns umdrehten, sahen wir aus der Ferne, dass das Lager der Fischer, an dem wir vor Stunden vorübergekommen waren, in Flammen stand. Eine Rauchsäule stieg zum Himmel, Grau traf auf Grau.

Wie es aussah, bewegten wir uns in ziemlich gleichbleibendem Tempo voran. Wir fühlten uns getrieben durch den Feuerritter, auch wenn wir ihn nicht mehr gesehen hatten. In dieser kargen, zunehmend unbewohnten Gegend fanden wir allerdings kaum etwas zu essen. Der Proviant, den der Murdano uns mitgegeben hatte, war entweder aufgebraucht oder in Schrecksekunden verloren gegangen. Ab und zu machten sich Khara, Gambler und Renzo auf die Suche nach etwas Essbarem. Meistens kamen sie mit wenig oder gar nichts zurück.

Einmal rannte Dog davon, schnupperte auf dem harten Gestein herum und schleppte kurz darauf eine mickrige Eisratte an, übel zugerichtet und voller Speichel.

»Was für ein feines Tierchen du uns da bringst, Dog«, sagte Renzo. Er neigte dazu, den räudigen Köter über den grünen Klee zu loben.

Gerade wollte Renzo das blutige Ding entgegennehmen, da entschied sich Dog anders. Er sprang schwanzwedelnd auf mich zu und legte mir die Ratte vor die Füße.

»Es ist ein Geschenk«, sagte Renzo. »Er will sich mit dir anfreunden.«

Ich musterte die von Maden wimmelnde Ratte und stieß sie weg. »So dringend nötig hab ich es noch nicht!«, sagte ich.

»Du könntest dich wenigstens bei ihm bedanken«, hielt mir Renzo vor. »Ihr seid praktisch Brüder.«

Ich tätschelte Dog halbherzig den Kopf. Er nahm die Ratte wieder auf und trug sie stundenlang stolz im Maul herum.

Die Pferde waren am Ende ihrer Kräfte. Auch wir waren völlig erschöpft, und sosehr wir uns auch zum Weiterreiten zwangen, schafften wir doch jeden Tag eine kürzere Strecke als tags zuvor. Jeden Abend, nachdem wir einen gut verborgenen Lagerplatz gefunden hatten, sahen wir Feuer hinter uns. Ich hoffte, diese fernen Feuer bedeuteten nicht, dass noch mehr Unschuldige gefoltert wurden, um Informationen über uns aus ihnen herauszupressen.

Als wäre das alles nicht genug, lauerte vor uns eine andere Gefahr. Je näher wir der Grenze kamen, desto öfter stießen wir auf Anzeichen nordwärtsziehender Truppen – ohne Zweifel die Invasionsarmee des Murdano. In ihrem Schlepptau hinterließen sie verstreute Abfälle, weggeworfene Kisten, erkaltete Reste von Lagerfeuern und ab und zu ein totes Pferd, das aufgedunsen am Straßenrand lag, da, wo es gestürzt war.

»Bist du sicher, dass wir in der richtigen Richtung unterwegs sind?«, fragte Tobble eines Abends, als wir rasteten. »Und wie erkennen wir es, wenn wir dem Ziel nahe sind?«

Ich hatte keine Antwort darauf. Keiner von uns hatte eine. Unser einziger Plan war, der Küste Richtung Norden zu folgen.

Wir beschlossen, an Ort und Stelle unser Lager aufzuschlagen. Keiner konnte mehr einen Schritt weiter. Im Windschatten eines großen Felsens machten wir ein kümmerliches kleines Feuer und hofften, unser unerbittlicher Verfolger würde den Schein nicht sehen. Das Abendessen bestand aus einem Aufguss von Kräutertee und bitteren Wurzeln, und nicht anders würde unser Frühstück aussehen.

Nachts wachte ich mit knurrendem Magen auf und kletterte auf den uns schützenden Felsen. Er war nicht sehr hoch, vielleicht dreimal so groß wie Khara. Ich hatte gehofft, ich könnte sehen, ob der Ritter näher gekommen war, doch von der See her war dichter Nebel ins Land gekrochen. Er verhüllte die Welt und machte den Mond zu einer verschwommenen Kugel, die an einen Löwenzahn in den letzten Tagen seiner Existenz erinnerte.

Tobble erschien, und ich streckte den Arm aus, um ihm heraufzuhelfen. »Kannst du nicht schlafen, Tobble?«

»Mein Magen lässt mich nicht«, sagte er.

»Meiner auch nicht.«

»Byx …«

»Ja?«

»Hast du mal drüber nachgedacht, was wir tun, wenn wir die schwimmende Insel und deine verlorene Kolonie der Dalkins finden?«

Ich seufzte. »Oh Tobble, du weißt, wie unwahrscheinlich das ist, oder?«

»Aber es wäre möglich«, beharrte Tobble. »Es ist nur … ich meine, führen wir nicht den Ritter direkt zu ihnen hin?«

Das war kein neuer Gedanke für mich. Eigentlich quälte er mich schon, seit wir Saguria verlassen hatten. Der Ritter hatte die Weiße Wache aus dem Weg geräumt, aber die Wächter waren in vielerlei Hinsicht auch unsere Beschützer gewesen. Immerhin hatten sie nicht den Befehl, uns zu töten, sehr wohl aber den, alle Dalkins, die uns möglicherweise über den Weg laufen würden, bis auf eine Handvoll zu vernichten.

Der Feuerritter schien seinen eigenen Plan zu verfolgen. Wir hatten ihn ausgetrickst und waren ihm entkommen, das gefiel ihm nicht. Über weite Strecken hatte er uns verfolgt und war trotz seines langsamen Pferdes vielleicht kaum mehr eine halbe Meile entfernt. Auch hatten unsere Bemühungen, uns zu verstecken, sobald wir eine Rast einlegen mussten, viel Zeit gekostet. Er würde jetzt nicht aufgeben.

»Was haben wir denn für eine Wahl?«, fragte ich. »Kehren wir um, tötet uns der Ritter. Bleiben wir hier, verhungern wir entweder, oder der Ritter tötet uns. Reiten wir weiter und finden vielleicht nichts, verhungern wir auch, oder der Ritter tötet uns.«

»Düstere Aussichten«, sagte Tobble und bemühte sich vergebens um einen unbekümmerten Ton.

»Wenn wir weiterziehen und doch Dalkins finden, werden sie immerhin was zu essen haben. Und wer weiß, vielleicht sogar eine Möglichkeit, um sich zu wehren.«

Ich hielt inne. Es schien eine lächerliche Fantasterei. Jetzt stellte ich mir nicht nur eine Kolonie Dalkins vor, ich malte mir schon aus, sie könnten sich auf den Kampf mit einer der bedrohlichsten Sorte Mensch einlassen und sie sogar besiegen.

Der Wind frischte auf und riss den Nebel in Fetzen. Angestrengt spähte ich nach Süden und hielt Ausschau nach der verräterischen Flamme. Nichts.

»Sieh mal!«, schrie Tobble und zeigte nach Nordosten.

Ich folgte seinem Blick und erkannte in weiter Ferne zwei … drei … vier Feuer.

»Khara!«, rief ich.

Innerhalb von Sekunden war sie bei uns. Wir deuteten in die Richtung, und sie sah lange hin, bevor sie sich schließlich mit einem unerwarteten Grinsen im Gesicht zu uns umdrehte.

»Das sind keine Feuer, die vom Ritter stammen. Das sind Feuer zum Kochen oder zum Trocknen von Fleisch. Das, meine Freunde, ist Zebara.«

56

Zebara

Inzwischen wusste ich schon viel mehr über die Art menschlicher Behausungen. Ich war auf der Insel Ursina gewesen und in Saguria. Ich war durch Städte und Dörfer gekommen. Ich hatte die Zeugnisse menschlichen Einfallsreichtums gesehen.

Und dann sah ich Zebara.

In diesem nahezu baumlosen Land hatten die Menschen Gebäude aus Lehmziegeln errichtet, Gebäude von der Form einer halben Melone mit runden Dächern, einer einfachen niedrigen Tür und einem schmalen Fenster. Rauch stieg aus Löchern, die man in den Dächern dieser primitiven Hütten ausgespart hatte.

Das ganze Dorf samt dem Hafen schien planlos zusammengewürfelt, Wohnhäuser und Geschäfte durcheinander, und dazwischen der blanke Lehm. Ungefähr im Ortskern stand ein Bauwerk mit ebenfalls gewölbtem Dach, aber dieses Gebäude war viel länger als die anderen. Geweihe von Vrede-Elks schmückten es, Wolfsfelle und die gebleichten Knochen großer Fische.

Zweifellos waren Boote für die Einwohner weit wichtiger als Häuser. Zu Dutzenden lagen sie dicht gedrängt in dem engen Hafenbecken: Fischerboote, wendige Schmugglerboote und auch mindestens ein Piratenschiff aus Nedarra. Zahlenmäßig wurden diese immerhin einsatzfähigen Boote etwa zehn zu eins übertroffen von den halb zerfallenen Wracks mit umgekippten Masten, ausgefransten Taustücken und Fetzen alter Segel, die am Strand lagen. Überall waren grob zusammengezimmerte Gestelle zum Trocknen der Netze und breit angelegte Feuerstellen, über denen Fische an Schnüren im Rauch hingen.

Wie gewöhnlich nahm ich wieder meine Haltung als Hund ein, eine Rolle, die mit der Anwesenheit eines echten Hundes in unserer Gesellschaft schwieriger zu spielen war. Die Einwohner, ein schmutziger, gefährlich und finster dreinblickender Haufen, begegneten uns mit unverhohlener Neugier, kaum mit Feindseligkeit. Ich sah viele Menschen mit Brandzeichen auf der Stirn – D für Dieb, S für Schmuggler und W für Wilderer –, etliche mit abgeschnittenen Ohren und manche mit fehlenden Händen oder Beinen. Eine erstaunliche Zahl von Männern aus Zebara hatten Haken statt Hände oder zurechtgestutzte Baumstrünke anstelle der Beine.

Das Einbrennen von Zeichen, erklärte Khara, war die geringste Form der Bestrafung, die in Nedarra verhängt wurde; nach einem zweiten Vergehen wurde man garrottiert. Die Bestrafung für Seeräuberei fing mit Verstümmelung an und wurde nach und nach grausamer.

Zebara war ein düsterer und Furcht einflößender Ort, doch in mancherlei Hinsicht kam mir das nicht ungelegen. Sollte es überhaupt Menschen geben, die verzweifelt und waghalsig genug waren, sich ernsthaft mit einem Feuerritter zu befassen, dann diese Ansammlung von Kriminellen und Abtrünnigen.

Mit einem Teil von Renzos Geld kauften wir uns getrockneten Fisch, schlangen ihn an Ort und Stelle hinunter und gossen literweise Brunnenwasser nach, um den starken Salzgeschmack zu mildern.

Während wir kauend im Dreck saßen, kamen drei Männer

daher, neugierig und misstrauisch. Jeder war mit mehreren Waffen ausgerüstet, Knüppeln, Harpunen zum Walfang und Holzhämmern zum Einschlagen von Pflöcken.

»Was habt ihr hier für Geschäfte?« Der Sprecher hatte einen starken Akzent und war nicht leicht zu verstehen. Er besaß nur ein Auge, die leere Höhle des andern hatte er mit einem Stück Ton ausgefüllt, einem glasierten Augapfel, dessen blicklose Pupille für immer nach rechts gerichtet war.

»Wir suchen etwas«, sagte Khara.

»Was?«

»Wir kommen von der Insel Ursina«, schwindelte sie drauflos. »Die großen Gelehrten dort haben uns auf eine Forschungsreise geschickt. Wir sollen die Wahrheit einer Legende herausfinden.«

»Was ist das für eine Legende?«, fragte Einauge. Sein Ton war noch immer skeptisch, aber als er gehört hatte, dass wir von der Insel kamen, entspannte er sich etwas.

»Die alten Schriften berichten von Inseln, die sich von selbst bewegen. Inseln, die denken können. Lebende Inseln.«

Die drei Männer wechselten einen Blick, und mein Herz machte einen Hüpfer. Sie wussten etwas.

»Was wäre euch eine Auskunft wert?«, fragte Einauge.

Khara hielt in einer hilflosen Geste die Hände hoch. »Wie ihr seht, haben wir nichts zum Tauschen.«

»Ihr habt Pferde«, sagte der Mann.

»Es sind nicht unsere Pferde«, sagte Khara bedauernd. »Der Murdano hat sie uns geliehen.«

Dieser Name verbesserte Einauges Laune nicht. Er spuckte auf den Boden. »Der Murdano hat hier keinen Einfluss«, sagte er. »Verteidigt er uns gegen Plünderer? Nein. Schickt er eine Flotte, die uns die Piraten aus Dreyland vom Hals hält? Nein. Wenigstens könnte er die Natintjes bestechen, die den Überfällen von der See her ein Ende machen könnten. Stattdessen steckt er sein Vermögen in den Aufbau einer Armee, nur um einen Krieg zu führen, den er mit Sicherheit verlieren wird.«

»Trotzdem«, sagte Khara, »können wir nicht Pferde eintauschen, die uns nicht gehören.«

»Dann hab ich euch nichts weiter zu sagen.« Er hakte die Daumen in den Strick, der ihm als Gürtel diente, und zeigte sich störrisch, wobei er aber den einen oder andern nervösen Blick auf Gambler nicht verbergen konnte.

»Wie wär's mit einem Austausch?«, mischte sich Renzo ein. »Ihr habt Informationen, und ich hab auch welche.«

»Was hast du für Informationen?«, wollte Einauge wissen. »Du zuerst.«

Renzo nickte und übersah dabei mit Absicht den warnenden Blick von Khara. »Eine große Gefahr ist unterwegs in eure Richtung.«

Einauge lachte verächtlich. »Das ist doch nichts Neues. Gefahren gibt es hier immer.«

»Aber keine wie diese«, sagte Renzo. »Im Augenblick nämlich ist kaum eine halbe Meile hinter uns ein Feuerritter. Und er brennt alles nieder, was auf seinem Weg liegt.«

Die Maske der Gleichgültigkeit verschwand aus den drei schmutzigen Gesichtern. Einauge wich zurück und machte ein Handzeichen, das Böses abwehren sollte.

»Das?«, sagte Renzo und ahmte die Geste nach. »Das wird den Ritter nicht hindern, diesen Ort bis auf die Grundmauern niederzubrennen.«

»Ihr habt uns einen Feuerritter auf den Hals gehetzt?«, rief einer der anderen Männer.

Renzo schüttelte den Kopf. »Macht euch nicht lächerlich. Mit uns verschwendet der seine Zeit nicht. Nein«, sagte er seufzend, »ich fürchte, der ist einfach auf Mord aus, mich hätte er beinahe gebraten. Und diese Leute hier kenne ich nicht einmal, ich bin nicht von der Insel. Ich …« – er legte eine dramatische Pause ein – »… ich bin ein Dieb.«

Khara, die damit rechnete, dass uns die Männer mit lauter Empörung aus dem Ort weisen würden, hatte schon ihre Hand am Schwertgriff. Doch Renzo lag richtig mit der Einschätzung seiner Zuhörer. Von »Gelehrten« waren sie kaum beeindruckt, einen »Dieb« dagegen betrachteten sie als einen der Ihren, als einen, dem sie vertrauen konnten.

»So. Ich habe euch brauchbare Hinweise gegeben«, sagte Renzo. »Wenn ihr klug seid, lasst ihr eure Boote zu Wasser und versteckt eure Wertsachen.«

Einauge nickte. »Ja, das werden wir tun.«

»Und jetzt euer Teil der Abmachung«, forderte Renzo.

»Also, solche Inseln hab ich schon gesehen. Inseln, die sich bewegen«, sagte Einauge. »Man weiß nie genau, wo sie gerade sind. Sie können sehr schnell sein, und wenn sie sich erst mal in Bewegung gesetzt haben, können sie tagelang ununterbrochen weiterschwimmen, fünfzig Meilen in der Woche.«

Renzo grinste. »Und …«

»Und«, fuhr Einauge zögernd fort, »gestern war ich in der Nähe von Rebit-Sund auf Fischfang. Bis dorthin sind es zwei, drei Meilen Richtung Norden, danach geht es eine kurze Strecke über eine Halbinsel bis raus zur äußersten Spitze. Die Stelle heißt Landfail. Von dort müsstet ihr eine der Inseln sehen können.«

Ich konnte meine Ungeduld nicht länger zügeln. »Hast du dort solche Lebewesen wie mich gesehen?«

Einauge starrte mich an, verblüfft, mich auf einmal sprechen zu hören. Er zeigte auf Dog. »Kann der da auch reden?«

»Nein«, sagte ich ungeduldig. »Das ist ein Hund.«

»Was bist dann …« Einauge schüttelte den Kopf. »Ach, egal. Die Antwort auf deine Frage ist Nein, ich habe dort keine Hunde gesehen, die sprechen und auf zwei Beinen laufen können.« Als er meine Verzweiflung sah, ergänzte er: »Natürlich gehen wir nicht so nah an diese Inseln heran.«

»Warum nicht?«, fragte Khara.

»Für viele sind die lebenden Inseln Gottheiten. Andere meinen, sie sind von fürchterlichen Bestien und Monstern bewohnt. Wieder andere glauben, dass jeder, der einen Fuß auf die Inseln setzt, gefressen wird. Einfach verschluckt von den Bäumen.«

»Na großartig«, murmelte Renzo.

Khara nickte. »Danke für eure Informationen. Wir machen uns auf den Weg. Und ihr, ihr versteckt euch am besten, bis der Ritter vorbei ist, wenn ihr am Leben bleiben wollt.«

»Viel Glück«, sagte Renzo beim Abschied. »Ihr werdet es brauchen«, setzte er leise hinzu.

»Nicht so sehr wie wir«, sagte Khara.

57

Im Wald

Mit dem wenigen Geld, das Renzo hatte »einsammeln« können, kauften wir Proviant bei den Dorfbewohnern, die bereits ihre Habseligkeiten zu den Booten brachten: Körbe, Töpfe und was alles sie an Nahrungsmitteln auftreiben konnten, dazu die einfachen Geräte, die sie für die Ausübung ihrer Berufe brauchten. Wir hatten gedörrten Kabeljau, Algen und ein paar kümmerliche Kartoffeln bekommen, den Pferden dagegen konnten wir nur etwas Moos anbieten, das sie zwar nicht mochten, aber doch wenigstens fraßen.

Als wir zwei Meilen nördlich von Zebara haltmachten und zurückschauten, sahen wir den Ort lichterloh brennen. Flammen schlugen aus den Gebäuden und den am Strand liegenden Booten. Wie schnell wir auch reiten mochten, es war nicht schnell genug.

Bei der Halbinsel angekommen, wandten wir uns in einen hohen Tannenwald. Die Bäume standen so dicht, dass das spärliche Sonnenlicht hier überhaupt nicht mehr durchdringen konnte. Außerdem waren die Bäume von aggressiven Kletterpflanzen überzogen, die sich als schwarze Ranken über den Boden ausbreiteten und dann um die Stämme schlangen. Das erschwerte unser Vorankommen zusätzlich. Manche Bäume waren unter der Schicht aus Ranken kaum mehr zu sehen.

Angriffslustige Wildschweine bedrohten uns, zogen sich aber

zurück, sobald sie Gambler erblickten. Die wenigen Vögel, die wir entdeckten, waren Wasserläufer und Seetaucher. An Raptidons konnten wir nur ein einzelnes Exemplar in fortgeschrittenem Alter ausmachen, das kein Interesse an uns zeigte.

Die Halbinsel verengte sich, bis wir sowohl nördlich wie südlich von uns Wasser sehen konnten. Der einäugige Mann hatte uns aber zur Spitze der Halbinsel geschickt, zu einem Ort, den er Landfail genannt hatte.

»Wir sind auf einer Halbinsel und haben einen Feuerritter hinter uns«, sagte Renzo zu Khara. »Wie um alles in der Welt stellst du dir vor, dass wir ihm entkommen?«

»Ich dachte, dass du längst einen brillanten Plan hast«, schoss Khara zurück. »Du scheinst ja auch kein Problem damit zu haben, dich in Unterhaltungen einzumischen und sogar Abmachungen zu treffen.«

»Hab ich nicht«, sagte Renzo. »Und wenn ich eines Tages erwischt werde, werden sie mir höchstens ein D auf die Stirn brennen, kein R für Rebell.«

Während die Landspitze immer noch schmaler wurde, studierte Khara die Landschaft und schätzte in Gedanken Entfernungen ab. Plötzlich blieb sie stehen. Wir alle blieben stehen. Mit sichtlichem Widerwillen winkte sie Renzo zu sich heran.

»Welche Arten von Theurgie kannst du?«, fragte sie.

Er zog die Schultern hoch. »Einbrechertricks. Ich kann mit grellem Licht blenden, ich kann einen Raum mit Nebel füllen, ich kann ein widerspenstiges Türschloss öffnen – natürlich nur, wenn ich mein Werkzeug richtig benutze. Und ich kann Geräusche in der Ferne machen, um Leute abzulenken, verstehst du.«

»Nichts davon wird uns hier helfen«, sagte Khara nachdenklich. »Also gut. Passt auf, wir machen es so: Vom Nord- bis zum Südufer sind es an dieser Stelle um die sechzig, siebzig Meter, und genau hier werden wir unsere Falle auslegen.«

»Unsere was?«, fragte Renzo und legte den Kopf schief.

»Wir bauen eine Falle, eine geflochtene Falle«, sagte Khara mit einer Zuversicht, die sie meinem Empfinden nach kaum besitzen konnte. »Wir benutzen die Ranken, diese Kletterpflanzen, über die wir schon die ganze Zeit stolpern. Mit ihnen knüpfen wir eine Art Netz.«

»Das wird er einfach niederbrennen«, sagte Renzo.

»Mmm«, sagte Khara. »Ja. Kommt, lasst uns anfangen!«

Fieberhaft hackten wir Wurzeln ab und schleppten sie an Ort und Stelle. Tobble beaufsichtigte die Herstellung des Rankennetzes, das wir auf knapp zwanzig Metern Länge zwischen die Bäume spannten. Es war mühselig und höchstwahrscheinlich reine Zeitverschwendung, wie Renzo immer wieder betonte. Trotzdem schuftete er genauso wie wir anderen.

Ich war skeptisch. Ich zweifelte. Aber beim Arbeiten wurde mir Kharas Plan allmählich klar. Das Netz, das wir mit solcher Sorgfalt knüpften, war ein Ablenkungsmanöver. Nur wenige Meter dahinter durchschnitt eine jäh abfallende Rinne die Halbinsel. Sie war nicht tiefer als etwa einen Meter und würde den Ritter und sein Pferd gewiss nicht aufhalten – falls sie die Rinne sahen.

Khara hackte unterdessen mit ihrem Schwert Äste von den Bäumen, wählte dabei solche mit kräftigem, geradem Wuchs und schnitt sie in Zweimeterstücke. Als sie sich daranmachte, die Stöcke an beiden Enden zuzuspitzen, ahnte ich, was sie vorhatte.

»Byx«, sagte sie und wischte sich Schweiß von der Stirn. »Steig auf den Baum da und halte Ausschau, ob du den Ritter sehen kannst.«

Wir sind gute Kletterer, wir Dalkins. Aber Felijagas sind besser, und deshalb wunderte ich mich, warum sie mich aufforderte. Mühelos kletterte ich auf den Baum, ich habe keine Höhenangst, und schließlich tauchte mein Kopf aus dem Dach der Baumkronen. Es war ein unheimlicher Anblick: meilenweit graugrüne Bäume und über allem eine Nebeldecke.

Ich suchte den Horizont nach Anzeichen von Feuer oder Rauch ab. Ich spitzte die Ohren und atmete tief ein, um Gerüche zu filtern. Aber der Wind stand gegen uns, er wehte von Nord nach Süd und bot mir nichts als den Geruch nach Salzwasser und Kiefernharz.

»Ich sehe nichts!«, rief ich. »Ich komme runter.«

»Nein! Bleib!«, befahl Khara. »Und was auch geschieht, bleib da oben und rühr dich nicht!«

Da begriff ich mit Schrecken ihre Absicht: Sie wollte den wertvollen Dalkin, den Endling, schützen, so gut sie konnte.

Aber ich wollte nicht geschützt werden. Ich wollte kämpfen und notfalls mit den anderen sterben.

»Ich kann sie nicht für mich sterben lassen«, sagte ich laut zu mir selbst.

Bevor ich vom Baum stieg, sah ich mich ein letztes Mal um. Von hier oben konnte ich die Spitze der Halbinsel gut erkennen, ein Fußmarsch von kaum fünf Minuten. Mir kam es vor, als wären wir am Ende der Welt. Das Meer, mit weißen Schaumkronen gesprenkelt, dehnte sich in unendliche Weiten. Da fiel mir eine Stelle mit Bäumen auf – keine düsteren Tannen, sondern Bäume in lebhaften Farben, leuchtendes Rot, strahlendes Gelb und zarte Grüntöne, es sah aus wie ein kleiner vergessener Obstgarten am Rand des Waldes.

Eine Woge der Einsamkeit überwältigte mich. Der kleine Farbfleck erinnerte mich an das einzige Zuhause, das ich gekannt hatte, an den milderen, wärmeren, fruchtbareren Süden, den mein Rudel immer wieder durchstreift hatte.

Ein Zuhause, das ich wahrscheinlich nie wiedersehen würde.

Gerade hatte ich mit dem Abstieg begonnen – Khara würde sich wohl oder übel mit meinem Entschluss abfinden müssen –, als ich etwas Seltsames bemerkte.

Die farbige Baumgruppe bewegte sich.

Sie schwankte und zitterte nicht im Wind – sie bewegte sich.

Sie bewegte sich!

Ich sollte in den Bäumen bleiben und mich still verhalten. Nun, Khara hatte nicht gesagt, in welchem Baum genau. Ich breitete meine Gleitflügel aus, glitt zwischen den Ästen durch und ließ mich auf einer nahen Tanne nieder.

Ja, doch, der Farbfleck bewegte sich voran.

Ich glitt weiter zum nächsten Baum und zum nächsten, und plötzlich war ich am Ende der Halbinsel, am äußersten Ende – und was dort vor mir lag, war kein Obstgarten.

Vor mir, nicht mehr als dreißig Meter im Wasser, war eine Insel.

Eine Insel, die mit erstaunlicher Geschwindigkeit vorübertrieb.

Eine Insel, die sich bewegte wie etwas Lebendiges.

58

Die letzte Schlacht

Wie wünschte ich mir in diesem Moment die Augen eines Raptidons!

Ich starrte angestrengt hinüber und beugte mich so weit vor, wie ich mich getraute. War das ein Nest, das ich sah? War das dort eine Art Unterschlupf mit einem schrägen Dach?

Als ich schon den Mund öffnete, um Khara zu rufen, hörte ich Lärm, ein Geräusch, als würde ein großes Tier, ein Pferd, durchs Gehölz brechen.

Der Ritter näherte sich in vollem Tempo.

Ich erstarrte, wusste nicht, was tun. Und in diesem Moment des Zauderns sah ich aus dem Augenwinkel den Umriss einer Gestalt auf der Insel – einer Gestalt in den Bäumen.

Ich sah, wie sich die ferne, verschwommene Gestalt bewegte.

Ich sah die vertraute Leichtigkeit der Bewegungen.

Ich sah, wie sie ihre Gleitflügel entfaltete und davonschwebte.

Ohne nachzudenken, lief ich bis ans Ende eines Astes. Er knackte und bog sich unter meinem Gewicht.

Dreihundert Meter Wasser zwischen mir und der Insel. Aus dieser Höhe konnte ich doch sicher dreihundert Meter weit gleiten!

Ich wollte es so sehr. Ich musste es einfach tun.

Die Insel bewegte sich mit erstaunlicher Geschwindigkeit. Wenn ich nicht sofort absprang, wäre die Chance verpasst.

Ich bereitete mich auf den Gleitflug vor. Ich spannte die Muskeln.

Im selben Augenblick hörte ich einen Wobbyk schreien.

Ich riss meinen sehnsüchtigen Blick von der Insel los, wandte den Kopf und sah einen Feuerstrahl durch den Wald zucken.

Ein einfacher Gleitflug.

Ein zum Scheitern verurteilter Kampf.

Ein Wesen, das wie ein Dalkin aussah. Das vielleicht ein Dalkin war. Das, weshalb ich von so weit hergekommen war, was ich so sehnlich erhoffte.

Ich musste mich nur abstoßen und meine Gleitflügel ausbreiten.

Ich stieß mich ab. Ich segelte durch die Luft, ließ mich sinken, landete.

Knapp hinter der Rinne kam ich auf, in der Khara inzwischen die angespitzten Pfähle in den Boden gerammt hatte.

Ich zückte mein lächerliches Schwert und wartete mit hämmerndem Herzen, der Atem kratzte in meiner Kehle.

Durch das Netz konnte ich jetzt den Ritter erkennen. Er war schmutziger als vorher. Sein Pferd sah zottig und erschöpft aus, aber die Lanze spuckte immer noch lebendes Feuer.

Als der Feuerstrahl direkt neben Tobble vorbeischoss, schrie ich in heller Wut: »Ich bin der, den du suchst!«

Da ließ sich Gambler mit gebleckten Zähnen und ausgefahrenen Krallen von einem hohen Ast fallen, aber das Pferd bäumte sich auf, Gambler verfehlte den Ritter, konnte nur dem Schlachtross blutige Streifen in die Flanke reißen.

Mit einem gellenden Schrei griff nun Khara den Ritter von ihrem Versteck her an – von links, der anderen Seite der Feuerlanze. Doch Feuer war nicht die einzige Waffe des Ritters, er hatte bereits sein Breitschwert gezogen. Khara gelang der erste Hieb, und ihr Schwert durchbohrte seinen Beinharnisch am rechten Oberschenkel. Der Ritter, der aus seiner Position keinen erfolgreichen Hieb zustande brachte, schlug ihr seinen Schwertknauf ins Gesicht. Khara taumelte zurück, aus ihrer Nase schoss Blut.

Schon war Gambler wieder zur Stelle, neben ihm Renzo und Tobble. Sie sprangen das Pferd von hinten an, aber es war auf der Hut und machte einen Satz vorwärts.

»Ich, Feuerritter, ich bin der, den du suchst!«, schrie ich wieder. »Der Endling, den du töten willst!«

Mein Verstand gehorchte mir nicht mehr. Während ich mein Schwert schwang, nistete sich ein grässliches Untier aus Furcht und Hass in mir ein, benutzte mich, ließ mich wüste Drohungen ausstoßen.

Der Ritter fuhr herum und peitschte Feuer aus dem Boden rings um sich. Gambler sprang davon, aber sein Schwanz war schon angesengt.

Der Ritter zielte mit seiner Feuerlanze auf das Netz, das uns trennte.

Ein Flammeninferno brach aus. Es sah aus, als wollte das Feuer unser armseliges Rankennetz im Nu verschlingen, statt es langsam zu verbrennen.

Doch Khara hatte richtig vermutet: Dieser Ritter war arrogant, an leichte Siege gewöhnt – er würde geradewegs weiterstürmen.

Als er nun sein Schlachtross direkt auf das brennende Netz zusteuerte, wich das Feuer zu meiner Überraschung zur Seite, sodass er durch die spröde und brüchig gewordenen Ranken brechen konnte.

Ich hörte ihn einen Triumphschrei ausstoßen.

Zur Seite gewichen war aber nur das Feuer, nicht der Rauch.

Der Rauch, der unsere Falle verbarg.

Der Ritter klappte sein Visier hoch, preschte lachend auf mich zu und stürzte im selben Moment in die mit Pfählen gespickte Rinne.

59

Das Ehrenwort des Diebes

Ich hoffe, nie wieder etwas so Schreckliches erleben zu müssen wie den Anblick dieses furchterregenden Feuerritters und seines Schlachtrosses, durchbohrt von angespitzten Pfählen. Der Ritter war sofort tot gewesen. Sein Pferd lebte noch, es wieherte und trat um sich, war aber zweifellos zum Tod verurteilt.

Khara warf Gambler einen Blick zu, und er verstand. Er sprang in die Grube und vermied dabei leichtfüßig und elegant die Spieße, wie nur ein Felijaga so etwas konnte. Dann senkte er seine scharfen Zähne in die Wirbelsäule des großen Pferdes und beendete augenblicklich dessen Qual.

Nachdem es nicht mehr um sich trat, ließ sich Renzo in den Graben gleiten. Er zog dem Ritter den Helm vom Kopf, und es kam ein Gesicht zum Vorschein, das trotz allem ein menschliches Gesicht war. Ein Mann einfach. Ein toter Mann.

Renzo warf alles von Wert aus dem Graben heraus, bis auf einen prächtigen Ring an der rechten Hand des Ritters, den er in die eigene Tasche wandern ließ. Auch die Satteltaschen des Pferdes durchsuchte er und warf uns Proviant, eine Wasserflasche, eine Landkarte, eine Decke, ein Ersatzhufeisen und einen Wetzstein herauf.

Khara, Tobble und ich sahen ihm zu, nicht ganz einverstanden, aber auch nicht willens, ihn davon abzuhalten.

»Hast du vom Baum aus etwas gesehen?«, fragte mich Khara.

Ich dachte daran zu lügen. Es war eine neu entdeckte Methode für mich. Ich könnte sagen, nein, ich habe nichts gesehen. Erklärte ich Khara, was ich wusste, würde ich damit die ganze Gruppe zur Fortsetzung der Suche drängen.

Falls meine Freunde das als Verpflichtung sahen, könnte ich sie mit einer einfachen Lüge vielleicht davon entbinden.

Aber was taugte eine Freundschaft, wenn sie auf Lügen gründete?

Xial renarriss: In der Wahrheit liegt die Stärke.

»Ich habe eine Insel gesehen«, sagte ich und blickte dabei einen nach dem anderen an. »Eine Insel, die sich bewegt hat.«

Tobble quiekte laut. »Byx! Ich bin so aufgeregt für dich!«

»Bewegt? In welche Richtung?«, fragte Khara, die wie immer praktisch dachte.

»Nach Norden«, sagte ich.

»Norden, das bedeutet Dreyland«, bemerkte Renzo, während er aus dem Graben stieg und sich die Hände an den Oberschenkeln abwischte. »Wenn wir uns nach dort wenden, müssen wir erst an den Grenztruppen des Murdanos vorbei und es dann auch noch schaffen, nicht von den Grenzwachen von Dreyland getötet zu werden. Und denkt daran, dass es in den Bergen dort sehr kalt wird. Sehr, sehr kalt.«

»Hast du Angst?«, fragte Khara spöttisch. »Aber egal. Du bist sowieso nicht gefragt.«

»Nicht?« Renzo zog eine Augenbraue hoch. »Hast du den Sovo-Kamm schon mal überquert? Kennst du die Pässe? Kennst du die wilden Tiere, die über diese Pässe ziehen?«

Khara schwieg.

»Das dachte ich mir«, sagte Renzo. »Ich habe den Sovo nämlich schon überquert. Ich kenne wenigstens ein paar Pfade über den Pass. Und ich habe dort gegen Schnee-Orme gekämpft und überlebt.«

»Also, abgesehen davon, dass der Ritter dich über dem Feuer hat schmoren lassen und wir dich befreit haben, kann ich mir einfach nicht vorstellen, warum du bei uns bleiben willst«, sagte Khara. »Warum sollte sich ein Dieb einer Expedition anschließen, die so gut wie zum Scheitern verurteilt ist und bei der die Möglichkeit umzukommen hoch ist und die Möglichkeit zum Plündern eher gering?«

»Plündern ist nicht das Einzige, was einem Dieb Nutzen bringt«, erklärte Renzo. »Es gibt andere Wege. Zum Beispiel kann man sich verpflichten, einer Kriegerin Gefolgschaft zu leisten, die für später eine Belohnung verspricht.«

Es war nicht zu übersehen, dass Khara sich ungewollt geschmeichelt fühlte, als Renzo sie so nebenbei »Kriegerin« nannte. Aber sie kaufte ihm sein Argument nicht ab und war eindeutig nicht bereit, ihm Vertrauen zu schenken. »Ich habe keine Belohnung anzubieten.«

»Hmm«, sagte Renzo unbeeindruckt. »Ist dir eigentlich klar, dass ich dir schon gefolgt bin, als du noch nicht einmal auf der Insel warst?«

Khara atmete hörbar ein.

»Aber warum?«, fragte ich. »Und bitte erspar dir die Peinlichkeit einer Lüge.«

Renzo zog die Schultern hoch. »Dann hör die Wahrheit, mein mutiger Dalkin: Ich habe das Schwert gesehen. Das rechtmäßige Schwert. Ein Dieb lernt Magie, die ihm von Nutzen sein kann, wie spezielle Zaubersprüche. Eins meiner vielen Talente ist die Fähigkeit, einen magischen Bann, der die wahre Bedeutung wertvoller Gegenstände verschleiern soll, zu durchbrechen. Schon als ich Khara zum ersten Mal sah, wusste ich, dass sie etwas sehr Wertvolles bei sich trug, auch wenn ich die Geschichte des Schwertes damals noch nicht kannte. Es gibt viele verzauberte Schwerter, die durch magische Sprüche getarnt sind. Du erinnerst dich vielleicht, dass ich es kaufen wollte. Als das nicht klappte, bin ich euch gefolgt in der Hoffnung, es stehlen zu können.«

»Du wolltest auch Byx kaufen«, sagte Tobble.

»Auch sie ist sehr wertvoll.«

»Du hast gewusst, dass sie ein Dalkin ist?«, fragte Khara.

»Natürlich.« Renzo lächelte.

Khara zog ihr Schwert und richtete es auf ihn. »Beim geringsten Versuch, es zu stehlen, hast du es in deinem Herzen, nicht in deinen Händen!«

Renzo schien sich nicht viel aus ihrer Drohung zu machen, er weidete sich am Anblick des glitzernden, leuchtenden Schwertes. »Sei mein Zeuge, Dalkin, dass ich die Wahrheit sage.«

Ich nickte.

»Ich bin ein Dieb. Und jedes andere Schwert hätte ich ohne Bedenken gestohlen. Jedes Schwert der Welt. Aber selbst ein verachteter Dieb wie ich hat seine Ehre. Und außerdem habe ich manches gelernt. Ich kenne die alten Legenden, ich kenne die Heldengedichte. Ich weiß, wer du bist, Kharassande Donati, und ich weiß, dass das Schwert, das du trägst, das Licht von Nedarra ist.«

Khara senkte ihr Schwert ein wenig.

»Vor allem aber«, fuhr Renzo fort, »kenne ich die Geschichten meiner Familie. Als alte Feinde des Murdano waren wir immer nur Außenseiter. Mein Urgroßvater hat als einfacher Fußsoldat im Zehnjährigen Krieg gekämpft, und er war dem Tode nah, da wurde seinem Angreifer sauber der Kopf abgetrennt – von deinem Schwert, Khara, dem Licht von Nedarra.«

Khara warf mir einen Blick zu, und ich nickte. Renzo sagte die Wahrheit.

Und dann tat er etwas, das ich von diesem wortgewandten Dieb am wenigsten erwartet hätte. Er sank auf die Knie und beugte den Kopf.

»Ich bin nur ein Dieb, unzuverlässig, nicht vertrauenswürdig und leider« – er warf ein schiefes Grinsen in die Runde – »nicht in der Lage, mich ordentlich zu benehmen. Aber ich biete meine bescheidenen Dienste der lebenden Erbin der Donatis an, der Trägerin des Lichtes von Nedarra. Dein Diener, wenn du willst.«

Da tat auch Khara etwas, das ich am wenigsten von ihr erwartet hätte. Sie lachte nicht, und sie spottete nicht. Ihr Gesicht wirkte ernster, als ich es außerhalb einer Schlacht je erlebt hatte. »Schwörst du mir Gehorsam in allen Dingen?«, fragte sie.

»Mhmmm«, machte Renzo, »vielleicht eher … in den meisten Dingen?«

Tobble prustete los, schlug sich aber schnell die Hand auf den Mund.

Khara holte tief Luft. »Versuchen wir es anders. Versprichst du, dass du alles in deiner Macht Stehende tun wirst, um Byx, Gambler und Tobble zu führen, zu beschützen und zu verteidigen?«

»Ja, das verspreche ich.«

Ich konnte nicht beurteilen, ob er tatsächlich danach handeln würde, aber er hatte es ernsthaft vor, so weit sprach er die Wahrheit.

»Willst du das Gleiche auch für mich tun?«, fragte Khara.

»Wenn dir vielleicht auch nicht gefällt, wie ich das tue, Kharassande Donati, ich werde treu sein. Ich werde wahrhaftig sein. Und es gibt die … also, die nicht ganz unwahrscheinliche Chance, dass ich deine Anordnungen befolgen werde.«

Khara zog ihr Schwert. Sie legte es auf Renzos Schulter, wo schon ein Zucken ausgereicht hätte, um seinen Kopf zu Boden rollen zu lassen. »Ich bin nicht befugt, dich zum Ritter zu schlagen«, sagte sie. »Aber ich nehme dein Versprechen und deine Dienste an.« Sie berührte mit der Klinge seine andere Schulter, dann tippte sie mit der flachen Seite auf seinen Kopf.

Das fiel etwas kräftiger aus als nötig. Renzo zuckte zusammen. Ich hätte es für einen Zufall halten können, doch ich hatte gesehen, wie Khara mit ihrer Waffe umging, und wusste, dass nichts, was sie mit diesem Schwert tat, aus Zufall geschah.

»Gut, steh auf«, sagte Khara.

Renzo sprang auf, grinste und sagte: »Dann lasst uns weiterreiten.«

Khara und ich wechselten einen Blick. »Es gibt da noch was zu erledigen«, sagte sie.

Und sie lächelte Tobble zu.

60

Eine gewisse Zeremonie

Wir wurden alle ganz still, und in diesem wunderbaren Augenblick hatte ich das Gefühl, ich könnte das leise Herzklopfen unseres lieben Wobbykfreundes hören.

»Tobble«, sagte Khara, »wir brauchen jetzt deinen Rat.«

»Meinen?«, fragte Tobble sichtlich überrascht.

»Ja, deinen«, bestätigte Khara. »Es sieht nämlich so aus, dass keiner von uns weiß, wie man eine gewisse Zeremonie abhält.«

Tobble runzelte die Stirn. »Was?«

»Soweit ich verstanden habe, ist ein Stibillary die feierliche Zeremonie, bei der ein Wobbyk unter die Erwachsenen aufgenommen wird, weil man ihn als würdig erachtet. Vor uns steht der Kleinste unserer Gruppe, einer, der nicht Gamblers Zähne, Krallen und seine Geschwindigkeit besitzt, der kein berühmtes Schwert hat und der einer Art angehört, die viel zu lange ungerecht beurteilt und gering geschätzt wurde. Trotz alledem hat er nicht nur einem, sondern gleich zwei Soldaten der Weißen Wache die Stirn geboten und hat auch durch viele andere Taten seinen Mut und seine Treue bewiesen.«

Mit Tobble passierte etwas. Sein Mund bewegte sich. Seine Wangen bebten. Seine drei Schwänze rotierten hektisch. Seine Brust hob und senkte sich, als koste ihn jeder Atemzug Anstrengung. Tränen schossen ihm aus den Augen.

»Bestreitet irgendwer hier die Standhaftigkeit dieses Wobbyks? Seine Aufrichtigkeit, seine liebenswürdige Art, seinen Mut?«, fragte Khara. »Oder haltet ihr ihn für würdig?«

»Würdig in höchstem Maß«, sagte Gambler.

»Riesenportion Tapferkeit in kleiner Verpackung«, sagte Renzo.

Tobble drehte sich zu mir um, und mir fiel plötzlich das Sprechen schwer. Ich umarmte ihn. »Mehr als würdig«, sagte ich bewegt. »Mehr als mutig, mehr als treu. Du bist mein Bruder, Tobble.«

Zu einer rauschenden Feier wurde die Zeremonie nicht. Wobbyks stehen nicht gern im Mittelpunkt. Tobble musste ein Gedicht aufsagen und ein Lied singen, und aus Gründen, die jedem, sogar Tobble selbst, schleierhaft waren, mussten wir einen Tausendfüßler als Leckerbissen für ihn auftreiben.

Danach bat er feierlich darum, dass Khara, Renzo und ich ihm seine drei Schwänze zusammenflochten. Gambler sah zu – Felijagaklauen eignen sich nicht besonders zum Flechten.

Nachdem alles erledigt war, war Tobble immer noch derselbe Tobble. Trotzdem wirkte er jetzt mindestens fünf Zentimeter größer und schien gleich viel mehr Würde auszustrahlen. Nur drehte er unglücklicherweise so oft den Kopf, um seinen zusammengeflochtenen Schwanz zu bewundern, dass er immer wieder über seine Füße stolperte.

Wir verließen die Halbinsel zwar nicht freudig und beglückt, aber auch nicht mehr ganz ohne Hoffnung.

Die Insel existierte. Ich hatte vielleicht wirklich einen Dalkin gesehen. Es bestand die Möglichkeit, dass ich doch kein Endling war.

Wir wussten, dass Luca nicht aufgegeben hatte und uns verfolgen würde.

Wir wussten, dass auch der Murdano inzwischen erkannt haben musste, dass er dank meiner Lügen betrogen worden war, und dass er uns ebenfalls verfolgen würde.

Wir wussten, dass bedrohliche, steile Berge vor uns lagen, unerbittliche Kälte und abscheuliche grausame Bestien.

Aber ich verstand allmählich, dass aus dem, was als naive Suche nach anderen Dalkins begonnen hatte, viel mehr geworden war. Ich war Teil von etwas Größerem geworden, es ging nicht mehr allein um mich, es ging vielleicht sogar um Wichtigeres als das Überleben meiner Art. Der Murdano war nicht nur der Feind der Dalkins. Er war der Feind aller Lebewesen, die vor ihm nicht auf die Knie gingen.

Große Mächte standen gegen uns. Weder Luca noch der Murdano würde je seine Jagd nach uns aufgeben. Ihre Macht war auf Lügen begründet, und sie wussten genau, dass die noch immer nicht ausgestorbenen Dalkins an den Grundfesten ihrer Macht rütteln würden, sollte es mir gelingen, noch weitere von ihnen zu finden und aus dem Exil zu führen.

Als wir aus dem Wald herauskamen, lag vor uns der atemberaubende Anblick schneebedeckter Gipfel. Leid und Gefahr und Tod lauerten in diesen Bergen. Doch jenseits von ihnen könnte das Eine liegen, das sogar Helden auf ihrem Weg brauchen: Hoffnung.

Ich schaute nach Norden in die Richtung, in der sich die Insel bewegt hatte. Natürlich konnte ich sie nicht mehr sehen. Aber ich wusste jetzt, dass es sie gab.

Kaum hatte ich mich wieder umgedreht, fiel mir etwas ins Auge. Ein Farbschimmer hoch über uns.

Ich sah genauer hin und erkannte einen Butrillo.

Nur einen. Nicht mehrere.

Wer weiß, vielleicht hatte er sich verirrt auf seiner großen Reise.

Vielleicht aber auch nicht.

Khara nickte mir zu. »Letzte Gelegenheit, Byx, dich anders zu entscheiden.«

»Ich habe noch nie Schnee aus der Nähe gesehen«, sagte ich. »Also lasst uns einen Blick drauf werfen.«

Und so machten wir uns auf den Weg. Renzo, der Dieb mit Ehre im Leib, und sein Hund Dog. Gambler, der Felijaga mit Grundsätzen. Tobble, der würdige Wobbyk. Vallino, das unermüdliche Streitross. Khara, die Erbin der Donatis und Trägerin des Lichts von Nedarra.

Meine Freunde. Meine Gefährten.

Meine Familie.

DANK

Mein herzlicher Dank gilt Tara Weikum, stellvertretende Geschäftsführerin und Redaktionsleiterin, für ihre überzeugenden Hinweise, ihre Geduld und ihr Entgegenkommen. Ebenso danke ich ihren vielen guten Kollegen bei Harper Collins, die dieser Geschichte ins Leben geholfen haben: Chris Hernandez, Sarah Homer, Ro Romanello, Ann Dye, Renée Cafiero, Barb Fitzsimmons, Alison Donalty, Jenna Stempell-Lobell, Kate Jackson, Suzanne Murphy, Patty Rosati, Andrea Pappenheimer und dem Verkaufsteam.

Katherine Applegate lebt mit ihrem Mann, zwei Kindern und vielen Haustieren in der Nähe von San Francisco. Sie hat schon zahlreiche erfolgreiche Bücher veröffentlicht. Für »Der unvergleichliche Ivan« erhielt sie 2013 die renommierte Newbery Medal. »Der Baum der Wünsche« landete gleich nach Erscheinen auf der New York Times Bestsellerliste ebenso wie ihr neuestes Buch »Endling. Die Suche beginnt«.

DAS KÖNIGREICH
Marsony
Playa-Blatt mit der Karte der Ersten Kolonie
N
Fluss Pellago
Nedarra
Spiegelsee
Westliches Hochland
Bossyp
Die Infina
Lucebena Bucht
Kolonie der Raptidons
Urmans Eibe
Tara Meer
Insel Priato
Endling
Die Letzte
Kaiserlich-Amtliches Lexikon, 3. Auflage